FOLIO JUNIOR

Déjà parus aux Éditions Gallimard

1. Harry Potter à l'école des sorciers
2. Harry Potter et la Chambre des Secrets
3. Harry Potter et le prisonnier d'Azkaban
4. Harry Potter et la Coupe de Feu

dans la collection Folio Junior

1. Harry Potter à l'école des sorciers
2. Harry Potter et la Chambre des Secrets
3. Harry Potter et le prisonnier d'Azkaban

Titre original : *Harry Potter and the Chamber of Secrets*
Édition originale publiée par Bloomsbury Publishing Plc, Londres, 1998

J. K. Rowling

Harry Potter

ET LA CHAMBRE DES SECRETS

Traduit de l'anglais
par Jean-François Ménard

Gallimard Jeunesse

Pour Sean P. F. Harris,
un spécialiste du départ
sur les chapeaux de roues
et un ami du mauvais temps.

1
UN TRÈS MAUVAIS ANNIVERSAIRE

Ce n'était pas la première fois qu'une dispute éclatait au petit déjeuner dans la maison du 4, Privet Drive. Mr Vernon Dursley avait été réveillé à l'aube par un hululement sonore qui provenait de la chambre de son neveu Harry.

– C'est la troisième fois cette semaine ! hurlait-il. Si tu n'es pas capable de surveiller cette chouette, il faudra qu'elle s'en aille !

Harry tenta une fois de plus d'expliquer ce qui se passait.

– Elle *s'ennuie*, dit-il. Elle a l'habitude d'aller voler un peu partout. Si je pouvais au moins la laisser sortir la nuit.

– Tu me prends pour un imbécile ? ricana l'oncle Vernon, un morceau de jaune d'œuf accroché dans sa grosse moustache touffue. Je sais bien ce qui arrivera si on laisse sortir cette chouette.

Il échangea un regard sombre avec Pétunia, son épouse.

Harry essaya de répondre quelque chose, mais un rot bruyant et prolongé étouffa ses paroles. C'était Dudley, le fils des Dursley.

– Je veux encore du lard, dit celui-ci.

– Il y en a dans la poêle, mon trésor adoré, dit la tante Pétunia en tournant un regard embué vers son énorme fils. Il faut qu'on te donne à manger pendant qu'il en est encore temps. Cette cantine du collège ne me dit rien qui vaille.

– Allons, Pétunia, c'est absurde, je n'ai jamais souffert de la faim quand *moi-même* j'étais au collège de Smelting, dit l'oncle Vernon d'un ton convaincu. Tu as assez à manger, là-bas, n'est-ce pas fiston ?

Dudley, qui était si gras que son derrière débordait de chaque côté de sa chaise, eut un sourire et se tourna vers Harry.

– Passe-moi la poêle, dit-il.

– Tu as oublié de prononcer le mot magique, répliqua Harry avec mauvaise humeur.

Cette simple phrase produisit un effet stupéfiant sur le reste de la famille : Dudley poussa un cri étouffé et tomba de sa chaise dans un grand fracas qui ébranla toute la cuisine ; Mrs Dursley laissa échapper un petit cri et plaqua ses mains contre sa bouche ; quant à Mr Dursley, il se leva d'un bond, les veines de ses tempes battant sous l'effet de la fureur.

– Je voulais simplement dire « s'il te plaît ! » précisa Harry d'un ton précipité. Je ne pensais pas du tout à...

– QU'EST-CE QUE JE T'AI DIT ? tempêta son oncle en projetant sur la table un nuage de postillons. JE NE VEUX PAS QU'ON PRONONCE CE MOT DANS MA MAISON !

– Mais je...

– COMMENT AS-TU PU AVOIR L'AUDACE DE MENACER DUDLEY ! rugit l'oncle Vernon en martelant la table de son poing.

– J'ai simplement...

– JE T'AVAIS PRÉVENU ! J'INTERDIS QU'ON FASSE ALLUSION A TON ANORMALITÉ SOUS CE TOIT !

Harry regarda tour à tour le visage violacé de son

oncle et celui de sa tante qui était devenue livide. Avec des gestes tremblants, elle s'efforça d'aider Dudley à se relever.

– D'accord, dit Harry. *D'accord...*

L'oncle Vernon se rassit en soufflant comme un rhinocéros prêt à charger et surveilla attentivement Harry du coin de ses petits yeux perçants.

Depuis qu'il était revenu à la maison pour les vacances d'été, l'oncle Vernon l'avait traité comme une bombe sur le point d'exploser. Harry, en effet, *n'était pas* un garçon normal. Pour tout dire, il était même difficile d'être aussi peu normal que lui.

Car Harry Potter était un sorcier – un sorcier qui venait de terminer sa première année d'études au collège Poudlard, l'école de sorcellerie. Et si les Dursley n'étaient pas très heureux de le revoir pendant les vacances, leur infortune n'était rien comparée à celle de Harry.

Poudlard lui manquait tellement qu'il avait l'impression de ressentir en permanence une douleur dans le ventre. Le château lui manquait, avec ses passages secrets, ses fantômes, ses cours (sauf peut-être celui de Rogue, le maître des potions), le courrier apporté par des hiboux, les banquets dans la Grande Salle, les nuits dans le lit à baldaquin du dortoir de la tour, les visites à Hagrid, le garde-chasse, qui habitait une cabane en lisière de la forêt interdite, et surtout, le Quidditch, le sport le plus populaire dans le monde des sorciers (six buts, quatre balles volantes, quatorze joueurs évoluant sur des manches à balai).

Dès que Harry était rentré à la maison, l'oncle Vernon s'était empressé de ranger dans un placard sous l'escalier ses livres de magie, ses robes de sorcier, son chaudron, sa baguette magique et son balai haut de gamme, un Nimbus 2000. Peu importait aux Dursley que le manque d'entraînement fasse perdre à Harry sa place d'attrapeur dans l'équipe de Quidditch. Et peu leur importait qu'il ne puisse pas faire ses devoirs de vacances. Les Dursley étaient ce que les sorciers appellent des Moldus, c'est-à-dire des gens qui n'ont pas la moindre goutte de sang magique dans les veines. Pour eux, avoir un sorcier dans la famille représentait une honte infamante. L'oncle Vernon avait exigé que la cage d'Hedwige, la chouette de Harry, soit cadenassée pour l'empêcher de porter quelque message que ce soit dans le monde des sorciers.

Harry ne ressemblait en rien au reste de la famille. L'oncle Vernon était grand, avec une énorme moustache noire et quasiment pas de cou. La tante Pétunia avait un visage chevalin et une silhouette osseuse. Dudley était blond, rose et gras comme un porc. Harry, au contraire, était petit et maigre, avec de grands yeux verts étincelants et des cheveux d'un noir de jais qu'il n'arrivait jamais à coiffer. Il portait des lunettes rondes et une mince cicatrice en forme d'éclair marquait son front.

Cette cicatrice faisait de Harry un être exceptionnel, même pour un sorcier. Seule trace d'un passé mystérieux, ce petit éclair sur le front lui avait valu de se retrouver sur le perron des Dursley onze ans auparavant, alors qu'il n'était encore qu'un bébé.

A l'âge d'un an, Harry avait réussi à survivre au terrible maléfice que lui avait lancé le mage le plus redoutable de tous les temps, Lord Voldemort, dont le nom restait si effrayant que la plupart des sorcières et sorciers n'osaient pas le prononcer. Les parents de Harry avaient succombé à l'attaque de Voldemort, mais Harry avait survécu, avec pour seul souvenir cette cicatrice en forme d'éclair. Par un mystère que personne n'était jamais parvenu à éclaircir, les pouvoirs de Voldemort avaient été détruits à l'instant même où il avait tenté sans succès de tuer Harry.

Ainsi, Harry avait été élevé par la sœur de sa mère disparue et par son mari. Il avait passé dix ans chez les Dursley, en croyant ce que les Dursley lui avaient dit de ses parents, c'est-à-dire qu'ils s'étaient tués dans un accident de voiture, et sans jamais comprendre pourquoi, sans le vouloir, il provoquait toujours d'étranges phénomènes autour de lui.

Enfin, un an plus tôt exactement, le collège Poudlard lui avait écrit une lettre. La vérité lui avait alors été révélée et Harry avait pris sa place à l'école des sorciers où lui et sa cicatrice étaient déjà célèbres... Mais à présent, l'année scolaire était terminée et il était revenu passer l'été chez les Dursley où on avait recommencé à le traiter comme un chien qui aurait traîné dans un lieu malodorant.

Les Dursley ne se souvenaient même pas qu'aujourd'hui était le jour du douzième anniversaire de Harry. Bien sûr, il ne s'était pas attendu à des merveilles : jamais les Dursley ne lui avaient offert de véritable cadeau, encore moins de gâteau, mais de là à l'oublier complètement...

A cet instant, l'oncle Vernon s'éclaircit la gorge d'un air grave et dit :

– Comme vous le savez, aujourd'hui est un jour particulièrement important.

Harry leva la tête. Il osait à peine en croire ses oreilles.

– C'est peut-être le jour où je conclurai la plus belle affaire de ma carrière, dit l'oncle Vernon.

Harry recommença à manger son toast. Bien sûr, pensa-t-il avec amertume, l'oncle Vernon parlait de ce dîner idiot qui devait avoir lieu le soir même. Depuis quinze jours, il ne parlait plus que de ça. Un riche promoteur immobilier et sa femme devaient venir dîner et l'oncle Vernon espérait décrocher une énorme commande (l'entreprise qu'il dirigeait fabriquait des perceuses et toute sorte d'appareils pour faire des trous).

– Je crois que nous ferions bien de revoir le programme une fois de plus, dit l'oncle Vernon. Nous devrons tous être à nos postes à huit heures précises. Pétunia, tu seras ?

– Dans le salon, répondit aussitôt la tante Pétunia. Prête à recevoir nos invités avec la distinction qui s'impose.

– Bien, très bien. Et toi, Dudley ?

– J'attendrai près de la porte pour leur ouvrir dès qu'ils auront sonné.

Il ajouta d'une voix fausse et maniérée :

– Puis-je me permettre de vous débarrasser de vos manteaux, Mr et Mrs Mason ?

– Ils vont *l'adorer* ! s'exclama la tante Pétunia avec ravissement.

– Excellent, Dudley, approuva l'oncle Vernon.

Il se tourna alors vers Harry.

– Et *toi* ?

– Je resterai dans ma chambre en silence et je ferai semblant de ne pas être là, répondit Harry d'une voix monocorde.

– Exactement, dit l'oncle Vernon d'un ton mauvais. Je les conduirai au salon, je te les présenterai, Pétunia, et je leur servirai l'apéritif. A huit heures quinze...

– J'annoncerai que le dîner est servi, dit la tante Pétunia.

– Et toi, Dudley, tu diras...

– Puis-je vous accompagner jusqu'à la salle à manger, Mrs Mason ? dit Dudley en offrant son bras grassouillet à une dame invisible.

– Mon parfait petit gentleman ! s'exclama la tante Pétunia avec émotion.

– Et toi ? dit l'oncle Vernon d'une voix méchante en se tournant vers Harry.

– Je resterai dans ma chambre en silence et je ferai semblant de ne pas être là, répondit sombrement Harry.

– Exactement. Maintenant, nous devrions préparer quelques compliments à leur servir au cours du dîner. Une idée, Pétunia ?

– Vernon m'a dit que vous étiez un joueur de golf *exceptionnel*, Mr Mason... Où donc avez-vous trouvé cette robe si merveilleusement élégante, Mrs Mason ?

– Parfait... Dudley ?

– Je pourrais dire : « On avait une rédaction à faire à l'école sur notre héros préféré, Mr Mason, et c'est *vous* que j'ai choisi... »

C'en était trop, à la fois pour la tante Pétunia et pour Harry. Mrs Dursley fondit en larmes en serrant son fils contre elle, tandis que Harry plongeait sous la table pour cacher son fou rire.

– Et toi, mon garçon ?

Harry se redressa en s'efforçant de retrouver son sérieux.

– Je resterai dans ma chambre en silence et je ferai semblant de ne pas être là, dit-il.

– J'y compte bien ! lança l'oncle Vernon d'une voix forte. Les Mason ne connaissent pas ton existence et c'est très bien comme ça. Lorsque nous aurons fini de dîner, Pétunia, tu retourneras dans le salon avec Mrs Mason et j'orienterai la conversation sur les perceuses. Avec un peu de chance, j'aurai conclu le marché avant le dernier journal du soir. A la même heure demain matin, nous nous occuperons d'acheter une villa à Majorque.

Cette idée n'avait rien d'enthousiasmant pour Harry. Les Dursley ne seraient pas plus contents de le voir à Majorque qu'à Privet Drive.

– Bien, maintenant, je vais en ville chercher les vestes de smoking pour Dudley et moi. Et *toi*, lança-t-il à Harry, ne t'avise pas de déranger ta tante pendant qu'elle fait le ménage.

Harry sortit par la porte de derrière. Le ciel était clair, le soleil éblouissant. Il traversa la pelouse, se laissa tomber sur le banc du jardin et chanta à mi-voix : « Joyeux anniversaire, joyeux anniversaire, joyeux anniversaire, cher Harry... »

Pas de cartes de vœux, pas de cadeaux et en plus, il fallait qu'il passe la soirée à faire semblant de ne pas exister. Il contempla la haie d'un air abattu. Jamais il ne s'était senti aussi seul. Ce qui manquait le plus à Harry, c'était ses amis de Poudlard, Ron Weasley et Hermione Granger. Ils lui manquaient plus que tout le reste, plus encore que les matches de Quidditch. Mais lui ne semblait pas leur manquer du tout. Ni l'un ni l'autre ne lui avait écrit, bien que Ron lui eût promis de l'inviter à passer quelques jours chez lui.

Très souvent, Harry avait songé à ouvrir la cage d'Hedwige en se servant d'une formule magique pour l'envoyer porter une lettre à Ron et à Hermione, mais le risque était trop grand. Les sorciers débutants n'avaient pas le droit de recourir à la magie en dehors du territoire de l'école, mais Harry n'en avait rien dit aux Dursley : seule la terreur d'être changés en scarabées les retenait de l'enfermer *lui aussi* sous l'escalier, dans le placard où étaient rangés sa baguette magique et son balai. Les quinze derniers jours, Harry s'était amusé à marmonner des mots sans suite en regardant Dudley s'enfuir aussi vite que pouvaient le porter ses grosses jambes dodues. Mais le long silence de Ron et d'Hermione l'avait tellement coupé du monde de la magie qu'il en avait même perdu le goût de faire des farces à Dudley. Et pour couronner le tout, Ron et Hermione avaient même oublié son anniversaire.

Que n'aurait-il pas donné en cet instant pour recevoir un message de Poudlard ? De n'importe qui, mage ou sorcière. Il aurait même été content de revoir son vieil ennemi Drago Malefoy, simplement pour s'assurer que tout ce qu'il avait vécu n'était pas un rêve...

Non que l'année passée à Poudlard ait été d'un bout à l'autre une partie de plaisir. A la fin du dernier trimestre, Harry s'était retrouvé face à face avec Lord Voldemort en personne. Et même si Voldemort n'était plus que l'ombre délabrée de lui-même, il s'était montré toujours aussi terrifiant, aussi retors, aussi déterminé à retrouver son pouvoir. Pour la deuxième fois de son existence, Harry avait échappé à ses griffes, mais il s'en était tiré d'extrême justesse et même maintenant, des semaines plus tard, il lui arrivait encore de se réveiller au milieu de la nuit, ruisselant de sueur froide et se demandant où se trouvait Voldemort à présent, hanté par son visage livide et ses yeux démesurés où brillait une lueur démente...

Harry se redressa soudain sur son banc. Il regardait la haie d'un air absent – et il s'aperçut que la haie le regardait *aussi*. Deux énormes yeux verts venaient d'apparaître au milieu du feuillage.

Harry se leva d'un bond. Au même moment, une voix moqueuse retentit à l'autre bout du jardin.

– Je sais quel jour on est, chantonna Dudley qui s'avançait vers lui en se dandinant.

Les énormes yeux disparurent aussitôt.

– Quoi ? dit Harry, sans cesser de fixer la haie.

– Je sais quel jour on est, répéta Dudley en s'arrêtant devant lui.

– Bravo, tu as enfin réussi à apprendre les jours de la semaine, répliqua Harry.

– Aujourd'hui, c'est ton *anniversaire*, lança Dudley d'un ton méprisant. Comment ça se fait que tu n'aies reçu aucune carte ? Tu n'as pas d'amis dans ton école de zigotos ?

– Il vaudrait mieux que ta mère ne t'entende pas parler de mon école, dit froidement Harry.

Dudley remonta son pantalon qui glissait sur son gros derrière.

– Pourquoi tu regardes la haie ? demanda-t-il d'un air soupçonneux.

– Je suis en train de me demander quelle serait la meilleure formule magique pour y mettre le feu, répondit Harry.

Dudley recula en trébuchant, son visage gras déformé par la terreur.

– Tu... tu n'as pas le droit... Papa t'a dit que tu ne devais pas faire de ma... de magie... Sinon, il te chassera de la maison... et tu ne sauras pas où aller... Tu n'as aucun ami pour s'occuper de toi.

– *Abracadabra !* dit Harry d'une voix féroce. Hic, hoc, trousse-mousse et bave de crapaud...

– MAMAAAAAN ! hurla Dudley en se précipitant vers la maison d'un pas titubant. MAMAAAAAN ! Il fait tu sais quoi !

Sa farce coûta cher à Harry. Comme ni la haie, ni Dudley n'avaient subi de dommage, la tante Pétunia sut qu'il n'avait pas véritablement usé de magie mais il évita de justesse la poêle couverte de mousse qu'elle tenait à la main et qu'elle essaya de lui abattre sur la tête. Elle lui donna alors du travail à faire en lui promettant qu'il n'aurait rien à manger tant qu'il n'aurait pas terminé.

Sous le regard de Dudley qui se dandinait autour de lui en léchant des glaces, Harry dut nettoyer les carreaux, laver la voiture, tondre la pelouse, tailler et arroser les rosiers et les massifs de fleurs et repeindre le banc. Le soleil brûlant lui tapait sur la nuque. Harry savait qu'il n'aurait pas dû répondre à la provocation de Dudley, mais celui-ci avait touché juste en devinant ses pensées... Peut-être n'avait-il *aucun* ami à Poudlard...

– S'ils voyaient le célèbre Harry Potter en ce moment... pensa-t-il amèrement tandis qu'il répandait de l'engrais sur les massifs de fleurs, le dos douloureux, le visage ruisselant de sueur.

Il était sept heures et demie du soir lorsque, épuisé, il entendit enfin la voix de la tante Pétunia qui l'appelait.

– Viens là ! Et fais attention, marche bien sur les journaux !

Harry se réfugia avec soulagement dans l'ombre de la cuisine étincelante. Sur le réfrigérateur était posé le gâteau qui devait être servi au dessert : une véritable montagne de crème fouettée parsemée de violettes en sucre. Un gigot cuisait au four dans un grésillement prometteur.

– Dépêche-toi de manger. Les Mason ne vont pas tarder ! dit sèchement la tante Pétunia en montrant les deux tranches de pain et le morceau de fromage sur la table de la cuisine.

Elle avait déjà mis sa robe longue couleur saumon.

Harry se lava les mains et avala son pitoyable dîner. Dès qu'il eut terminé, la tante Pétunia s'empressa d'ôter son assiette.

– Allez, dans ta chambre ! Et vite ! ordonna-t-elle.

Lorsqu'il passa devant la porte du salon, Harry aperçut l'oncle Vernon et Dudley vêtus de vestes de smoking avec des nœuds papillon. Il avait tout juste posé le pied sur le palier du premier étage lorsque la sonnerie de la porte d'entrée retentit. Le visage furieux de l'oncle Vernon apparut alors au bas de l'escalier.

– Souviens-toi, mon garçon. Un seul bruit et...

Harry rejoignit sa chambre sur la pointe des pieds, se glissa à l'intérieur, referma la porte et se dirigea vers son lit pour s'y laisser tomber.

L'ennui, c'est que quelqu'un y était déjà assis.

2
L'AVERTISSEMENT DE DOBBY

Harry se retint de pousser un cri, mais il s'en fallut de peu. La petite créature assise sur le lit avait de grandes oreilles semblables à celles d'une chauve-souris, et des yeux verts globuleux de la taille d'une balle de tennis. Harry comprit aussitôt que c'étaient ces yeux-là qui l'avaient observé le matin même, cachés dans la haie du jardin.

Tandis que Harry et la créature restaient là à s'observer, la voix de Dudley retentit dans le hall d'entrée.

– Puis-je vous débarrasser de vos manteaux, Mr et Mrs Mason ?

La créature se laissa glisser du lit et s'inclina si bas que le bout de son nez toucha le tapis. Harry remarqua qu'elle était vêtue d'une espèce de taie d'oreiller dans laquelle on avait découpé des trous pour laisser passer les bras et les jambes.

– Heu... bonjour, dit Harry, pas très à l'aise.

– Harry Potter, dit la créature d'une petite voix aiguë qu'on devait sûrement entendre dans toute la maison. Oh, Monsieur, il y a si longtemps que Dobby rêvait de faire votre connaissance... C'est un si grand honneur...

– M... merci, répondit Harry en longeant le mur vers la chaise de son bureau sur laquelle il se laissa tomber, à côté d'Hedwige endormie dans sa grande cage.

Il aurait eu envie de demander « Qu'est-ce que vous êtes, exactement ? », mais il eut peur d'être impoli et demanda plutôt :

– Qui êtes-vous ?

– Dobby, Monsieur. Dobby, rien de plus. Dobby l'elfe de maison, répondit la créature.

– Ah, vraiment ? dit Harry. Excusez-moi, je ne voudrais pas vous paraître discourtois, mais je ne crois pas que le moment soit bien choisi pour recevoir un elfe de maison dans ma chambre.

Le petit rire faux et pointu de la tante Pétunia s'éleva dans le salon. L'elfe baissa la tête.

– Je suis enchanté de faire votre connaissance, croyez-le bien, s'empressa d'ajouter Harry, mais je me demande... quel est le... motif de votre présence ?

– Eh bien voilà, Monsieur, répondit l'elfe avec gravité. Dobby est venu vous dire... Ah, c'est très difficile, Monsieur... Dobby se demande par où commencer...

– Asseyez-vous donc, dit poliment Harry en montrant le lit.

Horrifié, il vit alors l'elfe éclater en sanglots. Des sanglots particulièrement bruyants.

– Ass... *asseyez-vous !* gémit la créature. *Jamais... au grand jamais...*

Harry eut l'impression que les voix en provenance du salon s'étaient quelque peu troublées.

– Je suis désolé, murmura-t-il, je ne voulais pas vous offenser...

- Offenser Dobby ! sanglota l'elfe. Jamais encore un sorcier n'avait demandé à Dobby de s'asseoir... comme un *égal*...

Harry essaya de l'inciter au silence tout en s'efforçant de le réconforter et le fit asseoir sur le lit où il resta là à hoqueter. Il avait l'air d'une grosse poupée repoussante de laideur. Enfin, l'elfe parvint à se calmer et fixa Harry de ses grands yeux humides avec une expression d'adoration.

– Les sorciers que vous fréquentez ne doivent pas être très aimables, plaisanta Harry en espérant l'égayer.

Dobby hocha la tête. Puis, sans prévenir, il se leva d'un bond et se cogna violemment la tête contre la fenêtre en criant : « *Méchant* Dobby ! *Méchant* Dobby ! »

– Arrêtez ! Qu'est-ce que vous faites ? chuchota Harry en se précipitant pour ramener Dobby sur le lit.

Hedwige s'était réveillée en poussant un hululement particulièrement perçant et battait frénétiquement des ailes contre les barreaux de sa cage.

– Il fallait que Dobby se punisse, Monsieur, dit l'elfe qui s'était mis à loucher légèrement. Dobby a failli dire du mal de sa famille...

– Votre famille ?

– Dobby est au service d'une famille de sorciers, Monsieur... Dobby est un elfe de maison qui doit servir à tout jamais la même maison et la même famille.

– Et ils savent que vous êtes ici ? demanda Harry avec curiosité.

Dobby frissonna.

– Oh, non, Monsieur, non... Dobby va devoir se punir très sévèrement pour être venu vous voir, Monsieur. Dobby devra se pincer les oreilles dans la porte du four pour avoir fait une chose pareille. S'ils l'apprenaient, Monsieur...

– Mais ils vont s'en apercevoir si vous vous pincez les oreilles dans la porte du four, non ?

– Dobby en doute, Monsieur. Dobby doit toujours se punir pour quelque chose, Monsieur. Ils laissent le soin à Dobby de s'en occuper. Parfois, ils lui rappellent simplement qu'il doit s'infliger quelques punitions supplémentaires...

– Mais pourquoi n'essayez-vous pas de vous enfuir ?

– Pour retrouver sa liberté, un elfe de maison doit être affranchi par ses maîtres, Monsieur. Et sa famille ne permettra jamais à Dobby d'être libre... Dobby devra la servir jusqu'à sa mort, Monsieur...

Harry le regarda avec des yeux ronds.

– Et moi qui pensais que c'était un triste sort d'avoir à passer encore quatre semaines ici, dit-il. A côté, les Dursley ont presque l'air humain. Personne ne peut donc vous aider ? Je ne peux pas faire quelque chose pour vous ?

Harry regretta d'avoir parlé car à nouveau, Dobby se répandit en gémissements de gratitude.

– S'il vous plaît, murmura précipitamment Harry, je vous en prie, taisez-vous, si jamais les Dursley entendent quelque chose, s'ils s'aperçoivent de votre présence...

– Harry Potter demande s'il peut aider Dobby... Dobby avait entendu parler de votre grandeur, Monsieur, mais il ne savait rien de votre générosité...

– Tout ce qu'on vous a dit sur ma grandeur n'est qu'un tissu de bêtises, dit Harry qui sentait ses joues en feu. Je n'étais même pas premier de la classe, à Poudlard, c'était Hermione la meilleure, elle...

Mais il s'interrompit. Penser à Hermione lui était douloureux.

– Harry Potter est humble et modeste, dit Dobby d'un ton révérencieux, ses gros yeux exorbités brillant d'émotion. Harry Potter ne parle pas de sa victoire triomphante sur Celui-Dont-Le-Nom-Ne-Doit-Pas-Être-Prononcé.

– Voldemort ? dit Harry.

Dobby plaqua ses mains contre ses oreilles.

– Ah, Monsieur, ne prononcez pas ce nom ! gémit-il. Ne prononcez pas ce nom !

– Désolé, dit Harry avec précipitation. Je sais que

beaucoup de gens n'aiment pas l'entendre. Mon ami Ron, par exemple...

Il s'interrompit à nouveau. Penser à Ron lui était tout aussi douloureux.

Dobby se pencha vers Harry, les yeux ronds comme des phares.

– Dobby a entendu dire que Harry Potter avait à nouveau affronté le Seigneur des Ténèbres il y a quelques semaines... et qu'il avait réussi à lui échapper *une fois de plus*, dit Dobby d'une voix rauque.

Harry approuva d'un signe de tête et des larmes brillèrent soudain dans les yeux de Dobby.

– Ah, Monsieur, sanglota-t-il en s'essuyant le visage avec un coin de la taie d'oreiller crasseuse qui lui tenait lieu de vêtement. Harry Potter est vaillant et audacieux ! Il a déjà bravé tant de dangers ! Mais Dobby est venu protéger Harry Potter, il est venu l'avertir, même s'il doit se pincer les oreilles dans la porte du four pour se punir... *Harry Potter ne doit pas retourner à Poudlard.*

Il y eut un long silence seulement troublé par des bruits de couteaux et de fourchettes et le ronronnement de la voix de l'oncle Vernon qu'on entendait au rez-de-chaussée.

– Qu... quoi ? balbutia Harry. Mais il faut que j'y retourne. La rentrée a lieu le premier septembre. C'est la seule chose qui m'aide à tenir le coup. Vous ne savez pas ce que c'est que de vivre ici. Je n'ai rien à faire dans cette famille. J'appartiens au monde des sorciers... au monde de Poudlard.

– Non, non, non, couina Dobby en hochant la tête si fort que ses oreilles battaient comme des ailes. Harry Potter doit rester là où il est en sécurité. Il est trop grand, trop généreux, pour qu'on prenne le risque de le perdre. Et si Harry Potter retourne à Poudlard, il courra un danger mortel.

– Pourquoi ? s'étonna Harry.
– Il existe un complot, Harry Potter. Un complot qui provoquera des événements terrifiants à l'école de sorcellerie de Poudlard, cette année, murmura Dobby en se mettant soudain à trembler de tous ses membres. Il y a des mois maintenant que Dobby est au courant. Harry Potter ne doit pas mettre sa vie en péril. Il est trop important, Monsieur !
– Et quels sont ces événements si terrifiants ? demanda aussitôt Harry. Qui est à l'origine de ce complot ?
Un drôle de bruit s'échappa de la gorge de Dobby qui se cogna frénétiquement la tête contre le mur.
– D'accord, d'accord ! s'exclama Harry en saisissant l'elfe par le bras pour l'éloigner du mur. Vous ne pouvez pas me le dire, je comprends très bien. Mais pourquoi prenez-vous la peine de me prévenir, *moi* ?
Une pensée désagréable lui vint alors à l'esprit.
– Attendez... Est-ce que ça aurait quelque chose à voir avec Vol... pardon, avec Vous-Savez-Qui ? Répondez-moi simplement d'un signe de tête, s'empressa-t-il d'ajouter en voyant que Dobby s'approchait à nouveau du mur.
Lentement, Dobby fit « non » de la tête.
– Non... Cela ne concerne pas *Celui-Dont-Le-Nom-Ne-Doit-Pas-Être-Prononcé*, Monsieur.
Mais les yeux de Dobby étaient grands ouverts comme s'il essayait de suggérer quelque chose à Harry. Celui-ci, cependant, ne voyait absolument pas où il voulait en venir.
– Il n'a pas de frère ?
Dobby hocha à nouveau la tête, les yeux plus exorbités que jamais.
– Dans ce cas, je ne vois pas qui d'autre aurait le pouvoir de provoquer des événements terrifiants à

Poudlard, dit Harry. Surtout face à Dumbledore... Vous savez qui est Dumbledore, n'est-ce pas ?

Dobby baissa la tête.

– Albus Dumbledore est le plus grand directeur que Poudlard ait jamais eu. Dobby le sait, Monsieur. Dobby a entendu dire que les pouvoirs de Dumbledore rivalisent avec ceux de Celui-Dont-On-Ne-Doit-Pas-Prononcer-Le-Nom au plus fort de sa puissance. Pourtant, Monsieur...

La voix de Dobby se transforma en un murmure pressant.

– Il y a des pouvoirs que Dumbledore ne... des pouvoirs qu'un sorcier digne de ce nom...

Et avant que Harry ait eu le temps de réagir, Dobby sauta du lit, attrapa la lampe posée sur le bureau de Harry et commença à se donner des coups sur la tête en poussant des cris assourdissants.

Au rez-de-chaussée, il y eut un silence soudain. Un instant plus tard, Harry, le cœur battant à tout rompre, entendit l'oncle Vernon se diriger vers le hall en lançant d'une voix forte :

– Dudley a encore dû laisser sa télévision allumée, le garnement !

– Vite ! Dans le placard ! murmura Harry en poussant Dobby dans la penderie qu'il referma sur lui.

Il se jeta ensuite sur le lit au moment où la poignée de la porte tournait.

– Tu peux m'expliquer ce que tu es en train de fabriquer ? dit l'oncle Vernon sans desserrer les dents, son horrible visage tout près de celui de Harry. Tu viens de gâcher la chute de ma blague sur le golfeur japonais... Encore un bruit et je te ferai regretter d'être venu au monde, mon garçon !

Et il quitta la chambre d'un pas sonore.

Tremblant de la tête aux pieds, Harry délivra Dobby de la penderie.

– Vous avez vu comment c'est, ici ? dit-il. Vous comprenez pourquoi il faut que je retourne à Poudlard ? C'est le seul endroit où j'ai... enfin, où je *crois* avoir des amis.

– Des amis qui n'écrivent même pas à Harry Potter ? dit Dobby d'un ton sournois.

– J'imagine qu'ils ont dû... mais au fait... dit Harry en fronçant les sourcils. Comment savez-vous que mes amis ne m'ont pas écrit ?

Dobby se tortilla sur place, visiblement mal à l'aise.

– Harry Potter ne doit pas se fâcher contre Dobby. Dobby a voulu faire pour le mieux...

– *C'est vous qui avez intercepté mes lettres ?*

– Dobby les a apportées avec lui, Monsieur, dit l'elfe.

Il fit un rapide pas en arrière pour rester hors de portée de Harry et tira une épaisse liasse d'enveloppes de sa taie d'oreiller. Harry reconnut l'écriture propre et nette d'Hermione et celle beaucoup plus désordonnée de Ron. Il aperçut même un gribouillis qui semblait être de la main de Hagrid, le garde-chasse de Poudlard.

L'air anxieux, Dobby regarda Harry en clignant des yeux.

– Harry Potter ne doit pas se mettre en colère... Dobby espérait que... si Harry Potter pensait que ses amis l'avaient oublié... Harry Potter ne voudrait plus retourner à l'école, Monsieur...

Harry n'écoutait pas. Il essaya d'arracher les lettres des mains de Dobby, mais celui-ci fit un bond en arrière pour se maintenir hors de portée.

– Harry Potter aura ses lettres, Monsieur, à condition qu'il donne sa parole à Dobby qu'il ne retournera pas à Poudlard. Ah, Monsieur, il ne faut pas que vous affrontiez un tel danger ! Promettez-moi que vous ne retournerez pas là-bas !

– Je ne promettrai rien du tout ! répliqua Harry avec colère. Rendez-moi les lettres de mes amis !

– Dans ce cas, Harry Potter ne laisse pas le choix à Dobby, dit l'elfe avec tristesse.

Et avant que Harry ait pu faire un geste, Dobby se précipita sur la porte de la chambre, l'ouvrit et dévala l'escalier.

La gorge sèche, l'estomac noué, Harry se rua derrière lui en essayant de ne pas faire de bruit. Il sauta d'un bond les six dernières marches et atterrit sur la moquette du hall d'entrée avec la souplesse d'un chat, cherchant Dobby des yeux. De la salle à manger lui parvenait la voix de l'oncle Vernon qui disait :

– Racontez donc à Pétunia cette histoire désopilante sur les plombiers américains, Mr Mason. Elle a tellement envie de la connaître...

Harry se précipita dans la cuisine. Lorsqu'il arriva devant la porte, il crut recevoir un coup de poing à l'estomac.

Le chef-d'œuvre pâtissier de sa tante, la montagne de crème et de violettes en sucre, flottait dans l'air, près du plafond. Dans un coin, il vit Dobby accroupi sur le buffet.

– Non, dit Harry d'une voix rauque. S'il vous plaît, pas ça... Ils vont me tuer...

– Harry Potter doit promettre qu'il ne retournera pas à l'école...

– Dobby, s'il vous plaît...

– Promettez-le, Monsieur...

– C'est impossible !

Dobby le regarda d'un air désespéré.

– Dans ce cas, Dobby doit agir, Monsieur, pour le bien de Harry Potter.

Et l'immense gâteau s'écrasa sur le carrelage dans un fracas épouvantable. Le plat vola en éclats, éclaboussant les murs et les fenêtres de crème fouettée et de violettes. Dobby disparut alors avec un bruit sec, comme le claquement d'un fouet.

Des cris retentirent dans la salle à manger et l'oncle Vernon surgit dans la cuisine où il trouva Harry figé de terreur et couvert des pieds à la tête de gâteau à la crème.

Tout d'abord, il sembla que l'oncle Vernon allait réussir à minimiser l'incident (« Ce n'est rien, c'est notre neveu, il est un peu perturbé… il a peur de voir des gens qu'il ne connaît pas, alors il reste dans sa chambre, au premier étage… »). Il ramena les Mason stupéfaits dans la salle à manger, promit à Harry de l'écorcher vif dès que ses invités seraient partis et lui donna une serpillière. La tante Pétunia dénicha un peu de glace dans le congélateur et Harry, toujours sous le choc, entreprit de nettoyer la cuisine.

A ce moment de la soirée, l'oncle Vernon aurait encore pu conclure son marché, s'il n'y avait pas eu la chouette.

La tante Pétunia était en train d'offrir des chocolats à la menthe lorsqu'une énorme chouette s'engouffra dans une fenêtre de la salle à manger, laissa tomber une lettre sur la tête de Mrs Mason et ressortit aussitôt. Mrs Mason poussa un hurlement et se rua hors de la maison en criant qu'elle ne voulait plus rester un seul instant dans cette maison de fous. Mr Mason, lui, resta juste assez longtemps pour préciser aux Dursley que son épouse avait une peur bleue des oiseaux de toutes formes et de toutes tailles et leur demander si c'était là leur conception de l'humour.

Dans la cuisine, Harry, appuyé sur le manche de son balai de peur que ses jambes ne le trahissent, vit l'oncle Vernon s'avancer vers lui, une lueur démoniaque dans ses yeux minuscules.

– Lis ça ! siffla-t-il d'un ton mauvais en brandissant la lettre que la chouette avait apportée. Allez, lis !

Harry prit la lettre. Ce n'était pas une carte d'anniversaire.

Cher Mr Potter,

Nous avons été informés qu'un sortilège de lévitation a été utilisé dans votre lieu de résidence ce soir à neuf heures douze.

Comme vous le savez, les sorciers de premier cycle ne sont pas autorisés à jeter des sorts en dehors de l'école et toute récidive dans l'utilisation de tels sortilèges pourrait entraîner votre expulsion de ladite école (décret sur la Restriction de l'usage de la magie chez les sorciers de premier cycle, article 1875, alinéa C).

Nous vous rappelons également que toute pratique de sorcellerie susceptible d'être remarquée par des membres de la communauté non magique (Moldus) constitue un délit puni par l'article 13 du code du secret établi par la Confédération internationale des mages et sorciers.

En vous souhaitant d'agréables vacances, nous vous prions de croire, cher Mr Potter, en l'assurance de nos sentiments distingués.

Mafalda Hopkrik
Service des Usages abusifs de la Magie.
Ministère de la Magie.

Harry releva la tête et déglutit avec difficulté.

– Tu ne nous avais jamais dit que tu n'avais pas le droit de faire de la magie en dehors de l'école, dit l'oncle Vernon, avec une lueur démente dans le regard. Tu as sans doute oublié de nous en parler...

Il avait l'air d'un énorme bouledogue toutes dents dehors.

– Eh bien, j'ai des nouvelles pour toi, mon garçon... Désormais, tu seras enfermé dans ta chambre... Et tu ne retourneras jamais dans cette école, jamais... Car de toute façon, si tu essayes de t'échapper à coups de formules magiques, tu seras renvoyé !

Et avec un rire de fou furieux, il traîna Harry jusqu'au premier étage.

L'oncle Vernon tint parole. Le lendemain matin, il fit venir quelqu'un pour poser des barreaux à la fenêtre de la chambre de Harry et il se chargea lui-même d'installer une petite trappe au bas de la porte pour qu'on puisse lui passer de quoi se nourrir trois fois par jour. Harry avait le droit de sortir une fois le matin et une fois le soir pour utiliser la salle de bains. Le reste du temps, il était bouclé dans sa chambre.

Trois jours passèrent et les Dursley se montraient toujours aussi intraitables. Harry ne voyait aucune issue. Allongé sur son lit, il regardait le soleil se coucher en se demandant avec tristesse ce qui allait bien pouvoir lui arriver.

A quoi bon essayer de s'échapper par la magie si cela devait entraîner son exclusion de Poudlard ? D'un autre côté, la vie à Privet Drive n'avait jamais été aussi insupportable. A présent que les Dursley étaient certains qu'ils ne risquaient pas de se retrouver transformés en chauve-souris, il avait perdu sa seule arme contre eux. Dobby l'avait peut-être sauvé d'événements terrifiants, mais au train où allaient les choses, il allait probablement finir par mourir de faim.

La trappe aménagée dans la porte bascula et la main de la tante Pétunia apparut, poussant à l'intérieur de la chambre un bol rempli de soupe en boîte. Harry, qui avait mal à l'estomac à force d'avoir faim, sauta à bas du lit et saisit le bol. La soupe était froide, ce qui ne l'empêcha pas d'en avaler la moitié d'une seule lampée. Il traversa alors la chambre et versa dans la mangeoire vide d'Hedwige les quelques morceaux de légumes détrempés restés au fond du bol. La chouette ébouriffa ses plumes et lui lança un regard dégoûté.

– Ce n'est pas le moment de faire le fin bec, c'est tout ce qu'il y a à manger, dit-il d'un air sombre.

Il alla reposer le bol vide près de la trappe et retourna s'allonger sur le lit en ayant encore plus faim qu'avant.

En admettant qu'il soit encore vivant dans quatre semaines, que se passerait-il s'il ne se montrait pas à Poudlard ? Enverraient-ils quelqu'un pour voir ce qui se passait ? Parviendraient-ils à obliger les Dursley à le laisser partir ?

La pièce devenait de plus en plus sombre. Epuisé, l'estomac gargouillant, tournant et retournant sans cesse dans sa tête les mêmes questions insolubles, Harry sombra dans un sommeil agité.

Il rêva qu'on le montrait dans un zoo. Sur sa cage, un écriteau indiquait : *Sorcier de premier cycle.* Allongé sur une litière de paille, faible et affamé, il voyait les visiteurs le regarder avec des yeux ronds. Dans la foule, il reconnaissait Dobby et se mettait à crier pour l'appeler à l'aide mais il l'entendait lui répondre :

– Harry Potter est en sécurité dans sa cage, Monsieur !

Puis, l'elfe disparaissait. C'était alors au tour des Dursley d'apparaître et il voyait Dudley taper sur les barreaux de la cage en se moquant de lui.

– Arrête, marmonnait Harry, tandis que le bruit lancinant des coups sur le métal martelait son cerveau douloureux. Laisse-moi tranquille... Arrête... j'essaie de dormir...

Il ouvrit soudain les yeux. Le clair de lune entrait par la fenêtre et quelqu'un l'observait *véritablement* à travers les barreaux : un visage constellé de taches de son, avec des cheveux roux et un long nez.

Harry reconnut aussitôt Ron Weasley.

3
LE TERRIER

– *Ron* ! chuchota Harry en se glissant près de la fenêtre.

Il souleva le panneau coulissant pour qu'ils puissent se parler à travers les barreaux.

– Ron, comment t'as fait... qu'est-ce que... ?

Harry resta bouche bée lorsqu'il vit que Ron était penché à la fenêtre arrière d'une vieille voiture vert turquoise qui s'était immobilisée *dans les airs.* A l'avant de la voiture, Fred et George, les deux frères jumeaux de Ron, lui souriaient.

– Ça va, Harry ?

– Qu'est-ce qui s'est passé ? demanda Ron. Pourquoi tu n'as pas répondu à mes lettres ? Je t'ai invité à venir chez nous une bonne douzaine de fois et là-dessus, Papa rentre à la maison et nous raconte que tu as reçu un avertissement pour avoir fait de la magie devant des Moldus.

– Ce n'était pas moi. Et d'abord, comment l'a-t-il su ?

– Il travaille au ministère, répondit Ron. Et tu sais très bien qu'on n'a pas le droit de faire de magie en dehors de l'école...

– Ça te va bien de dire ça, répliqua Harry en montrant la voiture volante.

– Oh, ça ne compte pas, dit Ron, on n'a fait que l'emprunter. Elle est à Papa, ce n'est pas nous qui l'avons trafiquée. Mais faire de la magie sous le nez des Moldus chez qui tu habites…

– Ce n'était pas moi, je te dis. Mais ce serait trop long à expliquer. Ecoute-moi, est-ce que tu pourrais dire à Poudlard que les Dursley m'ont enfermé et qu'ils refusent de me laisser retourner à l'école ? Je ne peux pas me sortir de là par une formule magique, sinon le ministère de la Magie dirait que c'est la deuxième fois en trois jours que j'enfreins le règlement, alors…

– Arrête tes bavardages, dit Ron. On est venus te chercher pour t'emmener à la maison.

– Mais toi non plus, tu n'as pas le droit de me délivrer par une formule magique…

– On n'en aura pas besoin, assura Ron en montrant ses deux frères d'un signe de tête. Tu oublies qui m'accompagne !

– Attache ça aux barreaux, dit Fred qui lança à Harry l'extrémité d'une corde.

– Si les Dursley se réveillent, je suis mort, dit Harry en nouant solidement la corde autour des barreaux tandis que Fred donnait de grands coups d'accélérateur.

– T'inquiète pas, dit Fred, et recule un peu.

Harry recula près de la cage d'Hedwige qui observait la scène en silence. Elle semblait avoir compris qu'il se passait quelque chose d'important. Le moteur de la voiture s'emballa et soudain, il y eut un grand bruit : Fred avait foncé tout droit dans les airs et les barreaux de la fenêtre avaient été arrachés net. Harry se précipita et vit les barreaux qui pendaient au bout de la corde, à moins d'un mètre du sol. Le souffle court, Ron les hissa à l'intérieur de la voiture. Inquiet, Harry tendit l'oreille, mais aucun son ne provenait de la chambre des Dursley.

Lorsque les barreaux eurent été déposés sur la banquette arrière, Fred fit une marche arrière pour se rapprocher le plus près possible de la fenêtre de Harry.

– Allez, monte, dit Ron.

– Il faut que j'emporte mes affaires, dit Harry. Ma baguette magique, mon balai...

– Où elles sont ?

– Dans un placard sous l'escalier et la porte de ma chambre est fermée à clé.

– Pas de problème, dit George qui était assis à côté de Fred. Laisse-nous passer.

Fred et George se glissèrent alors avec précaution par la fenêtre de la chambre. Il valait mieux les laisser faire, pensa Harry en voyant George sortir de sa poche une simple épingle à cheveux avec laquelle il entreprit de forcer la serrure.

– Les sorciers pensent que c'est une perte de temps d'apprendre les astuces des Moldus, dit Fred, mais ils ont des techniques qui valent la peine d'être connues, même si elles sont un peu lentes.

Il y eut un déclic et la porte de la chambre s'ouvrit.

– Bon, on va chercher ta valise, pendant ce temps-là, prends tout ce qui peut t'être utile et passe-le à Ron, chuchota George.

– Faites attention à la dernière marche, elle craque, chuchota Harry aux jumeaux qui s'enfonçaient dans les ténèbres de l'escalier.

Harry fit rapidement le tour de sa chambre en rassemblant ses affaires qu'il passa à Ron par la fenêtre. Puis il alla aider Fred et George à hisser sa grosse valise en haut de l'escalier. Harry entendit l'oncle Vernon tousser.

Hors d'haleine, ils atteignirent enfin le palier du premier étage et transportèrent la lourde valise jusqu'à la fenêtre. Fred remonta dans la voiture pour aider Ron à la tirer à l'intérieur tandis que Harry et George la poussaient de l'autre côté. Centimètre par centimètre, la valise glissa à travers la fenêtre de la voiture.

L'oncle Vernon toussa à nouveau.

– Encore un peu, dit Fred, tout essoufflé. Poussez un bon coup…

Harry et George pesèrent de tout leur poids contre la valise qui bascula enfin sur la banquette arrière de la voiture.

– O.K., on y va, chuchota George.

Mais au moment où Harry grimpait sur le rebord de la fenêtre, un cri aigu retentit derrière lui, suivi par la voix tonitruante de l'oncle Vernon.

– CETTE FICHUE CHOUETTE !

– J'ai oublié Hedwige !

Harry retourna aussitôt à l'intérieur de la chambre. Au même moment la lumière du couloir s'alluma. Il attrapa la cage d'Hedwige, se rua vers la fenêtre, passa la cage à Ron et remonta sur le rebord à l'instant où l'oncle Vernon tambourinait à la porte… qui s'ouvrit à la volée.

Pendant une fraction de seconde, l'oncle Vernon resta pétrifié à l'entrée de la chambre ; puis il laissa échapper un beuglement de taureau furieux et plongea sur Harry en le saisissant par une cheville.

Ron, Fred et George empoignèrent Harry par les bras et le tirèrent vers eux de toutes leurs forces.

– Pétunia ! rugit l'oncle Vernon. Il s'échappe ! IL EST EN TRAIN DE S'ENFUIR !

D'un même mouvement, les frères Weasley tirèrent Harry si fort que sa cheville glissa des mains de l'oncle Vernon.

– Pied au plancher, Fred ! hurla Ron dès que Harry fut dans la voiture et qu'il eut claqué la portière.

La voiture s'élança alors vers la lune.

Harry avait du mal à le croire : il était libre ! Il baissa la vitre, le vent de la nuit ébouriffa ses cheveux, et il regarda les toits des maisons de Privet Drive s'éloigner derrière lui. Les yeux ronds et la bouche grande ouverte, l'oncle Vernon, la tante Pétunia et le gros Dudley, tous trois penchés à la fenêtre de la chambre, regardaient la voiture s'élever dans les airs.

– A l'été prochain ! leur cria Harry.

Les Weasley éclatèrent de rire et Harry s'installa confortablement sur la banquette en souriant d'une oreille à l'autre.

– Laisse sortir Hedwige, dit-il à Ron. Elle volera derrière nous. Il y a un temps fou qu'elle n'a pas eu l'occasion de se dégourdir les ailes.

George donna à Ron l'épingle à cheveux et un instant plus tard, Hedwige s'élançait avec bonheur par la fenêtre de la voiture qu'elle accompagna en planant comme un fantôme.

– Alors... Raconte, Harry, dit Ron avec impatience. Qu'est-ce qui s'est passé ?

Harry leur raconta l'histoire de Dobby, l'avertissement qu'il lui avait donné et le triste sort du gâteau aux violettes. Un long silence stupéfait suivit son récit.

– Vraiment louche, tout ça, dit enfin Ron.

– Tout ce qu'il y a de plus bizarre, approuva George. Il ne t'a même pas dit qui est derrière ce complot ?

– Je pense qu'il lui était impossible de le dire, répondit Harry. Chaque fois qu'il était sur le point de laisser échapper quelque chose, il se cognait la tête contre le mur.

Il vit Fred et George échanger un regard.

– Vous croyez qu'il m'a raconté des histoires ? dit-il.

– Les elfes de maison ont de grands pouvoirs magiques, répondit Fred, mais d'habitude, ils n'ont pas le droit de s'en servir sans l'autorisation de leurs maîtres. J'imagine que Dobby a été envoyé par quelqu'un pour essayer de t'empêcher de revenir à Poudlard. Quelqu'un qui voulait te faire une mauvaise farce. Tu ne vois pas qui pourrait t'en vouloir, à l'école ?

– Oh, si, répondirent Harry et Ron d'une même voix.

– Drago Malefoy, dit Harry. Il me déteste.

– Drago Malefoy ? dit George en se tournant vers lui. Ce ne serait pas le fils de Lucius Malefoy ?

– Si, probablement. Ce n'est pas un nom très courant. Pourquoi ?

– J'ai entendu Papa parler de ce type-là, dit George. C'était un des plus proches partisans de Tu-Sais-Qui.

– Et quand Tu-Sais-Qui a disparu, ajouta Fred en se tordant le cou pour regarder Harry, Lucius Malefoy est revenu en disant qu'il n'avait jamais voulu tout ça. Tu parles ! D'après Papa, il faisait partie des intimes de Tu-Sais-Qui.

Harry avait déjà entendu les rumeurs qui circulaient sur la famille de Malefoy et il n'en était pas surpris. A côté de Drago Malefoy, Dudley Dursley était un modèle de gentillesse, de sensibilité et de prévenance !

– Je ne sais pas si les Malefoy ont un elfe de maison, dit Harry.

– En tout cas, les maîtres de Dobby appartiennent sûrement à une vieille famille de sorciers et ils doivent être riches, dit Fred.

– Maman a toujours eu envie d'avoir un elfe de maison pour s'occuper du repassage, dit George. Mais tout ce qu'on a, c'est une vieille goule pouilleuse dans le grenier et des gnomes qui envahissent le jardin. Les elfes de maison, on les trouve dans les vieux manoirs ou les châteaux, aucune chance d'en voir un chez nous...

Harry resta silencieux. Drago Malefoy avait toujours tout ce qu'il voulait, sa famille devait rouler sur l'or. Il imaginait très bien Malefoy se pavanant dans un vaste manoir. Et il était parfaitement capable d'envoyer un domestique pour essayer d'empêcher Harry de retourner à Poudlard. Harry avait été idiot de prendre Dobby au sérieux

– En tout cas, je suis content qu'on soit venus te chercher, dit Ron. Je commençais à m'inquiéter sérieusement en voyant que tu ne répondais pas à mes lettres. Au début, j'ai cru que c'était la faute d'Errol...

– Errol ?

– C'est notre hibou. Il est très vieux. Ce n'aurait pas été la première fois qu'il se serait évanoui d'épuisement en allant porter le courrier. Alors, j'ai essayé d'emprunter Hermès.

– Qui ça ?

– Le hibou que mes parents ont offert à Percy quand il a été nommé préfet à Poudlard, dit Fred.

– Mais Percy a refusé de me le prêter, dit Ron. Il a prétendu qu'il en avait besoin.

– Percy est très bizarre depuis le début des vacances, dit George en fronçant les sourcils. Il envoie beaucoup de courrier et il reste presque tout le temps enfermé dans sa chambre... Mais on ne peut quand même pas passer toutes ses journées à astiquer son insigne de préfet... Tu vas un peu trop loin vers l'ouest, Fred, ajouta George en montrant la boussole fixée au tableau de bord.

Fred tourna légèrement le volant.

– Et votre père, il sait que vous avez pris la voiture ? demanda Harry.

– Heu... non, répondit Ron. Il devait rester travailler au ministère hier soir. Mais heureusement, on sera rentrés à la maison avant que Maman ait pu s'apercevoir qu'on a emprunté la voiture.

– Qu'est-ce qu'il fait, au ministère de la Magie, votre père ?

– Il travaille dans le bureau le plus ennuyeux, dit Ron. Le service des Détournements de l'Artisanat moldu.

– Le quoi ?

– Ça concerne tous les objets fabriqués par les Moldus et qui ont été ensorcelés. Il faut s'occuper de les neutraliser si jamais ils reviennent dans des magasins ou des maisons de Moldus. Par exemple, l'année dernière, une vieille sorcière est morte et son service à thé a été vendu à un brocanteur. Une Moldue l'a acheté, l'a emporté chez elle et a essayé de servir le thé à des amis. Ça s'est transformé en cauchemar. Papa a dû faire des heures supplémentaires pendant des semaines.

– Qu'est-ce qui s'est passé ?

– La théière a piqué une crise et a commencé à verser du thé partout dans la maison. Un homme a fini à l'hôpital avec une pince à sucre coincée dans le nez. Papa a eu un travail fou ce jour-là. Ils ne sont que deux au bureau, lui et un vieux sorcier du nom de Perkins. Ils ont passé la soirée à jeter des sortilèges d'amnésie et des trucs comme ça pour que personne ne se souvienne de rien...

– Mais... cette voiture... c'est ton père qui...

Fred éclata de rire.

– Papa adore tout ce que fabriquent les Moldus. Il a un garage plein de ces machins-là. Il les démonte, leur fait subir un tas de sortilèges et les remonte. S'il devait faire une perquisition dans sa propre maison, il serait obligé de se mettre lui-même en prison. Ça rend ma mère folle de rage.

– Voilà la grande route, dit George en regardant à travers le pare-brise. On sera arrivés dans dix minutes. Il est temps, le jour commence à se lever.

Une faible lueur rose se dessinait en effet à l'horizon.

La voiture perdit de l'altitude et Harry aperçut une mosaïque de champs et de bosquets.

– On est tout près du village, dit George. Ça s'appelle Loutry Ste Chaspoule.

La voiture volante se rapprocha du sol. Un soleil

rouge et brillant commençait à luire à travers les arbres.

– Atterrissage ! annonça Fred.

Ils touchèrent le sol avec un léger soubresaut et s'immobilisèrent à proximité d'un garage délabré qui s'élevait au milieu d'une petite cour. Harry vit alors pour la première fois la maison de Ron.

On aurait dit une vaste porcherie qui aurait été agrandie au fil du temps. Haute de plusieurs étages, la maison paraissait si bancale qu'elle ne semblait tenir que par magie (ce qui était probablement le cas, songea Harry). Quatre ou cinq cheminées se dressaient sur le toit rouge et un écriteau tordu, planté près de l'entrée, portait le nom de la maison : « Le Terrier. » Des bottes entassées en désordre et un vieux chaudron rouillé encadraient la porte. Quelques gros poulets bien gras picoraient dans la cour.

– Ce n'est pas très luxueux, dit Ron.

– C'est merveilleux, tu veux dire ! s'exclama Harry d'un ton ravi en repensant à Privet Drive.

Ils sortirent de la voiture.

– Maintenant, on va monter là-haut sans faire de bruit, dit Fred, et on attendra que Maman nous appelle pour le petit déjeuner. A ce moment-là, Ron, tu te précipites dans la cuisine en criant : « Maman, regarde qui est arrivé cette nuit ! ». Elle sera ravie de voir Harry et personne ne saura jamais qu'on a emprunté la voiture.

– D'accord, dit Ron. Viens, Harry, ma chambre est...

Ron s'interrompit. Ses yeux se fixèrent sur la maison et son visage prit soudain une teinte verdâtre. Les trois autres firent aussitôt volte-face.

Mrs Weasley traversa la cour à grands pas, provoquant la panique parmi les poulets. La petite femme replète au visage bienveillant semblait s'être brusquement transformée en une tigresse redoutable.

– Aïe ! dit Fred.
– Hou, là, là, dit George.
Mrs Weasley vint se planter devant eux, les mains sur les hanches, regardant alternativement chacun de ses trois fils qui baissaient la tête d'un air coupable. Elle portait un tablier à fleurs avec une poche d'où dépassait une baguette magique.
– Alors ? dit-elle.
– Bonjour, M'man, dit George en s'efforçant, sans grand succès, d'adopter un ton joyeux et conquérant.
– Est-ce que vous vous rendez compte que j'étais morte d'inquiétude ? dit Mrs Weasley dans un murmure impressionnant.
– Désolé, M'man, mais tu sais, il fallait que...
Chacun des trois fils de Mrs Weasley était plus grand qu'elle, mais ils semblèrent se ratatiner sur place lorsque sa rage explosa.
– *Les lits vides ! Pas le moindre mot ! La voiture disparue... auriez pu avoir un accident... folle d'inquiétude... vous en fichez ?... jamais vu ça... attendez que votre père soit rentré ! Jamais Bill, Charles ou Percy ne nous ont causé autant de soucis...*
– Le *préfet* Percy... marmonna Fred.
– TOI, TU FERAIS BIEN DE T'INSPIRER DE PERCY UN PEU PLUS SOUVENT ! s'écria Mrs Weasley en enfonçant l'index dans la poitrine de Fred. Vous auriez pu vous tuer, vous auriez pu vous faire repérer par les Moldus, vous auriez pu faire perdre son travail à votre père !...
Elle sembla hurler ainsi pendant des heures. Enfin, lorsqu'elle se fut cassé la voix, elle se tourna vers Harry qui eut un mouvement de recul.
– Je suis vraiment très contente de te voir, Harry, dit-elle. Viens donc manger quelque chose, tu dois avoir faim.
Elle tourna sur ses talons et rentra dans la maison.

Harry lança un regard inquiet à Ron qui lui fit un signe de tête pour l'encourager à la suivre.

La cuisine était petite et encombrée. Une table et des chaises en bois brut occupaient le centre de la pièce. Harry s'assit sur le bord d'une chaise en regardant autour de lui. C'était la première fois qu'il pénétrait dans une maison de sorciers.

La pendule accrochée au mur, en face de lui, n'avait qu'une seule aiguille et aucun chiffre. Tout autour du cadran on pouvait lire diverses inscriptions : « Heure du thé », « Heure de nourrir les poulets », ou « Tu es en retard. » Trois rangées de livres s'alignaient sur le manteau de la cheminée. Harry lut quelques-uns des titres : *Comment ensorceler son fromage, La Pâtisserie magique, Festin minute en un coup de baguette.* Une vieille radio posée à côté de l'évier annonça l'émission « Salut les Sorciers » avec la célèbre chanteuse Célestina Moldubec.

Dans un cliquetis de vaisselle, Mrs Weasley s'occupait à préparer le petit déjeuner avec de grands gestes désordonnés, jetant des saucisses dans la poêle et des regards furieux à ses trois fils. De temps en temps elle marmonnait quelque chose : « Je me demande ce que vous avez dans la tête », ou « *Jamais* je n'aurais pensé une chose pareille. »

– Toi, tu n'y es pour rien, mon pauvre chéri, dit-elle à Harry en remplissant son assiette d'un gros tas de saucisses. Arthur et moi, nous nous faisions du souci à ton sujet. Hier soir encore, nous nous sommes dit que nous irions te chercher nous-mêmes si vendredi tu n'avais pas répondu à Ron. Mais quand même (elle rajouta trois œufs au plat sur le tas de saucisses), traverser la moitié du pays dans une voiture volante totalement interdite ! N'importe qui aurait pu vous voir...

Elle agita machinalement sa baguette magique en

direction de l'évier où la vaisselle entassée commença à se laver toute seule.

– Il y avait des nuages, M'man ! dit Fred.

– Toi, tu ne parles pas la bouche pleine ! répliqua sèchement Mrs Weasley.

– Mais, M'man, ils ne lui donnaient rien à manger ! dit George.

– Toi aussi, tu te tais !

Mrs Weasley paraissait un peu calmée lorsqu'elle coupa du pain qu'elle se mit à beurrer pour le donner à Harry.

Au même moment, une petite silhouette aux cheveux roux, vêtue d'une chemise de nuit, apparut dans la cuisine, poussa un cri et ressortit en courant.

– C'est Ginny, dit Ron à voix basse en se tournant vers Harry. Ma sœur. Elle a passé l'été à nous parler de toi.

– Elle veut ton autographe, Harry, dit Fred avec un sourire.

Il croisa alors le regard de sa mère et baissa la tête sans ajouter un mot. Le silence régna jusqu'à ce que les quatre assiettes aient été vidées, ce qui ne mit guère de temps.

– Hou, là, là, je suis fatigué, dit Fred dans un bâillement en posant enfin son couteau et sa fourchette. Je crois que je vais aller me coucher et...

– Certainement pas ! dit sèchement Mrs Weasley. C'est entièrement ta faute si tu as passé la nuit sans dormir. Tu vas immédiatement aller dégnomer le jardin. Ces horribles créatures ont encore tout envahi.

– Oh, M'man...

– Et vous deux, vous allez l'aider, reprit-elle en jetant un regard furibond à Ron et à George. Toi, tu peux aller te coucher, mon chéri, ajouta-t-elle à l'adresse de Harry. Ce n'est pas toi qui leur as demandé de prendre cette maudite voiture.

Mais Harry n'avait pas du tout sommeil.
– Je préférerais aider Ron, dit-il précipitamment. Je n'ai jamais vu dégnomer un jardin…
– C'est très gentil à toi, mon chéri, mais c'est un travail très ennuyeux. Voyons un peu ce que Lockhart dit à ce sujet.
Elle prit un gros volume sur la cheminée. George poussa un grognement.
– M'man, on sait très bien dégnomer un jardin.
Harry jeta un coup d'œil à la couverture du livre. Ecrit en lettres d'or, il lut : *Gilderoy Lockhart Le Guide des créatures nuisibles.* Au-dessous, une grande photo montrait un sorcier au visage séduisant avec des cheveux blonds ondulés et des yeux bleu clair. Comme toujours dans le monde des sorciers, la photo était animée : Gilderoy Lockhart ne cessait de lancer des clins d'œil coquins autour de lui. Le visage de Mrs Weasley rayonnait.
– Il est tellement merveilleux, dit-elle. Il sait tout sur les nuisibles, c'est un livre remarquable…
– M'man a un faible pour lui, dit Fred dans un murmure parfaitement audible pour tout le monde.
– Allons, Fred, ne sois pas ridicule, protesta Mrs Weasley, les joues rosissantes. Si vous pensez que vous en savez plus que Lockhart, allez-y, débrouillez-vous, mais gare à vous si je trouve le moindre gnome dans le jardin quand j'irai faire mon inspection.
Bâillant et ronchonnant, les frères Weasley sortirent d'un pas traînant, suivis par Harry. Le jardin était grand et correspondait exactement à l'idée que Harry se faisait d'un jardin. Les Dursley ne l'auraient pas aimé du tout – il était envahi de mauvaises herbes et la pelouse avait grand besoin d'être tondue – mais Harry était émerveillé par les arbres noueux plantés le long des murs et les massifs débordant de plantes et de fleurs qu'il n'avait

encore jamais vues, sans compter la grande mare verte remplie de grenouilles.

– Les Moldus aussi ont des gnomes dans leurs jardins, dit Harry à Ron.

– Oui, j'en ai vu, dit Ron, penché sur un massif de pivoines. Mais ce ne sont pas de vrais gnomes, on dirait des petits pères Noël grassouillets avec des brouettes et des cannes à pêche...

Il y eut soudain une grande agitation dans les pivoines qui se mirent à remuer en tous sens et Ron se redressa en tenant une créature à la main.

– Ça, c'est un vrai gnome, dit-il d'un air sombre.

– Fishmoilapaix ! Fishmoilapaix ! couina le gnome.

Il n'avait en effet rien à voir avec un père Noël. Il était petit avec une peau comme du cuir, et une grosse tête chauve couverte de verrues qui ressemblait à s'y méprendre à une pomme de terre. Ron le tenait à bout de bras tandis que la créature essayait de lui donner des coups de ses petits pieds noueux. Ron l'attrapa par les chevilles et le retourna la tête en bas.

– C'est comme ça qu'il faut s'y prendre, dit-il.

Il leva le gnome au-dessus de sa tête (« Fishmoilapaix ! ») et le fit tourner comme un lasso. En voyant l'expression choquée de Harry, Ron expliqua :

– Ça ne leur fait pas mal. Simplement, il faut leur donner le tournis pour qu'ils ne retrouvent plus le chemin de leurs trous à gnomes.

Il lâcha les chevilles de la créature : celle-ci fit alors un vol plané de plusieurs mètres et atterrit avec un bruit sourd dans le champ qui s'étendait de l'autre côté de la haie.

– Ridicule ! dit Fred. Je te parie que j'arrive à lancer le mien plus loin que la souche d'arbre, là-bas.

Harry apprit très vite à ne pas trop éprouver de pitié pour les gnomes. Il décida de laisser simplement tomber de l'autre côté de la haie le premier qu'il attrapa, mais le gnome, sentant une faiblesse de sa part, lui planta dans le doigt ses dents tranchantes comme un rasoir et Harry dut secouer frénétiquement sa main pour essayer de lui faire lâcher prise jusqu'à ce que…

– Bravo, Harry ! Tu l'as lancé au moins à quinze mètres.

Bientôt, les gnomes se mirent à voler en tous sens.

– Ils ne sont pas très malins, dit George qui en avait attrapé cinq ou six d'un coup. Dès qu'il s'aperçoivent que le dégnomage a commencé, ils sortent de leurs trous pour regarder ce qui se passe. Depuis le temps, on pensait qu'ils auraient appris à se cacher.

La foule des gnomes qui avaient atterri dans le champ s'éloignait en désordre, le dos rond, la démarche incertaine.

– Ils reviendront, dit Ron en les regardant disparaître dans la haie, à l'autre bout du champ. Ils adorent venir ici… Papa est trop gentil avec eux, il les trouve drôles.

Au même instant, la porte de la maison claqua.

– Il est revenu ! dit George. Papa est rentré !

Ils traversèrent le jardin en courant et retournèrent a l'intérieur de la maison.

Mr Weasley était affalé sur une chaise de la cuisine. Il avait enlevé ses lunettes et fermé les yeux. Il était mince et presque chauve mais les quelques cheveux qui lui restaient étaient aussi roux que ceux de ses enfants. Mr Weasley était vêtu d'une longue robe verte de sorcier, couverte de poussière et usée par les longs voyages.

– Quelle nuit, marmonna-t-il en attrapant la théière à tâtons.

Tout le monde s'assit autour de la table.

– Neuf interventions ! s'exclama Mr Weasley. Neuf ! Un certain Mondingus Fletcher a essayé de me jeter un sort pendant que j'avais le dos tourné.

Il avala une longue gorgée de thé et poussa un profond soupir.

– Tu as trouvé quelque chose, Papa ? demanda Fred avec intérêt.

– Oh, quelques clés rétrécissantes et une bouilloire mordeuse, répondit Mr Weasley en bâillant. Il y a eu pas mal de sales histoires qui ne relevaient pas de mon département. Mortlake a dû répondre à quelques questions concernant des furets très étranges mais c'est du ressort de la Commission des sortilèges expérimentaux, Dieu merci...

– Qui est-ce qui s'amuse à fabriquer des clés rétrécissantes ? s'étonna George.

– Oh, c'est un simple attrape-Moldus, soupira Mr Weasley. Ils leur vendent des clés qui finissent par disparaître à force de rétrécir, et les Moldus n'arrivent plus à remettre la main dessus… Bien sûr, il est très difficile de faire condamner qui que ce soit, aucun Moldu ne voudra jamais admettre que ses clés rétrécissent. Ils sont persuadés qu'ils les ont perdues. Heureusement, ils sont prêts à croire n'importe quoi quand il s'agit de nier la magie, même lorsqu'elle leur crève les yeux… mais c'est fou le nombre d'objets que les sorciers s'amusent à transformer…

– LES VOITURES PAR EXEMPLE ?

Mrs Weasley venait d'apparaître dans la cuisine. Elle tenait à la main un long tisonnier qu'elle brandissait comme une épée. Mr Weasley ouvrit soudain des yeux ronds et regarda sa femme d'un air coupable.

– Les… les voitures, ma chérie ?

– Parfaitement, Arthur, les voitures, dit Mrs Weasley, les yeux flamboyants. Imagine un sorcier qui achèterait une vieille voiture rouillée en disant à sa femme qu'il veut simplement la démonter pour voir comment c'est fait, alors qu'en réalité il s'amuse à la trafiquer pour la faire voler.

Mr Weasley cligna des yeux.

– Tu sais, ma chérie, un sorcier qui ferait ça ne violerait pas la loi, même si... il aurait dû dire la vérité à... sa femme. Il y a une lacune dans la loi quand on y regarde de près... du moment qu'il n'a pas *l'intention* de faire voler la voiture, le fait qu'elle *puisse* voler ne...

– Arthur Weasley, c'est toi qui t'es arrangé pour qu'il y ait une lacune dans la loi lorsque tu l'as rédigée ! s'écria Mrs Weasley. Simplement pour que tu puisses continuer tes bricolages avec tous ces machins de Moldus qu'il y a dans ton garage ! Et pour ton information personnelle, je te signale que Harry est arrivé ce matin dans la voiture que tu n'avais pas l'intention de faire voler !

– Harry ? dit Mr Weasley sans comprendre. Harry qui ?

Il regarda autour de lui et sursauta en voyant enfin Harry.

– Dieu du ciel ! C'est Harry Potter ? Ravi de faire ta connaissance ! Ron nous a tellement parlé de toi...

– *Tes fils sont allés chercher Harry chez lui dans cette voiture volante !* s'exclama Mrs Weasley. Alors, qu'est-ce que tu dis de ça ?

– Vraiment, vous l'avez fait voler ? dit Mr Weasley, très intéressé. Et elle a bien marché ? Je... je veux dire... balbutia-t-il en voyant les yeux de sa femme lancer des éclairs, c'est... c'est très mal, les enfants... Vraiment très mal...

– Viens, il vaut mieux les laisser, chuchota Ron à l'oreille de Harry, tandis que Mrs Weasley enflait comme un crapaud-buffle. Je vais te montrer ma chambre.

Ils se glissèrent hors de la cuisine et suivirent un couloir étroit jusqu'à un escalier aux marches bancales qui montait en zigzag dans les étages. Au deuxième, une porte était entrouverte. Harry eut le temps d'apercevoir des yeux brillants qui le regardaient puis la porte se referma en claquant.

– Ginny, dit Ron. C'est vraiment bizarre qu'elle soit si timide, d'habitude, on n'arrive pas à la faire taire.

Ils montèrent encore deux volées de marches avant d'arriver devant une porte à la peinture écaillée sur laquelle était écrit : « Chambre de Ronald. »

Harry entra dans la pièce. Sa tête touchait presque le plafond incliné qui épousait la forme du toit. Ebloui, il cligna des yeux. Il avait l'impression d'avoir pénétré dans une fournaise : presque tout, dans la chambre de Ron, avait une couleur orange vif : le couvre-lit, les murs, et même le plafond. Harry remarqua alors que Ron avait presque entièrement recouvert le papier miteux des murs avec des affiches représentant sept mages et sorcières, toujours les mêmes, tous vêtus de robes orange et tenant à la main des balais qu'ils brandissaient avec énergie.

– C'est ton équipe de Quidditch préférée ? demanda Harry.

– Les Canons de Chudley, dit Ron en montrant le couvre-lit orange brodé de deux grands « C » et d'un boulet de canon. Ils sont neuvièmes au championnat.

Les livres de magie de Ron étaient entassés en désordre à côté d'une pile de B.D. qui semblaient toutes avoir pour héros *Martin Miggs, le Moldu fou*. La baguette magique de Ron était posée sur un aquarium rempli de têtards, installé sur le rebord de la fenêtre, à côté de Croûtard, son gros rat gris qui somnolait dans un rayon de soleil.

Harry enjamba un jeu de cartes « auto-battantes » étalées sur le sol et regarda à travers la minuscule fenêtre. Dans le champ, tout en bas, il aperçut une bande de gnomes qui se glissaient un par un à travers la haie du jardin des Weasley. Il se tourna ensuite vers Ron qui le regardait d'un air anxieux, comme s'il attendait son opinion.

– C'est un peu petit, dit précipitamment Ron. Pas comme la chambre que tu avais chez les Moldus. Et je suis juste sous le grenier où habite la goule. Elle n'arrête pas de taper sur les tuyaux et de grogner...

Mais Harry eut un large sourire.

– C'est la plus belle maison que j'aie jamais vue, dit-il.

Les oreilles de Ron prirent alors une couleur rose vif.

4
CHEZ FLEURY & BOTT

La vie au « Terrier » n'avait rien à voir avec celle que Harry avait connue à Privet Drive. Les Dursley tenaient à ce que tout soit propre et en ordre, alors que la maison des Weasley baignait dans l'étrange et l'imprévisible. Harry fut stupéfait la première fois que le miroir au-dessus de la cheminée de la cuisine lui cria : « Remets ta chemise dans ton pantalon, espèce de débraillé ! » La goule qui habitait le grenier se mettait à hurler et à jouer avec des tuyaux de plomb chaque fois que la maison lui paraissait trop calme et les petites explosions qu'on entendait retentir de temps à autre dans la chambre de Fred et de George étaient considérées comme parfaitement normales. Ce que Harry trouvait le plus insolite, cependant, ce n'était pas le miroir parlant, ni la goule turbulente, mais plutôt le fait que tout le monde semblait avoir de la sympathie pour lui.

Mrs Weasley s'inquiétait de l'état de ses chaussettes et essayait de le forcer à reprendre quatre fois de chaque plat. Mr Weasley aimait bien que Harry prenne place à côté de lui pendant le dîner pour pouvoir le bombarder de questions sur la vie chez les Moldus en lui demandant notamment comment marchaient les prises de courant ou le service postal.

– *Fascinant !* s'exclamait-il lorsque Harry lui expliquait le fonctionnement du téléphone. Très ingénieuse, vraiment, cette façon qu'ont les Moldus de se débrouiller sans avoir recours à la magie.

Un beau matin, alors qu'il avait déjà passé une semaine au « Terrier », il eut des nouvelles de Poudlard. Lorsqu'il descendit prendre son petit déjeuner en compagnie de Ron, il trouva Mr et Mrs Weasley assis avec Ginny à la table de la cuisine. Il y eut alors un grand bruit : en voyant Harry, Ginny avait fait involontairement tomber son bol de céréales sur le sol. D'une manière générale, Ginny avait une très nette tendance à faire tomber toutes sortes d'objets chaque fois que Harry entrait dans une pièce où elle se trouvait déjà. Elle plongea aussitôt sous la table pour récupérer son bol. Lorsqu'elle réapparut, le teint de son visage évoquait la couleur du soleil couchant, mais Harry fit comme s'il n'avait rien remarqué. Il s'assit et prit les toasts que Mrs Weasley lui offrit.

– Vous avez une lettre de l'école, dit Mrs Weasley en donnant à Ron et à Harry deux enveloppes identiques en parchemin jauni sur lesquelles leur nom était écrit à l'encre verte. Dumbledore sait déjà que tu es ici, Harry. Rien ne lui échappe. Vous aussi, vous avez du courrier, ajouta-t-elle lorsque Fred et George entrèrent à leur tour dans la cuisine, encore vêtus de leur pyjama.

Pendant quelques minutes, un grand silence accompagna la lecture des lettres. Celle de Harry lui indiquait qu'il devrait prendre le Poudlard Express à la gare de King's Cross, comme d'habitude, à la date du premier septembre. Elle contenait également la liste des nouveaux livres qui lui seraient nécessaires au cours de l'année.

« Les élèves de deuxième année devront se procurer les ouvrages suivants :

Le Livre des sorts et enchantements (niveau 2), par Miranda Fauconnette.
Flâneries avec le Spectre de la mort, par Gilderoy Lockhart.
Vadrouilles avec les goules, par Gilderoy Lockhart.
Vacances avec les harpies, par Gilderoy Lockhart.
Randonnées avec les trolls, par Gilderoy Lockhart.
Voyages avec les vampires, par Gilderoy Lockhart.
Promenades avec les loups-garous, par Gilderoy Lockhart.
Une année avec le Yéti, par Gilderoy Lockhart. »

Fred, qui avait fini de lire sa propre liste, jeta un coup d'œil à la lettre de Harry par-dessus son épaule.

– Toi aussi, tu dois acheter tous les livres de Lockhart ! dit-il. Le nouveau prof de Défense contre les Forces du Mal doit être un de ses fans. C'est sûrement une sorcière.

Fred croisa alors le regard de sa mère et préféra s'intéresser au pot de confiture sans insister davantage.

– Tout ça ne va pas être très bon marché, dit George en lançant un rapide coup d'œil à ses parents. Les livres de Lockhart sont hors de prix.

– On s'arrangera, dit Mrs Weasley, mais elle paraissait préoccupée. Je pense que nous pourrons acheter la plupart des affaires de Ginny d'occasion.

– Ah bon ? Tu vas à Poudlard cette année ? demanda Harry à Ginny.

Elle acquiesça d'un signe de tête en rougissant jusqu'à la racine de ses cheveux flamboyants et posa le coude dans le beurre. Heureusement, Harry fut le seul à le remarquer, car au même moment, Percy, le frère aîné de Ron, entra dans la cuisine. Il était déjà habillé, son insigne de préfet de Poudlard épinglé sur son débardeur en tricot.

– Bonjour, tout le monde, dit-il d'un ton énergique. Belle journée.

Il s'assit à la seule place libre mais il se releva d'un bond en ôtant de la chaise un vieux plumeau gris... ce fut tout au moins ce que Harry crut voir jusqu'à ce qu'il s'aperçoive que la chose respirait.

– Errol ! s'exclama Ron en prenant le hibou inerte dans ses bras et en enlevant la lettre glissée sous son aile. Enfin ! Il rapporte la réponse d'Hermione. Je lui ai écrit pour lui dire qu'on allait essayer de te délivrer de chez les Dursley.

Il porta Errol jusqu'à son perchoir fixé à la porte de derrière et essaya de le poser dessus, mais le hibou retomba aussitôt et Ron dut l'étendre sur la paillasse de l'évier.

– Lamentable, marmonna-t-il.

Il ouvrit ensuite la lettre d'Hermione et la lut à haute voix :

Chers Ron et Harry (si tu es là),

J'espère que tout s'est bien passé, que Harry va bien, et que tu n'as rien fait d'illégal pour le sortir de là, Ron, sinon lui aussi aurait des ennuis. Je suis très inquiète et si Harry est en sûreté, dis-le-moi très vite, mais tu ferais peut-être bien d'envoyer un autre hibou car celui-là risque fort de ne pas survivre à une tournée supplémentaire.

Je suis très absorbée par le travail scolaire, bien sûr...

– Quelle idée ! commenta Ron avec horreur. On est en vacances !

... et j'irai à Londres mercredi prochain avec mes parents acheter les nouveaux livres pour la rentrée. On pourrait peut-être se retrouver sur le Chemin de Traverse ?

Dépêche-toi de me raconter ce qui s'est passé.

Amitiés,

Hermione.

– Tout ça me paraît très bien, nous n'aurons qu'à aller chercher vos affaires le même jour, dit Mrs Weasley en commençant à débarrasser la table. Qu'est-ce que vous comptez faire, aujourd'hui ?

Harry, Ron, Fred et George avaient l'intention de monter sur la colline où les Weasley possédaient un petit pré entouré d'arbres qui le cachaient à la vue des habitants du village. Là, ils pouvaient s'entraîner au Quidditch à condition de ne pas voler trop haut. Il leur était impossible, en revanche, de se servir de véritables balles de Quidditch qui risquaient de s'échapper et de trahir leur présence. A la place, ils se jetaient des pommes qu'ils s'exerçaient à rattraper. Chacun volait à tour de rôle sur le Nimbus 2000 de Harry. C'était de très loin le meilleur balai dont ils disposaient. La vieille Etoile filante de Ron se faisait souvent dépasser par des papillons.

Cinq minutes plus tard, ils montaient le flanc de la colline, leurs balais sur l'épaule. Ils avaient demandé à Percy s'il voulait se joindre à eux, mais il avait répondu qu'il était trop occupé. Jusqu'à présent, Harry n'avait vu Percy qu'aux heures de repas. Le reste du temps, il restait enfermé dans sa chambre.

– J'aimerais bien savoir ce qu'il fabrique, dit Fred en fronçant les sourcils. Je ne le reconnais plus. Les résultats de ses examens lui ont été envoyés la veille de ton arrivée. Il a obtenu douze BUSE et il s'en est à peine vanté.

– Brevet Universel de Sorcellerie Elémentaire, expliqua George en voyant le regard interrogatif de Harry. Bill aussi en avait obtenu douze. Si on n'y prend pas garde, on va avoir un autre préfet-en-chef dans la famille. Je crois que je ne survivrai pas à cette infamie.

Bill était l'aîné des frères Weasley. Lui et Charlie, le frère cadet, avaient déjà terminé leurs études à

Poudlard. Harry ne les avait jamais rencontrés, mais il savait que Charlie étudiait les dragons en Roumanie et que Bill était en Egypte où il travaillait pour Gringotts, la banque des sorciers.

– Je me demande comment Papa et Maman vont se débrouiller pour acheter nos fournitures scolaires, cette année, dit George. Tous les livres de Lockhart en cinq exemplaires ! En plus, Ginny va avoir besoin de robes, d'une baguette magique et de tout le reste...

Harry resta silencieux. Il se sentait un peu mal à l'aise. L'un des coffres de la banque Gringotts, à Londres, renfermait une petite fortune que ses parents lui avaient léguée. Bien sûr, c'était seulement en monnaie de sorcier qu'il était riche : on ne pouvait pas utiliser les Gallions, les Mornilles et les Noises dans les magasins de Moldus. Il s'était abstenu, pourtant, de révéler aux Dursley l'existence de son compte à la banque Gringotts. A son avis, leur aversion pour tout ce qui touchait à la magie n'aurait pas été jusqu'à dédaigner un gros tas d'or.

Le mercredi suivant, Mrs Weasley les réveilla de bonne heure. Après avoir avalé chacun une douzaine de sandwiches au bacon, ils enfilèrent leur veste et Mrs Weasley prit un pot de fleurs vide posé sur la cheminée.

– Il ne nous en reste plus beaucoup, Arthur, soupira-t-elle en regardant au fond du pot. Il faudra qu'on en rachète aujourd'hui... En tout cas, les invités d'abord ! Après toi, Harry, mon chéri !

Et elle lui présenta le pot de fleurs.

– Que... Qu'est-ce que je dois faire ? balbutia-t-il.

– Il n'a jamais pris la poudre de cheminette ! s'exclama soudain Ron. Désolé, Harry, j'avais oublié.

– Jamais ? s'étonna Mr Weasley. Comment as-tu fait pour aller acheter tes affaires sur le Chemin de Traverse, l'année dernière ?

– J'ai pris le métro...
– Vraiment ? dit Mr Weasley, très intéressé. Est-ce qu'il y a des *escapators* ? Comment ça marche ?
– Je t'en prie, Arthur, pas maintenant, coupa Mrs Weasley. La poudre de cheminette, ça va beaucoup plus vite, mon chéri, mais si tu ne t'en es jamais servi...
– Ça se passera très bien, M'man, dit Fred. Ne t'inquiète pas, Harry, tu n'auras qu'à regarder comment on fait.
Il prit dans le pot de fleurs une pincée de poudre étincelante, s'avança vers le feu qui brûlait dans la cheminée et jeta la poudre au milieu des flammes.
Dans une sorte de grondement, le feu se teinta alors d'une couleur vert émeraude et s'éleva soudain plus haut que Fred qui pénétra dans la cheminée en criant : « Chemin de Traverse ! » avant de disparaître.
– Il faudra parler bien fort quand tu donneras l'adresse, mon chéri, dit Mrs Weasley à Harry pendant que George plongeait la main dans le pot de fleurs. Et fais attention de ne pas te tromper d'âtre...
– De quoi ? demanda Harry d'un ton inquiet tandis que les flammes grondaient à nouveau en emportant George.
– Il y a beaucoup de cheminées chez les sorciers, mais si tu articules clairement...
– Il se débrouillera très bien, Molly, ne l'ennuie pas, dit Mr Weasley en prenant à son tour une pincée de poudre.
– Mais, chéri, si jamais il se perd, qu'est-ce que nous dirons à son oncle et à sa tante ?
– Ils s'en ficheraient complètement, la rassura Harry. Dudley trouverait la plaisanterie excellente si jamais je me perdais dans le conduit d'une cheminée. Ne vous inquiétez pas pour ça.
– Très bien... dans ce cas... tu n'as qu'à partir après

Arthur, dit Mrs Weasley. Dès que tu pénétreras dans les flammes, annonce bien fort ta destination...

– Et garde les bras le long du corps, conseilla Ron.

– Et ferme les yeux, ajouta Mrs Weasley, à cause de la suie...

– Et ne bouge pas, sinon, tu risques de tomber dans la mauvaise cheminée, dit Ron.

– Mais surtout ne panique pas et ne sors pas trop tôt. Attends le moment où tu verras Fred et George.

En s'efforçant de garder tous ces conseils en mémoire, Harry prit une pincée de poudre de cheminette et s'approcha du feu. Il inspira profondément, jeta la poudre dans l'âtre et fit un pas en avant. Les flammes n'étaient pas plus chaudes qu'une brise tiède. Il ouvrit la bouche pour donner l'adresse et avala aussitôt un nuage de cendres.

– Che... che... min de... Tra... verse, balbutia-t-il en toussant.

Il eut alors l'impression d'être aspiré dans un tourbillon géant. Il lui sembla qu'il tournait sur lui-même à toute vitesse dans un grondement assourdissant. Il essaya de garder les yeux ouverts, mais les flammes vertes qui dansaient devant ses yeux lui donnaient mal au cœur... Son coude heurta quelque chose de dur et il colla ses bras le long du corps en continuant de tourner, tourner, tourner... A présent, c'était comme si des mains glacées le giflaient à toute volée... Il entrouvrit les yeux derrière ses lunettes et vit défiler un flot indistinct de cheminées qui lui laissaient apercevoir en un éclair des maisons inconnues... Les sandwiches au bacon remuaient dangereusement dans son estomac... Il referma les yeux, espérant de toutes ses forces que tout s'arrête enfin... et tomba tête la première sur un sol de pierre froide en sentant ses lunettes se briser sous le choc.

Meurtri, étourdi, couvert de suie, il se releva précautionneusement en maintenant ses lunettes cassées contre son nez. Il n'y avait personne autour de lui et il n'avait aucune idée de l'endroit où il avait atterri. Il se trouvait au milieu d'un foyer de cheminée, dans un endroit mal éclairé qui paraissait être une grande boutique de sorcier... mais rien de ce qui était exposé là n'avait la moindre chance de jamais figurer sur une liste de fournitures du collège Poudlard !

Dans une vitrine proche, il y avait une main desséchée posée sur un coussin, un jeu de cartes tachées de sang et un gros œil de verre. Des masques sinistres accrochés aux murs semblaient jeter des regards sournois, un assortiment d'ossements humains était disposé sur le comptoir et toutes sortes d'instruments pointus et rouillés pendaient du plafond. Pire encore, la rue étroite et sombre que Harry apercevait de l'autre côté de la vitrine n'avait strictement rien à voir avec le Chemin de Traverse.

Il fallait sortir d'ici le plus vite possible. Le nez toujours douloureux après sa chute, Harry se glissa silencieusement vers la porte de la boutique. Il n'était encore qu'à mi-chemin lorsqu'il aperçut à travers la vitrine deux silhouettes qui s'apprêtaient à entrer. Or, l'un des deux arrivants était la dernière personne qu'il aurait voulu rencontrer dans l'état où il se trouvait – égaré, couvert de suie et les lunettes cassées : il s'agissait en effet de Drago Malefoy.

Harry jeta un bref coup d'œil autour de lui et repéra une grande armoire noire à sa gauche. Il se précipita à l'intérieur et referma les portes sur lui en laissant une mince ouverture à travers laquelle il pouvait voir ce qui se passait dans la boutique. Quelques instants plus tard, une cloche sonna et Malefoy entra.

L'homme qui le suivait ne pouvait être que son père.

Il avait le même visage au teint pâle et au nez pointu, les mêmes yeux gris et froids. Mr Malefoy traversa la boutique, en jetant un regard nonchalant sur les objets exposés, et agita une clochette posée sur le comptoir.

– Ne touche à rien, Drago, dit-il en se tournant vers son fils.

– Je croyais que tu voulais me faire un cadeau, répondit Malefoy qui avait tendu la main vers l'œil de verre.

– Je t'ai dit que j'allais t'acheter un balai de course, dit son père en tapotant des doigts sur le comptoir.

– A quoi bon, si je ne suis même pas dans l'équipe du collège, répliqua Malefoy, avec mauvaise humeur. Harry Potter, lui, a eu un Nimbus 2000 l'année dernière. Par autorisation spéciale de Dumbledore pour qu'il puisse jouer dans l'équipe des Gryffondor. Il n'est même pas si bon que ça, c'est simplement parce qu'il est célèbre... célèbre à cause de cette stupide *cicatrice* sur le front...

Malefoy se pencha pour examiner une étagère remplie de crânes humains.

– Tout le monde est persuadé qu'il est tellement intelligent, le merveilleux Potter, avec sa cicatrice et son balai...

– Tu m'as déjà répété ça une bonne douzaine de fois, dit Mr Malefoy en jetant à son fils un regard noir. Et je te rappelle qu'il n'est guère... prudent... de ne pas manifester la plus grande admiration pour Harry Potter, étant donné que la plupart d'entre nous le considèrent comme un héros qui a fait disparaître le Seigneur des Ténèbres... Ah, Mr Barjow.

Un homme aux épaules voûtées venait d'apparaître derrière le comptoir. D'un geste de la main, il ramena en arrière les longs cheveux gras qui lui tombaient sur le front.

– Mr Malefoy, quel plaisir de vous revoir, dit Mr Barjow d'une voix aussi huileuse que ses cheveux. Je suis ravi, vraiment... et le jeune monsieur Malefoy est là également, j'en suis enchanté... Que puis-je faire pour vous ? Il faut absolument que je vous montre ce que je viens de recevoir aujourd'hui même, à un prix très raisonnable...

– Cette fois, Mr Barjow, je n'achète pas, je vends, coupa Mr Malefoy.

– Vous vendez ?

Le sourire de Mr Barjow s'effaça quelque peu.

– Vous savez sûrement que le ministère multiplie les perquisitions, dit Mr Malefoy en sortant de sa poche un rouleau de parchemin qu'il déroula pour le faire lire à Mr Barjow. Or, il se trouve que j'ai chez moi quelques... disons... objets qui pourraient me causer d'éventuels désagréments si jamais le ministère s'avisait de...

Mr Barjow fixa un pince-nez devant ses yeux et examina la liste.

– Le ministère n'irait quand même pas s'en prendre à vous, Monsieur ?

– Personne n'est encore venu fouiner chez moi. Le nom de Malefoy continue d'imposer un certain respect, mais le ministère se montre de plus en plus inquisiteur. On parle d'un nouvel Acte de Protection des Moldus... Il ne fait aucun doute que ce loqueteux d'Arthur Weasley se trouve derrière tout ça. Il adore les Moldus, l'imbécile...

Harry sentit une bouffée de colère monter en lui.

– ... et comme vous le voyez, certains de ces poisons pourraient laisser croire...

– Bien sûr, Monsieur, je comprends, dit Mr Barjow. Voyons cela...

– Est-ce que je peux avoir ça ? coupa Drago, en montrant du doigt la main desséchée posée sur le coussin.

– Ah ! La Main de la Gloire ! s'exclama Mr Barjow en laissant tomber la liste de Mr Malefoy pour se précipiter vers Drago. Lorsqu'on met une bougie allumée entre ses doigts, seul celui qui la tient peut bénéficier de sa lumière. Les autres restent dans le noir ! Un avantage inestimable pour les voleurs et les pillards. Votre fils a beaucoup de goût, Monsieur.

– J'espère qu'il deviendra autre chose qu'un voleur ou un pillard, répondit froidement Mr Malefoy.

– Je ne voulais pas être désobligeant, Monsieur, croyez-le bien, s'empressa d'ajouter Mr Barjow.

– Mais après tout, c'est peut-être ce qui l'attend, s'il ne travaille pas mieux en classe, reprit Mr Malefoy plus froidement que jamais.

– Ce n'est pas ma faute, répliqua Drago. Les profs ont tous des chouchous, cette Hermione Granger, par exemple...

– Je pensais que tu aurais honte qu'une fille qui ne vient même pas d'une famille de sorciers obtienne de meilleurs résultats que toi à chaque examen, lança sèchement Mr Malefoy.

Harry était si content de voir Drago furieux et déconfit qu'il faillit laisser échapper une exclamation de joie.

– C'est comme partout, dit Mr Barjow de sa voix doucereuse. Les sorciers de souche sont de moins en moins respectés...

– Pas par moi, coupa Mr Malefoy, l'air hautain.

– Par moi non plus, Monsieur, ajouta Mr Barjow en s'inclinant profondément.

– Dans ce cas, nous pourrions peut-être revenir à la liste que je vous ai confiée, dit Mr Malefoy d'un ton sans réplique. Je dois vous avouer que je suis quelque peu pressé par le temps, Barjow. Il y a des affaires importantes qui m'attendent ailleurs.

Ils commencèrent alors à marchander. Harry voyait avec inquiétude Drago s'approcher de plus en plus de sa cachette à mesure qu'il examinait les objets exposés dans la boutique. Il contempla d'abord un rouleau de corde de pendu, puis lut avec un sourire narquois le carton posé devant un magnifique collier d'opale : *Ne pas toucher. Objet ensorcelé. Ce collier a provoqué la mort des 19 Moldus auxquels il a appartenu.*

Drago vit alors l'armoire qui se trouvait face à lui. Il s'avança… tendit la main vers la poignée de la porte…

– Marché conclu, dit Mr Malefoy au même moment. Viens, Drago, on s'en va.

Harry s'essuya le front d'un revers de manche en voyant Drago s'éloigner.

– Je vous souhaite le bonjour, Mr Barjow. Je vous attends demain au manoir pour venir prendre tout ça.

Dès l'instant où la porte de la boutique se fut refermée, Mr Barjow abandonna ses manières onctueuses.

– Le bonjour toi-même, *Mister* Malefoy. Si ce qu'on dit est vrai, ce que tu m'as vendu ne représente pas la moitié de ce que tu caches dans ton *manoir*…

La mine sombre, Mr Barjow disparut au fond du magasin en marmonnant des paroles incompréhensibles. Harry attendit un bon moment au cas où il serait revenu, puis, en prenant garde de faire le moins de bruit possible, il se glissa hors de l'armoire, se faufila entre les objets exposés dans leurs vitrines et sortit de la boutique.

Il colla ses lunettes cassées contre son nez et regarda autour de lui. Il se trouvait dans une ruelle minable qui semblait entièrement constituée de magasins consacrés à la magie noire. Celui qu'il venait de quitter, et dont l'enseigne portait le nom *Barjow & Beurk*, était le plus grand de tous. En face, une horrible vitrine exposait des têtes réduites et un peu plus loin, une grande cage de verre était remplie d'araignées vivantes. Deux sorciers à l'allure miteuse, dissimulés dans l'ombre d'une porte, observaient Harry en se parlant à voix basse. De plus en plus mal à l'aise, Harry, qui s'efforçait de maintenir ses lunettes contre son nez, se mit en chemin, dans l'espoir bien illusoire de trouver tout seul le moyen de sortir de là.

Une vieille pancarte en bois accrochée au-dessus d'une boutique qui vendait des chandelles venimeuses lui apprit qu'il se trouvait dans l'*Allée des Embrumes*. Mais le renseignement ne pouvait lui être d'aucune utilité : jamais il n'avait entendu parler de cet endroit. Sans doute les cendres qu'il avait avalées dans la cheminée des Weasley l'avaient-elles empêché d'articuler clairement sa destination. Essayant de conserver son sang-froid, il se demanda ce qu'il convenait de faire.

– Tu es perdu, mon chéri ? dit alors une voix dans son oreille.

Il sursauta. Une vieille sorcière était apparue devant lui, portant un plateau rempli d'ongles humains. Elle le regarda d'un œil torve en découvrant des dents gâtées. Harry eut un mouvement de recul.

– Non, non, tout va bien, dit-il. Je suis simplement...

– HARRY ! Qu'est-ce que tu fiches ici ?

Harry sentit son cœur faire un bond dans sa poitrine. Surprise, la sorcière sauta en l'air, renversant ses ongles qui lui tombèrent en cascade sur les pieds. Elle poussa un juron tandis que la carcasse massive de Hagrid, le garde-chasse de Poudlard, s'avançait vers eux à grands pas. Au-dessus de sa grosse barbe hirsute, ses yeux noirs lançaient des éclairs.

– Hagrid ! s'exclama Harry avec soulagement. J'étais perdu... La poudre de cheminette...

Hagrid saisit Harry par la peau du cou et l'éloigna de la sorcière après lui avoir fait sauter le plateau des mains. Les hurlements de la vieille harpie les suivirent tout au long de l'allée tortueuse jusqu'à ce qu'ils arrivent enfin à la lumière du soleil. Harry distingua alors une forme familière un peu plus loin : la banque

Gringotts. Hagrid l'avait ramené sur le Chemin de Traverse.

– Tu es dans un état épouvantable ! ronchonna Hagrid.

Il épousseta les vêtements couverts de suie de Harry avec une telle vigueur qu'il le projeta contre un tonneau rempli de bouse de dragon, à la devanture d'un apothicaire.

– Qu'est-ce qui t'a pris d'aller te promener dans l'Allée des Embrumes ? C'est un endroit très mal famé. Il ne faut surtout pas que quelqu'un te voie là-bas.

– Je m'en suis aperçu, répondit Harry en se baissant pour éviter Hagrid qui voulait continuer à l'épousseter. Je vous ai dit que j'étais perdu. Et vous, qu'est-ce que vous faisiez là ?

– Je cherchais un produit contre les limaces, grogna Hagrid. Elles dévorent tous les choux, dans le potager de l'école. Tu n'es quand même pas venu tout seul ?

– J'étais avec les Weasley, mais on a été séparés, expliqua Harry. Il faut que je les retrouve.

Ils se mirent à marcher le long de la rue.

– Comment ça se fait que tu n'aies pas répondu à ma lettre ? demanda Hagrid.

Harry, qui avait du mal à suivre les grandes enjambées du géant, lui raconta la visite de Dobby et ce que les Dursley lui avaient fait subir.

– Maudits Moldus, maugréa Hagrid. Si j'avais su...

– Harry ! Harry ! Par ici !

Harry leva la tête et vit Hermione Granger en haut des marches qui menaient à l'entrée de Gringotts. Elle se précipita à sa rencontre, ses cheveux bruns et touffus volant derrière elle comme une bannière.

– Qu'est-ce qui est arrivé à tes lunettes ? Bonjour, Hagrid... Ça fait tellement plaisir de vous revoir tous les deux... Tu vas chez Gringotts, Harry ?

– Oui, dès que j'aurai retrouvé les Weasley.

– C'est comme si c'était fait, dit Hagrid avec un sourire.

En effet, Ron, Fred, George, Percy et Mr Weasley émergèrent de la foule et coururent vers eux.

– Harry ! s'exclama Mr Weasley, hors d'haleine. On espérait tous que tu n'avais pas atterri trop loin.

Il épongea son crâne chauve et luisant.

– Molly est dans tous ses états. Ah, la voilà !

– Où est-ce que tu t'es retrouvé ? demanda Ron.

– Dans l'Allée des Embrumes, répondit Harry d'un air sombre.

– Formidable ! s'exclamèrent Fred et George d'une même voix.

– Nous, on n'a jamais eu le droit d'y aller, dit Ron avec envie.

– J'espère bien, il ne manquerait plus que ça ! grogna Hagrid.

Mrs Weasley apparut enfin, courant à toutes jambes, Ginny accrochée à son bras.

– Oh, Harry, mon petit chéri ! tu aurais pu atterrir Dieu sait où !

Le souffle court, elle sortit une brosse à habits de son sac à main et entreprit de débarrasser de ses vêtements la suie que Hagrid n'avait pas réussi à enlever. Mr Weasley prit les lunettes de Harry, les toucha du bout de sa baguette magique et les lui rendit. Elles étaient redevenues comme neuves.

– Il faut que j'y aille, dit Hagrid dont Mrs Weasley ne voulait pas lâcher la main. (« L'Allée des Embrumes ! Ah, Hagrid, heureusement que vous l'avez retrouvé ! Je n'ose imaginer... ») A bientôt à Poudlard !

Et il s'en alla à grands pas, dépassant de la tête et des épaules la foule qui se pressait le long de la rue.

– Devinez qui j'ai vu chez Barjow et Beurk, dit Harry

à Ron et à Hermione tandis qu'ils montaient les marches de Gringotts. Malefoy et son père.

– Est-ce que Lucius Malefoy a acheté quelque chose ? demanda aussitôt Mr Weasley qui les suivait.

– Non, il était venu vendre.

– Donc, il est inquiet, dit Mr Weasley avec une satisfaction féroce. Ah, j'aimerais tellement coincer Lucius Malefoy un de ces jours...

– Fais attention, Arthur, avertit Mrs Weasley alors qu'ils entraient dans la banque, salués par le gobelin de garde. Cette famille ne peut t'attirer que des ennuis. Tu risques de t'attaquer à un trop gros morceau.

– Tu crois que je ne suis pas de taille à lutter contre Lucius Malefoy ? s'indigna Mr Weasley.

Mais son attention fut détournée par les parents d'Hermione, debout devant le long comptoir qui s'étirait tout au long du grand hall de marbre. Un peu nerveux, ils attendaient qu'Hermione fasse les présentations.

– Mais vous êtes des *Moldus* ! s'exclama Mr Weasley avec ravissement. Il faut absolument que nous allions boire un verre ! Qu'est-ce que vous avez là ? Ah, vous changez de l'argent moldu ? Molly, regarde ça !

Tout excité, il montra à son épouse le billet de dix livres que Mr Granger avait à la main.

– On se retrouve tout à l'heure, dit Ron à Hermione.

Un gobelin de Gringotts conduisit Harry et les Weasley vers les sous-sols où était entreposé leur argent. Pour se rendre dans les coffres, il fallait emprunter de petits wagonnets montés sur rails qui sillonnaient les couloirs souterrains de la banque. Harry fut enchanté de cette promenade qui rappelait les montagnes russes des fêtes foraines, mais lorsque le gobelin eut ouvert le coffre des Weasley, il fut encore plus effaré qu'à son arrivée dans l'Allée des Embrumes. Il ne contenait en effet qu'une toute petite pile de Mornilles d'argent et un seul Gallion d'or. Mrs Weasley regarda dans les coins pour voir s'il ne restait rien d'autre, puis elle ramassa la pile de pièces qu'elles enfouit dans son sac. Harry se sentit encore plus mal à l'aise lorsqu'ils se retrouvèrent devant son propre coffre. Il essaya d'en dissimuler le contenu pendant qu'il se hâtait de remplir une bourse de cuir avec des poignées de pièces.

Quand ils furent de retour à l'entrée de la banque, ils se séparèrent à nouveau. Percy marmonna qu'il avait besoin d'une nouvelle plume. Fred et George avaient vu dans la foule leur ami Lee Jordan. Mrs Weasley et Ginny devaient aller dans un magasin qui vendait des robes d'occasion. Quant à Mr Weasley, il insista pour emmener les Granger boire un verre au *Chaudron Baveur.*

– On se retrouve chez Fleury et Bott dans une heure pour acheter vos livres, dit Mrs Weasley en emmenant Ginny. Et vous, ne vous avisez pas de mettre les pieds dans l'Allée des Embrumes ! lança-t-elle aux jumeaux qui étaient partis de leur côté.

Harry, Ron et Hermione suivirent la rue sinueuse couverte de pavés. La bourse pleine d'or, d'argent et de bronze qui tintait joyeusement dans la poche de Harry ne demandait qu'à être dépensée et il acheta trois grosses glaces à la fraise et au beurre de cacahuète qu'ils léchèrent joyeusement en même temps que les vitrines des magasins. Ron contempla avec envie un ensemble de robes aux couleurs des Canons de Chudley à la devanture du Magasin d'accessoires de Quidditch, jusqu'à ce qu'Hermione les entraîne dans la boutique voisine pour acheter de l'encre et des parchemins. Chez Pirouette et Badin, le magasin de farces et attrapes pour sorciers, ils virent Fred et George en compagnie de Lee Jordan faire provision de « Pétards mouillés du Dr

Flibuste. Explosion garantie sans chaleur ». Dans une petite boutique de brocante pleine de baguettes magiques cassées, de balances branlantes et de vieilles capes couvertes de taches de potion, ils aperçurent également Percy plongé dans un petit livre profondément ennuyeux intitulé : *Histoire des préfets célèbres.*

– *Une grande étude consacrée à la carrière des préfets de Poudlard*, lut Ron à haute voix au dos du livre. Vraiment *passionnant*...

– Fiche le camp, répliqua sèchement Percy.

– Il est très ambitieux, Percy. Il a déjà tout un plan de carrière dans la tête. Il veut devenir ministre de la Magie, expliqua Ron à voix basse.

Ils poursuivirent leur promenade et une heure plus tard, ils prirent la direction de la librairie Fleury et Bott. Ils n'étaient d'ailleurs pas les seuls à s'y rendre. Lorsqu'ils arrivèrent à proximité, il virent à leur grande surprise une foule immense qui se pressait à la porte du magasin. La cause de cette affluence s'étalait en grosses lettres sur une banderole accrochée à la façade :

Aujourd'hui, de 12h30 à 16h30
GILDEROY LOCKHART
dédicacera son autobiographie
MOI LE MAGICIEN

– On va pouvoir le rencontrer ! s'écria Hermione. C'est lui qui a écrit à peu près tous les livres de la liste !

La foule était essentiellement composée de sorcières de l'âge de Mrs Weasley. Le sorcier-libraire visiblement épuisé qui se tenait à l'entrée essayait de modérer l'ardeur des admiratrices.

– Du calme, Mesdames s'il vous plaît... Ne poussez pas... Attention aux livres...

Harry, Ron et Hermione parvinrent à se glisser à l'intérieur de la librairie. Une longue queue s'étirait sur toute la longueur du magasin au fond duquel Gilderoy

Lockhart signait ses livres. Tous trois prirent un exemplaire de *Flâneries avec le Spectre de la mort* et se faufilèrent le long de la queue jusqu'à l'endroit où attendaient les Weasley, en compagnie de Mr et Mrs Granger.

– Ah, vous êtes là. Très bien, dit Mrs Weasley.

Elle avait le souffle court et ne cessait de se tapoter les cheveux pour les maintenir en place.

– On va bientôt le voir...

Lorsque la file avança, ils aperçurent Gilderoy Lockhart, assis à sa table, entouré par de grandes photos de lui qui lançaient des clins d'œil à la foule avec un sourire aux dents étincelantes. Le vrai Lockhart était vêtu d'une longue robe de sorcier d'un bleu myosotis parfaitement assorti à la couleur de ses yeux, et son chapeau pointu était posé un peu de travers sur ses cheveux ondulés pour lui donner l'air plus cordial.

Un petit homme de mauvaise humeur lui tournait autour en prenant des photos avec un gros appareil qui laissait échapper un nuage de fumée violette chaque fois qu'il déclenchait son flash aveuglant.

– Dégagez ! aboya le photographe à l'adresse de Ron en reculant pour avoir un meilleur angle. C'est pour *La Gazette du sorcier*.

– Ce n'est pas une raison pour marcher sur les gens ! répliqua Ron qui frottait son pied écrasé par le petit homme.

Gilderoy Lockhart avait entendu la scène. Il leva les yeux, vit Ron, puis Harry. Pendant un instant, il ouvrit des yeux ronds, puis il bondit de sa chaise en hurlant :

– Ma parole, ce n'est quand même pas Harry Potter ?

Un chuchotement fébrile s'éleva de la foule qui s'écarta tandis que Lockhart se précipitait sur Harry, l'attrapait par le bras et l'entraînait vers sa table sous des applaudissements nourris. Harry avait les joues en feu lorsque Lockhart lui serra la main pour l'objectif du photographe qui mitraillait comme un fou en projetant une épaisse fumée sur les Weasley.

– Fais-nous un beau sourire, Harry, dit Lockhart à travers ses dents étincelantes largement exhibées. Toi et moi, on va faire la une.

Quand il lâcha enfin la main de Harry, celui-ci ne sentait plus ses doigts. Il essaya de revenir vers les Weasley, mais Lockhart lui passa un bras autour des épaules et le tint fermement à côté de lui.

– Mesdames et Messieurs, dit-il d'une voix forte en demandant le silence d'un signe de la main, voici un moment extraordinaire ! Un moment idéal pour vous annoncer quelque chose que j'avais gardé secret jusqu'à présent ! Lorsque le jeune Harry Potter est entré chez Fleury et Bott aujourd'hui, il voulait simplement acheter mon autobiographie – que je vais me faire un plaisir de lui offrir gratuitement...

La foule applaudit à nouveau.

– ... mais il ne se doutait pas le moins du monde que bientôt il aurait beaucoup plus que mon livre *Moi le magicien*, poursuivit Lockhart en donnant à Harry une bourrade affectueuse qui fit glisser ses lunettes au bout de son nez. En effet, lui et ses camarades de classe vont avoir le vrai magicien en chair et en os. Eh oui, Mesdames et Messieurs, j'ai le plaisir et la fierté de vous annoncer qu'à partir de la rentrée de septembre, c'est moi qui assurerai les cours de Défense contre les Forces du Mal, à l'école de sorcellerie de Poudlard !

Sous les exclamations de joie et les applaudissements de la foule, Harry se vit offrir la collection complète des livres de Gilderoy Lockhart. Titubant un peu sous le poids des volumes, il parvint à se glisser vers un coin de la boutique où Ginny attendait à côté de son nouveau chaudron.

– Tiens, je te les donne, marmonna Harry en laissant tomber les livres dans le chaudron. J'achèterai moi-même mes propres exemplaires.

– Ça a dû te faire plaisir, Potter ? dit alors une voix que Harry n'eut aucun mal à reconnaître.

Il se redressa et se retrouva face à Drago Malefoy qui le regardait de son air toujours aussi méprisant.

– Le *célèbre* Harry Potter, poursuivit Malefoy. Il ne peut même pas entrer dans une librairie sans faire la une des journaux.

– Laisse-le tranquille, ce n'était pas sa faute, répliqua Ginny en lançant à Malefoy un regard assassin.

C'était la première fois qu'elle ouvrait la bouche en présence de Harry.

– Alors, Potter, tu t'es trouvé une petite amie ? ironisa Malefoy.

Ginny devint écarlate tandis que Ron et Hermione les rejoignaient en se frayant un chemin parmi la foule, les bras chargés de livres de Lockhart.

– Ah, c'est toi, dit Ron qui regarda Malefoy comme s'il s'était agi d'une saleté sur la semelle de sa chaussure. Tu dois être surpris de voir Harry ici, non ?

– Ce qui me surprend le plus, c'est de te voir dans une boutique, Weasley, répliqua Malefoy. J'imagine que tes parents n'auront plus rien à manger pendant un mois après t'avoir acheté tous ces bouquins.

Ron devint aussi écarlate que Ginny. A son tour, il laissa tomber ses livres dans le chaudron et s'avança vers Malefoy, mais Harry et Hermione le retinrent par les pans de sa veste.

– Ron ! s'écria Mr Weasley noyé dans la foule en compagnie de Fred et de George. Qu'est-ce que tu fabriques ? Viens, on sort, c'est de la folie, ici.

– Tiens, tiens, tiens, Arthur Weasley.

C'était Mr Malefoy. Il avait rejoint Drago et lui avait

posé une main sur l'épaule en arborant le même sourire méprisant.

– Lucius, dit Mr Weasley en le saluant froidement d'un signe de tête.

– Beaucoup de travail au ministère, à ce qu'on dit... lança Malefoy. Toutes ces perquisitions... J'espère qu'ils vous paient des heures supplémentaires, au moins ?

Il plongea la main dans le chaudron de Ginny, parmi les livres neufs sur papier glacé de Gilderoy Lockhart, et en sortit un vieil exemplaire usé du *Guide des débutants en métamorphose.*

– Apparemment pas, dit-il. A quoi bon déshonorer la fonction de sorcier si on ne vous paie même pas bien pour ça ?

Mr Weasley devint encore plus cramoisi que Ron et Ginny.

– Nous n'avons pas la même conception de ce que doit être l'honneur d'un sorcier, Malefoy, dit-il.

– Ça ne fait aucun doute, répliqua Mr Malefoy en tournant ses yeux pâles vers Mr et Mrs Granger qui observaient la scène avec appréhension. Vous fréquentez de drôles de gens, Weasley... Je ne pensais pas que votre famille puisse tomber encore plus bas...

Il y eut un bruit métallique lorsque le chaudron de Ginny se renversa. Mr Weasley venait de se jeter sur Mr Malefoy en le projetant contre une étagère remplie de livres. Des dizaines d'épais grimoires leur tombèrent sur la tête dans un grondement de tonnerre.

– Vas-y, Papa ! s'écrièrent Fred et George.

Mrs Weasley se mit à hurler.

– Non, Arthur, non ! s'écria-t-elle.

La foule recula en désordre, renversant d'autres étagères au passage.

– Messieurs, s'il vous plaît... s'il vous plaît ! s'exclama un vendeur.

– Allons, allons, Messieurs, ça suffit ! dit alors une voix plus puissante que les autres.

Hagrid s'avança vers eux, dans l'océan des livres étalés par terre. Un instant plus tard, il avait séparé Mr Weasley et Mr Malefoy. Mr Weasley avait la lèvre fendue et Mr Malefoy avait reçu dans l'œil une *Encyclopédie des champignons vénéneux*. Il tenait toujours à la main le vieux livre de Ginny sur la métamorphose. Les yeux flamboyant de hargne, il lui jeta le volume.

– Tiens, jeune fille, prends ton livre, dit-il à Ginny. Ton père ne pourra jamais rien t'offrir de mieux.

Il repoussa Hagrid qui le maintenait à distance, fit signe à Drago de le suivre et s'empressa de sortir du magasin.

– Vous n'auriez pas dû faire attention à lui, Arthur, dit Hagrid qui souleva presque Mr Weasley du sol en voulant lui défroisser sa robe. Toute cette famille est pourrie jusqu'à la moelle, chacun sait ça. Il ne faut jamais écouter ce que dit un Malefoy. Sale engeance ! Allez, venez, sortons d'ici.

Le vendeur fit mine de vouloir les empêcher de sortir, mais lorsqu'il s'aperçut qu'il arrivait à peine à la taille de Hagrid, il se ravisa. Ils se dépêchèrent de regagner la rue, les Granger tremblant de peur, Mrs Weasley folle de rage.

– Un bel exemple à donner aux enfants ! Se battre en public ! Je me demande ce qu'a dû penser Gilderoy Lockhart.

– Il était très content, dit Fred. Tu ne l'as pas entendu quand on est partis ? Il demandait au type de *La Gazette du sorcier* s'il pourrait parler de la bagarre dans son reportage. Il a dit que ça ferait une très bonne publicité.

Mais l'humeur n'était guère à l'allégresse sur le chemin du *Chaudron Baveur* d'où Harry, les Weasley et tous leurs achats devaient rentrer au « Terrier » par la poudre de cheminette. Dans le pub, les Granger prirent congé et regagnèrent la rue, côté moldu. Mr Weasley avait commencé à leur demander comment fonctionnaient les arrêts de bus, mais en voyant le regard noir de son épouse, il estima préférable de ne pas insister.

Harry enleva ses lunettes qu'il mit à l'abri dans sa poche avant de prendre la poudre de cheminette. Ce n'était vraiment pas son moyen de transport préféré.

5
Le saule cogneur

La fin des vacances d'été arriva trop vite au goût de Harry. Bien sûr, il avait hâte de retourner à Poudlard, mais le mois qu'il avait passé au « Terrier » était le moment le plus heureux de sa vie. Il ne pouvait s'empêcher d'éprouver une certaine jalousie à l'égard de Ron en pensant à l'existence que lui avaient fait mener les Dursley et au genre d'accueil qu'il recevrait en guise de bienvenue la prochaine fois qu'il se montrerait à Privet Drive.

La veille de la rentrée, Mrs Weasley fit apparaître par magie un somptueux dîner qui comportait les plats préférés de Harry ainsi qu'un délicieux gâteau à la crème. Pour terminer la soirée en beauté, Fred et George firent exploser des pétards du Dr Flibuste en un véritable feu d'artifice, remplissant la cuisine d'étoiles rouges et bleues qui rebondirent sur les murs et au plafond pendant une bonne demi-heure. Ils burent ensuite une dernière tasse de chocolat avant d'aller se coucher.

Le lendemain matin, ils mirent longtemps à se préparer. Ils s'étaient tous levés au chant du coq, mais ils avaient encore beaucoup à faire. Mrs Weasley surgit, de très mauvaise humeur, cherchant des chaussettes et des plumes. Tout le monde se cognait dans l'escalier, à moitié habillé, un morceau de toast à la main. Mr Weasley faillit même se rompre le cou en trébuchant contre un poulet alors qu'il traversait la cour pour mettre la valise de Ginny dans la voiture.

Harry ne voyait pas comment huit personnes, six grosses valises, deux hiboux et un rat allaient bien pouvoir tenir dans une petite Ford Anglia. Mais c'était compter sans les aménagements très particuliers que Mr Weasley lui avait apportés.

– Pas un mot à Molly, surtout, chuchota-t-il à l'oreille de Harry en ouvrant le coffre que quelques tours de magie lui avaient permis d'agrandir suffisamment pour y ranger toutes les valises.

Mrs Weasley et Ginny prirent place sur le siège avant qui avait la taille d'un banc public tandis que la banquette arrière offrait suffisamment d'espace à Harry, Ron, Fred, George et Percy pour s'y asseoir confortablement.

– Finalement, les Moldus sont beaucoup plus astucieux qu'on ne le pense, vous ne trouvez pas ? remarqua Mrs Weasley. Quand on voit cette voiture de l'extérieur, on ne dirait jamais qu'il y a autant de place à l'intérieur.

Mr Weasley mit le moteur en marche et la voiture traversa la cour en cahotant. Harry se retourna pour regarder une dernière fois la maison. A peine avait-il eu le temps de se demander quand il la reverrait qu'ils étaient déjà de retour : George avait oublié sa boîte de pétards du Dr Flibuste. Cinq minutes plus tard, ils s'arrêtaient à nouveau au milieu de la cour dans un crissement de pneus et Fred se précipitait dans la maison pour y chercher son balai volant. Ils avaient presque atteint l'autoroute lorsque Ginny poussa un hurlement perçant en annonçant qu'elle avait oublié son journal intime. Quand elle remonta dans la voiture, ils étaient déjà très en retard et l'énervement était à son comble.

Mr Weasley, après avoir jeté un coup d'œil à sa montre, se tourna vers sa femme.

– Molly, ma chérie, je crois que nous irions plus vite si...

– Non, Arthur, répliqua Mrs Weasley.

– Personne ne nous verrait. Le petit bouton que tu vois là commande un réacteur d'invisibilité que j'ai installé. Nous pourrions décoller instantanément, voler au-dessus des nuages et en dix minutes nous serions arrivés sans que personne s'aperçoive...

– Arthur, j'ai dit *non*. Pas en plein jour.

Ils arrivèrent devant King's Cross à onze heures moins le quart. Mr Weasley se précipita pour aller chercher des chariots à bagages et ils s'engouffrèrent à grands pas dans la gare.

Harry avait déjà pris le Poudlard Express l'année précédente. La difficulté consistait à trouver la voie 9 3/4 qui n'était pas visible aux yeux des Moldus. Pour y accéder, il fallait traverser la barrière qui se dressait entre les voies 9 et 10. C'était indolore mais on devait faire attention que les Moldus ne remarquent rien.

– Percy, vas-y le premier, dit Mrs Weasley, le front soucieux, en voyant sur la grosse pendule de la gare qu'il ne leur restait plus que cinq minutes pour franchir la barrière comme si de rien n'était.

Percy s'avança d'un pas décidé et disparut. Mr Weasley, Fred et George le suivirent.

– J'y vais avec Ginny et, vous deux, vous passez tout de suite après, dit Mrs Weasley à Harry et à Ron.

Elle attrapa Ginny par la main et fonça vers la barrière. En un clin d'œil, toutes deux avaient également disparu.

– Viens, on y va ensemble, il nous reste à peine une minute, dit Ron à Harry.

Harry s'assura que la cage d'Hedwige était solidement

calée sur sa valise et fit tourner le chariot face à la barrière. Il était parfaitement sûr de lui : c'était beaucoup moins difficile que de prendre la poudre de cheminette. Penchés sur leurs chariots, Ron et lui s'avancèrent côte à côte vers la barrière en marchant de plus en plus vite. Lorsqu'ils ne furent plus qu'à un mètre, ils se mirent à courir et...

SHPLÂÂÂAANNNGGG !!!!

Les deux chariots heurtèrent la barrière de plein fouet et le choc les fit rebondir en arrière. La valise de Ron tomba avec un grand bruit, Harry fit un vol plané et la cage d'Hedwige roula sur le sol dans un grand vacarme de hululements indignés. Tous les regards se tournèrent vers eux et un vigile se précipita en hurlant :

– Qu'est-ce que vous fabriquez tous les deux ?

– J'ai perdu le contrôle de mon chariot, répondit Harry qui se releva péniblement en frottant ses côtes endolories.

Ron courut ramasser la cage d'Hedwige qui poussait de tels hurlements que certains voyageurs commençaient à marmonner des commentaires sur les mauvais traitements infligés aux animaux.

– Comment ça se fait qu'on n'ait pas réussi à passer ? chuchota Harry à l'oreille de Ron.

– J'en sais rien...

Ron lança des regards inquiets autour de lui. Une douzaine de personnes continuaient de les observer.

– On va rater le train, murmura Ron. Je ne comprends vraiment pas pourquoi le passage est resté fermé...

L'estomac contracté, Harry leva les yeux vers l'horloge géante. Plus que dix secondes... neuf secondes...

Avec précaution, il amena son chariot jusqu'à la barrière puis il poussa de toutes ses forces. Le métal restait infranchissable.

Trois secondes... deux secondes... une seconde...

– Ça y est, le train est parti, dit Ron, consterné. Et si jamais mes parents ne peuvent pas repasser dans l'autre sens, qu'est-ce qu'on fait ? Tu as de l'argent de Moldus ?

Harry eut un rire amer.

– Ça fait à peu près six ans que les Dursley ne m'ont pas donné d'argent de poche, dit-il.

Ron colla l'oreille contre le métal glacé de la barrière.

– Je n'entends rien du tout, dit-il d'une voix tendue. Qu'est-ce qu'on peut faire ? Je me demande combien de temps il faudra à mes parents pour venir nous retrouver.

Ils regardèrent autour d'eux. Des badauds continuaient de les observer, attirés par les cris stridents d'Hedwige.

– Il vaut mieux qu'on aille les attendre près de la voiture, dit Harry. On se fait un peu trop remarquer, ici...

– Harry ! s'exclama Ron, le regard soudain brillant. La voiture !

– Quoi, la voiture ?

– On peut la faire voler jusqu'à Poudlard !

– Mais je croyais que...

– On est coincés, non ? Et il faut bien qu'on trouve le moyen d'aller à l'école ? Or, même les sorciers de premier cycle ont le droit de faire usage de la magie en cas d'urgence, chapitre dix-neuf, je crois, du code de Restriction de...

Harry sentit brusquement la panique faire place à l'excitation.

– Tu saurais la faire voler ?

– Aucun problème, assura Ron en tournant son chariot vers la sortie. Allons-y. Si on se dépêche, on pourra rattraper le train et le suivre jusqu'à Poudlard.

Et ils s'élancèrent à travers le hall en fendant la foule des Moldus intrigués. Lorsqu'ils eurent rejoint l'Anglia, Ron ouvrit le coffre gigantesque en tapotant la carrosserie avec sa baguette magique. Ils y rangèrent leurs valises, posèrent la cage d'Hedwige sur la banquette arrière et s'installèrent à l'avant.

– Vérifie que personne ne nous regarde, dit Ron en faisant démarrer le moteur d'un autre coup de sa baguette magique.

Il y avait de la circulation sur l'avenue, un peu plus loin, mais la rue dans laquelle se trouvait la voiture était déserte.

– Tu peux y aller, dit Harry.

Ron appuya sur un petit bouton argenté aménagé dans le tableau de bord. Aussitôt, la voiture disparut... et eux aussi. Harry sentait le siège vibrer sous lui, il entendait le moteur, sentait ses mains sur ses genoux, ses lunettes sur son nez, mais tout ce qu'il voyait, c'était la rue sinistre qui s'éloignait au-dessous d'eux tandis que la voiture invisible s'élevait dans les airs.

– Allons-y plein gaz, dit Ron.

Les immeubles alentour sortirent de leur champ de vision. Bientôt, ils virent toute la ville de Londres s'étaler sous leurs yeux, baignée de brume et de lumières.

Il y eut alors un petit bruit et la voiture réapparut en même temps que Ron et Harry.

– Oh, oh, dit Ron en appuyant sur la commande du réacteur d'invisibilité. On dirait qu'il a des ratés.

Ils se mirent à deux pour marteler le bouton. La voiture disparut, puis réapparut comme s'il y avait un faux contact.

– Tiens-toi bien, cria Ron.

Et il écrasa l'accélérateur. La voiture fonça droit dans les nuages bas qui s'étiraient sur la ville et ils plongèrent dans un brouillard grisâtre.

– Et maintenant ? dit Harry en regardant la masse compacte des nuages qui les enveloppait.

– Il faut qu'on repère le train pour savoir dans quelle direction aller.

– Redescends un peu...

Ils repassèrent sous la couche de nuages et se tordirent le cou pour observer le sol.

– Ça y est, je le vois ! s'exclama Harry. Juste devant nous, là-bas !

Le Poudlard Express filait au loin comme un serpent écarlate.

– Plein nord, dit Ron en jetant un coup d'œil à la boussole du tableau de bord. Il suffira de vérifier toutes les demi-heures qu'on est dans la bonne direction.

Et la voiture remonta en flèche, traversant la couche des nuages pour voler en plein soleil.

– Il faut faire attention aux avions, maintenant, dit Ron.

Ils échangèrent un regard et éclatèrent de rire. Pendant un long moment, il leur fut impossible de retrouver leur sérieux.

C'était comme s'ils avaient plongé dans un rêve fabuleux. On ne pouvait imaginer meilleure façon de voyager, songea Harry. Voir défiler des tourbillons de nuages aux formes extraordinaires en restant bien au chaud dans la voiture, sous un soleil éclatant, avec des caramels plein la boîte à gants et la joie de pouvoir contempler dans quelques heures l'expression envieuse de Fred et de George lorsqu'ils feraient un atterrissage spectaculaire sur la vaste pelouse de Poudlard.

Régulièrement, ils descendaient sous la couche de nuages pour vérifier que le train était toujours en vue. Londres était loin à présent et le paysage changeait sous leurs yeux : la verdure des prés avait laissé place à des landes aux couleurs pourpres. On apercevait tour à tour des villages avec de minuscules églises et des villes plus grandes sillonnées de voitures qui ressemblaient à des insectes multicolores.

Sept heures plus tard, cependant, Harry dut s'avouer

que le temps lui paraissait long. Les caramels leur avaient donné soif et ils n'avaient rien à boire. Ron et lui avaient enlevé leurs pull-overs mais le T-shirt de Harry collait au dossier de son siège et ses lunettes glissaient sans cesse au bout de son nez couvert de sueur. La forme des nuages lui était devenue indifférente et il songeait avec envie au jus de citrouille bien frais qu'une sorcière poussant un chariot servait à des kilomètres au-dessous d'eux, dans le Poudlard Express. Pourquoi donc n'avaient-ils pu accéder à la voie 9 3/4 ?

– Ça ne doit plus être très loin, maintenant, dit Ron d'une voix enrouée tandis que le soleil descendait sur la couche de nuages en les baignant d'une lueur rose. On va jeter un coup d'œil au train. Prêt ?

L'express était toujours là, serpentant entre des montagnes aux sommets enneigés. Il faisait beaucoup plus sombre, sous les nuages.

Ron enfonça l'accélérateur et reprit de l'altitude, mais le moteur commença à peiner en émettant une sorte de plainte.

Harry et Ron échangèrent un regard inquiet.

– La voiture doit être un peu fatiguée, dit Ron. Elle n'a jamais parcouru une aussi longue distance...

Tous deux firent semblant de ne pas remarquer que la plainte du moteur devenait de plus en plus intense tandis que le ciel s'assombrissait... Des étoiles commençaient à éclore dans l'obscurité. Harry remit son pull-over, essayant de ne pas prêter attention aux essuie-glaces qui oscillaient faiblement, comme pour exprimer leur protestation.

– On approche, dit Ron, qui parlait plus à la voiture qu'à Harry. Il n'y en a plus pour longtemps.

Il tapota le tableau de bord d'un geste un peu nerveux.

Lorsqu'ils redescendirent sous les nuages, ils scrutèrent l'obscurité pour essayer de repérer sur le sol un endroit familier.

– Là ! s'écria soudain Harry en faisant sursauter Ron et Hedwige. Tout droit !

Se découpant dans la pénombre de l'horizon, les nombreuses tours du château de Poudlard se dressaient au sommet de la falaise qui dominait le lac.

La voiture, cependant, s'était mise à vibrer de toutes parts et perdait de la vitesse.

– Allons, on arrive, dit Ron d'un ton cajoleur en donnant au volant une petite secousse.

Le moteur grogna et de petits jets de vapeur sortirent de sous le capot. Machinalement, Harry se cramponna aux bords de son siège.

La voiture descendait vers le lac. Soudain, elle oscilla dangereusement. Par la vitre, Harry voyait la surface noire, lisse et luisante du lac qui s'étendait à quelques centaines de mètres sous eux. Ron avait les mains crispées sur le volant. A nouveau, la voiture oscilla.

– Du calme, murmura Ron.

Ils étaient au-dessus du lac et le château se dressait droit devant eux. Ron écrasa l'accélérateur.

Il y eut un grand bruit de ferraille, le moteur se mit à tousser, puis il s'arrêta complètement.

– Oh, oh... dit Ron dans le terrible silence qui régnait à présent.

La voiture piqua du nez. Ils tombaient de plus en plus vite, en fonçant droit sur la muraille du château.

– Noooooon ! hurla Ron en tournant désespérément le volant.

La voiture décrivit une grande courbe, évita le mur d'extrême justesse et poursuivit son vol au-dessus des serres, du potager, puis de la pelouse, en perdant de plus en plus d'altitude.

Ron lâcha le volant et sortit sa baguette magique de sa poche.

– STOP ! STOP ! hurla-t-il.

Il donna de grands coups de baguette sur le tableau de bord et le pare-brise, mais la voiture poursuivit sa descente inexorable. Le sol se rapprochait…

– ATTENTION À L'ARBRE ! s'écria Harry qui plongea sur le volant.

Mais trop tard…

BOOOOOOÏÏÏÏÏNNNNNG !!!!

Dans le vacarme assourdissant de la tôle s'écrasant contre l'énorme tronc, la voiture percuta l'arbre de plein fouet et tomba lourdement sur le sol dans un panache de vapeur qui s'élevait du capot en accordéon. Hedwige poussa des cris de terreur, une bosse de la taille d'une balle de golf apparut sur le front de Harry, à l'endroit où il avait heurté le pare-brise, et Ron laissa échapper une plainte déchirante.

– Ça va ? demanda précipitamment Harry.

– Ma baguette, répondit Ron d'une voix tremblante. Regarde ma baguette magique.

Elle était presque cassée en deux. Son extrémité pendait lamentablement, à peine retenue par quelques fibres de bois.

Harry ouvrit la bouche pour dire que quelqu'un pourrait sûrement la réparer à l'école, mais il n'eut pas le temps de prononcer le moindre mot. Au même moment, quelque chose frappa le flanc de la voiture avec la force d'un taureau en pleine charge et projeta Harry contre Ron. Il y eut presque aussitôt un autre coup sur le toit.

– Qu'est-ce qui se passe ?

Ron eut un hoquet de terreur, le regard fixé devant lui. Harry vit juste à temps une branche de l'épaisseur d'un gros python s'abattre sur le pare-brise. L'arbre contre lequel ils s'étaient écrasés était en train de les attaquer. Son tronc s'était penché en avant et ses branches noueuses martelaient férocement la voiture.

– Aaaaaaaarrrrggghhh ! s'écria Ron alors qu'une grosse branche enfonçait violemment la portière.

Des rameaux déchaînés faisaient trembler le pare-brise sous leurs coups et une énorme branche tambourinait sur le toit qui commençait à se creuser dangereusement.

– Sauve qui peut ! hurla Ron en pesant de tout son poids contre la portière.

Mais un vigoureux uppercut d'une autre branche le projeta contre Harry.

– On est fichus, marmonna-t-il tandis que le toit s'enfonçait de plus en plus.

A ce moment, le plancher de la voiture se mit à vibrer. Le moteur s'était remis en marche.

– Marche arrière ! s'écria Harry.

La voiture recula aussitôt mais l'arbre ne se calma pas pour autant. Ils l'entendirent craquer comme s'il essayait de se déraciner pour les poursuivre, en continuant de donner des coups de branches en tous sens. Mais la voiture était à présent hors de portée.

– Il était moins une, dit Ron d'un ton haletant. Bravo, la voiture !

L'Anglia, cependant, était à bout de forces. Les portes s'ouvrirent dans un grincement de ferraille et Harry fut basculé vers l'extérieur, atterrissant à plat ventre les bras en croix sur le sol humide. Avec un bruit sourd, la voiture éjecta leurs bagages du coffre arrière. La cage d'Hedwige fut projetée au-dehors et tomba par terre en s'ouvrant sous le choc. La chouette s'envola dans un grand cri de colère et fila à tire-d'aile en direction du château sans un regard en arrière. Lacérée, cabossée, fumante, la voiture s'éloigna en cahotant dans les ténèbres, ses feux arrière rougeoyant de fureur.

– Reviens ! cria Ron. Papa va me tuer si tu t'en vas !

Il lui courut après en brandissant sa baguette cassée,

mais la voiture disparut dans une dernière pétarade de son pot d'échappement.

– Tu parles d'un coup de chance ! dit Ron d'une voix consternée en se penchant pour ramasser Croûtard, son rat. Parmi tous les arbres du parc, on a choisi de s'écraser contre celui qui rend les coups !

Il jeta un regard au vieil arbre qui continuait d'agiter ses branches d'un air menaçant.

– Viens, dit Harry d'un ton las, on ferait mieux de rentrer à l'école.

Ce n'était pas du tout l'arrivée triomphante qu'ils avaient imaginée. Meurtris et tremblants de froid, ils saisirent la poignée de leurs valises qu'ils traînèrent derrière eux, sur la vaste pelouse qui montait en pente douce vers l'imposant portail en chêne du château.

– Le banquet a dû commencer, dit Ron en laissant tomber sa valise au pied des marches qui menaient à l'entrée.

Il s'approcha silencieusement d'une fenêtre éclairée et regarda à l'intérieur.

– Hé, Harry, viens voir, ils en sont à la cérémonie de la Répartition, dit-il.

Harry le rejoignit et tous deux observèrent ce qui se passait dans la Grande Salle. D'innombrables chandelles flottaient dans les airs le long de quatre grandes tables autour desquelles les élèves étaient assis devant des assiettes et des gobelets d'or étincelants. Au-dessus, un plafond magique reconstituait le ciel illuminé d'étoiles.

Dans la forêt de chapeaux pointus qui remplissait la salle, Harry distingua une longue rangée d'élèves de première année qui attendaient, le visage anxieux. Ginny se trouvait parmi eux, facilement repérable grâce à ses cheveux roux vif, typiques de la famille Weasley. Le professeur McGonagall, une sorcière à lunettes et à chignon, posait le célèbre Choixpeau magique de Poudlard sur un tabouret.

Chaque année, le vieux chapeau malpropre, effiloché, rapiécé, répartissait les nouveaux arrivants à Poudlard dans les quatre différentes maisons qui regroupaient les élèves de l'école selon leur caractère et leurs aptitudes (les Gryffondor, les Poufsouffle, les Serdaigle et les Serpentard). Harry se rappelait très bien le moment où il avait lui-même coiffé ce chapeau, un an auparavant. Pétrifié, il avait attendu sa décision qu'il lui avait murmurée à l'oreille. Pendant quelques instants terrifiants, il avait craint que le chapeau ne l'envoie chez les Serpentard, la maison d'où étaient sortis nombre de sorciers adeptes de la magie noire, mais finalement, son choix s'était porté sur les Gryffondor, où il avait retrouvé Ron, Hermione et les autres Weasley. Au dernier trimestre, Harry et Ron avaient aidé Gryffondor à remporter la coupe des Quatre Maisons, battant ainsi les Serpentard pour la première fois depuis sept ans.

Un garçon de petite taille, aux cheveux clairs, venait d'être appelé pour mettre le chapeau sur sa tête. Harry aperçut le professeur Dumbledore, le directeur de l'école, qui assistait à la cérémonie, assis à la table des professeurs. Sa longue barbe argentée et ses lunettes en demi-lune luisaient à la lumière des chandelles. Assis un peu plus loin, Harry reconnut Gilderoy Lockhart, vêtu d'une robe de sorcier bleu-vert. Au bout de la table, Hagrid, immense et hirsute, vidait le contenu de son gobelet.

– Dis-donc, murmura Harry à l'oreille de Ron, il y a une chaise vide à la table des profs... Où est Rogue ?

Severus Rogue était le professeur que Harry aimait le moins. Et lui-même était l'élève que Rogue détestait le plus. Cruel, sarcastique et honni par tout le monde, sauf par les élèves de sa propre maison (les Serpentard), Rogue était le professeur de potions magiques.

– Il est peut-être malade ! dit Ron, plein d'espoir.

– Ou peut-être qu'il a fini par démissionner, suggéra Harry, parce qu'on ne lui a *toujours pas* confié les cours de Défense contre les Forces du Mal.

– Il a peut-être été renvoyé ! s'exclama Ron avec enthousiasme. Tout le monde le déteste...

– Ou peut-être qu'il attend de savoir pourquoi vous n'êtes pas venus par le train, dit derrière eux une voix glacée.

Harry fit volte-face. Severus Rogue, sa longue robe noire de sorcier agitée par la brise, se tenait devant lui. Il était mince, avec un teint jaunâtre, un nez crochu et des cheveux graisseux qui lui tombaient sur les épaules. Le sourire qu'il arborait en cet instant signifiait clairement que Ron et Harry allaient avoir de sérieux ennuis.

– Suivez-moi, dit Rogue.

Sans même oser échanger un regard, Ron et Harry montèrent les marches derrière Rogue et le suivirent dans le vaste hall d'entrée éclairé par des torches. Une délicieuse odeur de cuisine leur parvenait de la Grande Salle, mais Rogue les emmena dans la direction opposée et leur fit descendre l'escalier qui menait aux sous-sols du château.

– Entrez là ! ordonna-t-il en ouvrant une porte au milieu de l'étroit couloir.

Tremblant de tous leurs membres, ils pénétrèrent dans le bureau de Rogue. Les murs sombres étaient recouverts d'étagères remplies de gros bocaux en verre dans lesquels flottaient toute sorte de choses répugnantes dont Harry ne voulait même pas connaître le nom. La cheminée était noire et vide. Après avoir refermé la porte, Rogue se tourna vers eux.

– Alors, dit-il sans élever la voix, le train n'est pas assez bien pour le célèbre Harry Potter et son fidèle Weasley ? On préférait une arrivée qui fasse du bruit, n'est-ce pas ?

– Non, Monsieur, c'est la barrière de King's Cross qui...

– Silence ! coupa Rogue. Qu'avez-vous fait de la voiture ?

Ron avala de travers. Ce n'était pas la première fois que Rogue leur donnait l'impression de savoir lire dans les pensées. Mais un instant plus tard, le professeur déroula devant leurs yeux le dernier numéro du *Sorcier du soir.*

– On vous a vus, siffla-t-il en leur montrant le titre qui s'étalait à la une : UNE FORD ANGLIA VOLANTE INQUIÈTE LES MOLDUS.

Il commença à lire l'article à haute voix :

– « Deux Moldus londoniens affirment avoir vu une vieille voiture voler au-dessus de la Poste centrale... A midi, dans le comté du Norfolk, Mrs Hetty Bayliss qui suspendait sa lessive dans son jardin... Mr Angus Fleet, de Peebles, a déclaré à la police... ». En tout, six ou sept Moldus ont vu la voiture, résuma Rogue. Je crois que votre père travaille au service des Détournements de l'Artisanat moldu, c'est bien cela ? ajouta-t-il en adressant à Ron un sourire plus féroce que jamais. Mon Dieu, mon Dieu... son propre fils...

Harry avait l'impression d'avoir reçu au creux de l'estomac un coup de branche de l'arbre fou. Si jamais quelqu'un découvrait que c'était Mr Weasley qui avait ensorcelé la voiture... Il n'avait pas pensé à ça...

– Au cours de mes recherches dans le parc, j'ai constaté qu'un saule cogneur d'une valeur inestimable avait subi des dommages considérables, poursuivit Rogue.

– C'est à nous que cet arbre a fait subir des dommages considérables... protesta Ron.

– Silence ! coupa Rogue. Malheureusement, vous n'appartenez pas à la maison des Serpentard et il ne m'appartient pas de décider de votre exclusion. Mais je vais aller chercher les personnes qui disposent de cet heureux pouvoir. Attendez-moi ici.

Le teint livide, Harry et Ron échangèrent un regard. Harry n'avait plus faim du tout. Il était même pris de nausée. Il essayait de ne pas regarder une grosse chose gluante qui flottait dans un liquide verdâtre, sur une étagère située derrière le bureau. Si Rogue était allé chercher le professeur McGonagall, la directrice de la maison des Gryffondor, les choses n'allaient pas s'arranger pour eux. Elle se montrerait peut-être moins injuste que Rogue, mais elle était quand même très sévère.

Dix minutes plus tard, Rogue était de retour et, comme il fallait s'y attendre, le professeur McGonagall l'accompagnait. Harry avait déjà eu l'occasion de la voir en colère à plusieurs reprises, mais jamais à ce point-là. Dès qu'elle fut entrée dans le bureau elle brandit sa baguette magique. Harry et Ron se recroquevillèrent, mais elle se contenta de la pointer sur la cheminée où un feu ronflant apparut soudain.

– Assis ! ordonna-t-elle.

Tous deux reprirent place sur leur chaise, auprès du feu.

– Explications ! ajouta-t-elle, les lunettes étincelantes de menaces.

Ron se lança dans le récit de leur aventure en commençant par la barrière de King's Cross qui avait refusé de les laisser passer.

– ... Nous n'avions pas le choix, professeur, il nous était impossible de monter dans le train.

– Pourquoi ne nous avez-vous pas envoyé une lettre par hibou express ? Vous aviez bien un hibou ou une chouette sous la main, j'imagine ? demanda sèchement le professeur McGonagall à Harry.

Harry la regarda bouche bée. Maintenant qu'elle le

disait, il lui semblait que c'était la chose la plus évidente à faire.

– Je... je n'ai pas pensé...

– C'est ce que je vois, répliqua le professeur McGonagall.

Quelqu'un frappa à la porte du bureau. Rogue, qui n'avait jamais paru aussi heureux, alla ouvrir. C'était le professeur Dumbledore, le directeur de l'école.

Harry sentit tout son corps s'engourdir. Dumbledore avait un air solennel qui ne lui était pas coutumier. Il baissa les yeux vers eux et Harry regretta soudain de n'être pas resté auprès du saule cogneur à recevoir des coups.

Il y eut un long silence.

– Pourriez-vous m'expliquer pourquoi vous avez fait ça ? dit alors Dumbledore.

Il aurait mieux valu qu'il se mette à hurler. Harry était consterné d'entendre la nuance de déception qu'il y avait dans sa voix. Il était incapable de regarder Dumbledore dans les yeux et il lui répondit en contemplant ses genoux. Il lui avoua tout, sauf que Mr Weasley était le propriétaire de la voiture ensorcelée. A l'en croire, on aurait dit qu'ils avaient trouvé par hasard une voiture volante garée à proximité de la gare. Harry savait que Dumbledore ne serait pas dupe, mais il ne posa aucune question concernant la voiture. Lorsque Harry eut terminé son récit, Dumbledore se contenta de les regarder à travers ses lunettes sans dire un mot.

– On va aller chercher nos affaires, dit Ron d'un ton désespéré.

– De quoi parlez-vous, Weasley ? aboya le professeur McGonagall.

– Vous allez nous renvoyer, non ? dit Ron.

Harry jeta un bref coup d'œil à Dumbledore.

– Pas aujourd'hui, Mr Weasley, dit Dumbledore. Mais

je dois insister sur la gravité de ce que vous avez fait. Ce soir, j'écrirai à vos familles. Je dois aussi vous avertir qu'à la prochaine sottise de ce genre, je n'aurai d'autre choix que de vous renvoyer de l'école.

Rogue n'aurait pas semblé aussi déçu si on l'avait privé de Noël.

– Professeur Dumbledore, dit-il en s'éclaircissant la gorge, ces jeunes gens n'ont tenu aucun compte du décret sur la Restriction de l'usage de la magie chez les sorciers de premier cycle, ils ont également infligé des dommages considérables à un arbre de grande valeur... et il ne fait aucun doute que des actes de cette nature...

– Il appartiendra au professeur McGonagall de décider de la punition que méritent ces deux élèves, Severus, répliqua Dumbledore d'une voix paisible. Ils font partie de sa maison et sont donc placés sous sa responsabilité.

Il se tourna vers le professeur McGonagall.

– Je dois reprendre place au banquet, Minerva. J'ai quelques instructions à donner. Venez, Severus, il y a une délicieuse tarte à la crème à laquelle j'aimerais bien goûter.

Rogue lança à Harry et à Ron un regard venimeux, puis il sortit du bureau en les laissant seuls avec le professeur McGonagall qui les observait toujours avec des yeux d'aigle furieux.

– Vous feriez bien d'aller à l'infirmerie, Weasley, dit-elle, vous saignez.

– Pas beaucoup, répondit Ron en essuyant d'un revers de manche la coupure qu'il avait au-dessus de l'œil. Professeur, j'aimerais bien voir dans quelle maison ma sœur va être envoyée...

– La cérémonie de la Répartition est terminée, répliqua le professeur McGonagall. Votre sœur est également à Gryffondor.

– Ah, très bien ! s'exclama Ron.

– Et en parlant de Gryffondor... reprit sèchement le professeur McGonagall.

Mais Harry l'interrompit.

– Professeur, dit-il, quand nous avons emprunté la voiture, le trimestre n'avait pas encore commencé. Donc, nous ne devrions pas avoir de points de pénalité, n'est-ce pas ?

Le professeur McGonagall lui lança un regard perçant, mais il aurait juré qu'elle avait presque souri.

– Je n'enlèverai pas de points à Gryffondor, dit-elle, au grand soulagement de Harry. Mais vous aurez chacun une retenue.

C'était beaucoup moins grave que ce que Harry avait redouté. Quant à la lettre que Dumbledore écrirait aux Dursley, ce n'était rien. Il savait parfaitement que leur seul regret serait que le saule cogneur ne l'ait pas réduit en bouillie.

Le professeur McGonagall leva à nouveau sa baguette magique et la pointa vers le bureau de Rogue. Aussitôt, un grand plat rempli de sandwiches apparut, ainsi que deux gobelets d'argent et un pichet de jus de citrouille glacé.

– Vous allez dîner ici et ensuite, vous filerez directement dans votre dortoir, dit-elle. Je dois retourner au banquet.

Lorsque la porte se fut refermée sur elle, Ron laissa échapper un long sifflement.

– J'ai bien cru qu'on était fichus, dit-il en attrapant un sandwich.

– Moi aussi, dit Harry qui en prit un à son tour.

– Mais quand même, on n'a pas de chance, fit remarquer Ron, la bouche pleine. Fred et George ont dû voler une bonne demi-douzaine de fois avec cette voiture et aucun Moldu ne les a jamais vus. Je me demande vraiment pourquoi on n'a pas réussi à franchir la barrière.

Harry haussa les épaules.

– En tout cas, on a intérêt à faire attention à partir de maintenant, dit-il. J'aurais bien aimé participer au banquet...

– Elle ne voulait pas qu'on aille se pavaner devant les autres. Arriver en voiture volante... on aurait eu notre petit succès !

Lorsqu'ils eurent mangé autant de sandwiches qu'ils purent en avaler (les sandwiches se renouvelaient à mesure qu'ils les mangeaient), ils quittèrent le bureau de Rogue et se dirigèrent vers la tour de Gryffondor. Le château était silencieux : apparemment, le banquet était terminé. Tout au long du chemin, des portraits chuchotèrent des commentaires sur leur passage et des armures se mirent à grincer. Ils montèrent un étroit escalier de pierre et se retrouvèrent devant le tableau derrière lequel était caché l'accès à la salle commune et aux dortoirs de Gryffondor. La toile représentait une très grosse femme vêtue d'une robe rose.

– Mot de passe ? demanda le portrait en les voyant approcher.

– Heu... balbutia Harry.

Ils ne connaissaient pas encore le mot de passe de ce début d'année, mais ils entendirent derrière eux des petits pas pressés et virent arriver Hermione Granger qui se précipita sur eux.

– Ah, vous voilà, vous ! s'exclama-t-elle. Où étiez-vous passés ? On dit des choses *ridicules* à votre sujet... Il paraît que vous allez être renvoyés pour avoir eu un accident avec une *voiture volante.*

– On n'a pas été renvoyés, répondit Harry.

– Mais vous n'êtes quand même pas venus ici en volant ? demanda Hermione d'un ton presque aussi sévère que celui du professeur McGonagall.

– Laisse tomber les leçons de morale, répliqua Ron avec impatience, et donne-nous le mot de passe.

– C’est « Anthochère », dit précipitamment Hermione, mais ce n’est pas de ça que je voulais vous parler...

Elle fut interrompue par le portrait de la grosse dame qui pivota pour libérer le passage d’où s’éleva soudain un tonnerre d’applaudissements. Apparemment, personne ne dormait chez les Gryffondor. Tous les élèves rassemblés dans la grande salle circulaire attendaient leur arrivée. Certains se tenaient debout sur les tables bancales et les fauteuils défoncés. Des bras se tendirent pour happer Harry et Ron à l’intérieur tandis qu’Hermione les suivait tant bien que mal.

– Bravo ! s’exclama Lee Jordan. Belle imagination ! Quelle arrivée ! S’écraser en voiture volante contre le saule cogneur, on en parlera longtemps, à Poudlard !

– Mes félicitations, dit un élève de cinquième année à qui Harry n’avait encore jamais eu l’occasion de parler.

Quelqu’un lui donna une tape amicale sur l’épaule comme s’il venait de remporter un marathon. Fred et George se frayèrent un chemin dans la foule.

– Vous auriez pu nous appeler pour qu’on vienne avec vous, dirent-ils.

Ron, le teint écarlate, souriait d’un air gêné, mais Harry vit qu’il y avait au moins une personne qui n’avait pas l’air de partager l’allégresse générale. C’était Percy. Dépassant de la tête et des épaules les élèves de première année, il essayait de s’avancer vers eux pour exprimer la désapprobation qui convenait à son rôle de préfet. Harry donna alors un coup de coude à Ron en lui montrant son frère d’un signe de tête. Ron comprit aussitôt.

– Il vaudrait mieux qu’on monte se coucher, dit-il, on est un peu fatigués.

Tous deux fendirent la foule des élèves en direction de l’escalier qui menait aux dortoirs, de l’autre côté de la salle.

– Bonne nuit, lança Harry à Hermione qui avait un air aussi réprobateur que Percy.

Ils parvinrent à traverser la salle commune en recevant de toutes parts d'amicales tapes dans le dos et atteignirent enfin l'escalier où régnait une atmosphère plus calme. Ils se dépêchèrent de monter les marches et poussèrent la porte de leur ancien dortoir, sur laquelle il était écrit à présent : « Deuxième année ». Ils pénétrèrent dans la grande pièce circulaire qu'ils connaissaient bien, avec ses lits à baldaquin tendus de velours rouge et ses hautes fenêtres étroites. Leurs valises avaient été apportées et les attendaient au pied de leurs lits.

Ron se tourna vers Harry avec un sourire un peu coupable.

– Je sais bien qu'on ne devrait pas être très fiers de nous, mais...

La porte du dortoir s'ouvrit alors à la volée et livra passage à leurs camarades de classe, Seamus Finnigan, Dean Thomas et Neville Londubat.

– Incroyable ! s'exclama Seamus, le visage rayonnant.

– Vraiment cool, assura Dean.

– Etonnant, dit Neville, éperdu d'admiration.

Et Harry ne put s'empêcher de sourire à son tour.

6
GILDEROY LOCKHART

Le lendemain, en revanche, Harry ne trouva pas la moindre occasion de sourire. Les choses commencèrent à se gâter dès le petit déjeuner dans la Grande Salle. Les quatre longues tables, une pour chaque maison, débordaient de porridge, de harengs, de toasts, d'œufs au plat qui s'offraient à l'appétit des élèves sous le ciel magique, plutôt gris et couvert ce jour-là. Harry et Ron étaient assis à la table de Gryffondor, à côté d'Hermione qui avait posé son exemplaire de *Voyages avec les vampires* debout contre le pichet de lait pour pouvoir le lire à son aise. Son ton était un peu froid lorsqu'elle leur dit « Bonjour ». Apparemment, elle ne leur avait pas encore pardonné leur escapade en voiture volante. Neville Londubat, en revanche, les salua avec chaleur. C'était un garçon au visage rond et à l'air toujours un peu ahuri. Il était d'une maladresse rare et jamais Harry n'avait rencontré quelqu'un qui ait aussi peu de mémoire.

– Le courrier ne va pas tarder, dit-il. Ma grand-mère doit m'envoyer quelques petites choses que j'ai oubliées à la maison.

Harry avait à peine trempé sa cuillère dans son porridge qu'il y eut soudain un grand bruit d'ailes au-dessus de sa tête : une bonne centaine de hiboux venaient de s'engouffrer dans la Grande Salle en tournoyant au-dessus des tables pour laisser tomber lettres et paquets entre les mains de leurs destinataires. Un gros colis rebondit sur la tête de Neville et un instant plus tard une grande chose grise tomba dans le pichet d'Hermione en éclaboussant tout le monde de lait et de plumes.

– Errol ! s'écria Ron en attrapant par les pattes le hibou amorphe et ruisselant.

Errol, inanimé, s'effondra sur la table, les ailes écartées, les pattes en l'air. Il tenait dans son bec une enveloppe rouge vif.

– Oh, non… balbutia Ron.

– Ne t'inquiète pas, il est toujours vivant, le rassura Hermione en caressant l'oiseau du bout des doigts.

– Ce n'est pas de ça que je parle… Regarde !

Ron montrait du doigt l'enveloppe rouge vif. Harry ne lui trouvait rien de particulier mais Ron et Hermione la regardaient d'un air affolé, comme s'ils s'attendaient à la voir exploser d'un instant à l'autre.

– Qu'est-ce qui se passe ? demanda Harry.

– Elle… elle m'a envoyé une Beuglante, dit Ron d'une voix faible.

– Tu ferais mieux de l'ouvrir tout de suite, murmura timidement Neville. Sinon, ce sera pire. Ma grand-mère m'en a envoyé une un jour, je ne l'ai pas ouverte et… ça a été horrible.

Harry regarda alternativement leur visage terrorisé et l'enveloppe rouge vif.

– C'est quoi, une Beuglante ? demanda-t-il.

Mais l'attention de Ron était entièrement concentrée sur la lettre qui laissait échapper des filets de fumée aux quatre coins.

– Ouvre-la, lui conseilla Neville. Tout sera terminé dans quelques minutes.

Ron tendit une main tremblante, prit l'enveloppe dans

le bec d'Errol et l'ouvrit. Neville se boucha aussitôt les oreilles. Un instant plus tard, Harry comprit pourquoi. Sur le moment, il crut que la lettre avait bel et bien explosé : un rugissement féroce retentit dans l'immense salle en faisant tomber de la poussière du plafond.

... VOLER LA VOITURE ! ÇA NE M'AURAIT PAS ÉTONNÉE QU'ILS TE RENVOIENT ! ATTENDS UN PEU QUE JE T'AIE SOUS LA MAIN ! J'IMAGINE QUE TU NE T'ES PAS DEMANDÉ DANS QUEL ETAT D'INQUIÉTUDE ON ÉTAIT, TON PÈRE ET MOI QUAND ON A VU QUE LA VOITURE AVAIT DISPARU !...

Les hurlements de Mrs Weasley, cent fois plus puissants que d'habitude, faisaient trembler les assiettes et les cuillères et se répercutaient en échos assourdissants sur les murs de pierre. Tous les élèves s'étaient tournés vers eux pour voir qui avait reçu la Beuglante et Ron s'était tellement tassé sur sa chaise qu'on ne voyait plus que son front écarlate dépasser de la table.

... REÇU UNE LETTRE DE DUMBLEDORE HIER SOIR ! J'AI CRU QUE TON PÈRE ALLAIT MOURIR DE HONTE ! ON NE T'A PAS ÉLEVÉ PENDANT TOUTES CES ANNÉES POUR QUE TU TE CONDUISES COMME ÇA ! HARRY ET TOI, VOUS AURIEZ PU VOUS TUER !...

Harry s'était demandé à quel moment son nom allait être cité. Il essaya de faire comme s'il n'entendait pas la voix qui lui perçait les tympans.

ABSOLUMENT INDIGNÉE ! TON PÈRE RISQUE UNE ENQUÊTE DU MINISTÈRE ! C'EST ENTIÈREMENT TA FAUTE ET SI JAMAIS TU REFAIS LA MOINDRE BÊTISE, TU REVIENS IMMÉDIATEMENT À LA MAISON !

Le silence retomba, encore imprégné de fureur. L'enveloppe rouge qui avait glissé des mains de Ron prit soudain feu et fut rapidement réduite en cendres. Harry et Ron semblaient assommés, comme si un raz-de-marée les avait brusquement submergés. Quelques élèves éclatèrent de rire et, peu à peu, les conversations reprirent.

Hermione referma *Voyages avec les vampires* et baissa les yeux vers Ron dont on ne voyait toujours que le sommet du crâne.

– Je ne sais pas à quoi tu t'attendais, Ron, mais tu...

– Ne me dis pas que je l'ai bien mérité ! répliqua Ron sèchement.

Harry repoussa son assiette de porridge. Un sentiment de culpabilité lui remuait les entrailles. Mr Weasley risquait de faire l'objet d'une enquête. Après tout ce que les parents Weasley avaient fait pour lui durant l'été.

Mais il n'eut guère le temps de ruminer davantage : le professeur McGonagall était venue distribuer les emplois du temps de l'année. Harry prit le sien et vit qu'ils allaient commencer par un cours commun de botanique avec les Poufsouffle.

Harry, Ron et Hermione quittèrent ensemble le château, traversèrent le potager et se dirigèrent vers les serres dans lesquelles on cultivait les plantes magiques. La Beuglante avait au moins eu un avantage : Hermione semblait considérer qu'ils avaient été suffisamment punis et se montrait à présent aussi amicale qu'à l'ordinaire.

Lorsqu'ils arrivèrent devant les serres, le reste de la classe était déjà là, attendant le professeur Chourave. Quelques instants plus tard, Chourave traversa la pelouse à grands pas, en compagnie de Gilderoy Lockhart. Le professeur de botanique avait les bras couverts de bandages et Harry éprouva à nouveau un sentiment de culpabilité en apercevant au loin le saule cogneur qui portait plusieurs branches en écharpe.

Le professeur Chourave était une petite sorcière potelée, coiffée d'un chapeau rapiécé sur ses cheveux en désordre. Ses vêtements étaient souvent maculés de terre et l'état de ses ongles aurait fait s'évanouir la tante Pétunia. Gilderoy Lockhart, en revanche, était impeccable dans sa robe de sorcier turquoise, avec ses cheveux dorés qui brillaient sous un chapeau également turquoise, bordé de fils d'or.

– Bonjour, tout le monde ! lança Lockhart en adressant aux élèves un sourire radieux. Je viens de montrer au professeur Chourave comment il fallait s'y prendre pour soigner un saule cogneur ! Mais n'allez surtout pas vous mettre dans la tête que je suis meilleur qu'elle en botanique ! Il se trouve simplement que j'ai souvent rencontré ce genre de plantes exotiques au cours de mes voyages...

– Serre numéro trois, aujourd'hui ! dit le professeur Chourave qui avait perdu sa gaieté habituelle et paraissait de très mauvaise humeur.

Il y eut un murmure ravi. Jusqu'à présent, les classes de botanique s'étaient toujours déroulées dans la serre numéro un, mais la numéro trois contenait des plantes beaucoup plus intéressantes et beaucoup plus dangereuses. Le professeur Chourave prit une clé accrochée à sa ceinture et ouvrit la porte. Harry respira une bouffée de terre humide et d'engrais, mêlée du parfum entêtant que répandaient les fleurs géantes, de la taille d'un parapluie, qui pendaient du plafond. Il s'apprêtait à entrer dans la serre derrière Ron et Hermione lorsque la main de Lockhart se posa sur son épaule.

– Harry ! J'aurais un mot à te dire. Vous êtes d'accord pour qu'il soit un peu en retard à votre cours, professeur Chourave ?

A en juger par sa mine renfrognée, Chourave n'était pas d'accord du tout, mais Lockhart ne lui laissa pas le choix.

– De toute façon, c'est comme ça, dit-il, et il lui ferma au nez la porte de la serre. Harry, poursuivit-il en hochant la tête, ses grandes dents blanches resplendissant au soleil. Ah, Harry, Harry, Harry !

Complètement désarçonné, Harry resta silencieux.

– Quand j'ai entendu... Bien sûr, c'était entièrement ma faute. Je me serais donné des gifles.

Harry ne savait absolument pas où il voulait en venir. Il s'apprêtait à le lui dire lorsque Lockhart reprit :

– Je crois que je n'ai jamais été aussi stupéfait ! Venir à Poudlard en voiture volante ! Bien sûr, j'ai tout de suite compris pourquoi tu avais fait ça. C'était évident. Ah, Harry, Harry, *Harry* !

Même lorsqu'il ne parlait pas, il avait l'extraordinaire faculté d'exhiber ses dents étincelantes.

– Je t'ai donné le goût de la publicité, c'est bien ça ? dit Lockhart. Je t'ai passé le virus. Tu as fait la une du journal grâce à moi et tu as absolument voulu recommencer.

– Oh, mais non, professeur, simplement...

– Harry, Harry, Harry, coupa Lockhart en lui saisissant l'épaule. Je te comprends, tu sais. C'est normal d'en vouloir toujours un peu plus une fois qu'on y a goûté. Et je m'en veux de t'avoir donné cette envie. Ça ne pouvait que te monter à la tête. Seulement voilà, jeune homme, on ne peut quand même pas faire *voler des voitures* pour attirer l'attention. Tu dois te calmer, maintenant, d'accord ? Tu auras tout le temps pour ça quand tu seras plus âgé. Oh, je sais bien ce que tu penses ! « Pour lui, c'est facile à dire, c'est un sorcier célèbre dans le monde entier ! » Mais quand j'avais douze ans, je n'étais pas plus que toi. J'étais même moins que toi ! Toi, tu as déjà une vague réputation chez certaines personnes, n'est-ce pas ? A cause de cette histoire avec Celui-Dont-On-Ne-Doit-Pas-Prononcer-Le-Nom.

Il jeta un coup d'œil à la cicatrice, sur le front de Harry.

– Je sais, je sais, poursuivit-il, ce n'est pas tout à fait aussi glorieux que de remporter cinq fois de suite le prix du sourire le plus charmeur décerné par les lectrices de

Sorcière-Hebdo, comme c'est mon cas, mais c'est quand même un début, Harry, c'est un *début*.

Il adressa à Harry un clin d'œil chaleureux avant de s'éloigner à grands pas. Harry resta stupéfait pendant quelques instants, puis, se souvenant qu'il était censé suivre le cours de botanique, il alla rejoindre ses camarades dans la serre.

Le professeur Chourave se tenait derrière une table à tréteaux sur laquelle étaient disposés des cache-oreilles.

– Aujourd'hui, nous allons rempoter des mandragores, annonça-t-elle lorsque Harry eut pris place entre Ron et Hermione. Qui peut me dire quelles sont les propriétés de la mandragore ?

Personne ne fut surpris de voir Hermione lever aussitôt la main.

– La mandragore possède de puissantes propriétés curatives, récita-t-elle.

Comme chaque fois, on aurait dit qu'elle avait avalé le manuel.

– On l'utilise pour rendre leur forme d'origine ou leur santé aux victimes de métamorphoses ou de sortilèges.

– Excellente réponse. Dix points pour Gryffondor, dit le professeur Chourave. La mandragore constitue un ingrédient essentiel entrant dans la composition de nombreux antidotes. Mais c'est également une plante dangereuse. Qui peut me dire pourquoi ?

Hermione leva la main si brusquement qu'elle faillit accrocher les lunettes de Harry au passage.

– Le cri de la mandragore est mortel pour quiconque l'entend, dit-elle aussitôt.

– C'est exactement ça. Dix points de plus pour Gryffondor. Les mandragores dont nous allons nous occuper aujourd'hui sont encore très jeunes.

Elle montra une rangée de bacs et tout le monde se rapprocha pour mieux voir une centaine de petites plantes touffues aux fleurs violacées qui s'alignaient dans la terre. Elles n'avaient rien de remarquable aux yeux de Harry qui n'avait aucune idée de ce que pouvait être le « cri » de la mandragore.

– Tout le monde prend une paire de cache-oreilles, dit le professeur Chourave.

Une mêlée s'ensuivit, chacun essayant d'attraper une paire qui ne soit pas composée de deux grosses boules roses.

– Lorsque je vous dirai de les mettre, reprit le professeur, vérifiez bien que vos oreilles sont *complètement* recouvertes. Je vous ferai signe en levant le pouce quand vous pourrez les enlever sans risque. D'accord ? Alors, allons-y. Mettez-les.

Harry prit une paire de cache-oreilles et la mit soigneusement sur sa tête. Il n'entendait plus rien, à présent. Le professeur Chourave, les oreilles également protégées par de grosses boules roses, retroussa les manches de sa robe, saisit une des petites plantes et l'arracha d'un coup sec.

Harry laissa échapper une exclamation de surprise que personne ne put entendre. A la place des racines, il y avait une espèce de petit bébé très laid et plein de terre. Les feuilles de la plante lui sortaient du crâne. Sa peau marbrée avait une couleur vert pâle et de toute évidence, il hurlait à pleins poumons.

Le professeur Chourave prit un grand pot sous une table et y plongea la mandragore en l'enterrant dans un compost humide qui ne laissa bientôt plus apparaître que les feuilles. Le professeur s'essuya les mains, leva les deux pouces et enleva son propre cache-oreilles.

– Nos mandragores étant encore au stade infantile, leurs cris ne peuvent pas tuer, dit-elle d'une voix neutre, comme si elle n'avait rien fait de plus étonnant que d'arroser des bégonias. Cependant, leurs cris peuvent quand même vous assommer pendant plusieurs heures et comme je suis sûre que personne parmi vous ne veut manquer cette première journée d'école, assurez-vous que vos cache-oreilles sont bien en place pendant que vous travaillez. Je vous ferai signe quand le cours sera terminé. Mettez-vous à quatre par bac, vous trouverez tous les pots que vous voudrez ici, le compost est là-bas, dans les sacs, et attention à la Tentacula vénéneuse, elle est en train de faire ses dents.

Elle donna un coup sec à une plante épineuse qui rétracta aussitôt les longs tentacules qu'elle avait sournoisement glissés sur l'épaule du professeur.

Harry, Ron et Hermione furent rejoints devant leur bac par un élève de Poufsouffle aux cheveux bouclés que Harry connaissait de vue, mais à qui il n'avait jamais parlé.

– Je m'appelle Justin Finch-Fletchley, dit le garçon d'une voix claironnante en serrant la main de Harry. Je sais qui tu es, bien sûr, le célèbre Harry Potter... et toi, tu es Hermione Granger, toujours la meilleure dans toutes les matières... (Hermione lui serra la main d'un air radieux) et Ron Weasley, c'est toi qui as une voiture volante ?

Ron n'eut pas le moindre sourire. Le souvenir de la Beuglante était toujours bien présent.

– Ce Lockhart, c'est quelqu'un, vous ne trouvez pas ? dit Justin d'un ton joyeux tandis qu'ils remplissaient leurs pots d'engrais à base de bouse de dragon. Un type formidable. Vous avez lu ses livres ? Moi, je serais mort de peur si j'avais été coincé dans une cabine téléphonique par un loup-garou, mais lui, il est resté parfaitement calme et... hop ! Fabuleux, non ? Normalement, je devais aller à Eton, le meilleur collège d'Angleterre, mais je préfère être ici. Au début, ma mère était un peu déçue, mais depuis que je lui ai fait lire les bouquins de

Lockhart, elle commence à trouver que c'est bien utile d'avoir un sorcier dans la famille...

Par la suite, ils n'eurent plus tellement l'occasion de parler. Ils avaient remis leurs cache-oreilles et les mandragores exigeaient toute leur attention. A voir faire le professeur Chourave, l'opération semblait facile mais en fait, elle ne l'était pas du tout. Les mandragores n'aimaient pas être arrachées à la terre, et elles n'aimaient pas non plus y retourner. Elles se tortillaient en tous sens, donnaient des coups de pieds, brandissaient leurs petits poings et essayaient de mordre. Pendant dix bonnes minutes, Harry s'efforça d'en enfoncer une particulièrement grosse dans un pot.

A la fin du cours, tout le monde était en nage et couvert de terre. Les membres douloureux, les élèves retournèrent au château se laver un peu, puis les Gryffondor se dépêchèrent d'aller au cours de métamorphose.

Le professeur McGonagall était toujours très exigeante avec ses élèves, mais ce jour-là, le cours fut particulièrement difficile. Tout ce que Harry avait appris l'année précédente semblait lui être sorti de la tête. Il était censé changer un scarabée en bouton de manteau, mais l'animal courait si vite qu'il parvenait toujours à échapper à ses coups de baguette magique.

Ron éprouvait encore plus de difficultés. Il avait essayé de rafistoler sa baguette cassée avec du papier collant, mais elle semblait impossible à réparer. Elle ne cessait de lancer des étincelles aux moments les plus inattendus et chaque fois que Ron essayait de métamorphoser son scarabée, elle dégageait une épaisse fumée grise à l'odeur d'œuf pourri qui l'enveloppait de toutes parts. Incapable de voir ce qu'il faisait, Ron écrasa accidentellement son scarabée avec son coude et dut en demander un autre, ce qui mécontenta grandement le professeur McGonagall.

Harry fut soulagé d'entendre sonner la fin du cours. Il avait l'impression d'avoir une vieille éponge à la place du cerveau. Les élèves sortirent de la classe et Harry resta seul avec Ron qui agitait sa baguette avec fureur.

– Ce machin stupide ! s'exclama-t-il.

– Ecris chez toi pour qu'on t'en achète une autre, suggéra Harry, alors que la baguette se mettait à crépiter comme un feu d'artifice.

– C'est ça ! Pour que je reçoive une autre Beuglante du genre : *C'est entièrement ta faute si ta baguette s'est cassée...*

Ils allèrent déjeuner dans la Grande Salle où ils retrouvèrent Hermione qui s'empressa de leur montrer les boutons impeccables qu'elle avait fabriqués pendant le cours de métamorphose.

– Qu'est-ce qu'on a, cet après-midi ? demanda précipitamment Harry pour détourner la conversation.

– Défense contre les Forces du Mal, répondit aussitôt Hermione.

– Pourquoi tu as entouré tous les cours de Lockhart avec des petits cœurs ? demanda Ron en saisissant l'emploi du temps d'Hermione.

Celle-ci, les joues écarlates, le lui arracha des mains.

Après le déjeuner, ils sortirent dans la cour, sous un ciel maussade. Pendant qu'Hermione se replongeait dans *Voyages avec les vampires*, Harry et Ron parlèrent Quidditch. Bientôt, cependant, Harry se sentit observé. Il tourna la tête et vit le garçon de petite taille aux cheveux clairs qu'il avait aperçu la veille, alors qu'il mettait le Choixpeau magique sur sa tête. Le garçon le regardait fixement, comme paralysé. Il tenait entre les mains un appareil photo de Moldu et devint cramoisi lorsqu'il vit Harry se tourner vers lui.

– Ça va, Harry ? Je... Je m'appelle Colin Crivey, dit-il, le souffle court, en esquissant un pas en avant. Moi aussi, je suis à Gryffondor. Tu crois que... ça ne te dérangerait pas si... si je prenais une photo de toi ? demanda-t-il, levant son appareil, le regard plein d'espoir.

– Une photo ? répéta Harry intrigué.

– Pour prouver que je t'ai rencontré, dit Colin avec enthousiasme en s'approchant un peu plus près. Je sais tout sur toi. Tout le monde m'a raconté comment tu as survécu quand Tu-Sais-Qui a essayé de te tuer, comment il a disparu, ta cicatrice sur le front et tout ça. (Son regard scrutait les cheveux de Harry.) Et puis j'ai un copain qui m'a dit que si je développe ma pellicule dans la bonne potion, la photo *bougera*. C'est vraiment bien, ici, hein ? J'ai toujours fait des trucs un peu bizarres, mais je ne savais pas que j'étais sorcier jusqu'à ce que je reçoive la lettre de Poudlard. Mon père est laitier, il n'y croyait pas non plus. Alors j'essaye de prendre le plus de photos possible pour lui envoyer. Et si je pouvais en avoir une de toi, ce serait formidable...

Il lança à Harry un regard implorant.

– Peut-être que ton copain pourrait la prendre, comme ça, je me mettrais à côté de toi. Tu voudras bien me la dédicacer ?

– Une photo dédicacée ? Tu dédicaces des photos, maintenant, Potter ?

Sonore et cinglante, la voix de Drago Malefoy résonna dans toute la cour. Il s'était arrêté derrière Colin, flanqué comme toujours de Crabbe et Goyle, ses deux amis aux allures de voyous.

– Tout le monde en rang, Harry Potter distribue des photos dédicacées ! lança Malefoy à la cantonade.

– Ce n'est pas vrai ! répliqua Harry avec colère, les poings serrés. Ferme-la, Malefoy !

– Tu es jaloux, voilà tout, lança Colin dont le corps tout entier avait à peu près l'épaisseur du cou de Crabbe.

– *Jaloux ?* dit Malefoy qui n'avait plus besoin de crier car la moitié des élèves présents dans la cour l'écoutaient attentivement. Jaloux de quoi ? Je n'ai pas envie d'être défiguré par une cicatrice, moi ! Je ne crois pas qu'il suffise d'avoir un trou dans la tête pour être plus fort que les autres.

Crabbe et Goyle ricanaient bêtement.

– Va donc manger des limaces, ça te fera du bien, Malefoy, dit Ron d'un ton furieux.

Crabbe cessa de rire et se mit à caresser ses énormes poings d'un air menaçant.

– Fais attention, Weasley, répliqua Malefoy d'un ton méprisant. Tu ferais mieux de te tenir tranquille, sinon, ta maman va venir te chercher. Il prit une voix perçante et hurla : *SI JAMAIS TU REFAIS LA MOINDRE BÊTISE...*

Des Serpentard de cinquième année s'esclaffèrent bruyamment.

– Weasley voudrait bien que tu lui dédicaces une photo, Potter, ironisa Malefoy. Il pourrait la vendre plus cher que sa maison.

Ron tira de sa poche sa baguette magique rafistolée, mais Hermione referma son livre d'un claquement sec et chuchota : « Attention. »

– Qu'est-ce qui se passe, qu'est-ce que j'entends ?

Gilderoy Lockhart s'approcha d'eux à grands pas, les pans de sa robe turquoise flottant derrière lui.

– Qui dédicace des photos ? demanda-t-il.

Harry voulut dire quelque chose mais il fut interrompu par Lockhart qui le prit par les épaules et lança d'un ton joyeux :

– Je n'aurais pas dû poser la question ! Nous voici à nouveau réunis, Harry !

Immobilisé au côté de Lockhart, les joues rouges de honte, Harry vit Malefoy s'éloigner avec un sourire goguenard.

– Allons-y, Crivey, dit Lockhart avec un grand sourire. Un double portrait, on ne peut pas rêver mieux, et nous le signerons tous les deux.

Colin brandit maladroitement son appareil et prit sa photo au moment où la cloche retentissait derrière eux pour signaler la reprise des cours.

– Allez, c'est l'heure, cria Lockhart à l'adresse des élèves.

Puis il se dirigea vers le château sans lâcher Harry qui aurait bien voulu connaître une formule magique suffisamment puissante pour le faire disparaître.

– Il valait beaucoup mieux que je sois sur la photo avec toi, dit Lockhart d'un ton paternel. Sinon, tes copains auraient cru que tu cherchais à te mettre en avant.

Sourd aux protestations de Harry, Lockhart l'entraîna le long d'un couloir et lui fit monter un escalier sous l'œil intrigué des autres élèves qui les regardaient passer.

– Un petit conseil, reprit Lockhart, dédicacer des photos à ce stade de ta carrière, ce n'est pas très raisonnable. On va dire que tu as la grosse tête, si tu veux mon avis. Le jour viendra peut-être où, comme moi, tu auras besoin d'avoir toujours des photos dans ta poche, mais je crois que tu n'en es pas encore là, ajouta-t-il avec un petit rire entendu.

Ils étaient arrivés dans la salle où le cours devait avoir lieu et Lockhart lâcha enfin Harry qui alla s'asseoir tout au fond de la classe. Il entreprit alors de mettre les livres de Lockhart en pile devant lui pour éviter d'avoir leur auteur sous les yeux.

Les autres élèves arrivèrent bientôt et Ron et Hermione s'assirent de chaque côté de Harry.

– On aurait pu faire cuire un œuf sur tes joues, dit Ron. Il faut espérer que Crivey ne va pas devenir copain avec Ginny, sinon ils vont fonder le fan-club de Harry Potter.

– Silence ! coupa Harry qui n'avait pas du tout envie que Lockhart entende les mots « fan club de Harry Potter. »

Lorsque tout le monde se fut assis, Lockhart s'éclaircit bruyamment la gorge et le silence se fit. Il tendit la main, prit sur la table de Neville son exemplaire de *Randonnées avec les trolls* et montra à tout le monde sa propre photo qui clignait de l'œil sur la couverture du livre.

– Ça, c'est moi, dit-il, le doigt pointé sur la photo et en clignant de l'œil à son tour. Gilderoy Lockhart, Ordre de Merlin, troisième classe, membre honoraire de la Ligue de Défense contre les Forces du Mal et cinq fois lauréat du prix du sourire le plus charmeur, décerné par les lectrices de *Sorcière-Hebdo*, mais ne parlons pas de ça. Croyez-moi, lorsque j'ai réussi à me débarrasser du Spectre de la mort, ce n'était pas par un simple sourire.

Il attendit les rires, mais il n'y eut que quelques faibles sourires.

– Je vois que vous avez tous acheté la collection complète de mes livres. C'est très bien. J'ai pensé que nous pourrions commencer le premier cours avec un petit questionnaire. Rien de bien méchant. Simplement pour vérifier si vous avez bien lu ce que j'ai écrit et voir ce que vous en avez retenu.

Il distribua les questionnaires, puis retourna s'asseoir derrière son bureau.

– Allez-y, vous avez une demi-heure pour répondre à toutes les questions.

Harry jeta un coup d'œil à son papier et lut :

1) Quelle est la couleur préférée de Gilderoy Lockhart ?

2) Quelle est l'ambition secrète de Gilderoy Lockhart ?

3) A votre avis, quel est le plus grand exploit réalisé par Gilderoy Lockhart à ce jour ?

Il y avait ainsi trois pages de questions jusqu'à la dernière :

54) Quelle est la date de l'anniversaire de Gilderoy Lockhart et quel serait à ses yeux le cadeau idéal ?

Une demi-heure plus tard, Lockhart ramassa les copies et y jeta un coup d'œil devant la classe.

– Allons, allons, je vois que personne ne se rappelle que ma couleur préférée, c'est le lilas. Je l'ai pourtant indiqué clairement dans *Une année avec le Yéti.* Et certains d'entre vous feraient bien de relire attentivement *Promenades avec les loups-garous* – j'y explique dans le chapitre douze que mon cadeau d'anniversaire idéal serait l'harmonie entre tous les hommes, qu'ils aient ou non des pouvoirs magiques. Mais il est vrai que je ne dirais pas non si on m'offrait un magnum d'Ogden's Old Firewhisky !

Il leur lança un nouveau clin d'œil un peu canaille. Ron le regardait à présent avec une expression d'incrédulité ; Seamus Finnigan et Dean Thomas étaient secoués d'un fou rire silencieux. Hermione, en revanche, buvait les paroles de Lockhart et sursauta lorsqu'il prononça son nom.

– ... Mais Miss Hermione Granger sait que mon ambition secrète serait de débarrasser le monde des Forces du Mal et de lancer ma propre marque de produits pour les cheveux. Bravo ! Excellente élève. En fait – il lut intégralement sa copie –, elle a tout bon ! Qui est Miss Hermione Granger ?

Hermione leva une main tremblante.

– Excellent ! s'exclama Lockhart avec un sourire radieux. Vraiment excellent. Dix points pour Gryffondor ! Et maintenant, au travail...

Il se pencha et posa sur son bureau une grande cage couverte d'un morceau de tissu.

– Il est de mon devoir de vous armer contre les créatures les plus répugnantes qui soient connues dans le monde des sorciers ! Vous aurez peut-être dans cette classe les plus belles peurs de votre vie. Mais sachez que rien de fâcheux ne peut vous arriver tant que vous êtes en ma présence. Tout ce que je vous demande, c'est de garder votre calme.

Malgré lui, Harry pencha la tête derrière sa pile de livres pour mieux voir la cage. Lockhart posa la main sur le morceau de tissu qui la recouvrait. Dean et Seamus avaient cessé de rire et Neville se recroquevillait sur sa chaise du premier rang.

– Je vous demande de ne pas crier, dit Lockhart d'une voix grave. Ça pourrait les énerver.

Sous le regard des élèves qui retenaient leur souffle, Lockhart découvrit alors la cage.

– Eh oui, en effet, dit-il d'un ton solennel, ce sont bel et bien *des lutins de Cornouailles fraîchement capturés.*

Seamus Finnigan ne put se retenir. Il laissa échapper un éclat de rire que même Lockhart ne pouvait confondre avec un hurlement de terreur.

– Oui ? Vous avez quelque chose à dire ? demanda-t-il à Seamus avec un sourire.

– Ils ne sont... ils ne sont pas très dangereux, répondit Seamus en s'étranglant de rire.

– N'en soyez pas si sûr ! dit Lockhart en agitant l'index d'un air agacé. Ce sont parfois de petites pestes parfaitement diaboliques !

Hauts d'une vingtaine de centimètres, les lutins avaient une couleur bleu électrique, avec des têtes pointues et des voix si aiguës qu'on avait l'impression d'entendre des perruches se disputer. Dès que la cage fut découverte, il se mirent à piailler et à s'agiter en tous sens, tapant sur les barreaux et faisant toutes sortes de grimaces bizarres aux élèves assis devant eux.

– Maintenant, on va voir comment vous allez vous débrouiller avec eux, dit Lockhart d'une voix forte.

Et il ouvrit la cage.

Ce fut un charivari indescriptible. Les lutins se répandirent dans toute la classe en filant comme des fusées. Deux d'entre eux attrapèrent Neville par les oreilles et le soulevèrent dans les airs. Deux autres fracassèrent les carreaux et s'enfuirent par les fenêtres en répandant une pluie de verre brisé sur le dernier rang. Quant aux autres, ils entreprirent de dévaster consciencieusement la salle avec plus d'efficacité qu'un rhinocéros fou furieux. Ils attrapèrent les encriers et les renversèrent un peu partout, lacérèrent les livres et les papiers, arrachèrent les tableaux des murs, retournèrent la corbeille à papiers, s'emparèrent des sacs et des livres encore intacts et allèrent les jeter par les fenêtres. En quelques minutes, la moitié des élèves avait disparu sous les tables et Neville se balançait au lustre.

– Allons, allons, attrapez-les ! Vite, voyons, attrapez-les, ce ne sont que des lutins ! hurla Lockhart.

Il retroussa ses manches, brandit sa baguette magique et cria :

– *Mutinlutin Malinpesti !*

Mais la formule n'eut aucun effet. L'un des lutins arracha la baguette magique des mains de Lockhart et la jeta par la fenêtre. Gilderoy Lockhart étouffa une exclamation et plongea sous son bureau, en évitant de justesse d'être écrasé par Neville qui venait de tomber avec le lustre.

Lorsque la cloche sonna, ce fut la ruée hors de la classe. Dans le calme relatif qui s'ensuivit, Lockhart se releva, aperçut Harry, Ron et Hermione qui s'apprêtaient à franchir la porte et dit :

– Je vous demanderai simplement de remettre ceux qui restent dans leur cage.

Puis il sortit de la classe en passant devant eux et referma la porte.

– Non, mais qu'est-ce que c'est que ce bonhomme ? rugit Ron tandis que l'un des lutins lui donnait un coup sur l'oreille.

– Il a simplement voulu nous faire faire des travaux pratiques, dit Hermione qui immobilisa aussitôt deux lutins à l'aide d'une formule magique et les enferma dans leur cage.

– Des travaux pratiques ? s'exclama Harry en essayant d'attraper un lutin qui lui tirait la langue. Il n'avait pas la moindre idée de ce qu'il fallait faire !

– Tu dis des bêtises, répliqua Hermione. Tu as lu ses livres ? Tu as bien vu tous les prodiges qu'il a accomplis ?

– Ça, c'est ce qu'il prétend ! marmonna Ron.

7
SANG-DE-BOURBE ET DRÔLE DE VOIX

Dans les jours qui suivirent, Harry passa une bonne partie de son temps à se cacher chaque fois qu'il apercevait Gilderoy Lockhart au bout d'un couloir. Mais il lui était encore plus difficile d'éviter Colin Crivey qui avait dû apprendre par cœur son emploi du temps. Rien ne semblait donner plus de bonheur à Colin que de répéter « Ça va, Harry ? » six ou sept fois par jour et de s'entendre répondre « Salut, Colin », même si c'était sur un ton exaspéré.

Hedwige en voulait toujours à Harry de son désastreux atterrissage en voiture et la baguette magique de Ron refusait obstinément de fonctionner convenablement. Le vendredi matin, elle se surpassa en s'échappant de la main de Ron pendant le cours de Sortilèges pour aller frapper le minuscule professeur Flitwick entre les deux yeux, faisant apparaître un gros furoncle verdâtre et palpitant à l'endroit du choc. Harry ne fut pas fâché de voir le week-end arriver. Avec Ron et Hermione, il avait l'intention d'aller rendre visite à Hagrid le samedi matin. Ce jour-là, cependant, Harry fut brutalement réveillé à une heure beaucoup plus matinale qu'il ne l'aurait souhaité. C'était Olivier Dubois, le capitaine de l'équipe de Quidditch de Gryffondor, qui le secouait sans ménagements.

– Qu'essquiya ? balbutia Harry d'une voix ensommeillée.

- Séance d'entraînement ! annonça Dubois. Allez, viens !

Harry ouvrit un œil en direction de la fenêtre. Un filet de brume flottait dans le ciel rosé. A présent qu'il était réveillé, il se demandait comment il avait pu dormir avec le vacarme que faisaient les oiseaux.

– Olivier ! Le soleil est à peine levé ! protesta-t-il d'une voix rauque.

– Bien vu, dit Dubois.

C'était un élève de sixième année, grand et bien bâti, avec en cet instant une lueur d'enthousiasme proche de la démence qui brillait dans son regard.

– On a un nouveau programme d'entraînement, dit-il avec conviction. Attrape ton balai et arrive. Aucune autre équipe n'a commencé à s'entraîner jusqu'à maintenant, nous allons être les premiers cette année...

Bâillant et frissonnant, Harry sortit du lit et se mit à la recherche de sa robe de Quidditch.

– Bravo, voilà un garçon courageux ! dit Dubois. On se retrouve sur le terrain dans un quart d'heure.

Lorsqu'il eut trouvé sa robe rouge vif et revêtu sa cape pour se tenir chaud, Harry griffonna un mot à Ron pour lui dire où il était, puis il descendit l'escalier en colimaçon, son Nimbus 2000 sur l'épaule. Il s'apprêtait à sortir de la salle commune lorsqu'il entendit derrière lui un bruit de pas précipités. C'était Colin Crivey qui dévalait l'escalier, son appareil photo autour du cou. Il tenait quelque chose à la main.

– J'ai entendu quelqu'un prononcer ton nom, Harry ! dit-il. Regarde ce que j'ai là ! Je l'ai fait développer, je voulais te montrer ça...

Harry regarda d'un air interdit la photo que Colin brandissait sous son nez.

Lockhart, en noir et blanc, tirait sur un bras que Harry reconnut comme le sien. Il vit avec satisfaction que son image photographique résistait avec vigueur, refusant catégoriquement d'apparaître dans le cadre. Le Lockhart du cliché finit par abandonner la lutte et se laissa tomber, hors d'haleine, contre la bordure blanche.

– Tu me la dédicaces ? demanda Colin avec avidité.

– Non, répliqua sèchement Harry. Désolé, Colin, je suis pressé, j'ai une séance d'entraînement.

Il se glissa dans le passage dissimulé par le portrait de la grosse dame.

– Hé ! Attends-moi ! Je n'ai jamais vu un match de Quidditch !

Colin s'engouffra à son tour dans le passage.

– Je te préviens, ça va être très ennuyeux, dit précipitamment Harry.

Mais Colin, les yeux brillants d'excitation, ne l'écoutait pas.

– Tu as été le plus jeune joueur depuis un siècle, c'est bien ça, Harry ? C'est bien ça ? dit Colin en trottinant à côté de lui. Tu es vraiment très fort. Moi, je ne suis jamais monté sur un balai. C'est dur ? Il est à toi, ce balai ? C'est le meilleur qu'on puisse trouver, non ?

Harry ne savait pas quoi faire pour s'en débarrasser. C'était un peu comme si son ombre s'était mise à parler sans cesse.

– Je ne connais pas bien les règles du Quidditch, dit Colin, le souffle court. C'est vrai qu'il y a quatre balles ? Et deux d'entre elles qui essayent de faire tomber les joueurs de leur balai ?

– Oui, c'est vrai, soupira Harry, résigné à devoir expliquer les règles complexes du Quidditch. On les appelle des Cognards. Dans chaque équipe, il y a deux batteurs armés de battes qui sont chargés de repousser les

Cognards. Fred et George Weasley sont les deux batteurs de l'équipe de Gryffondor.

– Et les autres balles, elles servent à quoi ? demanda Colin en ratant deux marches à force de regarder Harry bouche bée.

– Le Souafle, la grosse balle rouge, sert à marquer les buts. Chaque équipe comporte trois poursuiveurs qui se lancent le Souafle et doivent essayer de le faire passer à travers les buts adverses, à l'autre bout du terrain. Les buts sont constitués de poteaux très hauts sur lesquels sont fixés des cercles verticaux.

– Et la quatrième balle ?

– C'est le Vif d'or, expliqua Harry. Il est minuscule, très rapide et très difficile à attraper. L'attrapeur a pour mission de le repérer et de s'en saisir. Le match ne peut pas se terminer tant que le Vif d'or reste en vol. Mais lorsqu'un attrapeur parvient à s'en emparer, son équipe gagne cent cinquante points d'un coup.

– Et toi, tu es l'attrapeur de l'équipe de Gryffondor, c'est ça ? dit Colin, l'air émerveillé.

– Oui, répondit Harry. Et il y a aussi un gardien de but dans chaque équipe. Voilà.

Ils étaient sortis du château, à présent, et traversaient la pelouse humide de rosée. Mais Colin était insatiable et continua de poser des questions tout au long du chemin. Ce fut seulement à l'entrée des vestiaires que Harry parvint à se débarrasser de lui.

– Je vais me chercher une bonne place pour bien voir, dit Colin en se précipitant vers les tribunes.

Les autres joueurs de l'équipe étaient déjà dans les vestiaires. Dubois était le seul à avoir l'air parfaitement réveillé. Fred et George étaient assis côte à côte, les yeux bouffis et les cheveux en désordre. Alicia Spinnet, une élève de quatrième année qui occupait un des postes de poursuiveur, était assise à côté d'eux, la tête contre le mur, prête à se rendormir. Katie Bell et Angelina Johnson, les deux autres poursuiveuses, étaient assises sur le banc d'en face et passaient leur temps à bâiller.

– Ah, te voilà enfin, Harry ! Je me demandais où tu étais passé ! s'exclama Dubois. Bien, alors, avant d'aller sur le terrain, je voulais vous montrer mon nouveau programme d'entraînement. J'y ai travaillé tout l'été et, croyez-moi, avec ça, on va gagner...

Dubois déroula un immense dessin représentant un terrain de Quidditch, sur lequel étaient tracées dans des couleurs différentes toute sorte de lignes, de flèches, et de croix. Il sortit sa baguette magique, tapota le dessin et aussitôt, les flèches se mirent à bouger en se tortillant comme des chenilles. Tandis que Dubois se lançait dans de grandes explications, Fred Weasley laissa tomber sa tête sur l'épaule d'Alicia et se mit à ronfler.

Le premier dessin demanda près de vingt minutes de commentaires mais il y en avait un deuxième au-dessous, puis un troisième. Harry sombra dans un état second tandis que Dubois continuait de discourir interminablement.

– Alors ? demanda enfin Dubois en secouant Harry qui songeait avec nostalgie à tout ce qu'il pourrait être en train de manger en ce moment même pour son petit déjeuner. Tout est clair ? Vous avez des questions à poser ?

– Oui, dit George qui venait de se réveiller en sursaut. Pourquoi tu ne nous as pas raconté tout ça hier avant qu'on aille se coucher ?

– Ecoutez-moi bien, tous, répliqua Dubois, courroucé. L'année dernière, on aurait dû gagner la coupe de Quidditch. On était de loin la meilleure équipe. Malheureusement, des circonstances indépendantes de notre volonté...

Harry, mal à l'aise, se tortilla sur son banc. Lors du dernier match de l'année, il était évanoui à l'infirmerie, privant ainsi de sa présence son équipe qui avait subi sa plus grande défaite depuis trois cents ans.

Dubois s'interrompit un instant. De toute évidence, le souvenir de ce dernier match continuait de le tourmenter.

– Donc, cette année, nous devrons nous entraîner plus que jamais... Et maintenant, allons expérimenter notre nouvelle stratégie sur le terrain ! s'écria-t-il en saisissant son balai et en se précipitant au-dehors.

L'équipe le suivit dans un long bâillement.

Ils étaient restés si longtemps dans les vestiaires que le soleil était complètement levé à présent, bien qu'il y eût encore quelques lambeaux de brume sur la pelouse du stade. Lorsqu'il pénétra sur le terrain, Harry vit Ron et Hermione assis dans les tribunes.

– Vous n'avez pas encore fini ? dit Ron, étonné.

– On n'a même pas commencé, répondit Harry, en jetant un regard d'envie sur le toast à la marmelade que Ron et Hermione avaient chacun rapporté de la Grande Salle. Dubois a passé son temps à nous expliquer sa nouvelle tactique.

Il enfourcha son balai et donna un grand coup de pied sur le sol. Le balai s'éleva aussitôt vers le ciel. L'air frais du matin qui lui fouettait le visage réveilla Harry plus efficacement que le long bavardage de Dubois. Retrouver le terrain de Quidditch lui procura une sensation merveilleuse. Il s'éleva à pleine vitesse et tourna autour du stade en faisant la course avec Fred et George.

– Qu'est-ce que c'est que ce drôle de bruit ? demanda Fred alors qu'ils prenaient un virage serré.

Harry jeta un coup d'œil dans les tribunes. Colin était assis sur l'un des plus hauts gradins et prenait sans cesse des photos. Le son du déclencheur, amplifié par le stade désert, se répercutait en écho tout autour d'eux.

– Regarde par ici, Harry ! Par ici ! s'écria Colin d'une petite voix aiguë.

– Qui c'est, celui-là ? demanda Fred.

– Aucune idée, mentit Harry qui accéléra brusquement pour s'éloigner le plus possible de Colin.

– Qu'est-ce qui se passe ? demanda Dubois en fonçant vers eux, sourcils froncés. Pourquoi il prend des photos, celui-là ? Je n'aime pas ça. C'est peut-être un espion des Serpentard qui s'intéresse à nos nouvelles techniques d'entraînement.

– Il est à Gryffondor, dit Harry.

– Et les Serpentard n'ont pas besoin d'espion, dit George.

– Qu'est-ce qui te fait dire ça ? répliqua Dubois avec mauvaise humeur.

– Ils sont là en personne, répondit George en montrant du doigt un groupe d'élèves qui venaient d'arriver sur le terrain, vêtus de robes vertes, leurs balais à la main.

– Alors, ça ! C'est incroyable ! s'indigna Dubois. J'ai retenu le terrain pour nous ! On va voir ça !

Dubois fonça en piqué et la colère le fit atterrir plus brutalement qu'il ne l'aurait voulu. Harry, Fred et George l'avaient suivi.

– Flint ! hurla Dubois à l'adresse du capitaine des Serpentard. Le terrain nous est entièrement réservé, ce matin ! On s'est levés à l'aube exprès pour ça ! Alors, tu t'en vas, maintenant !

Marcus Flint était encore plus grand que Dubois.

– Il y a suffisamment de place pour tout le monde, répondit-il avec une expression rusée qui lui donnait l'air d'un troll.

Angelina, Alicia et Katie les avaient rejoints. Il n'y

avait pas de filles dans l'équipe des Serpentard qui faisait front, épaule contre épaule, en toisant les Gryffondor d'un air narquois.

– Mais j'ai réservé le terrain ! protesta Dubois, écumant de rage. Je l'ai réservé !

– Ah bon ? dit Flint. Pourtant, j'ai un mot du professeur Rogue. Regarde : *Je, soussigné, professeur Rogue, donne à l'équipe de Serpentard l'autorisation de s'entraîner aujourd'hui sur le terrain de Quidditch afin de former leur nouvel attrapeur.*

– Vous avez un nouvel attrapeur ? dit Dubois d'un air effaré. Où ça ?

Derrière la rangée des six joueurs alignés, apparut alors un garçon plus petit que les autres, un sourire goguenard sur son visage pâle. C'était Drago Malefoy.

– C'est toi, le fils de Lucius Malefoy ? demanda Fred en le regardant avec dégoût.

– Tiens, c'est drôle que tu parles du père de Drago, dit Flint tandis que le sourire des autres joueurs s'accentuait. Je vais te montrer le magnifique cadeau qu'il a fait à l'équipe de Serpentard.

Les sept joueurs exhibèrent alors leurs balais flambant neufs avec des manches en métal chromé étincelant sur lesquels était écrit en lettres d'or : Nimbus 2001.

– Le tout dernier modèle, il est sorti le mois dernier, dit Flint en chassant d'une pichenette un grain de poussière égaré sur son balai. Je peux te dire qu'il est bien meilleur que les vieux 2000. Quant aux Brossdur, ils ne tiennent pas la comparaison, ajouta-t-il avec un sourire méprisant à l'adresse de Fred et de George qui étaient tous deux équipés de Brossdur 5.

Pendant un bon moment, les Gryffondor restèrent silencieux. Quant à Malefoy, il arborait un sourire si large que ses yeux s'étaient réduits à deux petites fentes.

– Oh, regardez, dit Flint, le terrain est envahi.

Ron et Hermione traversaient la pelouse pour venir voir ce qui se passait.

– Pourquoi vous ne jouez pas ? demanda Ron à Harry. Et *lui*, qu'est-ce qu'il fait là ?

– Je suis le nouvel attrapeur des Serpentard, Weasley, répliqua Malefoy d'un ton hautain en se drapant dans sa robe. Et tout le monde est en train d'admirer les balais que mon père a offerts à l'équipe.

Ron contempla bouche bée les sept superbes balais qui s'alignaient sous ses yeux.

– Pas mal, non ? dit Malefoy d'une voix doucereuse. Mais peut-être que l'équipe des Gryffondor va réussir à trouver un peu d'or pour acheter de nouveaux balais, elle aussi. Vous pourriez donner vos Brossdur 5 à une tombola. Il y a peut-être un musée que ça intéressera.

Les Serpentard éclatèrent d'un rire sonore.

– Au moins, aucun joueur de Gryffondor n'a *payé* pour faire partie de l'équipe, dit sèchement Hermione. C'est pour leur talent qu'on les a choisis.

Malefoy perdit soudain de sa superbe.

– Personne ne t'a demandé ton avis, à toi, espèce de Sang-de-Bourbe, éructa-t-il.

En voyant la réaction immédiate qu'il provoqua, Harry comprit que Malefoy venait de dire quelque chose de terrible. Flint dut s'interposer pour empêcher Fred et George de lui sauter dessus.

– *Comment oses-tu ?!* hurla Alicia.

Ron, lui, plongea la main dans la poche de sa robe et en sortit sa baguette magique.

– Cette fois-ci, tu vas le payer ! hurla-t-il.

Et il pointa sa baguette sur le visage de Malefoy.

Une détonation retentit alors dans tout le stade et un jet de lumière verte jaillit du mauvais côté de la baguette, frappant Ron à l'estomac et le projetant à la renverse.

– Ron ! Ron ! Ça va ? hurla Hermione.

Ron ouvrit la bouche pour dire quelque chose, mais le seul son qui en sortit fut un énorme rot. Il se mit alors à vomir des limaces qui lui tombèrent sur les genoux.

Les Serpentard hurlaient de rire. Flint, plié en deux, se tenait à son balai pour ne pas tomber. Malefoy était à quatre pattes et tapait du poing sur le sol. Entouré par les Gryffondor, Ron vomissait de grosses limaces luisantes. Personne n'osait s'approcher de lui.

– On ferait mieux de l'emmener chez Hagrid, c'est plus près que l'infirmerie, dit Harry à Hermione qui approuva d'un signe de tête.

Tous deux prirent Ron par les bras et l'aidèrent à se relever.

– Qu'est-ce qui s'est passé, Harry ? Qu'est-ce qui s'est passé ? Il est malade ? Tu peux le soigner, n'est-ce pas ?

Colin avait dévalé les gradins pour les rejoindre et les suivait en sautillant tout autour d'eux. Ron eut un terrible haut-le-cœur et un flot de limaces jaillit à nouveau de sa bouche.

– Hou, là, là ! dit Colin, fasciné.

Il leva son appareil.

– Tu peux le tenir immobile, Harry, que je le prenne en photo ?

– Fiche le camp, Colin ! s'écria Harry avec colère.

Hermione et lui entraînèrent Ron hors du stade et l'aidèrent à parcourir le chemin qui les séparait de la maison de Hagrid.

– On y est presque, dit Hermione à Ron. Encore un petit effort et tout ira bien.

Arrivés à quelques mètres de la cabane du garde-chasse, ils virent la porte s'ouvrir, mais ce ne fut pas Hagrid qui apparut. Gilderoy Lockhart, vêtu d'une robe mauve, sortit de la cabane à grands pas.

– Vite, par ici, chuchota Harry en poussant Ron derrière un buisson proche.

Hermione les suivit à contrecœur.

– Il suffit de savoir s'y prendre ! lança Lockhart à Hagrid. Si vous avez besoin d'aide, vous savez où me trouver ! Je vous enverrai un exemplaire de mon livre. Ça m'étonne que vous ne l'ayez jamais lu. Je vous en dédicacerai un ce soir et je vous le ferai porter. Allez, au revoir !

Et il s'éloigna en direction du château.

Harry attendit que Lockhart fût hors de vue, puis il aida Ron à se relever, l'entraîna vers la cabane de Hagrid et tambourina à la porte.

Hagrid ouvrit aussitôt, l'air de très mauvaise humeur, mais son visage s'éclaira lorsqu'il reconnut ses visiteurs.

– Je me demandais quand vous viendriez me voir, dit-il. Entrez, entrez. Je croyais que c'était le professeur Lockhart qui revenait.

Harry et Hermione aidèrent Ron à entrer dans la cabane qui comportait une unique pièce, avec un énorme lit dans un coin et un feu de cheminée qui brûlait allègrement dans l'autre. Hagrid ne sembla pas s'inquiéter de voir Ron cracher des limaces. Harry expliqua ce qui s'était passé et aida Ron à s'asseoir sur une chaise.

– Il vaut mieux qu'elles sortent, dit Hagrid d'un ton joyeux en posant une grande bassine de cuivre devant Ron. Vas-y, débarrasse-toi de ces sales bêtes.

– Je crois qu'il n'y a pas grand-chose à faire. Il faut attendre que ça passe, dit Hermione d'un ton inquiet en voyant Ron se pencher sur la bassine. C'est déjà un sort difficile à jeter en temps normal, mais en plus avec une baguette cassée...

Hagrid s'affairait pour leur préparer du thé. Crockdur, son molosse, bavait affectueusement sur les genoux de Harry.

– Qu'est-ce que Lockhart faisait chez vous, Hagrid? demanda Harry en grattant les oreilles de Crockdur.

– Il me donnait des conseils pour faire sortir des farfadets d'un puits, grogna Hagrid en poussant un coq à moitié plumé pour mettre la théière à sa place. Comme si je ne savais pas le faire! Il n'arrêtait pas de me casser les oreilles en me racontant comment il avait réussi à se débarrasser de je ne sais quel spectre. Je suis prêt à manger ma bouilloire si un seul mot de ce qu'il dit est vrai.

Harry le regarda d'un air surpris: cela ne lui ressemblait pas de critiquer un professeur de Poudlard.

– Je crois que vous êtes un peu injuste, dit Hermione d'une voix un peu plus aiguë qu'à l'ordinaire. De toute évidence, le professeur Dumbledore a pensé qu'il était le meilleur pour occuper ce poste...

– Il n'était pas le meilleur, il était le seul, coupa Hagrid en posant devant eux une assiette pleine de caramels, pendant que Ron continuait de cracher des limaces dans la bassine. Le seul et unique. Ça devient très difficile de trouver un professeur de Défense contre les Forces du Mal. Les gens n'ont pas très envie de se lancer là-dedans. On dit que c'est un poste maudit. Personne n'a réussi à l'occuper très longtemps. Et maintenant, dites-moi un peu à qui il a essayé de jeter un sort? demanda Hagrid en désignant Ron d'un signe de tête.

– Malefoy a traité Hermione de je ne sais plus quoi, dit Harry. C'était sûrement une terrible injure: tout le monde était furieux.

– C'était vraiment terrible, dit Ron d'une voix rauque en relevant la tête.

Il était pâle et il transpirait.

– Malefoy l'a traitée de « Sang-de-Bourbe... »

Ron replongea la tête dans la bassine pour y déverser un nouveau flot de limaces. Hagrid avait l'air scandalisé.

– Il n'a quand même pas dit ça! rugit-il.

– Si, répondit Hermione. Mais je ne sais pas ce que ça signifie. C'est sûrement très grossier...

– C'est la chose la plus insultante qu'on puisse imaginer, hoqueta Ron. Sang-de-Bourbe, c'est une injure odieuse pour quelqu'un qui est né dans une famille de Moldus. Certains sorciers, la famille Malefoy, par exemple, sont persuadés qu'ils valent beaucoup mieux que les autres parce qu'ils ont ce qu'on appelle un sang pur.

Il eut un faible rot et une limace tomba au creux de sa main. Il la jeta dans la bassine et poursuivit :

– Les autres sorciers savent bien que ça n'a aucune importance. Regardez Neville Londubat, par exemple, il vient d'une famille au sang pur, mais c'est tout juste s'il arrive à faire tenir un chaudron debout.

– Et ils n'ont jamais inventé un sortilège qu'Hermione soit incapable de refaire, dit fièrement Hagrid.

Les joues d'Hermione prirent une teinte rouge vif.

– C'est une injure répugnante, dit Ron en essuyant d'une main tremblante la sueur qui lui couvrait le front Comme si on disait à quelqu'un que son sang est sale. Quelle folie ! De toute façon, de nos jours, la plupart des sorciers ont du sang de Moldu dans les veines. Si nous n'avions jamais épousé de Moldus, il y a longtemps que nous aurions disparu.

Il eut un nouveau hoquet et replongea dans la bassine.

– Je comprends que tu aies essayé de lui jeter un sort, Ron, dit Hagrid d'une voix forte pour couvrir le bruit sourd des limaces qui tombaient dans la bassine. Mais c'est peut-être une bonne chose que ta baguette magique ait eu des ratés. Si tu avais réussi à jeter un sort à son fils, Lucius Malefoy se serait précipité ici. Au moins, comme ça, tu n'auras pas d'ennuis.

Harry aurait bien voulu lui faire remarquer qu'on pouvait difficilement imaginer pire ennui que de vomir des limaces, mais les caramels qui lui collaient les dents l'empêchèrent d'ouvrir la bouche.

– Ah, au fait, Harry, dit Hagrid, saisi d'une pensée soudaine. J'ai un petit reproche à te faire. On m'a dit que tu distribuais des photos dédicacées. Comment ça se fait que je n'en ai pas eu ?

Furieux, Harry parvint à décoller ses mâchoires.

– Je n'ai dédicacé aucune photo ! s'emporta-t-il. Si Lockhart continue à raconter ça...

Mais Hagrid éclata de rire.

– Je plaisantais, dit-il en donnant dans le dos de Harry une tape amicale qui le projeta contre la table. Je savais bien que ce n'était pas vrai. J'ai dit à Lockhart que tu n'avais pas besoin de ça. Tu es plus célèbre que lui sans avoir eu besoin d'essayer.

– Ça n'a pas dû lui plaire, dit Harry.

– Je ne crois pas, assura Hagrid, l'œil brillant. Et quand je lui ai dit que je n'avais jamais lu aucun de ses livres, il est parti. Tu veux des caramels, Ron ?

– Non, merci, répondit Ron d'une voix faible. Je préfère ne pas prendre le risque.

– Venez voir ce que j'ai fait pousser, dit Hagrid, tandis que Harry et Hermione finissaient leur tasse de thé.

Dans le petit potager, à l'arrière de la cabane, Hagrid leur montra une douzaine de citrouilles géantes, aussi grosses qu'un rocher.

– Elles sont belles, hein ? dit Hagrid d'un ton joyeux. C'est pour Halloween... Elles devraient être assez grandes à ce moment-là.

– Qu'est-ce que vous utilisez, comme engrais ? demanda Harry.

Hagrid regarda par-dessus son épaule pour vérifier qu'il n'y avait personne à proximité.

– Je... je leur donne un peu... un peu d'aide, tu vois ce que je veux dire ? répondit-il.

Harry remarqua le parapluie rose de Hagrid posé contre le mur de la cabane. Il avait déjà eu de bonnes raisons de soupçonner que ce parapluie était beaucoup plus que ce qu'il paraissait. Il avait même la quasi-certitude que la baguette magique de Hagrid était cachée à l'intérieur. Officiellement, Hagrid n'avait pas le droit d'utiliser la magie. Il avait été renvoyé de Poudlard alors qu'il était élève de troisième année, mais Harry n'avait jamais su pourquoi. Chaque fois qu'on y faisait allusion, Hagrid devenait sourd jusqu'à ce que la conversation s'oriente vers un autre sujet.

– Un sortilège de Gavage, j'imagine ? dit Hermione dont le ton semblait à mi-chemin entre l'amusement et la réprobation. Vous avez fait un bon travail...

– C'est ce que m'a dit ta petite sœur, répondit Hagrid en se tournant vers Ron. Je l'ai rencontrée hier.

Hagrid lança un regard oblique à Harry et sa barbe hirsute tressaillit.

– Elle a dit qu'elle voulait juste jeter un coup d'œil, mais je crois bien qu'elle espérait rencontrer quelqu'un d'autre en venant chez moi.

Il adressa un clin d'œil à Harry.

– Si tu veux mon avis, elle ne dirait pas non à une photo dédica...

– Ah, ça suffit, coupa Harry.

Ron éclata de rire et le sol fut aussitôt arrosé de limaces.

– Attention ! rugit Hagrid en éloignant Ron de ses précieuses citrouilles.

C'était presque l'heure du déjeuner et Harry, qui n'avait mangé que quelques caramels depuis l'aube, avait hâte de prendre un vrai repas. Ils dirent au revoir à Hagrid et retournèrent au château. Ron avait encore un hoquet de temps en temps, mais il ne crachait plus qu'une ou deux petites limaces.

Ils avaient à peine mis le pied dans le hall qu'une voix retentit à leurs oreilles.

– Ah, vous êtes là, Potter et Weasley.

Le professeur McGonagall s'avança vers eux, l'air sévère.

– Votre retenue aura lieu ce soir même, annonça-t-elle.

– Qu'est-ce qu'on devra faire ? demanda Ron en réprimant un rot.

– Vous, vous allez astiquer l'argenterie dans la salle des trophées avec Mr Rusard. Et interdiction d'avoir recours à la magie, Weasley… De l'huile de coude, c'est tout.

Ron étouffa une exclamation. Argus Rusard, le concierge, était détesté et redouté par tous les élèves.

– Quant à vous, Potter, vous aiderez le professeur Lockhart à répondre au courrier de ses admirateurs.

– Oh, non ! Je ne pourrais pas aller plutôt dans la salle des trophées, moi aussi ? dit Harry d'un ton désespéré.

– Certainement pas, répliqua le professeur McGonagall en haussant les sourcils. Le professeur Lockhart tient à ce que ce soit vous. Huit heures pile tous les deux.

Dans la Grande Salle, Harry et Ron, la mine sinistre, se laissèrent tomber sur leurs chaises, à côté d'Hermione qui les regarda avec une expression du genre : *Voilà ce qui arrive quand on fait des bêtises…* Harry eut beaucoup moins de plaisir à manger son hachis Parmentier qu'il ne l'aurait cru. Ron et lui étaient chacun persuadés d'avoir hérité de la pire corvée.

– Rusard va me retenir toute la nuit, dit sombrement Ron. Et pas de magie ! Il doit y avoir une bonne centaine de coupes en argent dans cette salle. Je ne sais pas astiquer à la manière des Moldus.

– J'échange avec toi quand tu veux, soupira Harry. Je

me suis entraîné, chez les Dursley. Répondre aux admirateurs de Lockhart... Un vrai cauchemar...

L'après-midi sembla passer en un éclair et bientôt, il fut huit heures moins cinq. Le pas traînant, Harry suivit le couloir du deuxième étage jusqu'au bureau de Lockhart. Les dents serrées, il frappa.

La porte s'ouvrit aussitôt et Lockhart l'accueillit avec un sourire rayonnant.

– Ah, voici notre chenapan ! dit-il. Entre, Harry, entre.

Eclairées par des chandelles, d'innombrables photos encadrées de Lockhart brillaient sur les murs. Il en avait même signé quelques-unes. Une autre pile de photos était posée sur son bureau.

– Tu n'as qu'à écrire les enveloppes ! dit Lockhart à Harry, comme s'il lui faisait une exceptionnelle faveur. La première, c'est pour Gladys Gourdenièze, une de mes plus ferventes admiratrices.

Les minutes passaient avec la lenteur d'un escargot. Harry laissait Lockhart déverser sur lui un flot de paroles sans prendre la peine de lui répondre autre chose que « oui, oui », « d'accord », « très bien ». De temps en temps, il percevait une phrase du genre : « La renommée est une amie bien peu fidèle, Harry », ou « La célébrité ne peut donner que ce qu'elle a, ne l'oublie jamais. »

Les chandelles diminuaient régulièrement et leur lumière de plus en plus incertaine dansait devant les visages mouvants des photos de Lockhart qui le regardaient. Harry écrivit de sa main douloureuse ce qui lui sembla être la millième enveloppe, sur laquelle il recopia l'adresse d'une certaine Veronica Smethley. « Il devrait bientôt être l'heure de partir, pensa-t-il, consterné, pourvu que ce soit bientôt l'heure... »

Il entendit alors quelque chose – quelque chose qui n'avait rien à voir avec le bavardage de Lockhart ou le crachotement des chandelles moribondes.

C'était une voix, une voix à figer le sang, une voix à couper le souffle, une voix glacée comme un venin.

– *Viens... Viens à moi... que je te déchire... que je t'écorche... que je te tue...*

Harry sursauta si fort qu'une tache d'encre couleur lilas s'étala sur l'adresse de Veronica Smethley.

– Quoi ? dit-il à voix haute.

– Eh oui, je sais, dit Lockhart qui croyait que Harry lui répondait. Six mois de suite en tête de la liste des best-sellers ! Record battu !

– Non, je ne parlais pas de ça, dit Harry affolé. Cette voix !

– Pardon ? demanda Lockhart, déconcerté. Quelle voix ?

– Cette... cette voix qui a dit... Vous ne l'avez pas entendue ?

Lockhart regarda Harry d'un air stupéfait.

– De quoi parles-tu, Harry ? Tu es peut-être en train de t'endormir ? Nom d'un best-seller ! Tu as vu l'heure qu'il est ? Ça fait presque quatre heures que nous sommes ici ! Je ne l'aurais jamais cru. Le temps a filé si vite...

Harry ne répondit pas. Il tendait l'oreille pour essayer d'entendre à nouveau la voix, mais en dehors de Lockhart qui lui disait qu'il ne pourrait pas espérer passer un aussi agréable moment chaque fois qu'il serait en retenue, il n'entendait plus le moindre son. Tout étourdi, Harry s'en alla.

Il était si tard que la salle commune de Gryffondor était presque vide. Harry monta directement dans le dortoir. Ron n'était pas encore revenu. Harry enfila son pyjama, se mit au lit et attendit. Ron arriva une demi-heure plus tard en se frottant le bras droit et en répandant une odeur de produit nettoyant dans la pénombre de la pièce.

– J'ai les muscles complètement raides, grogna-t-il avant de se laisser tomber sur son lit. Il m'a fait astiquer quatorze fois la coupe de Quidditch avant d'être enfin satisfait. Ensuite, j'ai eu une nouvelle attaque de limaces sur une médaille pour Services rendus à l'Ecole. J'ai mis un temps fou à enlever toutes ces traces gluantes... Et avec Lockhart, c'était comment ?

Parlant bas pour ne pas réveiller Neville, Dean et Seamus, Harry lui répéta ce que la voix lui avait dit.

– Et Lockhart a dit qu'il ne l'entendait pas ? s'étonna Ron.

Harry le voyait froncer les sourcils à la lueur du clair de lune.

– Tu crois qu'il t'a menti ? Je ne comprends pas ce qui a pu se passer. Même quelqu'un d'invisible aurait été obligé d'ouvrir la porte pour entrer dans le bureau.

– Je sais, dit Harry en s'allongeant dans son lit, les yeux fixés sur le baldaquin tendu au-dessus de sa tête. Moi non plus, je ne comprends pas.

8
L'ANNIVERSAIRE DE MORT

Octobre arriva, répandant un froid humide dans le château et ses alentours. Madame Pomfresh, l'infirmière, dut faire face à une épidémie de rhumes parmi les élèves et les enseignants. La Pimentine, une potion qu'elle fabriquait elle-même, se révélait d'une efficacité fulgurante, mais elle avait pour effet secondaire de faire fumer les oreilles pendant plusieurs heures. Harcelée par Percy, Ginny Weasley, qui n'avait pas très bonne mine, fut forcée d'en prendre et la vapeur qui lui sortait de la tête, sous ses cheveux flamboyants, lui donnait l'air d'avoir pris feu.

Pendant des jours entiers, la pluie frappa à grosses gouttes les fenêtres du château. Le niveau du lac monta, les massifs de fleurs se transformèrent en mares de boue et les citrouilles de Hagrid eurent bientôt la taille d'une cabane à outils. L'enthousiasme d'Olivier Dubois pour les séances d'entraînement n'avait pas faibli, cependant, et c'est ainsi qu'un samedi après-midi particulièrement pluvieux, Harry rentra trempé et maculé de boue dans la tour de Gryffondor. C'était quelques jours avant Halloween.

Même en faisant abstraction de la pluie et du vent, la séance d'entraînement ne s'était pas bien passée. Fred et

George qui avaient espionné l'équipe des Serpentard, avaient vu les performances des nouveaux Nimbus 2001. D'après eux, les Serpentard allaient si vite qu'on ne voyait plus d'eux que des traînées vertes qui sillonnaient les airs à la vitesse d'un avion.

Alors qu'il avançait dans le couloir désert avec ses chaussures boueuses, Harry croisa quelqu'un qui semblait aussi préoccupé que lui. Nick Quasi-Sans-Tête, le fantôme de la tour de Gryffondor, regardait par la fenêtre d'un air morose.

– Je ne remplis pas les conditions... marmonnait-il. Pour un centimètre...

– Bonjour, Nick, dit Harry.

– Bonjour, bonjour, répondit le fantôme qui sursauta et jeta un coup d'œil autour de lui.

Il avait coiffé un magnifique chapeau à plume sur ses longs cheveux bouclés et portait un pourpoint orné d'une fraise qui dissimulait son cou presque entièrement tranché. Il était pâle comme un panache de fumée et Harry voyait au travers de son corps le ciel sombre d'où s'abattait une pluie torrentielle.

– Vous m'avez l'air bien soucieux, mon jeune Potter, dit Nick en repliant une lettre transparente qu'il rangea dans son vêtement.

– Vous aussi, dit Harry.

– Oh, ce n'est pas très important, répondit Nick Quasi-Sans-Tête avec un mouvement gracieux de la main. En fait, je n'avais pas tellement envie d'en faire partie. Bien sûr, j'ai envoyé ma candidature, mais il paraît que je ne remplis pas « les conditions requises ».

Malgré son ton léger, son visage exprimait une profonde amertume.

– Mais quand même, s'exclama-t-il soudain en sortant la lettre de sa poche, on pourrait penser que recevoir dans la nuque quarante-cinq coups d'une hache émoussée suffirait à vous faire admettre au club des Chasseurs sans tête, non ?

– Certainement, répondit Harry dont il attendait, de toute évidence, l'approbation.

– Personne plus que moi n'aurait souhaité que le travail soit fait proprement et que ma tête soit tranchée net. Cela m'aurait épargné beaucoup de souffrance et de ridicule. Et pourtant...

Nick Quasi-Sans-Tête secoua sa lettre pour la déplier et lut d'un ton furieux :

Nous ne pouvons accepter dans notre club que des membres dont la tête a été complètement séparée du corps. Vous comprendrez bien que, dans le cas contraire, il nous serait impossible de participer à des activités telles que le lancer de tête à cheval, ou la course sans tête. J'ai donc le très profond regret de vous informer que vous ne remplissez pas les conditions requises pour être admis dans notre club. Nous vous prions d'agréer, etc... et c'est signé : *Sir Patrick Delaney-Podmore.*

Furieux, Nick Quasi-Sans-Tête fourra la lettre dans sa poche.

– Ma tête ne tient que par un centimètre de peau et de tendon, Harry ! Tout le monde penserait que j'ai été bel et bien décapité, eh bien, non ! Ce n'est pas encore assez pour ce monsieur Coupé-Court-Podmore.

Nick Quasi-Sans-Tête respira profondément à plusieurs reprises, puis il reprit d'un ton plus calme :

– Et vous, Harry, qu'est-ce qui vous tracasse ainsi ? Je peux faire quelque chose ?

– Non, répondit Harry. A moins que vous sachiez où nous pourrions nous procurer sept Nimbus 2001 pour notre match contre les Serp...

La fin de la phrase de Harry fut étouffée par un miaulement perçant qui retentit près de ses chevilles. Il regarda par terre et vit deux yeux jaunes qui brillaient comme des lampes. C'était Miss Teigne, la chatte grise et efflanquée qui jouait le rôle d'assistante d'Argus Rusard, le concierge, dans son implacable bataille contre les élèves de Poudlard.

– Vous feriez mieux de filer d'ici, Harry, dit précipitamment Nick. Rusard n'est pas de bonne humeur. Il a la grippe et des élèves de troisième année ont accidentellement projeté de la cervelle de crapaud au plafond du cachot n°5. Il a passé la matinée à tout nettoyer, alors, s'il voit que vous mettez de la boue partout...

– Vous avez raison, dit Harry en fuyant le regard accusateur de Miss Teigne.

Il ne fut pas assez rapide, cependant. Attiré par le mystérieux pouvoir qui semblait le lier à son horrible animal, Argus Rusard surgit soudain à travers une tapisserie, la respiration sifflante, le regard flamboyant. Sa tête était enveloppée dans une écharpe écossaise et son nez avait pris une teinte violette.

– De la saleté ! s'écria-t-il, les bajoues frémissantes, les yeux exorbités.

Il pointa du doigt la mare de boue qui s'était formée autour de Harry.

– Désordre et cochonneries ! J'en ai assez ! Suivez-moi, Potter !

La mine sombre, Harry adressa à Nick Quasi-Sans-Tête un signe de la main et suivit Rusard au rez-de-chaussée, ajoutant de nouvelles traces de pas boueuses à celles qui existaient déjà.

Harry n'avait encore jamais eu l'occasion d'entrer dans le bureau de Rusard. C'était un endroit que les élèves évitaient soigneusement. La pièce, misérable et dépourvue de fenêtres, était éclairée par une simple lampe à pétrole suspendue au plafond bas. Une vague odeur de poisson frit flottait dans l'air. Des placards en bois s'alignaient le long des murs, remplis de dossiers dans lesquels Rusard conservait le détail des punitions qu'il avait infligées aux élèves de Poudlard tout au long de sa carrière. Fred et George Weasley avaient droit à un casier entier pour eux tout seuls. Une collection de chaînes et de menottes soigneusement astiquées était accrochée au mur, derrière le bureau de Rusard. Il était de notoriété publique qu'il avait toujours demandé à Dumbledore l'autorisation de suspendre les élèves au plafond par les chevilles.

Rusard prit une plume sur son bureau et fouilla autour de lui en quête d'un morceau de parchemin.

– De la bouse, marmonna-t-il d'un air furieux. De la morve de dragon brûlante... Des cervelles de grenouille... Des intestins de rat... J'en ai assez... Il faut faire un exemple... Où est le formulaire... Ah, voilà...

Il dénicha dans un tiroir de son bureau un grand rouleau de parchemin et l'étala devant lui, trempant sa longue plume noire dans l'encrier.

– Nom : Harry Potter. Crime...

– N'exagérons rien, ce n'était qu'un peu de boue, coupa Harry.

– Pour vous, ce n'est qu'un peu de boue, mon garçon, mais pour moi, c'est une heure de plus passée à récurer vos saletés ! s'exclama Rusard. Nous disions donc, crime : souillure du château... Châtiment proposé...

La plume en l'air, Rusard lança un regard sournois à Harry qui attendait en retenant son souffle que tombe la sentence. Mais au moment où le concierge abaissa à nouveau sa plume, un grand BOUM ! juste au-dessus du bureau fit vaciller la lampe à pétrole suspendue au plafond.

– PEEVES ! s'écria Rusard en jetant sa plume dans un accès de rage. Cette fois, je t'aurai !

Et sans un regard vers Harry, Rusard se rua hors du bureau, Miss Teigne sur ses talons.

Peeves était l'esprit frappeur de l'école : une menace permanente qui flottait dans les airs en répandant sur son passage désordre et consternation. Harry n'aimait pas beaucoup Peeves mais il lui était reconnaissant de s'être manifesté en cet instant. Il avait l'espoir que, quoi qu'il ait fait (et d'après le bruit, il avait dû casser, cette fois, quelque chose de très volumineux), il occuperait suffisamment Rusard pour lui faire oublier Harry.

En attendant, Harry se laissa tomber dans le fauteuil mangé aux mites, devant le bureau. A côté du formulaire que le concierge n'avait pas fini de remplir, Harry vit une grosse enveloppe violette sur laquelle était écrit en lettres d'argent :

VITMAGIC
Cours par correspondance
pour sorciers débutants

Intrigué, Harry ouvrit l'enveloppe, retira le morceau de parchemin qu'elle contenait et lut le texte qu'il avait sous les yeux :

Vous vous sentez déboussolé
dans le nouveau monde de la magie ?
Vous n'osez plus jeter de sort en public
par peur de paraître ridicule ?
Tout le monde éclate de rire
quand on vous voit tenir votre baguette magique ?
IL EXISTE UNE SOLUTION À VOS PROBLÈMES !
VITMAGIC est une méthode entièrement nouvelle,
rapide, facile, aux résultats garantis. Des centaines de
sorcières et de sorciers en ont déjà bénéficié !

Madame Dézorties, de Topsham, nous écrit :

Je n'arrivais jamais à me souvenir de mes formules magiques et mes potions étaient un sujet de plaisanterie pour toute ma famille ! Maintenant, après avoir suivi la méthode VITMAGIC, *je suis la vedette de toutes les soirées et mes amies me supplient de révéler la recette de ma poudre à Briller !*

Le sorcier D.J. Prod, de Didsbury, nous dit :

Mon épouse se moquait de la faiblesse de mes charmes mais après m'être plongé un mois dans votre fabuleuse méthode VITMAGIC, *j'ai réussi à la transformer en zébu ! Merci* VITMAGIC *!*

Fasciné, Harry jeta un coup d'œil aux autres prospectus qu'il trouva dans l'enveloppe. Pourquoi donc Rusard voulait-il suivre un cours de magie par correspondance ? Cela signifiait-il qu'il n'était pas un sorcier à part entière ? Harry était en train de lire « Première leçon : savoir tenir votre baguette (quelques conseils utiles) » lorsqu'il entendit le pas du concierge dans le couloir. Harry remit aussitôt les prospectus dans l'enveloppe qu'il jeta sur le bureau à l'instant où la porte s'ouvrait.

Rusard avait l'air triomphant.

– Cette armoire à disparaître avait une grande valeur ! dit-il à Miss Teigne d'un air joyeux. Cette fois-ci, ma mignonne, Peeves est coincé !

Il posa les yeux sur Harry puis sur l'enveloppe de la méthode VITMAGIC. Harry se rendit compte trop tard qu'il l'avait jetée à une bonne cinquantaine de centimètres de l'endroit où elle se trouvait auparavant.

Le visage d'ordinaire livide de Rusard vira au rouge brique. Harry se prépara à être submergé par une vague de fureur. Rusard saisit l'enveloppe d'un geste vif et la rangea dans un tiroir.

– Vous... Vous avez lu ? balbutia-t-il.

– Non, mentit Harry.

Rusard se tordait les mains.

– Si j'avais pensé que vous liriez ma correspondance

privée... D'ailleurs, ce n'est pas à moi... C'est pour un ami... Néanmoins... Cependant...

Harry le regardait avec inquiétude. Rusard n'avait jamais paru aussi en colère. Ses yeux lui sortaient de la tête, ses joues flasques étaient agitées de tics et l'écharpe écossaise n'arrangeait rien.

– Très bien... Dans ce cas... Sortez... Et pas un mot... Non pas que... Enfin, si vous ne l'avez pas lu... Allez-vous-en, il faut que j'écrive un rapport sur Peeves...

Stupéfait d'avoir une telle chance, Harry se précipita hors du bureau, fila le long du couloir et monta l'escalier quatre à quatre. Sortir du bureau de Rusard sans la moindre punition représentait sans doute un exploit unique dans l'histoire de l'école.

– Harry ! Harry ! Ça a marché ?

Nick Quasi-Sans-Tête sortit d'une salle de classe. Derrière lui, Harry vit les restes d'une grande armoire noir et or qui avait dû tomber de haut et s'était fracassée sur le sol.

– J'ai réussi à convaincre Peeves de la laisser tomber juste au-dessus du bureau de Rusard, dit Nick. J'espérais détourner son attention...

– C'était vous ? dit Harry avec reconnaissance. Oui, ça a très bien marché, je n'ai même pas eu de retenue. Merci, Nick !

Ils repartirent ensemble le long du couloir. Harry remarqua que Nick Quasi-Sans-Tête tenait toujours à la main la lettre de refus de Sir Patrick.

– J'aimerais bien faire quelque chose pour vous à propos de cette histoire de club... dit Harry.

Nick s'arrêta net. Surpris, Harry n'eut pas le temps de l'éviter et lui passa au travers. Il eut l'impression d'avoir franchi une cascade glacée.

– Il y a quelque chose que vous pouvez faire, s'exclama Nick d'une voix surexcitée. Harry... serait-ce trop vous demander de… Non, vous n'allez pas accepter…

– De quoi s'agit-il ?

– Le jour d'Halloween sera le cinq centième anniversaire de ma mort, dit Nick Quasi-Sans-Tête en se rengorgeant.

– Ah, dit Harry qui ne savait pas s'il devait avoir l'air joyeux ou désolé.

– A cette occasion, j'organise une petite fête dans le plus grand des cachots. Des amis viendront de tout le pays et ce serait pour moi un tel honneur si vous acceptiez de vous joindre à nous. Mr Weasley et Miss Granger seraient également les bienvenus, cela va sans dire. Mais je me doute que vous préférerez assister à la fête de l'école ?

Il regarda Harry d'un air anxieux.

– Oh, non, dit aussitôt Harry, je serai ravi de venir…

– Ah, cher ami ! Harry Potter présent à l'anniversaire de ma mort ! Et… – Il hésita un instant, l'œil brillant d'excitation – croyez-vous que vous pourriez éventuellement dire à Sir Patrick combien vous me trouvez impressionnant et même terrifiant ?

– Bien… Bien sûr…

Nick Quasi-Sans-Tête eut alors un sourire radieux.

– Un anniversaire de mort ? dit Hermione avec enthousiasme lorsque Harry fut redescendu dans la salle commune après s'être changé. Il ne doit pas y avoir beaucoup de vivants qui peuvent se vanter d'avoir assisté à ce genre de fête. Ça va être passionnant !

– Fêter l'anniversaire de sa mort, quelle idée ! bougonna Ron qui était en train de faire ses devoirs. Je ne vois pas ce que ça a de réjouissant !

La pluie continuait de marteler les fenêtres d'un noir d'encre. La salle commune, en revanche, était claire et chaleureuse. Le feu qui ronflait dans la cheminée répandait sa lumière dansante sur les élèves assis dans les fauteuils défoncés et occupés à lire, à bavarder ou à faire leurs devoirs. Fred et George, eux, avaient voulu savoir ce qui se passerait si on donnait à manger des pétards du Dr Flibuste à une salamandre. Fred avait « sauvé » le lézard orange vif, habitué des flammes, à la fin d'un cours de Soins aux créatures magiques et l'animal était en train de se consumer doucement sur une table entourée d'un groupe de spectateurs curieux.

Harry était sur le point de raconter à Ron et à Hermione ce qui s'était passé dans le bureau de Rusard, notamment sa découverte du prospectus de VITMAGIC, lorsque la salamandre s'éleva soudain dans les airs et se mit à tournoyer autour de la pièce en crachant des étincelles dans un bruit d'explosion assourdissant. Devant le spectacle de la salamandre entourée d'une pluie d'étoiles qui jaillissait de sa gueule et de Percy qui se déchaînait contre Fred et George en hurlant à s'en casser la voix, Harry oublia complètement le concierge et sa méthode VITMAGIC.

Lorsque arriva le jour d'Halloween, Harry regretta d'avoir promis un peu hâtivement d'assister à la fête de Nick Quasi-Sans-Tête. Les élèves de l'école se préparaient avec enthousiasme au grand festin qui allait les réunir. La Grande Salle était décorée avec des chauves-souris vivantes, les énormes citrouilles de Hagrid avaient été évidées pour en faire des lanternes où on aurait pu s'asseoir à trois et, d'après les rumeurs, Dumbledore avait fait venir une troupe de squelettes dansants pour assurer le spectacle.

– Une promesse est une promesse, dit Hermione à Harry d'un ton autoritaire. Et tu as dit que tu irais à cette fête.

Ainsi, à sept heures du soir, Harry, Ron et Hermione passèrent sans y entrer devant la Grande Salle bondée, résistant à l'attraction des assiettes d'or et des chandelles qui scintillaient de toutes parts, et prirent la direction des cachots.

L'étroit passage qui menait à l'endroit où se passait la fête de Nick Quasi-Sans-Tête était éclairé par des chandelles fines et noires dont la lueur bleuâtre leur donnait à eux aussi l'aspect de fantômes. Il faisait de plus en plus froid à mesure qu'ils avançaient. Bientôt, ils entendirent un son épouvantable, comme des centaines d'ongles crissant sur un énorme tableau noir.

– C'est de la musique, ça ? murmura Ron.

Derrière un angle du couloir, ils virent soudain Nick Quasi-Sans-Tête qui se tenait dans l'embrasure d'une porte tendue de draperies noires.

– Mes chers amis, dit le fantôme d'un ton lugubre, soyez les bienvenus... Je suis si content que vous soyez là.

Il ôta son chapeau à plume et les invita à entrer en s'inclinant devant eux.

Un spectacle stupéfiant s'offrit alors à leurs yeux. Des centaines de silhouettes translucides, d'une couleur gris perle, glissaient autour d'une piste de danse bondée où d'autres formes spectrales valsaient au son terrifiant d'une trentaine de scies musicales jouées par des musiciens rassemblés sur une estrade tendue de noir. Au plafond, un lustre formé d'un bon millier de chandelles noires diffusait une lumière d'un bleu éclatant. Harry, Ron et Hermione virent de la buée sortir de leur bouche. C'était comme s'ils avaient pénétré dans une chambre froide.

– Allons jeter un coup d'œil, suggéra Harry qui voulait se réchauffer les pieds.

– Fais attention de ne traverser personne, dit Ron d'une voix inquiète.

Ils s'avancèrent alors dans la pièce et passèrent devant un groupe de nonnes à la mine funèbre, un homme en haillons couvert de chaînes et le Moine Gras, le joyeux fantôme de Poufsouffle, en grande conversation avec un chevalier dont le front était transpercé d'une flèche. Harry ne fut pas surpris de voir que le Baron Sanglant, l'horrible fantôme de Serpentard, couvert de taches de sang, restait seul dans un coin, ignoré par les autres spectres.

– Oh non, dit Hermione en s'immobilisant. Vite, demi-tour, je ne veux pas parler à Mimi Geignarde...

– Qui ça ? dit Harry tandis qu'ils revenaient précipitamment sur leurs pas.

– Elle hante les toilettes des filles, au deuxième étage, dit Hermione.

– Les *toilettes* ?

– Oui. Elles ont été inutilisables pendant toute l'année parce qu'elle n'arrêtait pas de piquer des crises en provoquant des inondations. Je n'y vais jamais tant que je peux l'éviter. C'est terrible d'aller aux toilettes et de l'entendre gémir sans arrêt...

– Regarde. A manger, dit Ron.

De l'autre côté du cachot, une longue table était recouverte de velours noir. Ils s'en approchèrent d'un air gourmand mais se figèrent soudain sur place avec une grimace horrifiée. L'odeur qui se dégageait du buffet était parfaitement répugnante. De gros poissons pourris s'étalaient sur des plats d'argent, entre des amoncellements de gâteaux brûlés comme du charbon. Il y avait aussi un énorme hachis grouillant de vers et un morceau de fromage couvert de moisissure verdâtre. Au milieu de la table, à la place d'honneur, se dressait un gigantesque gâteau en forme de pierre tombale sur lequel était écrit en lettres noires :

Sir Nicholas de Mimsy-Porpington
mort le 31 octobre 1492

Stupéfait, Harry regarda un fantôme corpulent s'approcher de la table, s'accroupir et s'avancer, la bouche grande ouverte, pour traverser l'un des saumons pestilentiels.

– On sent le goût quand on passe à travers ? lui demanda Harry.

– Presque, répondit tristement le fantôme avant de s'éloigner en flottant dans les airs.

– J'imagine qu'ils ont tout laissé pourrir pour donner un goût plus fort, dit Hermione d'un air docte.

Elle se pinça le nez et se pencha pour examiner le hachis putride.

– Il vaudrait mieux qu'on ne reste pas trop près, dit Ron. J'ai mal au cœur.

Ils avaient à peine fait demi-tour qu'un petit homme jaillit de sous la table et vint flotter devant eux.

– Bonjour, Peeves, dit prudemment Harry.

A la différence des fantômes qui évoluaient autour d'eux, Peeves, l'esprit frappeur, n'avait rien de pâle ni de transparent. Il portait un chapeau pointu orange vif, un nœud papillon qui tournait sur lui-même et arborait un large sourire sur son visage sournois.

– Vous voulez grignoter quelque chose ? proposa-t-il aimablement en leur tendant un bol rempli de cacahuètes pourries.

– Non, merci, dit Hermione.

– Je vous ai entendu parler de cette pauvre Mimi, dit Peeves, les yeux brillants. Vous avez été *grossière* avec cette malheureuse Mimi.

Il prit une profonde inspiration et hurla :

– MIMI !

– Oh, non, Peeves, ne lui répétez surtout pas ce que

j'ai dit, elle serait folle de rage, murmura précipitamment Hermione. Je ne le pensais pas, en fait, je n'ai rien contre elle... Oh, bonjour, Mimi...

Mimi était un fantôme de jeune fille, petite et trapue avec le visage le plus maussade qu'on puisse imaginer, à demi caché sous de longs cheveux pendants et une paire de lunettes aux verres épais.

– Quoi ? dit-elle d'un ton sinistre.

– Comment ça va, Mimi ? demanda Hermione d'un ton faussement enjoué. Ça fait plaisir de te voir hors des toilettes.

Mimi renifla.

– Miss Granger me parlait de toi, dit Peeves d'un air rusé à l'oreille de Mimi.

– Je disais simplement que... que tu paraissais en pleine forme, ce soir, dit Hermione en lançant à Peeves un regard furieux.

Mimi observa Hermione d'un air soupçonneux.

– Tu te moques de moi, dit-elle avec des larmes dans ses petits yeux perçants.

– Non, non, c'est vrai. J'ai bien dit que Mimi avait l'air en pleine forme, non ? répéta Hermione en donnant un coup de coude à Ron et à Harry.

– Oh, oui...

– C'est exactement ce qu'elle a dit...

– Ce n'est pas la peine de me mentir, sanglota Mimi qui se mit à pleurer à chaudes larmes tandis que Peeves pouffait de rire derrière elle. Tu crois que je ne sais pas ce que les gens disent de moi dans mon dos ? La grosse Mimi ! Mimi la moche ! Mimi geignarde, Mimi râleuse, Mimi minable !

– Tu as oublié « boutonneuse », lui souffla Peeves à l'oreille.

Mimi Geignarde fut alors secouée de sanglots et se précipita hors du cachot, poursuivie par Peeves qui la bombardait de cacahuètes pourries en criant :

– Boutonneuse ! Boutonneuse !

– Oh, là, là, dit tristement Hermione.

Nick Quasi-Sans-Tête se glissa vers eux en traversant la foule.

– Vous vous amusez bien ? demanda-t-il.

– Oh, oui, mentirent-ils en chœur.

– Belle soirée, dit Nick fièrement. La Veuve pleureuse est venue spécialement du Kent... Il va bientôt être l'heure de mon discours. Je vais prévenir l'orchestre.

Mais au même moment, l'orchestre s'arrêta tout seul. Tout le monde fit silence en regardant partout d'un air surexcité. Le son d'un cor de chasse venait de retentir.

– Ah, les voilà, dit Nick d'un ton amer.

Une douzaine de chevaux fantômes traversèrent soudain le mur du cachot, montés chacun par un cavalier sans tête. Les invités applaudirent à tout rompre. Harry se mit à applaudir également, mais il s'interrompit en voyant la tête de Nick.

Les chevaux galopèrent jusqu'à la piste de danse, puis s'arrêtèrent au milieu en se cabrant avec élégance. En tête de la troupe, un fantôme de haute stature tenait sous le bras sa tête qui sonnait du cor. Il descendit de cheval, leva sa tête à bout de bras pour jeter un coup d'œil à la foule qui éclata de rire et s'avança vers Nick Quasi-Sans-Tête en enfonçant sa tête sur ses épaules.

– Nick ! rugit-il. Comment vas-tu ? Ta tête tient toujours ?

Il éclata d'un rire sonore et lui donna une grande tape sur l'épaule.

– Sois le bienvenu, Patrick, dit Nick d'un ton raide.

– Ma parole, mais il y a des vivants, ici ! s'exclama Sir Patrick en voyant Harry, Ron et Hermione.

Il fit semblant de sursauter et sa tête tomba à nouveau, provoquant l'hilarité générale.

– Très drôle, dit Nick d'un air sombre.

– Ne t'inquiète pas, Nick, dit la tête de Sir Patrick qui avait roulé sur le sol. Alors, toujours furieux de n'avoir pas été admis au club ? Mais aussi, regarde-toi un peu...

– Moi, dit Harry, répondant à un coup d'œil appuyé de son hôte, je trouve que Nick est très... effrayant et, heu...

– Ha ! Ha ! s'écria la tête de Sir Patrick, je parie que c'est lui qui vous a demandé de dire ça, jeune homme !

– Si vous voulez bien m'accorder quelques instants d'attention, c'est l'heure de mon discours, dit Nick d'une voix forte en s'avançant vers l'estrade sur laquelle il grimpa dans une lumière d'un bleu glacé.

– Mes regrettés Lords, Mesdames et Messieurs, j'ai le très grand chagrin de...

Mais personne n'en entendit davantage. Sir Patrick et ses compagnons venaient de se lancer dans une partie de hockey en utilisant leur tête en guise de balle. Nick essaya d'attirer à nouveau l'attention de ses invités, mais la tête de Sir Patrick lui passa devant le nez sous les acclamations de la foule et il renonça.

Harry avait très froid à présent, et également très faim.

– Je ne peux plus supporter ça, marmonna Ron en claquant des dents tandis que l'orchestre recommençait à jouer et que les fantômes reprenaient la direction de la piste de danse.

– Allons-nous-en, approuva Harry.

Ils reculèrent vers la porte, adressant des signes de tête et des sourires radieux à tous ceux qui les regardaient et, quelques instants plus tard, ils reprirent le passage éclairé par les chandelles noires.

– Peut-être qu'il restera encore du gâteau, dit Ron avec espoir en hâtant le pas vers l'escalier qui remontait au rez-de-chaussée.

Ce fut à ce moment-là que Harry l'entendit à nouveau.

– *... déchire... écorche... tue...*

C'était la même voix, froide et mortelle, qu'il avait entendue dans le bureau de Lockhart.

Il s'immobilisa et tendit l'oreille, en scrutant la pénombre du couloir.

– Harry, qu'est-ce que...

– C'est encore cette voix. Taisez-vous...

– *... si affamé... depuis si longtemps...*

– Ecoutez ! dit Harry.

– *... tuer... il est temps de tuer...*

La voix devenait de plus en plus faible. Elle s'éloignait, Harry en était sûr. Elle montait quelque part dans le château. Un mélange de peur et d'excitation le saisit tandis qu'il regardait le plafond obscur. Comment la voix pouvait-elle s'élever ainsi dans les étages ? Etait-ce un fantôme qu'aucun plafond de pierre ne pouvait arrêter ?

– Par ici ! s'écria-t-il.

Il monta l'escalier quatre à quatre et se précipita dans le hall d'entrée. Mais le vacarme des conversations qui provenaient de la Grande Salle, où le festin d'Halloween se poursuivait, empêchait d'entendre quoi que ce soit d'autre. Harry monta alors au premier étage, suivi de Ron et d'Hermione.

– Harry, qu'est-ce que...

– CHUT !

Harry tendit à nouveau l'oreille. Il entendait la voix qui continuait de s'éloigner en montant dans les étages.

– *... Je sens l'odeur du sang... L'ODEUR DU SANG !*

– Il va y avoir un meurtre ! s'exclama Harry, l'estomac noué.

Sans prêter attention à Ron et à Hermione qui le regardaient avec stupéfaction, il monta les marches quatre à quatre, en essayant d'entendre la voix malgré le martèlement de ses pas.

Il parcourut précipitamment tout l'étage, Ron et Hermione s'essoufflant derrière lui, et ne s'arrêta enfin que lorsqu'ils eurent tourné l'angle d'un dernier couloir désert.

– Harry, qu'est-ce que ça veut dire ? demanda Ron en essuyant son visage en sueur. Je n'ai rien entendu...

Mais Hermione poussa soudain un cri, l'index pointé devant elle.

– Regardez ! s'écria-t-elle.

Quelque chose brillait sur le mur, en face d'eux. Ils s'approchèrent lentement, scrutant la pénombre. Tracée en grosses lettres entre deux fenêtres, une inscription scintillait dans la lueur des torches qui éclairaient le passage :

LA CHAMBRE DES SECRETS A ÉTÉ OUVERTE.
ENNEMIS DE L'HÉRITIER, PRENEZ GARDE.

– Qu'est-ce que c'est que ça, là, en dessous ? dit Ron d'une voix tremblante.

Lorsqu'ils s'approchèrent un peu plus, Harry faillit tomber en glissant dans une flaque d'eau, mais Ron et Hermione le rattrapèrent de justesse. Ils se penchèrent alors sur une forme noire qui se dessinait sous le message et tous trois firent aussitôt un bond en arrière, les pieds en plein dans la flaque.

Miss Teigne, la chatte du concierge, était pendue par la queue à une torchère. Elle était raide comme une planche, les yeux grands ouverts.

Pendant quelques instants, ils restèrent figés de terreur.

– Filons d'ici, dit enfin Ron.

– On devrait peut-être essayer de... suggéra maladroitement Harry.

– Fais-moi confiance, il ne faut surtout pas qu'on nous trouve ici, répliqua Ron.

Mais il était trop tard. Un grondement semblable à un lointain coup de tonnerre, leur indiqua que le festin venait de se terminer. De chaque extrémité du couloir leur parvenaient les conversations joyeuses des élèves repus et le bruit de centaines de pieds qui montaient les escaliers. Un instant plus tard, un flot d'élèves se déversait dans le couloir.

Les conversations et les bruits de pas s'évanouirent peu à peu lorsque les premiers arrivants aperçurent la chatte pendue au mur. Harry, Ron et Hermione étaient seuls au milieu du couloir dans le silence qui régnait à présent. Autour d'eux, la foule se pressait pour contempler le sinistre spectacle.

D'une voix forte, quelqu'un rompit alors le silence.

– *Ennemis de l'héritier, prenez garde ! Bientôt, ce sera le tour des Sang-de-Bourbe !*

C'était Drago Malefoy, qui s'était faufilé jusqu'au premier rang. Ses yeux froids flamboyaient et son visage habituellement pâle s'était empourpré. Avec un grand sourire, il regarda longuement la chatte immobile, pendue au mur.

9
L'AVERTISSEMENT

– Qu'est-ce qui se passe, ici ?

Attiré par les cris de Malefoy, Argus Rusard se fraya un chemin dans la foule des élèves. Lorsqu'il vit Miss Teigne, il recula, horrifié, en se couvrant le visage de ses mains.

– Ma chatte ! Ma chatte ! Qu'est-ce qui est arrivé à ma chatte ? hurla-t-il.

Ses yeux exorbités se posèrent alors sur Harry.

– Vous ! cria-t-il d'une voix stridente. C'est vous qui avez assassiné ma chatte ! Vous l'avez tuée ! Et maintenant, c'est moi qui vais vous tuer ! Je vais...

– Argus !

Dumbledore venait d'arriver dans le couloir, suivi de plusieurs professeurs. Un instant plus tard, il avait détaché Miss Teigne de la torchère.

– Venez avec moi, Argus, dit-il à Rusard. Vous aussi, Mr Potter, Mr Weasley et Miss Granger.

Lockhart s'avança d'un air empressé.

– Mon bureau est juste à côté, Monsieur le Directeur. Si vous souhaitez l'utiliser...

– Merci Gilderoy, dit Dumbledore.

Les élèves silencieux s'écartèrent pour les laisser passer. Lockhart, l'air important et surexcité, emboîta le pas de Dumbledore, suivi par les professeurs McGonagall et Rogue.

Lorsqu'ils entrèrent dans le bureau de Lockhart, plongé dans la pénombre, il y eut une grande agitation sur les murs ; Harry vit plusieurs portraits s'éclipser, des bigoudis dans les cheveux. Le véritable Lockhart alluma les chandelles posées sur son bureau et recula d'un pas. Dumbledore étendit Miss Teigne sur la surface polie de la table et commença à l'examiner. Harry, Ron et Hermione échangèrent des regards inquiets et se laissèrent tomber sur des chaises, dans un coin sombre de la pièce.

Le bout du long nez aquilin de Dumbledore n'était qu'à deux centimètres de Miss Teigne. Il l'auscultait soigneusement derrière ses lunettes en demi-lune, ses longs doigts explorant le corps avec douceur. Le professeur McGonagall était penchée presque aussi près, les yeux plissés. La silhouette de Rogue se dessinait derrière eux, dans l'ombre, avec une expression bizarre sur son visage, comme s'il s'efforçait de ne pas sourire. Lockhart, lui, papillonnait autour d'eux en donnant son avis.

– C'est un sortilège qui l'a tuée, aucun doute à cela – sûrement un Supplice de Métamorphose. J'ai souvent eu l'occasion d'en voir, ce n'est vraiment pas de chance que je ne me sois pas trouvé là au bon moment. Je connais la parade qui permet d'annuler ses effets...

Ses commentaires étaient ponctués par les sanglots déchirants de Rusard. Affalé sur une chaise, le visage dans les mains, il n'avait pas le courage de regarder Miss Teigne. Quelle que fût son aversion pour Rusard, Harry ne pouvait s'empêcher d'éprouver pour lui une certaine peine, beaucoup moins intense cependant que celle qu'il éprouvait pour lui-même. Car si Dumbledore croyait ce qu'avait dit Rusard, il serait certainement expulsé.

Dumbledore marmonnait à présent d'étranges paroles en donnant sur le corps de Miss Teigne de petits coups de sa baguette magique. Mais rien ne se produisit : on aurait dit qu'elle était empaillée.

– Je me souviens d'avoir vu quelque chose de semblable à Ouagadougou, dit Lockhart, une série d'attaques, on peut lire toute l'histoire dans mon autobiographie. J'ai distribué aux habitants de la ville diverses amulettes qui ont aussitôt résolu le problème...

Sur les murs, les photographies de Lockhart hochaient la tête en signe d'approbation pendant qu'il parlait. L'un des portraits avait oublié d'enlever son filet à cheveux.

Enfin, Dumbledore se redressa.

– Elle n'est pas morte, Argus, dit-il d'une voix douce.

Lockhart, qui était en train de compter le nombre de meurtres qu'il avait empêchés, s'interrompit.

– Pas morte ? s'étrangla Rusard en regardant Miss Teigne à travers ses doigts écartés. Mais comment se fait-il qu'elle soit toute raide ?

– Elle a été pétrifiée, dit Dumbledore.

– C'est bien ce que je pensais, commenta Lockhart.

– Mais de quelle manière, voilà ce que j'ignore, reprit Dumbledore.

– C'est à *lui* qu'il faut le demander ! hurla Rusard en se tournant vers Harry.

– Aucun élève de deuxième année n'aurait réussi à faire ça, assura Dumbledore. Il faut être un expert en magie noire pour y arriver...

– C'est lui ! C'est lui ! insista Rusard, le visage violacé. Vous avez bien vu ce qu'il a écrit sur le mur ! Il a trouvé... dans mon bureau... Il sait que je suis... que je suis...

Le visage de Rusard se tordit en une horrible grimace.

– Il sait que je suis un Cracmol ! acheva-t-il enfin.

– Je n'ai jamais touché à Miss Teigne ! protesta Harry d'une voix forte, sentant avec gêne tous les regards tournés vers lui, y compris ceux des portraits de Lockhart accrochés aux murs. Et je ne sais même pas ce qu'est un Cracmol !

– Mensonges ! grinça Rusard. Il a vu ma lettre de Vitmagic !

– Si je peux me permettre, Monsieur le Directeur, intervint Rogue.

Harry se sentit de plus en plus inquiet : rien de ce que dirait Rogue ne pourrait servir sa défense !

– Je crois que Potter et ses amis se sont simplement trouvés au mauvais endroit au mauvais moment, dit-il d'un air narquois, comme s'il doutait de ses propres paroles. Mais il est vrai qu'il y a de quoi nourrir des soupçons. Que faisaient-ils dans ce couloir à cette heure-là ? Pourquoi n'assistaient-ils pas au festin d'Halloween avec leurs camarades ?

Harry, Ron et Hermione expliquèrent alors qu'ils avaient été invités à la fête de Nick Quasi-Sans-Tête.

– Il y avait des centaines de fantômes qui se trouvaient là, ils pourront témoigner que nous y étions...

– Mais pourquoi n'avez-vous pas rejoint la Grande Salle lorsque vous êtes remontés des cachots ? demanda Rogue, son regard noir étincelant à la lueur des chandelles. Pourquoi étiez-vous dans ce couloir ?

Ron et Hermione se tournèrent vers Harry.

– Parce que... parce que... balbutia Harry, le cœur battant.

Il y avait tout à parier que personne ne croirait à son histoire de voix désincarnée qu'il était le seul à pouvoir entendre.

– Parce que nous étions fatigués et que nous voulions aller nous coucher, dit-il enfin.

– Sans avoir rien mangé ? demanda Rogue en esquissant un sourire de triomphe. Je ne savais pas que les fantômes offraient de quoi satisfaire l'appétit des vivants au cours de leurs fêtes.

– Nous n'avions pas faim, dit Ron en espérant que personne n'entendrait la bruyante protestation de son estomac.

Le sourire malfaisant de Rogue s'élargit.

– Monsieur le Directeur, il me semble bien que Potter ne dit pas toute la vérité, reprit-il. Peut-être ne serait-il pas inutile de le priver de certains privilèges jusqu'à ce qu'il se décide à nous raconter ce qui s'est véritablement passé. Personnellement, je pense qu'il ne devrait plus avoir le droit de jouer dans l'équipe de Quidditch de Gryffondor jusqu'à ce qu'il consente à dire la vérité.

– Je ne vois vraiment pas pourquoi il faudrait empêcher ce garçon de jouer au Quidditch, Severus, dit sèchement le professeur McGonagall. Cette chatte n'a pas été assommée à coups de manche à balai. Et il n'y a aucune preuve que Potter ait fait quelque chose de répréhensible.

Sous le regard inquisiteur de Dumbledore, Harry eut l'impression d'être observé aux rayons X.

– Innocent tant qu'on n'a pas prouvé sa culpabilité, Severus, dit Dumbledore d'un ton ferme.

Rogue avait l'air furieux. Rusard également.

– Ma chatte a été pétrifiée ! hurla-t-il, les yeux exorbités. J'exige un châtiment !

– Nous parviendrons à la guérir, Argus, assura Dumbledore d'un ton patient. Mrs Chourave a réussi à se procurer des plants de mandragore. Dès qu'ils auront atteint leur maturité, je m'en servirai pour fabriquer une potion qui ramènera Miss Teigne à la vie.

– Je m'en chargerai, intervint Lockhart, je l'ai fait des centaines de fois... Je suis capable de préparer un philtre régénérateur à la mandragore dans mon sommeil...

– Je vous demande pardon, coupa Rogue, mais il me semble que le maître des potions, ici, c'est moi.

Il y eut un silence gêné.

– Vous pouvez partir, dit Dumbledore à Harry, Ron et Hermione.

Ils sortirent aussi vite qu'ils le purent en évitant toutefois de courir. Lorsqu'ils eurent atteint l'étage supérieur, ils pénétrèrent dans une classe vide et refermèrent soigneusement la porte derrière eux.

– Vous croyez que j'aurais dû leur parler de la voix que j'ai entendue ? demanda Harry.

– Non, répondit Ron sans la moindre hésitation. Entendre des voix, ce n'est pas bon signe, même chez les sorciers.

– Mais toi, tu me crois, au moins ?

– Bien sûr, assura Ron précipitamment. Mais il faut reconnaître que c'est bizarre...

– Je sais bien que c'est bizarre, dit Harry. Et d'abord, qu'est-ce que ça voulait dire, ce graffiti ? *La Chambre des Secrets a été ouverte...* Qu'est-ce que ça signifie ?

– Ça me rappelle vaguement quelque chose, dit lentement Ron. Un jour, quelqu'un m'a raconté une histoire à propos d'une chambre secrète, à Poudlard. C'était peut-être Bill...

– Et qu'est-ce que c'est qu'un Cracmol ? demanda Harry.

A sa grande surprise, il vit Ron réprimer un ricanement.

– En fait... ce n'est pas vraiment drôle... Mais comme ça concerne Rusard... Un Cracmol, c'est quelqu'un qui est né dans une famille de sorciers mais qui n'a aucun pouvoir magique. Le contraire des sorciers qui naissent dans des familles de Moldus, en quelque sorte. Mais les

Cracmols sont très rares. Si Rusard est un Cracmol, pas étonnant qu'il essaye d'apprendre la magie avec VITMAGIC. Ça explique beaucoup de choses. Sa haine des élèves, par exemple.

Ron eut un sourire satisfait.

– Il est aigri, dit-il.

Une pendule sonna quelque part dans le château.

– Minuit, dit Harry. On ferait bien d'aller se coucher avant qu'on tombe à nouveau sur Rogue et qu'il essaye de trouver un autre prétexte pour nous punir.

Pendant plusieurs jours, on ne parla plus que de ce qui était arrivé à Miss Teigne. Rusard faisait les cent pas à l'endroit où on l'avait retrouvée, comme s'il espérait que le coupable reviendrait sur les lieux de son crime. Harry l'avait vu récurer le mur avec du Nettoie-Tout magique de la mère Grattesec mais il n'avait pas réussi à effacer le message. Il continuait de briller sur la pierre avec autant d'éclat qu'au premier jour. Lorsque Rusard n'était pas en train de surveiller les lieux du crime, il rôdait dans les couloirs à pas furtifs, les yeux rougis, et se précipitait sur des élèves sans méfiance en essayant de leur donner des retenues pour des motifs aussi divers que « respirait trop fort » ou « paraissait heureux ».

Ginny Weasley semblait très perturbée par le sort qu'avait subi Miss Teigne. D'après Ron, elle avait une passion pour les chats.

– Tu ne connaissais pas bien Miss Teigne, lui dit vivement Ron. Très franchement, on se porte beaucoup mieux sans elle.

Les lèvres de Ginny tremblaient.

– Il est très rare qu'il arrive des choses pareilles à Poudlard, lui assura Ron. Ils finiront sûrement par attraper le cinglé qui a fait ça et il sera renvoyé sur-le-champ. J'espère simplement qu'il aura le temps de pétrifier

Rusard avant de se faire mettre dehors. Mais non, je plaisantais, ajouta aussitôt Ron en voyant Ginny devenir livide.

L'agression contre Miss Teigne avait aussi eu un effet sur Hermione. La lecture avait toujours été une de ses occupations favorites mais à présent, elle ne faisait plus rien d'autre que de se plonger dans les livres. Et lorsque Harry et Ron lui demandaient ce qu'elle fabriquait, ils n'obtenaient aucune réponse. Ce fut seulement le mercredi suivant qu'ils comprirent ce qu'elle avait en tête.

A la fin du cours de potions, Harry avait été retenu par Rogue qui lui avait fait gratter les vers marins restés collés sur les tables. Après déjeuner, il rejoignit Ron à la bibliothèque. En chemin, il croisa Justin Finch-Fletchley, l'élève de Poufsouffle dont il avait fait la connaissance au cours de botanique. Mais au moment où Harry s'apprêtait à lui dire bonjour, Justin fit volte-face et s'enfuit dans la direction opposée.

Harry trouva Ron au fond de la bibliothèque où il était en train de faire ses devoirs d'histoire de la magie. Le professeur Binns leur avait demandé de remplir quatre-vingt-dix centimètres de parchemin sur l'Assemblée médiévale des sorciers d'Europe.

– C'est fou, il me manque encore vingt centimètres... dit Ron avec fureur en laissant tomber son parchemin qui se réenroula aussitôt sur lui-même. Hermione en a fait un mètre quarante et elle écrit tout petit.

– Où est-elle ? demanda Harry qui prit le mètre ruban pour mesurer son propre parchemin.

– Elle est quelque part par là, répondit Ron en montrant les étagères. Elle essaye de lire tous les livres de la bibliothèque avant Noël.

Harry lui raconta comment Justin Finch-Fletchley avait pris la fuite en le voyant.

– Ne fais pas attention, il est un peu bête, dit Ron qui

s'était remis à écrire d'une écriture la plus large possible. Tu te souviens des idioties qu'il nous a racontées sur le « grand » Lockhart…

Hermione émergea d'entre deux étagères. Elle avait l'air de mauvaise humeur, mais au moins, elle semblait disposée à leur adresser la parole.

– Tous les exemplaires de *L'Histoire de Poudlard* ont été empruntés, dit-elle en s'asseyant entre Harry et Ron. Et il y a une liste d'attente de deux semaines. Je regrette d'avoir laissé mon exemplaire à la maison, mais avec tous les livres de Lockhart, je n'ai pas réussi à le faire tenir dans ma valise.

– Pourquoi tu voulais ce bouquin ? demanda Harry.

– Pour la même raison que les autres. Pour lire la légende de la Chambre des Secrets.

– Qu'est-ce que c'est que ça ?

– Justement, je ne m'en souviens plus, répondit Hermione en se mordant la lèvre. Et impossible de trouver l'histoire dans un autre livre.

– Hermione, laisse-moi lire ton devoir, dit Ron d'un ton désespéré en jetant un coup d'œil à sa montre.

– Certainement pas, répliqua Hermione d'un air soudain sévère. Tu as eu dix jours pour le faire.

– Il ne me manque plus que cinq centimètres...

La cloche sonna et tous trois sortirent de la bibliothèque pour se rendre au cours d'histoire de la magie.

L'histoire de la magie était le cours le plus ennuyeux de leur emploi du temps. Le professeur Binns qui l'enseignait était le seul professeur fantôme de l'école. Il entrait dans la classe en passant à travers le tableau et c'était l'unique moment un peu amusant de son cours. D'après ce qu'on disait, Binns ne s'était jamais rendu compte qu'il était mort. Un jour, il s'était levé pour aller en classe et avait laissé son corps derrière lui, installé dans un fauteuil de la salle des professeurs, devant un feu de cheminée. Depuis, il avait continué à faire ses cours sans rien changer à ses habitudes.

Toujours aussi terne, le professeur Binns consulta ses notes et commença à débiter son cours d'une voix monotone, comme un vieil aspirateur essoufflé. Bientôt, tout le monde se mit à somnoler, ne se réveillant que par instants pour copier un nom ou une date puis replongeant dans le sommeil. Il parlait depuis une demi-heure lorsqu'il se produisit quelque chose qui n'était encore jamais arrivé. Hermione leva la main.

Le professeur Binns, levant les yeux en plein milieu d'un exposé mortellement ennuyeux sur la Convention des Sorciers de 1289, parut stupéfait.

– Oui, Miss, heu… dit le professeur en levant la tête.

– Granger, professeur. J'aurais voulu vous demander si vous pouviez nous dire quelque chose sur la Chambre des Secrets, lança Hermione d'une voix claironnante.

Dean Thomas, qui regardait par la fenêtre, la bouche ouverte, se réveilla en sursaut ; Lavande Brown, qui se tenait le menton dans les mains, releva brusquement la tête et le coude de Neville glissa de sa table.

Le professeur Binns cligna des yeux.

– Je fais des cours sur l'histoire de la magie, dit-il de sa voix sifflante. Je m'occupe de *faits,* Miss Granger, pas de mythes ou de légendes.

Il s'éclaircit la gorge en produisant un bruit semblable à un morceau de craie qu'on casse en deux, et poursuivit :

– Au mois de septembre de cette même année, un sous-comité de sorciers sardes...

Il s'interrompit en bafouillant. Hermione agitait à nouveau la main.

– Miss Grant ?

– Excusez-moi, Monsieur, mais les légendes ne sont-elles pas toujours fondées sur des faits ?

Le professeur Binns la regardait d'un air tellement ahuri que Harry eut la certitude qu'aucun élève ne l'avait jamais interrompu jusqu'à présent, ni de son vivant, ni depuis sa mort.

– On peut en discuter, bien sûr, dit le professeur d'une voix lente.

Il contempla Hermione comme si c'était la première fois qu'il voyait véritablement un élève.

– La légende dont vous parlez est cependant tellement *extravagante*, tellement *ridicule*...

Mais toute la classe était à présent suspendue aux lèvres du professeur Binns. Il regarda d'un œil vague les visages tournés vers lui. Harry se rendait compte qu'il était complètement désarçonné par l'intérêt soudain qu'on lui manifestait.

– Eh bien, soit... dit-il. Voyons... Que pourrais-je vous dire sur la Chambre des Secrets ? Comme vous le savez tous, Poudlard a été fondé il y a plus de mille ans – la date précise n'est pas connue – par les quatre plus grands mages et sorcières de l'époque. Les quatre maisons de l'école portent leurs noms : Godric Gryffondor, Helga Poufsouffle, Rowena Serdaigle et Salazar Serpentard. Ils ont bâti ce château ensemble, hors de la vue des Moldus, car en ce temps-là, les gens du peuple avaient peur de la magie et les sorciers subissaient de terribles persécutions. Pendant quelques années, les fondateurs de l'école travaillèrent ensemble dans une parfaite harmonie. Ils recherchaient les jeunes gens qui montraient des dons pour la magie et ils les faisaient venir au château pour assurer leur éducation. Mais peu à peu, des désaccords apparurent. Un conflit éclata entre Serpentard et les autres. Serpentard voulait qu'on se montre plus sélectif dans le choix des élèves admis à Poudlard. Il pensait que le savoir magique devait être réservé aux familles de sorciers et à elles seules. Il ne voulait pas prendre d'élèves nés de parents moldus car il estimait qu'on ne pouvait pas leur faire confiance. Au bout d'un moment, une grave dispute à ce sujet opposa Sepentard à Gryffondor, et Serpentard finit par quitter l'école.

Le professeur Binns fit une pause. Il avait l'air d'une vieille tortue toute ridée.

– Voilà ce qu'on peut dire à partir de sources historiques dignes de foi, reprit-il. Mais ces faits authentiques ont été obscurcis par la légende hautement fantaisiste de la Chambre des Secrets. D'après cette légende, Serpentard aurait aménagé une salle cachée dans le château, une salle dont les autres ne connaissaient pas l'existence. Serpentard aurait ensuite scellé l'entrée de la Chambre des Secrets de telle sorte que personne ne puisse l'ouvrir jusqu'à ce que son authentique héritier arrive à l'école. Seul l'héritier de Serpentard aurait le pouvoir d'ouvrir la Chambre et d'utiliser la chose horrible qu'elle contient pour chasser de l'école ceux qui ne seraient pas dignes d'étudier la magie.

Il y eut un long silence lorsque le professeur se tut. Mais ce n'était pas le silence qui accompagnait habituellement l'assoupissement des élèves. Un sentiment de malaise baignait l'atmosphère tandis que tout le monde gardait les yeux fixés sur le professeur Binns dans l'espoir d'en entendre davantage.

– Bien sûr, tout cela est totalement absurde, reprit le professeur d'un air agacé. Comme vous vous en doutez, l'école a été fouillée de fond en comble par les sorciers les plus érudits pour essayer de découvrir cette prétendue Chambre des Secrets. Et la conclusion, c'est qu'elle n'existe pas. Ce n'est qu'une affabulation destinée à faire peur aux naïfs.

– Monsieur, dit alors Hermione, qu'est-ce que vous entendez exactement par la « chose horrible » qui se trouverait dans la Chambre des Secrets ?

– Ce serait une sorte de monstre que seul l'héritier de Serpentard aurait le pouvoir de faire obéir.

Les élèves échangèrent des regards inquiets.

– Mais je puis vous l'assurer : cette chose n'existe pas. Il n'y a ni monstre, ni Chambre des Secrets.

– Mais, Monsieur, objecta Seamus Finnigan, si la Chambre ne peut être ouverte que par l'héritier de Serpentard, il est normal que personne d'autre ne soit capable de la trouver, non ?

– Absurde ! répliqua le professeur Binns d'un ton excédé. Si les directeurs et directrices de Poudlard qui se sont succédé au cours des siècles n'ont rien découvert...

– Mais, professeur, il faut sans doute connaître la magie noire pour l'ouvrir, fit remarquer Parvati Patil.

– Ce n'est pas parce qu'un sorcier ne se *sert* pas de la magie noire qu'il ne la *connaît* pas, répliqua Binns. Si des gens comme Dumbledore...

– Mais peut-être qu'il faut faire partie de la famille de Serpentard pour y arriver, et donc, Dumbledore... commença Dean Thomas.

Mais le professeur Binns en avait assez.

– Ça suffit, dit-il sèchement. Je vous répète qu'il s'agit d'un mythe ! Ça n'existe pas ! Il n'y a pas l'ombre d'une preuve que Serpentard ait construit ne serait-ce qu'un placard à balais secret dans ce château. Je regrette de vous avoir raconté une histoire aussi stupide. Et maintenant, si vous le voulez bien, nous allons retourner à l'*histoire*, c'est-à-dire à des *faits* établis et vérifiables !

Et quelques minutes plus tard, les élèves avaient replongé dans leur torpeur habituelle.

– J'ai toujours su que ce Salazar Serpentard était un vieux fou complètement tordu, dit Ron à Harry et à Hermione, alors qu'ils se frayaient un chemin dans le couloir grouillant d'élèves pour aller déposer leurs sacs avant de descendre dîner. Mais j'ignorais que c'était lui qui avait inventé ces histoires de sang pur. Même si on me payait, je refuserais d'étudier chez les Serpentard. Si le Choixpeau magique avait voulu m'y envoyer, j'aurais repris le train et je serais rentré à la maison.

Hermione approuva d'un vigoureux signe de tête, mais Harry resta silencieux. Il se sentait l'estomac noué.

Harry n'avait jamais dit à Ron et à Hermione que le Choixpeau magique avait sérieusement envisagé de l'envoyer lui à Serpentard. Il se souvenait comme si c'était hier de la petite voix qui lui avait parlé à l'oreille lorsqu'il avait mis le chapeau sur sa tête, l'année précédente.

« Tu as d'immenses qualités, sais-tu ? Je le vois dans ta tête et Serpentard t'aiderait singulièrement sur le chemin de la grandeur, ça ne fait aucun doute... »

Mais Harry, qui savait déjà que de nombreux sorciers adeptes de la magie noire étaient sortis de Serpentard avait pensé de toutes ses forces : « Non, pas Serpentard ! » et le chapeau avait répondu : *« Vraiment ? Très bien, si tu es sûr de toi, il vaut mieux t'envoyer à Gryffondor... »*

Colin Crivey apparut alors dans la foule des élèves qui se pressaient dans le couloir.

– Salut, Harry !

– Salut, Colin, répondit Harry machinalement.

– Harry, il y a un type dans ma classe qui a dit que tu es...

Mais Colin était trop petit, il ne pouvait pas résister à la marée des élèves qui l'entraînait en direction de la Grande Salle. Il fut emporté en ayant tout juste le temps de lancer d'une petite voix aiguë :

– A plus tard, Harry.

– Qu'est-ce qu'il a bien pu dire sur toi son copain ? demanda Hermione.

– Que je suis l'héritier de Serpentard, j'imagine, répondit Harry, l'estomac de plus en plus noué en se rappelant soudain la façon dont Justin Finch-Fletchley s'était enfui en le voyant arriver.

– Les gens croient n'importe quoi, dit Ron d'un air dégoûté.

Enfin, la foule s'éclaircit et ils purent monter l'escalier sans difficulté.

– Tu crois vraiment qu'il existe une Chambre des Secrets ? demanda Ron à Hermione.

– Je ne sais pas, répondit-elle, les sourcils froncés. Dumbledore n'a pas pu guérir Miss Teigne, ce qui me fait penser qu'elle a été attaquée par quelque chose qui n'avait rien de... disons, d'humain...

Bientôt, ils se retrouvèrent au bout du couloir où l'agression s'était produite. Ils jetèrent un coup d'œil. L'endroit était dans le même état, sauf que la chatte avait été décrochée et qu'une chaise vide était posée contre le mur sur lequel le message en lettres brillantes était toujours aussi visible.

– C'est là que Rusard monte la garde, marmonna Ron.

Ils échangèrent un regard. Le couloir était désert.

– On ne risque rien à examiner les lieux d'un peu plus près, dit Harry.

Il posa son sac, puis se mit à quatre pattes, à la recherche d'indices.

– Des traces de brûlure ! dit-il. Là... et là...

– Regarde un peu ça, dit Hermione. C'est drôle...

Harry se releva et se dirigea vers la fenêtre, à côté du message. Hermione lui montrait la vitre du haut où une vingtaine d'araignées prises de panique se battaient pour passer par une petite fente du carreau. Un long fil d'argent pendait comme une corde, comme si elles étaient toutes montées par là dans leur hâte de fuir au-dehors.

– Tu as déjà vu des araignées agir comme ça ? demanda Hermione, songeuse.

– Non, admit Harry. Et toi, Ron ? Ron ?

Il jeta un coup d'œil par-dessus son épaule. Ron se tenait en arrière et semblait faire des efforts pour ne pas s'enfuir à toutes jambes.

– Qu'est-ce qui se passe ? demanda Harry.

– Je... Je n'aime pas les araignées, dit Ron d'une voix tendue.

– Je ne savais pas, s'étonna Hermione. Pourtant, tu te sers souvent d'araignées pour fabriquer des potions...

– Quand elles sont mortes, ça va. Mais je n'aime pas les voir bouger.

Hermione eut un petit rire.

– Ça n'a rien de drôle, dit Ron d'un ton féroce. Quand j'avais trois ans, Fred a changé mon ours en peluche en une grosse araignée répugnante sous prétexte que j'avais cassé son balai miniature. Toi non plus, tu ne les aimerais pas si l'ours en peluche que tu serrais contre toi s'était retrouvé tout à coup avec plein de pattes et...

Parcouru d'un frisson, il s'interrompit. Hermione s'efforça de ne pas éclater de rire et Harry estima préférable de changer de conversation.

– Vous vous souvenez de cette grande flaque d'eau, l'autre soir ? dit-il. Je me demande bien d'où elle venait. Quelqu'un l'a essuyée.

– Elle était à peu près là, dit Ron qui avait retrouve son sang-froid. Devant cette porte.

Il montra l'endroit, à quelques pas de la chaise de Rusard.

Ron tendit la main vers la poignée de la porte, mais il interrompit son geste.

– On ne peut pas entrer, dit-il. Ce sont les toilettes des filles.

– Il n'y a personne, dit Hermione en s'approchant à

son tour. C'est là qu'habite Mimi Geignarde. Venez, on va jeter un coup d'œil.

Sans prêter attention au panneau « Hors service » apposé à l'entrée, elle ouvrit la porte et entra.

C'étaient les toilettes les plus sinistres où Harry eût jamais mis les pieds. Des lavabos ébréchés s'alignaient sous un grand miroir cassé par endroits et constellé de taches de rouille. Le carrelage humide reflétait la faible lumière que diffusaient quelques bouts de chandelles brûlant dans leurs bougeoirs. Les portes en bois des cabines étaient écaillées et l'une d'elles pendait de travers, retenue par un seul gond.

Hermione mit un doigt sur ses lèvres pour leur faire signe de se taire et se dirigea vers la cabine du fond.

– Bonjour, Mimi, comment ça va ? dit-elle en ouvrant la porte.

Harry et Ron jetèrent un coup d'œil à l'intérieur. Mimi Geignarde flottait au-dessus du réservoir de la chasse d'eau. Elle était en train de percer un bouton qu'elle avait sur le menton.

– Ces toilettes-là, c'est pour les filles, dit-elle en regardant Harry et Ron d'un air soupçonneux. Ce ne sont pas des filles, que je sache ?

– Non, mais je voulais simplement leur montrer comme c'est... heu... joli, ici... balbutia Hermione.

Elle fit un vague geste de la main vers le vieux miroir crasseux et le carrelage humide.

– Demande-lui si elle a vu quelque chose... dit Harry en remuant les lèvres silencieusement.

– Qu'est-ce que tu chuchotes, toi ? dit Mimi en fixant les yeux sur lui.

– Rien, répondit précipitamment Harry, nous voulions savoir si...

– J'aimerais bien qu'on arrête de parler de moi derrière mon dos ! s'exclama Mimi d'une voix sanglotante.

Même si je suis morte, j'ai quand même une sensibilité...

– Personne ne veut te faire de peine, Mimi, assura Hermione. Harry voulait seulement...

– Personne ne veut me faire de peine ! Elle est bien bonne ! se lamenta Mimi. Ma vie ici n'a été qu'une longue suite de malheurs et maintenant, on vient même me gâcher la mort !

– On voulait te demander si tu n'avais rien vu de bizarre, ces temps derniers, dit Hermione. Il y a une chatte qui a été agressée devant ta porte le soir d'Halloween.

– Tu as vu quelqu'un dans les parages cette nuit-là ? demanda Harry.

– Je n'ai pas fait attention, dit Mimi d'un ton grave. Peeves m'avait tellement énervée que je suis revenue ici pour essayer de me suicider. Et puis, je me suis souvenue que j'étais... que j'étais...

– Déjà morte, acheva Ron.

Mimi poussa alors un sanglot tragique. Elle s'éleva dans les airs, fit volte-face et plongea tête la première dans la cuvette en les éclaboussant de la tête aux pieds. D'après ses sanglots étouffés, elle devait s'être arrêtée quelque part dans le tuyau d'évacuation.

Harry et Ron restèrent bouche bée.

– Par rapport à d'habitude, elle avait presque l'air de bonne humeur, aujourd'hui, dit Hermione en haussant les épaules d'un air las. Venez, on s'en va.

Harry venait de refermer la porte sur les sanglots étouffés de Mimi qui continuait de pleurer dans la tuyauterie lorsqu'une voix sonore les fit sursauter tous les trois.

– RON !

Percy s'était figé sur place en haut de l'escalier, l'air stupéfait.

– Ce sont des toilettes pour filles ! s'exclama-t-il. Qu'est-ce que tu...

– On a simplement jeté un coup d'œil, répondit Ron. On cherche des indices...

En voyant Percy bomber le torse, Harry ne put s'empêcher de penser à Mrs Weasley.

– Filez immédiatement ! s'écria Percy en se précipitant sur eux. Vous vous rendez compte de ce que vous faites ? Revenir ici pendant que les autres dînent...

– Et qu'est-ce qui nous empêcherait de revenir ? répondit Ron avec fougue, le regard furieux. On n'a jamais touché à ce chat !

– C'est ce que j'ai dit à Ginny, dit Percy d'un ton féroce, mais elle semble toujours convaincue que vous allez être expulsés. Je ne l'ai jamais vue aussi bouleversée, elle n'arrêtait pas de pleurer. Tu pourrais au moins penser à elle, Ron, tous les élèves de première année sont surexcités depuis que cette histoire est arrivée...

– C'est toi qui ne penses pas à Ginny, dit Ron dont les oreilles rougissaient. Tu as simplement peur que je gâche tes chances de devenir préfet-en-chef.

– J'enlève cinq points à Gryffondor ! répliqua Percy d'un ton cassant en montrant du doigt son insigne de préfet soigneusement astiqué. Que ça vous serve de leçon ! Et toi, tu arrêtes de jouer les détectives ou alors j'écris à Maman !

Et il s'éloigna à grands pas, la nuque aussi rouge que les oreilles de Ron.

Lorsqu'ils furent de retour dans la salle commune, ce soir-là, Harry, Ron et Hermione s'assirent le plus loin possible de Percy. Ron était toujours de très mauvaise humeur et ne cessait de faire des taches sur son devoir de sortilèges. Lorsqu'il pointa distraitement sa baguette magique pour les effacer, le parchemin prit feu.

S'enflammant presque autant que son devoir, Ron referma d'un coup sec son *Livre des sorts et enchantements (niveau 2)*. A la surprise de Harry, Hermione l'imita.

– Je me demande *qui* veut renvoyer de Poudlard les Cracmols et les enfants de Moldus, dit Hermione à mi-voix, comme si elle poursuivait la conversation qu'ils venaient d'avoir.

– Oui, ça, on se le demande... dit Ron en faisant semblant d'avoir l'air perplexe. Qui donc pense que les enfants de Moldus sont des moins-que-rien ?

Il échangea un regard avec Hermione qui ne paraissait pas convaincue.

– Si tu parles de Malefoy... dit-elle.

– Bien sûr que que je parle de lui ! s'exclama Ron. Bientôt, ce sera le tour des Sang-de-Bourbe ! C'est ce qu'il a dit, non ? Il suffit de voir sa face de rat pour comprendre que c'est lui...

– Malefoy, l'héritier de Serpentard ? murmura Hermione, d'un ton sceptique.

– Regarde sa famille, dit Harry. Ils sont tous passés par Serpentard. Malefoy s'en vante tout le temps. Ils pourraient très bien être des descendants de Salazar Serpentard. Son père est assez malfaisant pour ça.

– C'est peut-être eux qui possèdent la clé de la Chambre des Secrets depuis des siècles ! dit Ron. Ils doivent se la passer de père en fils.

– C'est possible, dit Hermione avec prudence.

– Mais comment le prouver ? demanda Harry, l'air sombre.

– Il y a peut-être un moyen, suggéra Hermione en baissant la voix. Bien sûr, ce sera difficile. Et dangereux, très dangereux. Il faudrait violer une bonne cinquantaine d'articles du règlement de l'école.

– Dans un mois, ou deux, tu pourrais peut-être nous

expliquer ce que tu as en tête, dit Ron avec mauvaise humeur.

– Très bien. Alors, écoutez-moi. Ce qu'il faudrait, c'est que nous puissions pénétrer dans la salle commune des Serpentard pour poser quelques questions à Malefoy sans qu'il s'aperçoive que c'est nous.

– C'est complètement impossible, dit Harry tandis que Ron éclatait de rire.

– Non, justement, répondit Hermione. Il nous faudrait simplement un peu de Polynectar.

– Qu'est-ce que c'est que ça ? demandèrent Harry et Ron d'une même voix.

– Rogue en a parlé en classe il y a quelques semaines...

– Tu crois qu'on n'a rien de mieux à faire en cours de potions que d'écouter Rogue ? grommela Ron.

– Le Polynectar permet de prendre l'apparence de quelqu'un d'autre. Réfléchissez un peu ! On pourrait se transformer en trois élèves de Serpentard sans que personne sache que c'est nous. Malefoy nous dirait sûrement tout ce qu'on veut savoir. Il doit passer son temps à se vanter dans la salle commune des Serpentard.

– Ça me paraît un peu louche, ton histoire de Polynectar, dit Ron en fronçant les sourcils. Et si on gardait à tout jamais l'apparence de trois élèves de Serpentard ?

– L'effet disparaît au bout d'un moment, assura Hermione. Mais ce sera très difficile d'obtenir la recette de la potion. Rogue a dit qu'elle figurait dans un livre intitulé *Les Potions de grands pouvoirs* qui doit sûrement se trouver dans la Réserve de la bibliothèque.

Il n'existait qu'un seul moyen d'avoir accès à un ouvrage de la Réserve : présenter une autorisation écrite d'un professeur.

– Difficile de faire croire qu'on a besoin de ce livre si ce n'est pas pour fabriquer une potion, dit Ron.

– Si on fait semblant de s'intéresser uniquement à la théorie, on aura peut être une chance, dit Hermione.

– Aucun prof ne croira jamais ça. Il faudrait vraiment qu'il soit idiot !

10
Le Cognard fou

Depuis le désastreux épisode des lutins, le professeur Lockhart n'avait plus amené de créatures vivantes en classe. Il se contentait de lire des passages de ses livres à ses élèves en reconstituant les scènes qui le mettaient le mieux en valeur. Il demandait habituellement à Harry d'être son partenaire dans ces mises en scène ; Harry avait ainsi dû jouer successivement le rôle d'un villageois de Transylvanie que Lockhart avait guéri d'un sortilège de Babillage, d'un yéti atteint d'un refroidissement et d'un vampire qui n'arrivait plus à manger autre chose que de la laitue depuis que Lockhart s'était occupé de lui.

Ce jour-là, Harry fut chargé d'interpréter devant toute la classe le rôle d'un loup-garou. S'il n'avait pas eu une excellente raison de mettre Lockhart de bonne humeur, il aurait certainement refusé.

– Très bien, ce hurlement, Harry – c'était exactement comme ça – et ensuite, vous me croirez si vous voudrez, j'ai bondi sur lui – comme ceci – je l'ai plaqué à terre – comme ça – d'une seule main, j'ai réussi à l'immobiliser – et avec mon autre main, je lui ai mis ma baguette magique sur la gorge – j'ai alors rassemblé mes dernières forces et je lui ai jeté un sort extrêmement complexe qu'on appelle le sortilège d'Homomorphus – il a poussé un petit cri pitoyable – vas-y Harry – plus fort que ça – très bien – sa fourrure a disparu – ses crocs se sont ratatinés – et il a repris sa forme humaine. Simple mais efficace – et voilà comment, une fois de plus, tous les habitants d'un village se souviendront éternellement de moi comme du héros qui les a délivrés de la terreur que faisait peser chaque mois l'abominable loup-garou.

La cloche sonna pour annoncer la fin du cours et Lockhart se leva.

– Voici le sujet de votre prochain devoir : vous composerez un poème racontant ma victoire sur le loup-garou de Wagga Wagga ! L'auteur du meilleur poème recevra un exemplaire dédicacé de *Moi le Magicien* !

Les élèves commencèrent à sortir et Harry rejoignit Ron et Hermione au fond de la classe.

– Prêt ? murmura Harry.

– Allons-y, dit Hermione.

Elle s'approcha du bureau de Lockhart, un morceau de papier serré dans sa main. Harry et Ron se tenaient derrière elle.

– Heu... professeur Lockhart, balbutia Hermione, j'aurais voulu prendre ce livre à la bibliothèque. Simplement pour ma culture générale.

La main un peu tremblante, elle lui tendit le morceau de papier.

– L'ennui, c'est qu'il se trouve à la Réserve. Alors, j'aurais besoin d'une autorisation écrite d'un professeur... Je crois que ce livre m'aiderait beaucoup à mieux comprendre ce que vous avez écrit dans *Vadrouilles avec les goules*, au sujet des venins à action lente...

– Ah, *Vadrouilles avec les goules* ! s'exclama Lockhart en prenant le papier avec un large sourire. C'est peut-être mon livre préféré. Il t'a plu ?

– Oh, oui, répondit Hermione avec enthousiasme. J'ai

adoré le chapitre où vous racontez comment vous avez attrapé une goule avec une passoire à thé...

– Je suis sûr que personne ne m'en voudra de permettre à la meilleure élève de l'école d'accroître ses connaissances, dit chaleureusement Lockhart en prenant une énorme plume de paon.

Ron parut scandalisé, mais Lockhart crut voir dans l'expression de son visage une réaction admirative.

– Elle est jolie, n'est-ce pas ? lui dit-il. D'habitude, je m'en sers pour dédicacer mes livres.

Il griffonna une énorme signature en lettres rondes sur le papier que lui avait donné Hermione et le lui rendit.

– Alors, Harry, dit Lockhart tandis qu'Hermione repliait fébrilement le papier et le fourrait dans son sac, demain, c'est le premier match de Quidditch de la saison, je crois ? Gryffondor contre Serpentard, c'est ça ? J'ai entendu dire que tu étais un joueur efficace. J'ai moi-même joué au poste d'attrapeur. On m'a proposé d'entrer dans l'équipe nationale, mais j'ai préféré consacrer ma vie au combat contre les Forces du Mal. Si jamais tu as besoin de quelques conseils, n'hésite surtout pas à m'en demander. Je serais ravi de faire profiter de mes connaissances un joueur encore débutant...

Harry laissa échapper de sa gorge un bruit indéfinissable, puis il sortit de la classe derrière Ron et Hermione.

– Je n'arrive pas à y croire, dit Harry.

Sur le chemin de la bibliothèque, tous trois contemplaient d'un air ébahi la signature sur le papier.

– Il n'a même pas lu le titre du livre qu'on voulait !

– C'est vraiment un parfait crétin, dit Ron. Mais on s'en fiche, on a eu ce qu'on voulait.

– Ce n'est pas un crétin, protesta Hermione d'une voix aiguë.

– Ça, c'est parce qu'il a dit que tu étais la meilleure élève de l'école…

Ils se turent en pénétrant dans l'atmosphère feutrée de la bibliothèque.

Madame Pince, la bibliothécaire, était une femme maigre et irritable qui avait l'air d'un vautour famélique.

– *Les Potions de grands pouvoirs*? répéta-t-elle d'un ton soupçonneux en essayant d'arracher le papier des mains d'Hermione qui refusait de le lâcher.

– Je voudrais bien le garder, dit-elle, le souffle court.

– Ça suffit, dit Ron en lui prenant le papier des mains pour le donner à Madame Pince. Ce ne sera pas difficile d'avoir un autre autographe. Lockhart signe tout ce qu'il trouve.

Madame Pince examina attentivement le papier comme si elle était persuadée qu'il s'agissait d'un faux, mais elle fut obligée d'admettre qu'il était authentique. Elle s'éloigna vers le fond de la salle et revint quelques minutes plus tard avec un gros livre un peu moisi. Hermione le rangea soigneusement dans son sac et tous trois sortirent de la bibliothèque en s'efforçant de ne pas marcher trop vite et d'avoir l'air le plus naturel possible.

Cinq minutes plus tard, ils s'étaient enfermés dans les toilettes de Mimi Geignarde. Hermione avait rejeté les objections de Ron en faisant observer que c'était le dernier endroit où quelqu'un de sensé aurait l'idée de se rendre et qu'ils avaient donc la garantie de ne pas être dérangés. Mimi pleurait bruyamment dans sa cabine, mais ils n'y prêtaient aucune attention et elle-même ne s'intéressait pas à eux.

Hermione ouvrit avec précaution le précieux volume et tous trois se penchèrent sur les pages piquetées de taches d'humidité. On comprenait au premier coup d'œil pourquoi le livre était conservé dans la Réserve : certaines potions avaient des effets si terrifiants qu'il y avait de quoi avoir la nausée en regardant les illustrations, notamment celle d'un homme qui semblait avoir été retourné comme un gant et une autre représentant une sorcière avec des bras qui lui sortaient de la tête.

– Ah, voilà ! dit Hermione d'un ton surexcité lorsqu'elle eut trouvé la page qui indiquait la recette du Polynectar.

Elle était accompagnée de dessins représentant plusieurs personnes aux différents stades de leur transformation en quelqu'un d'autre. Harry espérait de tout son cœur que l'expression de souffrance de leur visage n'était due qu'à l'imagination de l'artiste.

– C'est la potion la plus difficile à préparer que j'aie jamais vue, dit Hermione. « Chrysopes, sangsues, sisymbre et polygonum », murmura-t-elle en suivant du doigt la colonne d'ingrédients. Ça, c'est facile, on s'en sert en classe. Mais, là, regardez : de la corne de bicorne en poudre. Je me demande où on va en trouver... Et de la peau de serpent d'arbre du Cap, ça aussi c'est dur. Sans compter un petit morceau de celui dont on veut prendre l'apparence...

– Pardon ? coupa Ron. Qu'est-ce que tu entends par « un petit morceau de celui dont on veut prendre l'apparence ? » Je refuse de boire un truc qui contiendrait un ongle d'orteil de Crabbe...

Hermione fit semblant de ne pas l'avoir entendu.

– Mais on n'a pas besoin de s'en occuper maintenant, c'est au dernier moment qu'il faut le rajouter...

Ron resta sans voix et se tourna vers Harry qui s'inquiétait d'autre chose.

– Tu te rends compte de tout ce qu'on va devoir voler ? De la peau de serpent d'arbre du Cap, on ne s'en sert pas en classe. Il faudra aller chercher ça dans les réserves particulières de Rogue. Je ne sais pas si c'est une bonne idée...

Hermione referma le livre d'un coup sec.

– Si vous avez peur, tous les deux, c'est d'accord, dit-elle.

Deux grosses taches rouges s'étalaient sur ses joues et ses yeux étaient plus brillants qu'à l'ordinaire.

– Je ne tiens absolument pas à faire des choses interdites, vous le savez bien, mais vouloir renvoyer les enfants de Moldus me paraît beaucoup plus grave que de préparer une potion un peu délicate. Si vous ne voulez pas qu'on sache si Malefoy est derrière tout ça, je retourne tout de suite rendre ce livre à Madame Pince et on n'en parle plus...

– Je ne me doutais pas qu'un jour, ce serait toi qui nous inciterais à faire des choses interdites, dit Ron. C'est d'accord, allons-y, fabriquons la potion, mais pas d'ongle de doigt de pied, d'accord ?

– Il faudra combien de temps pour préparer ça ? demanda Harry.

Hermione, qui avait retrouvé sa bonne humeur, rouvrit le livre.

– Etant donné que le sisymbre doit être cueilli à la pleine lune et qu'il faut faire cuire les chrysopes pendant vingt et un jours, je pense qu'il faudra un mois en tout, si nous arrivons à réunir tous les ingrédients.

– Un mois ? dit Ron. D'ici là, Malefoy aura eu le temps d'attaquer tous les enfants de Moldus de l'école ! Mais allons-y, de toute façon, il n'y a que ça à faire.

Toutefois, pendant qu'Hermione vérifiait qu'il n'y avait personne dans les environs, Ron murmura à l'oreille de Harry :

– Si tu arrivais à faire tomber Malefoy de son balai pendant le match de demain, ça nous éviterait beaucoup de travail.

Harry se réveilla de bonne heure le samedi et resta

allongé un bon moment, en pensant au match de Quidditch qui devait avoir lieu quelques heures plus tard. Il appréhendait la réaction de Dubois au cas où Gryffondor perdrait, mais ce qui l'inquiétait le plus, c'était d'affronter une équipe montée sur les meilleurs balais qu'on puisse trouver. Jamais il n'avait eu un tel désir de battre les Serpentard. Au bout d'une demi-heure passée à ruminer ses pensées, il se leva et descendit prendre son petit déjeuner dans la Grande Salle où il retrouva les autres joueurs de Gryffondor, tendus et silencieux.

Peu avant onze heures, toute l'école prit la direction du stade. Au-dehors, l'atmosphère était lourde et il y avait de l'orage dans l'air. Ron et Hermione se précipitèrent sur Harry pour lui souhaiter bonne chance à l'entrée des vestiaires. Les joueurs de Gryffondor revêtirent les robes rouges de leur équipe, puis s'assirent pour écouter l'habituel discours d'encouragement qu'Olivier Dubois prononçait avant chaque match.

– Les Serpentard ont de meilleurs balais que nous, dit-il, il ne servirait à rien de le nier. Mais nous, nous avons de meilleurs joueurs sur nos balais. Nous sommes beaucoup mieux entraînés qu'eux, nous avons volé par tous les temps (« Ça, c'est vrai, marmonna George Weasley, je n'ai jamais réussi à me sécher vraiment depuis le mois d'août ») et nous allons leur faire regretter le jour où ils se sont vendus à ce petit détritus de Malefoy.

Le visage grave, Dubois se tourna vers Harry.

– C'est toi, Harry, qui devras leur montrer qu'il ne suffit pas d'avoir un père riche pour être un attrapeur digne de ce nom. Saisis-toi du Vif d'or avant Malefoy, donne ta vie pour cela si c'est nécessaire, Harry, car aujourd'hui, il faut absolument que nous remportions la victoire, il le faut.

– Sans vouloir te mettre la pression, Harry, dit Fred en lui adressant un clin d'œil.

Une immense clameur monta des tribunes lorsqu'ils pénétrèrent sur le terrain. Les acclamations dominaient, car les supporters de Serdaigle et de Poufsouffle souhaitaient eux aussi la défaite des Serpentard, mais ces derniers comptaient suffisamment de partisans pour qu'on entende également des sifflets et des huées. Madame Bibine, le professeur de Quidditch, demanda à Flint et à Dubois de se serrer la main, ce qu'ils firent en échangeant des regards menaçants et en s'écrasant mutuellement les doigts.

– Attention, à mon coup de sifflet, dit Madame Bibine. Trois... deux... un...

Accompagnés par les hurlements de la foule, les quatorze joueurs s'élevèrent alors dans les airs sous un ciel de plomb. Harry volait au-dessus des autres, cherchant le Vif d'or des yeux.

– Ça va, le balafré ? lança Malefoy en filant comme une fusée juste au-dessous de lui pour faire une démonstration de la vitesse de son balai.

Mais Harry n'eut pas le temps de répliquer. Au même moment, un gros Cognard noir fonça sur lui et il l'évita de si peu qu'il sentit un coup de vent décoiffer ses cheveux au passage.

– C'était tout juste, Harry, dit George en passant devant lui, sa batte à la main, prêt à dévier le Cognard vers un joueur de l'équipe adverse.

Harry vit George donner un puissant coup de batte sur le Cognard qu'il envoya en direction d'Adrian Pucey, un des joueurs de Serpentard, mais le Cognard changea de trajectoire et revint aussitôt vers Harry.

Harry descendit en piqué pour l'éviter et George parvint à envoyer le Cognard vers Malefoy. Mais cette fois encore, le Cognard changea de direction et revint vers Harry comme un boomerang.

Harry accéléra brutalement et fila à l'autre bout du

terrain. Il entendait derrière lui le Cognard qui le suivait en sifflant. Que se passait-il ? D'habitude, les Cognards ne s'acharnaient jamais sur un seul joueur. Ils avaient au contraire pour rôle de désarçonner le plus de joueurs possible en les attaquant au hasard.

Fred Weasley attendait le Cognard à l'autre extrémité du terrain. Harry baissa la tête tandis que Fred frappait de toutes ses forces le Cognard qui dévia enfin de sa course.

– Et voilà, c'est fait ! s'exclama Fred d'un ton triomphant.

Il avait tort. Attiré comme par un aimant, le Cognard fonça à nouveau sur Harry qui fut obligé de prendre la fuite à la vitesse maximum.

Il avait commencé à pleuvoir et Harry sentait de grosses gouttes s'écraser sur son visage en éclaboussant ses lunettes. Il n'avait aucune idée de la façon dont le match se déroulait jusqu'à ce qu'il entende Lee Jordan annoncer :

– Serpentard mène par soixante points à zéro.

Sans aucun doute, les balais des Serpentard montraient leur supériorité et pendant ce temps-là, le Cognard fou faisait tout ce qu'il pouvait pour essayer d'abattre Harry. Fred et George étaient obligés de voler si près de lui pour le protéger que Harry n'avait plus aucune chance d'apercevoir le Vif d'or, encore moins de l'attraper.

– Quelqu'un a trafiqué ce Cognard, grommela Fred en brandissant sa batte de toutes ses forces pour le détourner d'une nouvelle attaque contre Harry.

– Il faut siffler un temps mort, dit George qui essaya de faire signe à Dubois et donna en même temps un coup de batte au Cognard, l'empêchant ainsi de casser le nez de Harry.

De toute évidence, Dubois avait reçu le message.

Madame Bibine lança le coup de sifflet salvateur et Harry, Fred et George foncèrent vers le sol, essayant toujours d'éviter le Cognard fou.

– Qu'est-ce qui se passe? demanda Dubois aux joueurs de Gryffondor, sous les moqueries des supporters de Serpentard. On est en train de se faire écraser. Fred, George, qu'est-ce que vous fabriquiez quand le Cognard a empêché Angelina de marquer?

– On était à dix mètres au-dessus, à essayer d'arrêter l'autre Cognard qui voulait fracasser le crâne de Harry, répliqua George avec colère. Quelqu'un l'a trafiqué, il n'a pas arrêté de harceler Harry sans jamais s'en prendre à personne d'autre. Les Serpentard ont dû l'ensorceler.

– Pourtant, les Cognards sont restés sous clé dans le bureau de Madame Bibine depuis notre dernière séance d'entraînement, et ils étaient parfaitement normaux à ce moment-là, dit Dubois d'une voix inquiète.

Madame Bibine se dirigeait vers eux. Derrière elle, Harry voyait l'équipe des Serpentard qui le montrait du doigt en lançant des quolibets.

– En tout cas, dit Harry à Fred et à George tandis que Madame Bibine approchait, si vous me volez autour sans arrêt, je n'arriverai jamais à attraper le Vif d'or, sauf s'il vient se prendre dans ma manche. Alors, occupez-vous des autres joueurs, je me charge du Cognard fou.

– Ne sois pas idiot, dit Fred, il va t'arracher la tête.

– Olivier, c'est une absurdité, dit Alicia Spinnet d'un ton furieux. On ne peut pas laisser Harry tout seul face à ce machin. Il faut demander une enquête...

– Si on interrompt le match, ça veut dire qu'on déclare forfait! protesta Harry. Et on ne va quand même pas laisser la victoire aux Serpentard à cause d'un Cognard fou! Il faut que je me débrouille tout seul.

– C'est entièrement ta faute, dit Fred à Olivier.

« Saisis-toi du Vif d'or, donne ta vie pour ça, si c'est nécessaire. » Quelle idiotie de dire des choses pareilles !

Madame Bibine venait de les rejoindre.

– Prêt à reprendre le match ? demanda-t-elle à Dubois.

Celui-ci jeta un coup d'œil à Harry qui paraissait toujours aussi déterminé.

– Oui, répondit Dubois. Fred et George, vous avez entendu Harry ? Laissez-le se débrouiller tout seul avec les Cognards.

La pluie tombait dru à présent. Au coup de sifflet de Madame Bibine, Harry s'éleva dans les airs et entendit bientôt derrière lui le sifflement qui trahissait la présence du Cognard fou. Harry monta de plus en plus haut, dans une suite de cercles, de tonneaux, de zigzags, de piqués et de remontées en chandelle pour éviter son poursuivant. Un peu étourdi, il gardait les yeux grands ouverts. La pluie martelait ses lunettes et des gouttes pénétrèrent dans ses narines lorsqu'il se retourna la tête en bas pour échapper à une nouvelle attaque du Cognard. Il entendait les spectateurs rire sur les gradins. Il savait qu'il devait avoir l'air ridicule en exécutant toutes ces figures mais elles étaient efficaces, car le Cognard était lourd et ne pouvait pas changer de direction aussi facilement que lui. Il se lança ainsi dans un exercice de montagnes russes tout autour du stade tout en observant à travers le rideau de pluie les buts de Gryffondor qui subissaient une attaque d'Adrian Pucey.

Un sifflement aux oreilles de Harry lui indiqua que le Cognard venait de le frôler à nouveau. Il prit aussitôt un virage serré et fila dans la direction opposée.

– Tu prépares un ballet aérien, Potter ? cria Malefoy, alors que Harry était contraint de faire une sorte de pirouette ridicule pour éviter le Cognard.

Harry fila à toute vitesse, le Cognard le suivant de

près. Il se retourna vers Malefoy avec un regard de haine et aperçut alors le Vif d'or qui voletait à quelques centimètres au-dessus de l'oreille gauche de Malefoy. Celui-ci, trop occupé à se moquer de lui, ne l'avait pas vu.

Pendant un terrible moment, Harry resta sur place, sans oser foncer sur Malefoy de peur qu'il ne lève les yeux et aperçoive à son tour le Vif d'or.

VLAM !

Harry avait hésité un instant de trop et le Cognard venait de l'atteindre de plein fouet en lui cassant le bras. Etourdi par une douleur fulgurante, il glissa de côté sur le manche de son balai ruisselant de pluie, son bras droit inerte le long de son flanc. Le Cognard lança alors une deuxième attaque en essayant cette fois de le frapper au visage. Harry fit une embardée en n'ayant plus qu'une seule idée dans son cerveau embrumé : *foncer sur Malefoy.*

Aveuglé par la pluie et la douleur, il fondit sur le visage luisant et goguenard de Drago Malefoy qui écarquilla soudain les yeux d'un air terrorisé, persuadé que Harry l'attaquait.

– Qu'est-ce que... s'exclama-t-il en s'enfuyant de toute la vitesse de son balai.

Harry lâcha le balai que tenait sa main valide et fit un geste désespéré pour essayer d'attraper le Vif d'or. Il sentit alors ses doigts se refermer sur la petite sphère glacée, mais il ne tenait plus le balai qu'avec ses jambes. Sur les gradins, la foule des spectateurs se mit à hurler lorsqu'il plongea droit vers le sol en essayant de toutes ses forces de ne pas s'évanouir.

Avec un bruit sourd, il tomba dans la boue qui recouvrait le terrain et roula par terre, son bras tordu formant un angle inquiétant. Terrassé par la douleur, il entendit vaguement les cris et les sifflets qui retentissaient autour de lui, puis il tourna les yeux vers le Vif d'or qu'il serrait dans sa main valide.

– On a gagné... murmura-t-il.

Et il s'évanouit.

Lorsqu'il reprit connaissance, il était toujours allongé sur le terrain, la pluie continuait de lui marteler le visage et quelqu'un était penché sur lui. Harry vit une rangée de dents étincelantes.

– Oh non, pas vous, gémit-il.

– Il ne sait plus ce qu'il dit, lança Lockhart d'une voix claironnante à l'adresse des élèves de Gryffondor qui se pressaient autour de lui, l'air anxieux. Ne t'inquiète pas, Harry. Je vais soigner ton bras.

– Non ! protesta Harry, je préfère le garder comme ça !

Il essaya de se relever, mais la douleur était atroce. Il entendit alors un déclic familier à côté de lui.

– Je n'ai pas besoin de photos maintenant, Colin ! s'écria-t-il avec force.

– Reste allongé, Harry, dit Lockhart d'une voix apaisante. C'est un sortilège très simple que j'ai souvent utilisé.

– Je préfère aller à l'infirmerie, dit Harry, les dents serrées.

– Ce serait préférable, professeur, approuva un Dubois couvert de boue qui ne pouvait s'empêcher de sourire largement malgré la blessure de son attrapeur. Bravo, Harry, c'était magnifique, très spectaculaire, le plus joli coup que tu aies réussi jusqu'à maintenant.

A travers les rangées de jambes alignées autour de lui, Harry aperçut Fred et George Weasley qui s'efforçaient à grand-peine d'enfermer dans sa boîte le Cognard fou toujours acharné à en découdre.

– Reculez-vous, dit Lockhart en retroussant les manches de sa robe d'un vert de jade.

– Non, pas ça... protesta faiblement Harry.

Mais Lockhart continua à faire des moulinets avec sa baguette magique qu'il pointa soudain sur le bras de Harry.

Une sensation étrange et désagréable se répandit aussitôt dans son bras, depuis l'épaule jusqu'au bout des doigts. Il avait l'impression que son bras se dégonflait comme un vieux pneu. Les yeux fermés, il n'osait pas regarder ce qui se passait, mais ses pires craintes se trouvèrent confirmées lorsqu'il entendit autour de lui des exclamations stupéfaites auxquelles se mêlait le cliquetis frénétique d'un appareil photo. Son bras ne lui faisait plus mal. Il avait même l'impression de ne plus en avoir du tout.

– Oui, en effet, dit Lockhart, c'est une chose qui peut se produire de temps en temps. Mais l'essentiel, c'est que les os ne sont plus cassés. C'est surtout ça qu'il faut avoir à l'esprit. Eh bien, voilà, Harry, il ne te reste plus qu'à aller à l'infirmerie, Mr Weasley, Miss Granger, pouvez-vous l'accompagner là-bas, s'il vous plaît ? Madame Pomfresh n'aura qu'à… arranger ça.

Lorsque Harry se releva, il se sentit étrangement bancal. Il prit une profonde inspiration et se résolut à regarder dans quel état se trouvait son bras. Il faillit alors s'évanouir à nouveau.

Ce qu'il voyait dépasser de sa manche ressemblait à un gros gant en caoutchouc, couleur chair. Il essaya de remuer ses doigts, mais rien ne se produisit.

Lockhart n'avait pas ressoudé les os. Il les avait fait disparaître.

Madame Pomfresh était furieuse.

– Vous auriez dû venir immédiatement ici ! fulmina-t-elle en soulevant le bras amorphe et sans vie de Harry. Je peux ressouder les os en quelques secondes, mais les faire repousser…

– Vous allez y arriver, n'est-ce pas ? demanda Harry désespéré.

– J'y arriverai, sans aucun doute, mais ce sera douloureux, dit Madame Pomfresh d'un air sombre en jetant un pyjama à Harry. Il faudra passer la nuit ici.

Hermione attendit derrière le rideau qui entourait le lit de Harry pendant que Ron l'aidait à enfiler son pyjama. Il fallut un certain temps pour faire entrer le bras caoutchouteux dans la manche de la veste.

– Alors, Hermione, tu admires toujours autant Lockhart, maintenant ? dit Ron à travers le rideau. Si Harry avait eu envie d'être transformé en mollusque, il l'aurait demandé...

– Tout le monde peut commettre des erreurs, répondit Hermione. D'ailleurs, ça ne te fait plus mal, n'est-ce-pas, Harry ?

– Non, dit Harry. L'ennui, c'est que ça ne me fait plus rien du tout.

Lorsqu'il se laissa tomber sur le lit, son bras rebondit comme un bout de chiffon.

Hermione et Madame Pomfresh passèrent de l'autre côté du rideau. Madame Pomfresh tenait dans sa main une grande bouteille dont l'étiquette indiquait : *Poussoss.*

– Tu vas passer une mauvaise nuit, prévint-elle en versant le liquide fumant de la bouteille dans un bol qu'elle lui tendit. Faire repousser des os, ça fait mal.

Lorsqu'il avala le liquide, Harry avait la bouche et la gorge en feu et il se mit à tousser. Madame Pomfresh s'en alla, pestant contre les sports dangereux et les professeurs incompétents, et laissa le soin à Ron et à Hermione d'aider Harry à avaler un peu d'eau.

– On a quand même gagné, dit Ron avec un large sourire. Vraiment incroyable, la façon dont tu as attrapé le Vif d'or. Il fallait voir la tête de Malefoy... Il avait l'air prêt à tuer !

– J'aimerais bien savoir ce qu'il a fabriqué avec ce Cognard, dit sombrement Hermione.

– On peut ajouter ça à la liste des questions qu'il faudra lui poser quand on aura pris le Polynectar, dit Harry en s'enfonçant dans ses oreillers. J'espère au moins que ça a meilleur goût que cette horreur...

– Tu rigoles ? S'il y a des bouts de Serpentard dedans, c'est impossible, dit Ron.

A ce moment, la porte de l'infirmerie s'ouvrit à la volée. Sales et ruisselants, les joueurs de l'équipe de Gryffondor venaient saluer Harry.

– Extraordinaire ce que tu as fait, Harry ! dit George. Je viens de voir Marcus Flint passer un savon à Malefoy en hurlant qu'il avait le Vif d'or juste au-dessus de sa tête et qu'il ne l'a même pas vu. Malefoy n'en menait pas large, tu peux me croire.

Ils avaient apporté des gâteaux, des bonbons et du jus de citrouille. Ils s'installèrent autour du lit et improvisèrent ce qui promettait d'être une belle fête lorsque Madame Pomfresh surgit soudain en hurlant :

– Ce garçon a besoin de repos, il faut lui faire repousser trente-trois os ! Alors, dehors ! DEHORS !

Et Harry se retrouva tout seul, sans autre distraction que la douleur lancinante qui lui transperçait le bras.

Des heures plus tard, Harry se réveilla soudain dans le noir et laissa échapper un petit cri de douleur. Il avait l'impression à présent que son bras était rempli d'échardes. Pendant un instant, il crut que c'était ce qui l'avait réveillé. Mais il poussa un cri d'horreur en se rendant compte que quelqu'un était en train de lui éponger le front dans l'obscurité.

– Laissez-moi tranquille ! s'exclama Harry.

Puis soudain, il reconnut :

– Dobby !

Les yeux énormes de l'elfe, aussi gros qu'une balle de tennis, contemplaient Harry dans les ténèbres et une larme coulait le long de son nez pointu.

– Harry Potter est revenu à l'école, murmura-t-il, consterné. Dobby n'a pas cessé de mettre en garde Harry Potter. Ah, Monsieur, pourquoi n'avez-vous pas écouté Dobby ? Pourquoi Harry Potter n'est-il pas retourné chez lui après avoir raté le train ?

Harry se souleva sur ses oreillers et repoussa l'éponge que Dobby lui passait sur le front.

– Qu'est-ce que tu fais ici ? dit-il. Et comment sais-tu que j'ai raté le train ?

Les lèvres de Dobby se mirent à trembler et Harry eut tout à coup un soupçon.

– C'était toi ! dit-il lentement. C'est toi qui as bloqué la barrière !

– C'est vrai, Monsieur, dit Dobby.

Il hocha vigoureusement la tête et ses oreilles se mirent à battre comme des ailes.

– Dobby s'est caché, il a attendu Harry Potter et il a bloqué la barrière. Après ça, Dobby s'est brûlé les mains avec un fer à repasser pour se punir.

Il montra à Harry ses longs doigts entourés de bandages.

– Mais Dobby s'en fichait, Monsieur, car il pensait que Harry Potter était en sécurité et jamais Dobby n'aurait cru que Harry Potter puisse arriver à l'école par d'autres moyens !

Il se balançait d'avant en arrière en hochant sa grosse tête repoussante.

– Dobby a reçu un tel choc quand il a appris que Harry Potter était revenu à Poudlard qu'il a laissé brûler le dîner de son maître ! Jamais Dobby n'a reçu une telle correction, Monsieur...

Harry se laissa retomber sur ses oreillers.

– A cause de toi, on a failli être renvoyés, Ron et moi ! dit-il d'un ton féroce. Tu ferais mieux de filer d'ici avant que mes os aient repoussé, sinon, je t'étrangle !

Dobby eut un faible sourire.

– Dobby est habitué aux menaces de mort, Monsieur. Dobby en reçoit cinq fois par jour dans la maison de ses maîtres.

Il se moucha dans un coin de la taie d'oreiller crasseuse qui lui tenait lieu de vêtement. Il avait l'air si pitoyable que Harry sentit malgré lui sa colère le quitter.

– Pourquoi t'habilles-tu avec cette chose, Dobby ? demanda-t-il, intrigué.

– Ça, Monsieur ? dit Dobby, en montrant la taie d'oreiller. C'est un signe distinctif des elfes de maison. Ils sont tenus en esclavage, Monsieur, et Dobby ne peut être libéré que si ses maîtres lui offrent des vêtements. Aussi, la famille fait bien attention de ne rien donner à Dobby, pas même une chaussette, Monsieur, car alors, il serait libre de quitter à tout jamais la maison.

Dobby essuya ses gros yeux et s'écria soudain :

– Harry Potter *doit* retourner chez lui ! Dobby croyait que son Cognard suffirait à...

– *Ton* Cognard ? s'exclama Harry en sentant la colère revenir. Qu'est-ce que tu veux dire ? C'est toi qui as essayé de me tuer avec ce Cognard ?

– Pas de vous tuer, Monsieur, surtout pas vous tuer ! dit Dobby, l'air choqué. Dobby veut sauver la vie de Harry Potter ! Mieux vaut qu'il rentre chez lui grièvement blessé plutôt que de rester ici, Monsieur ! Dobby voulait simplement que Harry Potter soit suffisamment blessé pour être renvoyé chez lui !

– Ah, bon, c'est tout ? dit Harry avec fureur. Et j'imagine que tu ne veux pas me dire pourquoi tu tiens tant à me renvoyer chez moi en petits morceaux ?

– Ah, si seulement Harry Potter savait ! gémit Dobby

en versant à nouveau des larmes sur sa taie d'oreiller en lambeaux. S'il savait ce qu'il représente pour nous, les humbles, les esclaves, nous le rebut du monde de la magie ! Dobby se souvient comment c'était quand Celui-Dont-On-Ne-Doit-Pas-Prononcer-Le-Nom était au sommet de sa puissance ! Nous, les elfes de maison étions traités comme de la vermine, Monsieur ! Oh, bien sûr, Dobby est toujours traité ainsi, admit-il en s'essuyant le visage avec sa taie d'oreiller, mais pour beaucoup d'entre nous, la vie s'est améliorée depuis que vous avez triomphé de Celui-Dont-On-Ne-Doit-Pas-Prononcer-Le-Nom. Harry Potter a survécu et le pouvoir du Seigneur des Ténèbres a été brisé. Ce fut une aube nouvelle, Monsieur, et Harry Potter brillait comme une flamme d'espérance pour ceux d'entre nous qui pensaient que jamais les jours sombres ne finiraient... Mais maintenant, à Poudlard, des choses terribles se préparent, peut-être même qu'elles se produisent en cet instant, et Dobby ne peut pas laisser Harry Potter demeurer ici, à présent que l'histoire est sur le point de se répéter, à présent que la Chambre des Secrets a été ouverte une nouvelle fois...

A cet instant, Dobby se figea, comme frappé d'horreur, puis il saisit sur la table de chevet la carafe d'eau qu'il abattit sur sa propre tête. Il s'effondra sous le choc et réapparut un instant plus tard en louchant et en marmonnant :

– Méchant Dobby, très méchant Dobby...

– Donc, il existe bien une Chambre des Secrets ? murmura Harry. Et... tu dis qu'elle a été ouverte une nouvelle fois ? Ça veut dire qu'elle avait déjà été ouverte dans le passé ? Raconte-moi, Dobby.

Il attrapa le poignet squelettique de l'elfe qui essayait de prendre à nouveau la carafe.

– Je ne suis pas né de parents moldus, dit Harry, alors

pourquoi devrais-je avoir peur de ce que contient la Chambre ?

– Ah, Monsieur, ne demandez plus rien au pauvre Dobby, balbutia l'elfe, les yeux exorbités. Il se prépare de sombres actions dans ce château et Harry Potter ne doit plus s'y trouver lorsqu'elles se produiront. Retournez chez vous, Harry Potter. Harry Potter ne doit pas être mêlé à ça, Monsieur, c'est trop dangereux...

– Qui est-ce, Dobby ? demanda Harry en tenant fermement le poignet de l'elfe pour l'empêcher de se donner un coup de carafe sur la tête. Qui a ouvert la Chambre ? Et qui l'avait ouverte avant ?

– Dobby ne peut rien dire, Monsieur, Dobby ne doit rien dire ! couina l'elfe. Rentrez chez vous, Harry Potter, rentrez chez vous !

– Il n'est pas question que je parte d'ici ! répliqua Harry d'un ton féroce. L'une de mes meilleures amies est née de parents moldus, elle sera l'une des premières cibles si la Chambre a vraiment été ouverte...

– Harry Potter risque sa propre vie pour ses amis ! gémit Dobby dans une sorte d'extase pitoyable. Il est si noble ! Si courageux ! Mais il doit sauver sa propre vie, il le faut, Harry Potter ne doit pas...

Dobby se figea soudain, ses grandes oreilles frémissantes. Harry avait également entendu les bruits de pas qui provenaient du couloir.

– Dobby doit partir ! souffla l'elfe, l'air terrifié.

Il y eut un craquement sonore et la main de Harry qui tenait le poignet de Dobby se referma sur le vide. Il se laissa aussitôt retomber sur le lit, les yeux fixés sur la porte de l'infirmerie tandis que les pas se rapprochaient.

Un instant plus tard, Dumbledore pénétra dans la salle à reculons. Il était vêtu d'une longue robe de chambre et coiffé d'un bonnet de nuit. Il portait l'extrémité d'un objet long qui semblait être une statue. Le professeur McGonagall apparut à son tour, portant l'autre bout de la statue qu'ils déposèrent sur un lit.

– Allez chercher Madame Pomfresh, murmura Dumbledore.

Le professeur McGonagall passa devant le lit de Harry et disparut. Harry resta immobile en faisant semblant de dormir. Il entendit des voix qui parlaient précipitamment et le professeur McGonagall revint dans la salle, suivie de Madame Pomfresh qui enfilait un cardigan sur sa chemise de nuit.

– Que s'est-il passé ? chuchota Madame Pomfresh en se penchant sur la statue.

– Une nouvelle agression, répondit Dumbledore. Minerva l'a trouvé dans l'escalier.

– Il y avait une grappe de raisins à côté de lui, dit le professeur McGonagall. Je pense qu'il voulait rendre visite à Potter.

Harry sentit son estomac se contracter douloureusement. Avec précaution, il se souleva de quelques centimètres pour voir la statue allongée sur le lit. La lueur d'un rayon de lune lui permit de reconnaître le visage de Colin Crivey. Il avait les yeux grands ouverts et ses mains tendues devant lui tenaient son appareil photo.

– Pétrifié ? murmura Madame Pomfresh.

– Oui, répondit le professeur McGonagall, mais... je frissonne rien que d'y penser... Si Albus n'était pas descendu à ce moment-là, qui sait ce qui aurait pu...

Tous trois observèrent longuement Colin Crivey. Puis Dumbledore se pencha et arracha l'appareil photo de ses mains figées.

– Vous pensez qu'il aurait pu prendre une photo de son agresseur ? demanda précipitamment le professeur McGonagall.

Dumbledore ne répondit pas. Il ouvrit l'appareil.

– Miséricorde ! s'exclama Madame Pomfresh.

Un jet de vapeur jaillit en sifflant de l'appareil photo et Harry sentit une odeur âcre de plastique brûlé.

– Fondu, dit Madame Pomfresh d'un air songeur. La pellicule a entièrement fondu…

– Qu'est-ce que cela signifie, Albus ? demanda le professeur McGonagall d'une voix inquiète.

– Cela signifie, répondit Dumbledore, que la Chambre des Secrets a bel et bien été ouverte une deuxième fois.

Madame Pomfresh plaqua une main contre sa bouche. Le professeur McGonagall regarda Dumbledore avec de grands yeux ronds.

– Mais Albus… qui…

– La question n'est pas de savoir *qui*, répliqua Dumbledore, les yeux fixés sur Colin, mais de savoir *comment*…

Et d'après ce que Harry pouvait voir du visage de McGonagall, elle ne semblait pas comprendre mieux que lui ce que Dumbledore avait voulu dire.

11
Le club de duel

Lorsque Harry se réveilla le dimanche matin, la salle de l'infirmerie était baignée d'un soleil d'hiver étincelant. Ses os avaient repoussé, mais son bras était terriblement raide. Il se redressa et jeta un coup d'œil en direction du corps pétrifié de Colin, mais un rideau tendu autour du lit l'empêchait de voir quoi que ce soit. Voyant qu'il était réveillé, Madame Pomfresh entra avec le plateau du petit déjeuner et commença à masser, plier, étirer son bras et ses doigts aux os tout neufs.

– Tout est en ordre, dit-elle. Quand tu auras fini de manger, tu pourras t'en aller.

Harry s'habilla le plus vite possible et se hâta de retourner dans la tour de Gryffondor pour raconter à Ron et à Hermione ce qui s'était passé pendant la nuit, mais ils n'étaient pas là. Harry partit à leur recherche, un peu peiné qu'ils ne manifestent pas plus d'intérêt pour l'état de ses os.

En passant devant la bibliothèque, il croisa Percy Weasley qui en sortait et semblait de bien meilleure humeur que la dernière fois qu'ils s'étaient rencontrés.

– Salut, Harry, dit-il. Très joli coup, hier, vraiment remarquable. Gryffondor prend la tête de la coupe des Quatre Maisons. Grâce à toi, nous avons cinquante points d'avance.

– Tu n'aurais pas vu Ron et Hermione ? demanda Harry.
– Non, répondit Percy.
Son sourire s'effaça.
– J'espère que Ron n'est pas encore dans des toilettes pour filles… ajouta-t-il.
Harry eut un rire forcé et attendit que Percy ait disparu au bout du couloir avant de prendre la direction des toilettes de Mimi Geignarde. Il ne voyait pas pourquoi Ron et Hermione y seraient retournés, mais lorsqu'il ouvrit la porte, il entendit leurs voix qui provenaient d'une cabine fermée à clé.
– C'est moi, dit-il en refermant la porte derrière lui.
Il y eut un bruit de métal, un bruit d'éclaboussures, une exclamation étouffée, puis il vit apparaître l'œil d'Hermione à travers le trou de la serrure.
– Harry ! dit Hermione en ouvrant la porte. Tu nous as fichu une de ces frousses… Entre. Comment va ton bras ?
– A merveille, répondit-il en se faufilant dans la cabine.
Un vieux chaudron était posé sur la cuvette et à en juger par le crépitement qu'on entendait, un feu brûlait au-dessous. Allumer des feux magiques qu'on pouvait transporter et faire brûler n'importe où, y compris dans des endroits humides, était une des grandes spécialités d'Hermione.
– On voulait venir te voir, mais on a décidé de commencer tout de suite la fabrication du Polynectar, expliqua Ron, tandis que Harry refermait avec difficulté la porte de la cabine. On a pensé que c'était ici la meilleure cachette.
Harry commença à leur raconter ce qui était arrivé à Colin, mais Hermione l'interrompit.
– On est déjà au courant, dit-elle. On a entendu le

professeur McGonagall le raconter au professeur Flitwick, ce matin. C'est pour ça qu'on a voulu se dépêcher...

– Plus vite on obtiendra une confession de Malefoy, mieux ça vaudra, grogna Ron. Tu sais ce que je pense ? Il était tellement furieux après le match de Quidditch qu'il s'est vengé sur Colin.

– Il y a autre chose, dit Harry en regardant Hermione jeter des touffes de polygonum dans le chaudron. Dobby est venu me voir au milieu de la nuit.

Ron et Hermione se tournèrent vers lui, stupéfaits. Harry leur rapporta tout ce que Dobby lui avait dit – ou pas dit.

– La Chambre des Secrets aurait déjà été *ouverte dans le passé* ? dit Hermione, abasourdie.

– Tout devient clair, maintenant, déclara Ron d'un ton triomphant. Lucius Malefoy a dû ouvrir la Chambre quand il était à l'école et maintenant, il a expliqué à ce cher Drago comment faire. C'est évident. J'aurais bien voulu que Dobby te dise quel genre de monstre se cache là-dedans. Je me demande comment ça se fait que personne ne l'ait jamais vu rôder dans l'école.

– Il a peut-être la faculté de se rendre invisible, dit Hermione en plongeant des sangsues au fond du chaudron. Ou peut-être qu'il se déguise en armure ou je ne sais quoi. J'ai lu quelque chose sur les goules caméléons...

– Tu lis trop, Hermione, dit Ron en saupoudrant les sangsues de Chrysopes mortes.

Il froissa en boule le sac de chrysopes qu'il avait vidé dans le chaudron et se tourna vers Harry.

– Alors, comme ça, c'est à cause de Dobby qu'on n'a pas pu prendre le train et que tu t'es cassé le bras ? Tu sais quoi Harry ? S'il continue à vouloir te sauver la vie, il va finir par te tuer.

Le lundi matin, tout le monde savait ce qui était arrivé à Colin Crivey. Les rumeurs et les soupçons se multipliaient et les élèves de première année ne se déplaçaient plus qu'en groupes, par peur d'être attaqués s'ils s'aventuraient seuls dans le château.

Ginny Weasley, qui était toujours assise à côté de Colin Crivey au cours de sortilèges, était bouleversée. Fred et George avaient essayé de lui rendre sa bonne humeur en se couvrant de peaux de bêtes et en se cachant derrière des statues pour lui sauter dessus par surprise. Mais ils durent mettre fin à leur efforts lorsque Percy, au bord de l'apoplexie, menaça d'écrire à Mrs Weasley et de lui raconter qu'ils faisaient tout pour donner des cauchemars à Ginny.

Un trafic de talismans, amulettes et autres gris-gris s'était organisé dans le dos des professeurs. Neville Londubat avait déjà acheté un gros oignon vert malodorant, une pointe de cristal violet et une queue de salamandre en décomposition lorsque ses camarades de Gryffondor lui firent observer qu'il ne courait aucun danger puisqu'il appartenait à une famille de sorciers au sang pur.

– Rusard a été leur première victime, répondit Neville d'un air apeuré. Et tout le monde sait que moi aussi, je suis presque un Cracmol.

Dans la deuxième semaine de décembre, le professeur McGonagall passa dans les classes pour prendre les noms des élèves qui resteraient à l'école pendant les vacances de Noël. Harry, Ron et Hermione s'inscrivirent. Ils avaient entendu dire que Malefoy resterait aussi, ce qui leur avait semblé particulièrement louche. Mais après tout, c'était mieux ainsi : les vacances seraient le moment idéal pour faire usage du Polynectar et essayer de lui tirer les vers du nez.

Malheureusement, la potion n'était qu'à moitié faite.

Il leur fallait encore une corne de bicorne et une peau de serpent d'arbre du Cap. Or, le seul endroit où ils pouvaient en trouver, c'était l'armoire personnelle de Rogue. Mais en son for intérieur, Harry préférait affronter le monstre légendaire de Serpentard plutôt que d'être surpris en train de voler quelque chose dans le bureau de Rogue.

– Il faudra faire une diversion, dit Hermione. Et pendant ce temps-là, l'un d'entre nous se glissera dans le bureau de Rogue pour prendre ce qu'il nous faut.

Harry et Ron la regardèrent d'un air inquiet.

– Je crois qu'il vaut mieux que ce soit moi qui aille voler les ingrédients, poursuivit Hermione du ton le plus naturel. Vous deux, vous seriez renvoyés si vous vous faisiez prendre, mais moi, je n'ai jamais eu d'ennuis, je risque moins gros. Il vous suffira de provoquer assez de chahut pour occuper Rogue pendant cinq bonnes minutes.

Harry eut un faible sourire. Provoquer un chahut au cours de Rogue était à peu près aussi facile que de réveiller un dragon endormi en lui crevant l'œil.

Le cours commun de potions avait lieu le jeudi après-midi dans un des plus grands cachots du château. Le cours commença de la façon habituelle. Une vingtaine de chaudrons bouillonnaient entre les tables sur lesquelles étaient disposés des balances et des bocaux d'ingrédients. Rogue circulait parmi les vapeurs fétides en faisant des remarques acerbes aux élèves de Gryffondor sous les ricanements des Serpentard. Drago Malefoy, le chouchou de Rogue, bombardait Ron et Harry avec des yeux de poissons qu'il prenait dans un bocal, en sachant qu'ils écoperaient d'une retenue si jamais ils s'avisaient d'en faire autant.

La potion d'Enflure que Harry avait préparée était beaucoup trop liquide, mais quelque chose de beaucoup plus important lui occupait l'esprit. Il attendait le signal d'Hermione et entendit à peine Rogue quand celui-ci vint se moquer de sa potion trop claire. Lorsque Rogue s'éloigna pour aller critiquer Neville, Hermione croisa le regard de Harry et lui fit un signe de tête.

Harry se pencha alors derrière son chaudron, sortit de sa poche un pétard du Dr Flibuste et lui donna un petit coup de baguette magique. Le pétard commença à crépiter. Sachant qu'il n'avait plus que quelques secondes, Harry se redressa et lança le pétard dans le chaudron de Goyle.

La potion de Goyle explosa aussitôt en aspergeant toute la classe. Les élèves atteints par des projections de potion d'Enflure se mirent à hurler. Malefoy en reçut en plein visage et son nez commença à enfler comme un ballon. Goyle tourna sur lui même, les mains sur ses yeux qui avaient maintenant la taille d'une assiette. Rogue, qui n'avait pas compris ce qui s'était passé, essayait sans succès de ramener l'ordre. Dans la confusion qui régnait à présent, Harry vit Hermione se glisser hors de la classe.

– Silence ! SILENCE ! rugit Rogue. Ceux qui ont reçu de la potion, venez tout de suite prendre un antidote. Et quand je saurai qui a fait ça...

Harry s'efforça de ne pas éclater de rire lorsqu'il vit Malefoy s'avancer vers Rogue en penchant la tête sous le poids de son nez qui avait la grosseur d'un melon. Pendant que la moitié des élèves de la classe allait prendre une gorgée d'antidote pour faire revenir bras, jambes ou oreilles à leur taille antérieure, Hermione revint discrètement dans la classe, portant quelque chose sous sa robe.

Quand tout le monde eut retrouvé son aspect habituel, Rogue examina le chaudron de Goyle et en retira les débris noircis du pétard.

– Si jamais je découvre qui a lancé ce pétard, dit

Rogue dans un murmure, vous pouvez être absolument sûrs que cette personne sera renvoyée de l'école.

Rogue fixait Harry qui fit de son mieux pour avoir l'air stupéfait. Dix minutes plus tard, il entendit avec soulagement sonner la cloche qui annonçait la fin du cours.

– Il sait que c'était moi, dit Harry à Ron et à Hermione sur le chemin des toilettes de Mimi Geignarde. Je l'ai vu dans son regard.

Hermione jeta les nouveaux ingrédients dans le chaudron et se mit à touiller fébrilement la mixture.

– Ce sera prêt dans une quinzaine de jours, dit-elle d'un ton joyeux.

– Rogue ne peut pas prouver que c'était toi, dit Ron à Harry pour le rassurer. Qu'est-ce qu'il peut faire ?

– Quand on sait de quoi il est capable, on peut s'attendre au pire, répondit Harry.

Dans le chaudron, la potion écumait à gros bouillons.

Une semaine plus tard, Harry, Ron et Hermione traversaient le hall d'entrée lorsqu'ils virent un groupe d'élèves rassemblés autour du tableau d'affichage. Un morceau de parchemin venait juste d'y être épinglé. Seamus Finnigan et Dean Thomas, visiblement surexcités, leur firent signe d'approcher.

– Ils ont ouvert un club de duel ! annonça Seamus. Première séance ce soir ! Apprendre à se battre en duel, ça peut être utile par les temps qui courent...

– Tu crois que le monstre de Serpentard est du genre à se battre en duel ? répliqua Ron.

Mais il lut quand même l'annonce avec intérêt.

– C'est vrai, ça peut servir, dit-il à Harry et à Hermione. On y va ?

Harry et Hermione étaient d'accord et à huit heures ce soir-là, après le dîner, ils se hâtèrent de retourner dans la Grande Salle. Les longues tables avaient disparu et une estrade dorée avait été installée contre le mur, éclairée par des milliers de chandelles qui flottaient dans l'air. Sous le plafond qu'on aurait dit tendu de velours noir, la quasi-totalité des élèves s'était rassemblée, la baguette à la main et l'air surexcité.

– Je me demande qui va être le prof, dit Hermione. Quelqu'un m'a dit que Flitwick était un champion de duel quand il était jeune. Ce sera peut-être lui.

– Du moment que ce n'est pas... commença Harry, mais il s'interrompit dans un grognement.

Gilderoy Lockhart venait d'apparaître sur l'estrade, élégamment vêtu d'une robe violette, et accompagné de Rogue toujours habillé de noir, comme à son habitude.

Lockhart agita la main pour demander le silence.

– Approchez-vous, approchez-vous ! Tout le monde me voit ? Tout le monde m'entend ? Parfait ! Le professeur Dumbledore m'a donné l'autorisation d'ouvrir ce petit club de duel pour vous enseigner des méthodes de défense au cas où vous auriez besoin de faire face à une agression quelconque, comme cela m'est arrivé d'innombrables fois. Pour plus amples détails, je vous renvoie à la collection complète de mes livres. Je vais maintenant vous présenter mon assistant, le professeur Rogue, poursuivit Lockhart avec un sourire éclatant. Il m'a dit qu'il avait lui même quelques notions en matière de duel et il a très sportivement accepté de me servir de partenaire pour vous faire une petite démonstration en guise de préambule. Mais ne vous inquiétez pas, votre maître des potions sera toujours en état de vous faire cours quand j'en aurai fini avec lui. Aucun danger !

– Ce serait bien s'ils arrivaient à s'entre-tuer, murmura Ron à l'oreille de Harry.

Rogue eut un rictus et Harry se demanda comment Lockhart pouvait continuer à sourire. Si Rogue l'avait regardé *lui* de cette manière, il se serait aussitôt enfui à toutes jambes.

Lockhart et Rogue se placèrent face à face et se saluèrent. Lockhart s'inclina en faisant de grands moulinets avec ses mains tandis que Rogue se contentait d'un signe de tête agacé. Ils levèrent alors leurs baguettes magiques comme des épées.

– Comme vous le voyez, nous tenons nos baguettes dans la position de combat réglementaire, dit Lockhart à la foule des spectateurs silencieux. Lorsque nous aurons compté trois, nous jetterons le premier sort. Bien entendu, ni l'un ni l'autre ne cherchera à tuer l'adversaire.

– Je n'en suis pas si sûr, murmura Harry en voyant Rogue montrer les dents.

– Un... Deux... Trois...

Tous deux brandirent leur baguette par-dessus leur épaule.

– *Expelliarmus !* s'écria Rogue.

Il y eut un éclair aveuglant de lumière rouge et Lockhart fut soulevé du sol puis violemment projeté à bas de l'estrade contre le mur du fond. Le dos contre la pierre, il glissa lentement et s'affala par terre.

Malefoy et quelques autres élèves de Serpentard applaudirent bruyamment. Hermione avait l'air dans ses petits souliers.

– Tu crois qu'il est blessé ? demanda-t-elle d'une voix aiguë.

– Quelle importance ? répondirent en chœur Ron et Harry.

Lockhart se releva tant bien que mal. Son chapeau était tombé par terre et ses cheveux ondulés s'étaient dressés sur sa tête.

– Et voilà, excellente démonstration ! dit-il en remontant sur l'estrade d'un pas mal assuré. Il s'agit là d'un sortilège de Désarmement. Comme vous le voyez, j'ai perdu ma baguette – ah, merci beaucoup, Miss Brown. C'était une excellente idée de leur montrer ça, professeur Rogue, mais sans vouloir vous offenser, j'avais tout de suite deviné ce que vous aviez en tête, c'était évident. Et si j'avais voulu vous en empêcher, je n'aurais eu aucun mal à le faire. Mais j'ai pensé que cette petite démonstration serait très instructive.

Rogue lui lança un regard assassin que Lockhart avait dû voir, car il annonça :

– Le spectacle est terminé ! A vous de jouer, maintenant ! Je vais passer parmi vous pour vous mettre deux par deux. Professeur Rogue, si vous voulez bien m'aider...

Tous deux descendirent de l'estrade et répartirent les élèves par équipes de deux. Lockhart mit ensemble Neville et Justin Finch-Fletchley, mais ce fut Rogue qui s'occupa de Harry et Ron.

– C'est le moment de séparer la vieille équipe, dit-il d'un air narquois. Weasley, vous vous mettrez avec Finnigan. Potter...

Harry se tourna tout naturellement vers Hermione.

– Non, je ne vois pas les choses comme ça, dit Rogue avec un sourire glacial. Mr Malefoy, venez ici, s'il vous plaît. On va voir ce que vous allez faire du célèbre Potter. Et vous, Miss Granger, vous ferez équipe avec Miss Bulstrode.

Malefoy s'avança avec un sourire ironique. Derrière lui, Harry vit une élève de Serpentard qui lui rappelait une illustration de *Vacances avec les harpies*. Elle était grande, avec des épaules carrées et une mâchoire proéminente. Hermione lui adressa un faible sourire auquel elle ne répondit pas.

– Mettez-vous face à face ! dit Lockhart qui était remonté sur l'estrade. Et n'oubliez pas de saluer !

Harry et Malefoy se firent un bref signe de tête sans se quitter des yeux.

– Attention, levez vos baguettes ! cria Lockhart. A trois, jetez un sort pour désarmer votre adversaire, je dis bien pour *désarmer*. Nous ne voulons pas d'accident. Un... Deux... Trois...

Harry brandit sa baguette, mais Malefoy avait jeté son sort à « deux » : Harry reçut un tel choc qu'il eut l'impression de prendre un coup de poêle sur la tête. Il vacilla un instant, mais il ne semblait pas blessé, et, sans plus attendre, il pointa sa baguette vers Malefoy en criant :

– *Rictusempra !*

Un jet de lumière argentée atteignit Malefoy au ventre et il se plia en deux, la respiration sifflante.

– J'ai dit « désarmer », rien d'autre ! s'exclama Lockhart en voyant Malefoy tomber à genoux.

Harry lui avait jeté un sortilège de Chatouillis et Malefoy riait tellement qu'il n'arrivait plus à bouger. Harry pensa qu'il ne serait pas très loyal de jeter un autre sort à Malefoy pendant qu'il était à terre, mais ce fut une erreur. Le souffle court, Malefoy pointa sa baguette sur les genoux de Harry et parvint à articuler : « *Tarentallegra !* » Aussitôt, les jambes de Harry se mirent à s'agiter en une danse effrénée qu'il était incapable de contrôler.

– Stop ! Ça suffit ! cria Lockhart.

Mais ce fut Rogue qui intervint.

– *Finite Incantatem !* s'exclama-t-il.

Les pieds de Harry cessèrent de danser, le fou rire de Malefoy s'arrêta et ils regardèrent alors ce qui se passait autour d'eux.

Un nuage de fumée verdâtre flottait au-dessus de l'estrade. Neville et Justin étaient allongés par terre, hors d'haleine. Ron soutenait un Seamus livide en s'excusant des dégâts qu'avait faits sa baguette cassée. Hermione et Millicent Bulstrode, en revanche, étaient toujours en pleine action, mais leurs baguettes abandonnées sur le sol ne leur servaient plus à rien. Elles se battaient à mains nues et Millicent avait coincé sous son bras la tête d'Hermione qui gémissait de douleur. Harry se précipita mais il eut du mal à libérer Hermione de sa partenaire qui était beaucoup plus grande que lui.

– Hou, là, là ! s'exclama Lockhart en observant le résultat des affrontements. Levez-vous, Macmillan... Attention, Miss Faucett... Appuyez bien fort, Boot, ça va cesser de saigner dans un instant... Je crois que je ferais mieux de vous apprendre à neutraliser les mauvais sorts, ajouta Lockhart, debout au milieu de la salle, l'air fébrile.

Il jeta un regard à Rogue dont les yeux noirs étincelaient, puis détourna aussitôt la tête.

– Prenons deux volontaires, Londubat et Finch-Fletchley, par exemple...

– Très mauvaise idée, professeur Lockhart, coupa Rogue. Londubat sème la désolation chaque fois qu'il essaye de jeter le moindre sort. Il ne resterait plus grand-chose de Finch-Fletchley après ça ! Pourquoi pas Malefoy et Potter ? proposa-t-il avec un sourire perfide.

– Excellente idée ! approuva Lockhart. Venez là, tous les deux. Harry, quand Drago pointera sa baguette sur toi, tu feras ça.

Il leva sa propre baguette, exécuta quelques gestes compliqués et la laissa tomber par terre. Rogue eut un sourire narquois tandis que Lockhart se dépêchait de ramasser sa baguette magique.

– Holà ! Ma baguette est un peu énervée, ce soir ! dit-il.

Rogue s'approcha de Malefoy et lui chuchota quelque chose à l'oreille. Malefoy sourit à son tour. Harry leva alors les yeux vers Lockhart d'un air inquiet.

– Professeur, pourriez-vous me montrer encore une fois comment bloquer un mauvais sort ?

– On a peur ? murmura Malefoy.

– Ça te plairait bien, lança Harry du coin des lèvres.

– Fais comme je t'ai dit, Harry, répondit Lockhart en lui donnant une tape amicale sur l'épaule.

– Il faut que je laisse tomber ma baguette ?

Mais Lockhart ne l'écoutait pas.

– Trois... Deux... Un... Allez-y ! s'écria-t-il.

Malefoy leva aussitôt sa baguette magique et s'exclama :

– *Serpensortia !*

L'extrémité de sa baguette explosa. Abasourdi, Harry vit alors jaillir un long serpent noir qui tomba sur le sol et se dressa, prêt à mordre. La foule des élèves recula aussitôt en poussant des cris de terreur.

– Ne bougez pas, Potter, dit tranquillement Rogue, visiblement ravi de voir Harry immobile face au serpent furieux. Je vais vous en débarrasser...

– Je m'en occupe, dit Lockhart.

Il pointa sa baguette sur le serpent. Une explosion retentit. Mais au lieu de disparaître, le reptile fut projeté dans les airs et retomba un peu plus loin avec un grand bruit. Fou de rage, sifflant comme un furieux, le serpent se tortilla en direction de Justin Finch-Fletchley et se dressa à nouveau en découvrant ses crochets, prêt à mordre.

Harry ne sut pas très bien ce qui le poussa à agir. Il n'eut même pas l'impression d'avoir pris lui-même la décision. En tout cas, ses jambes le portèrent en avant, comme s'il était monté sur roulettes, et il cria tout bêtement au serpent :

– Laisse-le tranquille !

Comme par miracle, le serpent retomba alors sur le sol, aussi docile qu'un tuyau d'arrosage, les yeux tournés vers Harry. Celui-ci sentit toute crainte le quitter. Il savait que le serpent n'attaquerait plus personne à présent. Mais il aurait été bien incapable d'expliquer pourquoi.

Il leva les yeux vers Justin et lui sourit. Il s'attendait à le voir soulagé, étonné, ou même reconnaissant – mais certainement pas furieux et effrayé.

– A quoi tu joues ? lança-t-il.

Et avant que Harry ait pu dire quoi que ce soit, Justin tourna les talons et s'enfuit de la salle à toutes jambes.

Rogue s'avança, agita sa baguette et le serpent disparut dans une bouffée de fumée noire. Lui aussi, observait Harry d'une étrange manière. Son regard rusé et calculateur lui déplut profondément. Il entendait également autour de lui un murmure qui ne présageait rien de bon. Quelqu'un le tira alors par la manche.

– Viens, lui chuchota Ron à l'oreille. On s'en va... Allez, viens...

Ron l'entraîna hors de la Grande Salle et Hermione les accompagna en marchant à côté d'eux à petits pas pressés. A mesure qu'ils avançaient, les autres élèves s'écartaient sur leur passage comme s'ils avaient eu peur d'attraper une maladie. Harry n'avait pas la moindre idée de ce qui se passait et ni Ron, ni Hermione ne lui dirent un mot jusqu'à ce qu'ils aient regagné la salle commune de Gryffondor, encore déserte. Ron poussa alors Harry dans un fauteuil.

– Tu es un Fourchelang, dit-il. Tu ne nous l'avais jamais dit.

– Je suis un quoi ? s'étonna Harry.

– Un Fourchelang ! répéta Ron. Tu parles le langage des serpents !

– Je sais, dit Harry. C'est la deuxième fois que ça m'arrive. Un jour, au zoo, j'ai fait sortir un boa constrictor de sa cage sans le faire exprès et il a failli attaquer mon cousin Dudley. C'est une longue histoire. Le boa m'a dit qu'il n'avait jamais vu le Brésil et je l'ai libéré sans même m'en rendre compte. A l'époque, je ne savais pas encore que j'étais un sorcier...

– Un boa constrictor t'a dit qu'il n'avait jamais vu le Brésil ? répéta Ron d'une voix faible.

– Et alors ? dit Harry. Il y a sûrement des tas de gens qui peuvent en faire autant, ici.

– Oh, non, certainement pas, répliqua Ron. Ce n'est pas un don très répandu. Harry, il faut que tu le saches, c'est une très mauvaise chose...

– Qu'est-ce qu'il y a de mauvais là-dedans ? demanda Harry qui commençait à s'énerver. Qu'est-ce qui vous prend ? Si je n'avais pas dit à ce serpent de ne pas attaquer Justin...

– C'est ce que tu lui as dit ?

– Bien sûr, vous étiez là, vous m'avez entendu, non ?

– Je t'ai entendu parler Fourchelang, dit Ron, la langue des serpents. Tu aurais pu raconter n'importe quoi, personne n'y aurait rien compris. Pas étonnant que Justin ait paniqué, on aurait dit que tu encourageais le serpent à l'attaquer. C'était vraiment effrayant...

Harry le regarda bouche bée.

– J'ai parlé une autre langue ? Je ne m'en suis pas rendu compte... Comment pourrais-je parler une autre langue sans m'en apercevoir ?

Ron hocha la tête. Hermione et lui faisaient une tête d'enterrement. Harry, pourtant, ne comprenait pas ce qu'il y avait de si terrible.

– Vous pouvez m'expliquer ce qu'il y a de mal à empêcher un gros serpent répugnant d'arracher la tête de Justin ? dit-il. Quelle importance que je l'aie fait comme ça ou autrement ? Vous auriez préféré que Justin finisse au club des Chasseurs sans tête ?

– Justement, ça a de l'importance, dit Hermione, qui

parla enfin d'une voix sourde. Tout simplement parce que la célébrité de Salazar Serpentard vient du pouvoir qu'il avait de parler aux serpents. C'est pour ça que la maison des Serpentard est symbolisée par un serpent.

Harry resta bouche bée.

– Exactement, dit Ron. Et maintenant, tout le monde va croire que tu es son arrière-arrière-arrière-arrière-petit-fils...

– Mais c'est faux ! protesta Harry, saisi soudain d'un sentiment de panique inexplicable.

– Tu auras du mal à le prouver, dit Hermione. Il a vécu il y a environ mille ans. Pour ce qu'on en sait, tu pourrais très bien être son descendant...

Harry resta éveillé des heures entières, cette nuit-là. A travers une fente de son baldaquin, il voyait la neige tomber devant la fenêtre de la tour.

Pouvait-il vraiment être un descendant de Salazar Serpentard ? Après tout, il ne savait rien de la famille de son père. Les Dursley lui avaient toujours interdit de poser des questions sur les sorciers de sa famille.

Dans sa tête, Harry essaya de dire quelque chose en Fourchelang, mais aucun mot ne lui vint à l'esprit. Il fallait sans doute qu'il se trouve face à un serpent pour pouvoir le faire.

– Pourtant, je suis un Gryffondor, pensa-t-il. Jamais le Choixpeau magique ne m'aurait envoyé dans cette maison-là, si j'avais eu du sang de la famille Serpentard...

– Mais au début, le Choixpeau voulait t'envoyer à Serpentard, souviens-toi, lui rappela une petite voix désagréable dans sa tête.

Harry se retourna dans son lit. Il verrait Justin le lendemain, au cours de botanique et il lui expliquerait qu'il avait ordonné au serpent de le laisser tranquille, pas de l'attaquer. N'importe quel imbécile aurait dû s'en rendre compte, non ?

Mais le lendemain, la neige s'était transformée en un blizzard si épais que le dernier cours de botanique du trimestre fut annulé. Le professeur Chourave voulait mettre des chaussettes et des écharpes aux racines de mandragore, une opération délicate qu'elle ne pouvait confier à quiconque d'autre, à présent que les mandragores étaient devenues indispensables pour ramener Miss Teigne et Colin Crivey à la vie.

Dans la salle commune de Gryffondor, Harry, assis auprès du feu, ruminait de sombres pensées pendant que Ron et Hermione faisaient une partie d'échecs.

– Pour l'amour du ciel, Harry, dit Hermione, exaspérée, alors que l'un des fous de Ron faisait tomber son cavalier de cheval et le traînait au bord de l'échiquier. Va donc voir Justin si c'est tellement important pour toi.

Harry décida de suivre son conseil et il sortit de la salle commune en se demandant où il pourrait bien trouver Justin.

Bien qu'on fût en plein jour, le château était plus sombre qu'à l'ordinaire, à cause de la neige grisâtre qui tourbillonnait devant les fenêtres. Frissonnant, Harry passa devant des classes où des cours avaient lieu, percevant quelques échos de ce qui s'y passait. Le professeur McGonagall admonestait quelqu'un qui, d'après ce qu'il entendit, avait transformé un de ses camarades en blaireau. Résistant à l'envie d'aller jeter un coup d'œil, il poursuivit son chemin. Il pensait que Justin profitait peut-être du cours annulé pour rattraper son travail en retard et il se rendit d'abord à la bibliothèque.

Plusieurs élèves de Poufsouffle, qui auraient dû partager avec Gryffondor le cours de botanique, étaient assis au fond mais ne semblaient pas travailler. Entre les longues et hautes rangées de livres, Harry les voyait absorbés dans une conversation apparemment très sérieuse, leurs têtes penchées tout près les unes des autres. De l'endroit où il se trouvait, il n'arrivait pas à voir si Justin se trouvait parmi eux. Il s'approcha et entendit alors quelques bribes de ce qu'ils disaient. Caché par des étagères, il s'arrêta pour écouter plus attentivement.

– J'ai conseillé à Justin de se cacher dans le dortoir, expliquait un des élèves, un gros garçon costaud. Si Potter l'a choisi comme prochaine victime, il vaut mieux qu'il se fasse remarquer le moins possible. Justin s'y attendait depuis qu'il a raconté à Potter qu'il était né dans une famille de Moldus. Justin lui a dit que normalement, il aurait dû aller à Eton. Ce n'est pas le genre de chose dont il faut se vanter devant un héritier de Serpentard, non ?

– Alors, d'après toi, Ernie, ce serait vraiment Potter ? demanda d'un air anxieux une fille aux nattes blondes.

– Réfléchis, Hannah, répondit le gros garçon, il parle Fourchelang, il n'y a que les adeptes de la magie noire qui en sont capables, tout le monde sait ça. Tu connais d'honnêtes sorciers qui parlent aux serpents, toi ? Serpentard était lui-même surnommé Langue-de-serpent.

Un murmure général s'éleva autour de la table.

– Souviens-toi de ce qui était écrit sur le mur : *Ennemis de l'héritier, prenez garde.* Potter a eu des ennuis avec Rusard et comme par hasard, c'est le chat de Rusard qui a été attaqué en premier. Crivey a énervé Potter en prenant des photos pendant le match de Quidditch, surtout quand il était allongé dans la boue avec son bras cassé. Et tout de suite après, Crivey devient la deuxième victime.

– Il a l'air tellement gentil, pourtant, dit Hannah qui ne paraissait pas encore tout à fait convaincue. Et puis c'est quand même lui qui a fait disparaître Tu-Sais-Qui. Il ne peut pas être si mauvais que ça...

Ernie baissa la voix, l'air mystérieux, obligeant les autres à se rapprocher. Harry s'avança un peu plus pour entendre ce qu'il disait.

– Personne ne sait comment il a survécu à cette attaque de Tu-Sais-Qui, reprit Ernie. Il n'était qu'un bébé quand c'est arrivé. Normalement, il aurait dû être réduit en miettes. Seul un mage noir très puissant pouvait survivre à un tel maléfice. C'est sans doute pour ça que Tu-Sais-Qui voulait le tuer. Il ne voulait pas qu'un autre Seigneur des Ténèbres vienne lui faire concurrence. Je me demande quels sont les autres pouvoirs secrets de Potter.

Harry ne put en supporter davantage. Il s'éclaircit bruyamment la gorge et sortit de sa cachette. S'il n'avait pas été aussi furieux, il aurait éclaté de rire en voyant la réaction des Poufsouffle. On aurait dit qu'ils avaient été pétrifiés à leur tour et le visage d'Ernie était devenu livide.

– Salut, dit Harry. Je cherche Justin Finch-Fletchley.

Les pires craintes des Poufsouffle se trouvaient confirmées. Terrifiés, il se tournèrent vers Ernie.

– Qu'est-ce que tu lui veux ? demanda Ernie d'une voix tremblante.

– Je voulais lui raconter ce qui s'est véritablement passé avec ce serpent pendant le club de duel, répondit Harry.

Ernie se mordit les lèvres puis il prit une profonde inspiration.

– On était tous là, dit-il, on a bien vu ce qui s'est passé.

– Alors, tu as vu que quand je lui ai parlé, le serpent a reculé ?

– Tout ce que j'ai vu, reprit Ernie d'un ton buté mais en tremblant de tous ses membres, c'est que tu as parlé Fourchelang et que tu as poussé le serpent vers Justin.

– Je ne l'ai pas poussé vers lui ! protesta Harry, frémissant de rage. Je ne l'ai même pas *touché* !

– C'était tout juste, dit Ernie. Et au cas où tu aurais

des idées en tête, ajouta-t-il précipitamment, je peux te dire que ma famille ne comporte que des sorciers et des sorcières depuis neuf générations, et mon sang est tout ce qu'il y a de plus pur, alors...

– Je me fiche de ton sang! répliqua Harry d'un ton féroce. Pourquoi est-ce que j'aurais envie d'attaquer les enfants de Moldus ?

– J'ai entendu dire que tu détestes les Moldus chez qui tu vis, répondit Ernie.

– Il est impossible de ne pas détester les Dursley quand on vit chez eux. Essaye et tu verras.

Il tourna les talons et sortit de la bibliothèque, s'attirant un regard réprobateur de Madame Pince, occupée à astiquer la reliure dorée d'un gros grimoire.

Harry suivit le couloir d'un pas chancelant. Il était tellement en colère qu'il ne savait plus très bien où il allait. Il se cogna alors contre quelque chose de très grand et de très dur qui le projeta par terre.

– Oh, bonjour, Hagrid, dit Harry en levant les yeux.

Le visage de Hagrid était presque entièrement caché derrière un passe-montagne de laine couvert de neige, mais on ne pouvait le confondre avec quelqu'un d'autre, car il occupait presque toute la largeur du couloir dans son manteau en peau de taupe. Un coq mort qu'il tenait par les pattes pendait de sa main gantée.

– Ça va, Harry ? demanda Hagrid qui avait relevé son passe-montagne pour pouvoir parler. Comment ça se fait que tu ne sois pas en classe ?

– Le cours a été annulé, répondit Harry en se relevant. Qu'est-ce que vous faites là ?

Hagrid montra le coq inanimé.

– Le deuxième qu'on me tue ce trimestre, expliqua-t-il. C'est soit les renards, soit un gobelin buveur de sang et j'ai besoin d'une autorisation du directeur pour jeter un sort de protection autour du poulailler.

Sous ses sourcils broussailleux parsemés de flocons de neige, ses yeux observèrent Harry plus attentivement.

– Tu es sûr que tu vas bien ? Tu m'as l'air d'être en colère et d'avoir des soucis en tête.

Harry ne pouvait se résoudre à répéter ce que les élèves de Poufsouffle venaient de dire de lui.

– Ce n'est rien, répondit-il. Il vaut mieux que j'y aille, Hagrid. J'ai un cours de métamorphose qui commence bientôt et je dois aller chercher mes livres.

Il s'éloigna, la tête encore pleine de ce qu'il avait entendu dans la bibliothèque.

Justin s'y attendait depuis qu'il a raconté à Potter qu'il était né dans une famille de Moldus...

Harry monta l'escalier d'un pas lourd et suivit un autre couloir particulièrement sombre. Un courant d'air glacé qui s'engouffrait par une vitre cassée avait soufflé toutes les torches. Il avait parcouru la moitié du couloir lorsqu'il trébucha contre quelque chose qui le fit tomber tête la première. Il se retourna pour voir dans quoi il s'était pris les pieds et sentit alors comme un coup de poing à l'estomac.

Justin Finch-Fletchley était étendu sur le sol, le corps raide et froid, le visage figé dans une expression de stupeur, les yeux fixés au plafond. Mais ce n'était pas tout. A côté de lui, Harry vit une autre silhouette qui offrait le plus étrange spectacle qu'il eût jamais vu.

C'était Nick Quasi-Sans-Tête. Le fantôme avait perdu sa couleur gris perle et sa transparence. Il ressemblait à présent à une épaisse fumée noire qui flottait à quinze centimètres au-dessus du sol, immobile et horizontale. Sa tête était à moitié décollée et son visage avait la même expression de stupeur que celui de Justin.

Harry se releva, le souffle court, le cœur battant à lui rompre les côtes. Il regarda de tous côtés et vit une longue file d'araignées qui s'enfuyaient à toute vitesse.

Il n'y avait pas un bruit en dehors de la voix étouffée des professeurs qui faisaient classe dans les salles proches.

Il aurait pu filer tout de suite et personne n'aurait jamais su qu'il s'était trouvé là, mais il ne pouvait se résoudre à abandonner Justin et Nick sans aller chercher du secours. A présent, cependant, qui croirait encore à son innocence ?

Pendant qu'il restait là, en proie à la panique, une porte s'ouvrit dans un grand bruit juste à côté de lui. Peeves, l'esprit frappeur, surgit alors dans le couloir.

– Tiens, tiens, mais c'est le petit pote Potter ! s'exclama Peeves en caquetant comme un poulet. Qu'est-ce qu'il mijote, Potter ? Pourquoi rôde-t-il dans ce...

Peeves s'interrompit au milieu d'un saut périlleux. La tête en bas, il aperçut Justin et Nick Quasi-Sans-Tête, et avant que Harry ait pu l'arrêter, il se mit à hurler :

– ATTAQUE ! ATTAQUE ! NOUVELLE ATTAQUE ! AUCUN VIVANT, AUCUN FANTÔME N'EST À L'ABRI ! SAUVE QUI PEUT ! ATTAAAAAQUE !

Bang... bang... bang... Les unes après les autres, les portes s'ouvrirent à la volée tout au long du couloir, et une foule d'élèves et de professeurs se précipita sur les lieux du crime. Pendant un bon moment, il régna une telle confusion que Justin faillit être piétiné tandis que des élèves affolés traversaient sans le voir le fantôme noirci et figé de Nick Quasi-Sans-Tête. Les professeurs hurlaient pour réclamer le silence et Harry se retrouva plaqué contre le mur. Le professeur McGonagall arriva alors en courant, suivie de ses élèves. Brandissant sa baguette magique, elle fit retentir une détonation qui rétablit le silence et ordonna à tout le monde de retourner en classe. A peine le couloir s'était-il vidé qu'Ernie et ses amis de Poufsouffle apparurent à leur tour.

– Pris sur le fait ! s'exclama Ernie, le visage livide en montrant Harry du doigt d'un geste théâtral.

– Ça suffit, MacMillan ! lança sèchement le professeur McGonagall.

Peeves sautillait toujours au-dessus de leurs têtes, observant la scène avec un sourire mauvais. Peeves aimait le chaos. Pendant que les professeurs se penchaient sur Justin et Nick-Quasi-Sans-Tête pour les examiner, il se mit à chanter :

Potter, voilà encore une de tes ruses
Décidément, tuer les élèves, ça t'amuse…

– Ça suffit, Peeves ! aboya le professeur McGonagall.

Et Peeves s'enfuit aussitôt en tirant la langue à Harry.

Justin fut transporté à l'infirmerie par le professeur Flitwick et le professeur Sinistra, du département d'Astronomie, mais personne ne savait ce qu'il convenait de faire de Nick Quasi-Sans-Tête. Finalement, le professeur McGonagall fit apparaître un grand éventail d'un coup de sa baguette magique et le donna à Ernie en lui demandant de l'agiter devant Nick pour le pousser jusqu'à l'étage supérieur. Ernie fit ainsi glisser vers l'escalier la forme noircie du fantôme, portée par la brise de l'éventail. Harry et le professeur McGonagall se retrouvèrent seuls dans le couloir déserté.

– Par ici, Potter, dit-elle.

– Professeur, je vous jure que ce n'est pas moi qui…

– Ça ne relève plus de ma compétence, Potter, coupa sèchement le professeur McGonagall.

Ils tournèrent un angle du couloir et avancèrent en silence jusqu'à une gargouille de pierre d'une extrême laideur.

– *Sorbet citron*, dit le professeur.

C'était un mot de passe : la gargouille s'anima soudain et fit un pas de côté. Derrière elle, le mur s'ouvrit pour les laisser passer. Malgré sa terreur à l'idée de ce qui l'attendait, Harry ne put s'empêcher d'être émerveillé :

derrière le mur s'élevait un escalier en colimaçon qui tournait lentement sur lui-même comme un escalator. Lorsque le professeur McGonagall et lui s'avancèrent sur les marches, le mur derrière eux se referma avec un bruit sourd. Ils s'élevèrent sans effort en cercles successifs qui les emmenèrent de plus en plus haut. Enfin, Harry, légèrement étourdi, vit apparaître une porte en chêne aux reflets chatoyants, avec un heurtoir de cuivre en forme de griffon.

Il savait où il se trouvait. C'était sûrement là qu'habitait Albus Dumbledore.

12
LE POLYNECTAR

Le professeur McGonagall frappa à la porte qui s'ouvrit silencieusement. Lorsqu'ils l'eurent franchie, McGonagall ordonna à Harry de l'attendre et le laissa seul.

Harry jeta un coup d'œil autour de lui. De tous les bureaux de professeurs qu'il avait eu l'occasion de visiter cette année, celui de Dumbledore était de loin le plus intéressant. S'il n'avait pas eu si peur d'être renvoyé, il aurait eu plaisir à se trouver là.

C'était une belle et grande pièce circulaire pleine de petits bruits bizarres. Posés sur des tables, d'étranges instruments en argent bourdonnaient en émettant de petits nuages de fumée. Les murs étaient recouverts de portraits d'anciens directeurs et directrices qui somnolaient tranquillement dans leurs cadres. Il y avait également un énorme bureau aux pieds en forme de serres et derrière, sur une étagère, un chapeau pointu, usé et rapiécé : le *Choixpeau magique.*

Harry hésita. Il jeta un regard prudent aux sorcières et aux sorciers qui dormaient sur les murs. Quel mal y aurait-il à prendre le chapeau et à le coiffer une nouvelle fois ? Simplement pour essayer... pour avoir la confirmation qu'il l'avait bien envoyé dans la maison qui lui convenait.

Il contourna le bureau sans faire de bruit et prit délicatement le chapeau qu'il posa doucement sur sa tête. Il était beaucoup trop grand et lui glissa devant les yeux, comme la première fois qu'il l'avait mis. Plongé dans le noir, Harry attendit. Une petite voix lui parla alors à l'oreille.

– Quelque chose qui te trotte dans la tête ? dit la voix.

– Heu... oui, murmura Harry. Désolé de te déranger... Je voulais savoir...

– Tu te demandes si je t'ai envoyé dans la bonne maison ? dit aussitôt le chapeau. Il est vrai que le choix a été difficile. Mais je maintiens ce que j'ai déjà dit...

Harry sentit son cœur faire un bond dans sa poitrine.

– Tu aurais eu parfaitement ta place chez les Serpentard.

L'estomac de Harry se contracta. Il attrapa le chapeau par la pointe et l'enleva. Ce n'était plus qu'un misérable vieux chapeau qui pendait entre ses doigts. Pris d'une sorte de nausée, Harry le reposa sur son étagère.

– Tu as tort, dit-il à haute voix en s'adressant au chapeau immobile et silencieux.

Le chapeau ne bougea pas. Harry fit un pas en arrière et le regarda. Un étrange caquètement, comme une sorte d'éructation, retentit alors derrière lui. Il se retourna et s'aperçut qu'il n'était pas tout seul. Debout sur un perchoir en or posé derrière la porte, il vit un oiseau d'aspect misérable qui avait l'air d'une dinde à moitié plumée. L'oiseau jeta à Harry un regard mauvais en lançant à nouveau son caquètement. L'animal avait l'air très malade. Il avait le regard vitreux et Harry vit tomber deux de ses plumes.

Dans sa situation, Harry n'avait vraiment pas envie qu'en plus, l'oiseau de Dumbledore meure en sa présence. A peine avait-il eu cette pensée que l'oiseau s'embrasa soudain dans un jaillissement de flammes.

Harry laissa échapper un cri d'horreur et recula en se cognant contre le bureau. Il regarda fébrilement autour de lui en quête d'un verre d'eau mais ne trouva rien. Pendant ce temps, l'oiseau s'était transformé en une véritable boule de feu. L'animal poussa un cri perçant et bientôt, il ne resta plus de lui qu'un petit tas de cendres fumantes tombées sur le sol.

La porte du bureau s'ouvrit et Dumbledore entra, l'air très sombre.

– Professeur, balbutia Harry, votre oiseau... Je n'ai rien pu faire... Il a pris feu...

A la grande surprise de Harry, Dumbledore sourit.

– Le moment était venu, dit-il. Il avait une mine épouvantable, ces derniers temps. Je lui ai dit qu'il fallait faire quelque chose.

Le visage stupéfait de Harry le fit glousser de rire.

– Fumseck est un phénix, Harry. Au moment de leur mort, les phénix s'enflamment et ils renaissent ensuite de leurs cendres. Regarde...

Harry vit alors un minuscule oisillon tout fripé sortir sa tête au milieu du tas de cendres. Il était tout aussi laid que le vieil oiseau.

– C'est dommage que tu l'aies vu le jour de sa combustion, dit Dumbledore en s'asseyant derrière son bureau. La plupart du temps, il est très joli, avec un magnifique plumage rouge et or. Les phénix sont des créatures fascinantes. Ils peuvent transporter des charges très lourdes, leurs larmes ont de grands pouvoirs de guérison et ils sont très fidèles.

Le spectacle de Fumseck consumé par les flammes avait fait oublier à Harry la raison pour laquelle il se trouvait là, mais tout lui revint en mémoire lorsque Dumbledore, installé dans son grand fauteuil directorial, le regarda de ses yeux perçants.

Mais avant que Dumbledore ait eu le temps de prononcer le moindre mot, la porte du bureau s'ouvrit à la volée et Hagrid surgit dans la pièce, le regard flamboyant, son passe-montagne relevé sur ses cheveux hirsutes et tenant toujours le coq mort à la main.

– Ce n'est pas Harry qui a fait ça, professeur Dumbledore ! dit précipitamment Hagrid. J'ai parlé avec lui quelques secondes avant qu'on ne découvre ce malheureux garçon. Il n'aurait jamais eu le temps...

Dumbledore essaya de dire quelque chose, mais Hagrid continua de tempêter en faisant des moulinets avec son coq qui répandait des plumes un peu partout dans le bureau.

– C'est impossible, ça ne peut pas être lui. Je suis prêt à le jurer devant le ministre de la Magie en personne s'il le faut...

– Hagrid, je...

– Ce n'est pas lui le coupable. Je sais bien que Harry n'aurait jamais...

– Hagrid ! s'exclama Dumbledore. Je ne crois pas que Harry soit l'auteur de ces agressions.

– Ah, dit Hagrid en laissant retomber le coq le long de son flanc. Dans ce cas, j'attendrai dehors, Monsieur le Directeur.

Et il sortit du bureau, l'air embarrassé.

– Vous ne me croyez pas coupable ? demanda Harry plein d'espoir tandis que Dumbledore débarrassait de son bureau les plumes de coq qui y étaient tombées.

– Non, Harry, je ne le crois pas, dit Dumbledore, l'air toujours aussi sombre. Mais je veux quand même te parler.

Inquiet, Harry attendit. Dumbledore l'observait en silence, les mains jointes en accent circonflexe.

– Je voudrais savoir, Harry, s'il y a quelque chose qui te tracasse et dont tu voudrais me faire part, dit-il d'une voix douce. Quel que soit le sujet.

Harry ne savait pas quoi répondre. Il pensa au cri de Malefoy : *« Bientôt, ce sera le tour des Sang-de-Bourbe ! »* et au Polynectar qui bouillonnait dans les toilettes de Mimi Geignarde. Puis il pensa à la voix désincarnée qu'il avait entendue à deux reprises et se souvint de ce que Ron lui avait dit : *« Entendre des voix, ce n'est pas bon signe, même chez les sorciers. »* Il pensa aussi à ce que tout le monde disait de lui et à sa crainte grandissante d'être lié d'une manière ou d'une autre à Salazar Serpentard... Alors, Harry répondit :

– Non, professeur, il n'y a rien.

La double agression contre Justin et Nick Quasi-Sans-Tête transforma le sentiment de malaise qui régnait jusqu'alors en une véritable panique. Etrangement, c'était le sort de Nick qui semblait inquiéter le plus les élèves. Qui donc pouvait faire subir un tel traitement à un fantôme, se demandait-on. Qui avait le terrible pouvoir de faire du mal à quelqu'un qui était déjà mort ? Il y eut une véritable ruée sur les réservations du Poudlard Express qui devait ramener les élèves chez eux pour les vacances de Noël.

– A ce rythme-là, il ne restera bientôt plus que nous, dit Ron à Harry et à Hermione. Nous, Malefoy, Crabbe et Goyle. Joyeuses vacances en perspective !

Crabbe et Goyle, qui faisaient toujours la même chose que Malefoy, avaient inscrit leurs noms dans la liste des élèves qui souhaitaient rester au château pour les vacances. Mais Harry était content que les autres s'en aillent. Il en avait assez de voir tout le monde l'éviter dans les couloirs comme s'il s'apprêtait à cracher du venin. Il en avait assez d'entendre murmurer sur son passage et de sentir sans cesse des doigts pointés sur lui.

Fred et George étaient les seuls à trouver la situation

très drôle. Souvent, ils s'amusaient à précéder Harry lorsqu'il marchait dans les couloirs, en criant : « Faites place à l'héritier de Serpentard ! Attention, sorcier très dangereux ! »

Percy, bien sûr, désapprouvait fermement leur conduite.

– Ce n'est pas un sujet de plaisanterie, disait-il avec froideur.

– Dégage, Percy, répliquait Fred. Harry est pressé.

– Il doit se rendre dans la Chambre des Secrets pour y prendre le thé avec son serpent préféré, ajoutait George.

Ginny non plus ne goûtait pas la plaisanterie.

– Arrêtez ! gémissait-elle lorsque Fred demandait à Harry d'une voix sonore à qui il comptait s'en prendre la prochaine fois, ou que George faisait semblant de vouloir écarter Harry en brandissant une grosse tête d'ail.

Harry ne s'offensait pas de ces facéties : il était même rassuré de voir que Fred et George trouvaient parfaitement ridicule qu'on puisse le soupçonner d'être l'héritier de Serpentard. En revanche, leurs farces répétées semblaient exaspérer Drago Malefoy qui se montrait chaque fois un peu plus irrité.

– C'est parce qu'il brûle de dire que c'est lui, l'héritier, dit Ron d'un air entendu. Tu sais à quel point il a horreur que quelqu'un le surpasse en quoi que ce soit et comme c'est à toi qu'on attribue ses horreurs...

– Ça ne durera pas longtemps, assura Hermione d'un ton satisfait. Le Polynectar est presque prêt. On va très bientôt faire avouer la vérité à Malefoy.

Le trimestre se termina enfin et un silence aussi épais que la neige qui recouvrait le sol s'abattit sur le château. Harry n'en était pas fâché : les Weasley, Hermione et lui avaient la tour de Gryffondor pour eux tout seuls et pouvaient faire ce qu'ils voulaient – y compris du bruit – sans déranger personne. Fred, George et Ginny avaient choisi de rester à l'école plutôt que d'aller voir Bill en Egypte en compagnie de Mr et Mrs Weasley. Percy, lui, ne passait guère de temps dans la salle commune de Gryffondor. Il avait expliqué d'un air solennel qu'il préférait demeurer au château pendant les vacances parce qu'il était de son devoir, en tant que préfet, d'apporter son soutien aux professeurs pendant cette période troublée.

Le matin de Noël, froid et blanchi par la neige, Harry et Ron, restés seuls dans leur dortoir, furent réveillés de bonne heure par Hermione qui entra en trombe.

– Debout ! lança-t-elle d'une voix forte en tirant les rideaux de la fenêtre.

– Hermione, tu n'as rien à faire ici, c'est réservé aux garçons ! protesta Ron, une main sur les yeux pour se protéger de la lumière du jour.

– Toi aussi, joyeux Noël ! répondit Hermione en lui jetant le cadeau qu'elle lui avait apporté. Ça fait une heure que je suis levée. J'ai rajouté des chrysopes dans la potion. Elle est prête, maintenant.

Harry se redressa, complètement réveillé.

– Tu es sûre ?

– Absolument certaine, dit Hermione en repoussant Croûtard pour pouvoir s'asseoir sur le lit à baldaquin. Si nous devons agir, il faudrait que ce soit dès ce soir.

A ce moment, Hedwige s'engouffra par la fenêtre ouverte, un petit paquet dans le bec.

– Salut, dit joyeusement Harry tandis qu'elle se posait sur le lit. Tu n'es plus fâchée ?

Elle lui mordilla affectueusement l'oreille, et ce fut pour lui un cadeau beaucoup plus précieux que celui qu'elle lui apportait et qui était envoyé par les Dursley. Il s'agissait d'un cure-dents auquel ils avaient ajouté une lettre pour lui demander s'il lui serait possible de passer également les vacances d'été à Poudlard.

Les autres cadeaux que Harry reçut pour Noël étaient beaucoup plus satisfaisants. Hagrid lui avait envoyé une grande boîte de caramels que Harry fit ramollir devant le feu avant de les manger. Ron lui avait donné un livre intitulé *En vol avec les Canons,* un ouvrage racontant l'histoire de son équipe de Quidditch préférée. Hermione, pour sa part, lui avait apporté une splendide plume d'aigle. Enfin, dans le dernier paquet qui lui était destiné, Harry trouva un pull-over et un gros gâteau que Mrs Weasley avait faits spécialement pour lui. Il éprouva aussitôt un sentiment de culpabilité en repensant à la voiture volante, que personne n'avait revue depuis sa collision avec le saule cogneur, et à tout ce qu'ils s'apprêtaient à faire d'interdit.

Personne, pas même quelqu'un qui redoutait de devoir bientôt absorber du Polynectar, n'aurait pu manquer de se réjouir un soir de Noël à Poudlard.

La Grande Salle était magnifiquement décorée : en plus des sapins aux branches couvertes de givre et des guirlandes de gui et de houx qui se croisaient au-dessus des têtes, une neige magique, tiède et sèche, tombait du plafond. Dumbledore chanta quelques cantiques repris par les élèves et par Hagrid dont la voix devenait de plus en plus tonitruante à mesure que baissait le niveau de son pichet de vin. Percy, qui n'avait pas remarqué que Fred avait ensorcelé son badge de préfet sur lequel on pouvait lire à présent « Benêt », ne cessait de leur demander ce qui les faisait ricaner. Harry restait indifférent aux remarques bruyantes et moqueuses que Drago Malefoy faisait sur son pull-over, à la table des Serpentard. Avec un peu de chance, il prendrait sa revanche sur Malefoy dans quelques heures.

Harry et Ron avaient à peine fini leur troisième morceau de gâteau qu'Hermione les entraîna hors de la salle pour mener à bien leur projet.

– Nous devons maintenant nous procurer un petit bout des trois personnes dont nous allons prendre l'apparence, dit-elle du ton le plus naturel, comme si elle s'apprêtait à les envoyer au supermarché acheter un paquet de lessive. Vous deux, vous vous transformerez en Crabbe et Goyle. Il faudra prélever quelque chose sur eux et s'assurer qu'ils ne débarqueront pas pendant que nous interrogerons Malefoy. J'ai déjà tout organisé, poursuivit-elle sans prêter attention à leur mine stupéfaite.

Elle sortit alors de son sac deux gros gâteaux au chocolat.

– J'y ai ajouté un somnifère. Arrangez-vous pour que Crabbe et Goyle trouvent les gâteaux sur leur chemin. Goinfres comme ils sont, ils vont sûrement les dévorer. Quand ils seront endormis, vous n'aurez plus qu'à leur arracher quelques cheveux. Ensuite vous les enfermerez dans un placard pour qu'ils ne puissent pas sortir à leur réveil.

Harry et Ron échangèrent un regard incrédule.

– Hermione, je ne crois pas que...

– Tout ça pourrait tourner très mal...

Mais Hermione leur lança un regard glacé qui leur rappela celui qu'avait parfois le professeur McGonagall.

– La potion n'aura aucun effet sans les cheveux de Crabbe et de Goyle, dit-elle d'un ton sévère. Vous voulez interroger Malefoy, oui ou non ?

– D'accord, d'accord, dit Harry. Mais toi, à qui tu vas arracher les cheveux ?

– J'ai déjà ce qu'il faut, répondit Hermione en leur montrant un petit flacon qui contenait un unique cheveu. Vous vous souvenez de ma bagarre avec Millicent Bulstrode au club de duel ? Elle a laissé ça sur ma robe pendant qu'elle essayait de m'étrangler ! Et comme elle est repartie chez elle pour Noël, il me suffira de dire aux Serpentard que j'ai décidé de revenir.

Hermione retourna alors s'occuper du Polynectar.

– Jamais entendu parler d'un plan où tant de choses risquent de tourner mal, dit Ron d'un air sombre en la regardant s'éloigner.

Pourtant, à la grande surprise de Ron et de Harry, la première partie de l'opération se passa aussi facilement qu'Hermione l'avait prévu. Harry avait déposé les gâteaux au chocolat sur la rampe, au bas de l'escalier, et tous deux avaient attendu, cachés derrière une armure du hall d'entrée, que Crabbe et Goyle sortent de la Grande Salle, à la fin du réveillon.

– Ce qu'ils sont bêtes ! murmura Ron d'un air ravi lorsque Crabbe montra les gâteaux à Goyle.

Avec un sourire niais, les deux Serpentard s'emparèrent aussitôt des gâteaux et n'en firent qu'une bouchée. Un instant plus tard, sans même se rendre compte de ce qui leur arrivait, ils tombèrent à la renverse, profondément endormis.

Le plus difficile fut de les traîner à travers le hall, jusqu'à un placard où Harry et Ron les enfermèrent soigneusement, au milieu des seaux et des serpillières. Harry arracha deux cheveux sur le front de Goyle et Ron en fit autant avec Crabbe. Ils prirent également leurs chaussures : celles qu'ils avaient aux pieds seraient trop petites lorsqu'ils auraient la taille des deux Serpentard. Ils se précipitèrent ensuite vers les toilettes de Mimi Geignarde.

L'épaisse fumée noire qui se dégageait de la cabine où Hermione remuait la potion les empêchait de voir distinctement autour d'eux. Se protégeant le visage avec un pan de leur robe, Harry et Ron frappèrent doucement à la porte.

– Hermione ?

Ils entendirent le cliquetis du verrou et Hermione apparut, le visage luisant, l'air anxieux. Derrière elle, ils entendirent le *gloup gloup* de la potion visqueuse qui bouillonnait dans le chaudron. Trois gobelets en verre étaient posés sur le siège des toilettes.

– Alors, vous avez réussi ? demanda Hermione, le souffle court.

Harry lui montra les cheveux de Goyle.

– Très bien. Je suis allée prendre des robes plus grandes à la lingerie, dit Hermione en montrant un sac. Vous en aurez besoin quand vous aurez pris l'apparence de Crabbe et de Goyle.

Tout trois jetèrent ensuite un coup d'œil au chaudron. La potion ressemblait à présent à une sorte de vase épaisse qui bouillonnait paresseusement.

– Je suis certaine d'avoir tout fait comme il fallait, dit Hermione en relisant une dernière fois la recette du Polynectar. Tout se passe comme le dit le livre... Une fois que nous aurons bu la potion, nous disposerons d'exactement une heure avant de reprendre notre forme normale.

– Et maintenant ? murmura Ron.

– On verse la potion dans trois verres et on ajoute les cheveux.

A l'aide d'une louche, Hermione versa généreusement le Polynectar dans les trois verres qu'elle avait préparés. Puis, la main tremblante, elle laissa tomber dans l'un des verres le cheveu de Millicent Bulstrode.

Le liquide se mit à siffler comme une bouilloire et se couvrit d'écume. Un instant plus tard, il avait pris une couleur jaunâtre passablement répugnante.

– Beurk ! De l'extrait de Millicent Bulstrode, dit Ron en regardant la mixture d'un air dégoûté. Ça doit avoir un goût épouvantable.

– Ajoutez donc vos cheveux, qu'on voie ce que ça va faire, dit Hermione.

Harry et Ron prirent chacun un verre et y laissèrent tomber les cheveux de Crabbe et de Goyle. A nouveau, le liquide se mit à siffler et à écumer. Le verre de Goyle prit alors une couleur kaki, celui de Crabbe une teinte brunâtre semblable à de la boue.

– Attendez, dit Harry. On ferait mieux de ne pas boire ça ici. Quand on aura la taille de Crabbe, de Goyle et de Millicent Bulstrode, on ne tiendra plus à trois dans cette cabine.

– Ça, c'est vrai, approuva Ron en ouvrant la porte. On n'a qu'à prendre chacun une cabine séparée.

Attentif à ne pas renverser la moindre goutte de sa potion, Harry se glissa dans la cabine du milieu.

– Prêt ? dit-il.

– Prêt ! lui répondirent Ron et Hermione dans leurs cabines respectives.

– Un... Deux... Trois...

Harry se pinça le nez et avala la potion en deux longues gorgées. Elle avait un goût de chou trop cuit.

Il sentit aussitôt ses entrailles se tortiller comme s'il avait avalé des serpents vivants. Plié en deux, il se demanda s'il n'allait pas vomir. Puis, très vite, une sensation de brûlure se répandit dans tout son corps, depuis son ventre jusqu'à l'extrémité de ses doigts et de ses orteils. Enfin, il eut l'horrible impression de fondre comme du métal en fusion. La douleur le fit tomber par terre, pantelant, et il vit soudain ses mains grandir, ses doigts s'épaissir, ses ongles s'élargir et ses jointures saillir sous sa peau. Ses épaules s'étirèrent douloureusement et une démangeaison lui indiqua que des cheveux poussaient sur son front. Sa poitrine augmenta de volume en déchirant sa robe, comme un tonneau qui aurait éclaté, et ses pieds devenus quatre fois trop grands pour ses chaussures subirent un véritable supplice.

Puis, tout aussi brusquement, la métamorphose prit fin. Harry, allongé à plat ventre sur le sol de pierre, entendait Mimi qui gargouillait tristement à l'autre bout des toilettes. Il se débarrassa avec difficulté de ses chaussures trop petites et se releva. Voilà donc ce qu'on ressentait, quand on était Goyle... D'une grosse main un peu tremblante, il ôta sa robe, qui lui arrivait maintenant bien au-dessus des chevilles, et revêtit celle qu'Hermione lui avait donnée. Il enfila ensuite les grosses chaussures de Goyle, puis passa la main dans ses cheveux coupés court qui descendaient à présent très bas sur son front. Il se rendit compte alors que ses lunettes brouillaient sa vue : Goyle n'en avait pas besoin. Il les enleva et cria d'une grosse voix rauque :

– Ça va, tous les deux ?

– Oui, grogna la voix de Crabbe dans la cabine d'à côté.

Harry sortit de sa cabine et se regarda dans le miroir craquelé. Face à lui, Goyle l'observait de ses petits yeux ternes, profondément enfoncés dans leurs orbites. Harry se gratta l'oreille. Dans le miroir, l'image de Goyle en fit autant.

La porte de la cabine de Ron s'ouvrit et ils restèrent face à face à se contempler. A part son teint pâle et son air déboussolé, Ron était devenu exactement semblable à Crabbe, depuis la coupe au bol jusqu'aux longs bras de gorille.

– C'est incroyable, dit Ron.

Il se regarda dans le miroir en appuyant sur le nez plat de Crabbe comme pour vérifier qu'il était bien réel.

– Incroyable… répéta-t-il.

– On ferait bien d'y aller, dit Harry. Il faut encore qu'on trouve la salle commune de Serpentard… J'espère qu'on tombera sur quelqu'un qui y va… qu'on puisse le suivre.

Ron le regarda attentivement.

– Tu ne peux pas savoir à quel point c'est bizarre de voir Goyle *réfléchir*, dit-il.

Il alla frapper à la porte de la cabine d'Hermione.

– Dépêche-toi, il est temps d'y aller…

– Finalement, je… je crois que je ne vais pas vous accompagner, répondit une petite voix aiguë. Allez-y sans moi.

– Hermione, on sait bien que Millicent Bulstrode est très laide, mais personne ne saura que c'est toi…

– Je crois vraiment qu'il vaut mieux que je reste ici. Dépêchez-vous, tous les deux, vous êtes en train de perdre du temps.

Décontenancé, Harry regarda Ron sans comprendre.

– Cette fois-ci, tu as véritablement la tête de Goyle, dit Ron. Il a toujours cette expression-là quand un prof lui pose une question.

– Hermione, tu n'es pas malade ? s'inquiéta Harry.

– Non, non, tout va très bien, allez-y…

Harry regarda sa montre. Cinq minutes étaient déjà passées.

– On te retrouve ici, d'accord ? dit-il.

Après avoir vérifié qu'il n'y avait personne alentour, Harry et Ron sortirent des toilettes.

– Ne balance pas tes bras comme ça, murmura Harry à l'oreille de Ron. Crabbe a toujours les bras raides.

– Comme ça ?

– Oui, c'est beaucoup mieux.

Ils descendirent l'escalier de marbre. Il ne leur restait plus qu'à trouver un élève de Serpentard qui les mène jusqu'à leur salle commune, mais il n'y avait personne dans les environs.

– Tu as une idée ? demanda Harry à voix basse.

– Quand ils vont prendre leur petit déjeuner, les Serpentard viennent toujours de là-bas, dit Ron en montrant l'entrée des cachots.

Au même instant, une fille aux longs cheveux bouclés remonta du sous-sol.

– Excuse-moi, dit Ron en se précipitant vers elle, on a oublié le mot de passe pour retourner dans notre salle commune.

– Pardon ? répondit sèchement la fille. *Notre* salle commune ? *Moi,* je suis chez les Serdaigle.

Et elle s'éloigna en leur jetant un regard soupçonneux par-dessus son épaule.

Harry et Ron descendirent précipitamment l'escalier plongé dans l'obscurité, le bruit de leurs pas résonnant bruyamment en raison de la taille des pieds de Crabbe et de Goyle. Les choses s'annonçaient moins faciles qu'ils l'avaient espéré.

Le labyrinthe des sous-sols était désert. Ils s'enfoncèrent de plus en plus loin dans les entrailles du château en jetant sans cesse des coups d'œil à leur montre pour voir combien de temps il leur restait avant de retrouver leur forme normale. Au bout d'un quart d'heure, alors qu'ils commençaient à désespérer, ils entendirent soudain un bruit de pas, un peu plus loin.

– Ha ! dit Ron. En voilà un !

Une silhouette venait de sortir d'un des cachots. Ils se hâtèrent dans sa direction mais s'aperçurent aussitôt que ce n'était pas un Serpentard. C'était Percy.

– Qu'est-ce que tu fais là ? demanda Ron, surpris.

Percy eut l'air offensé.

– Ça ne te regarde pas, répliqua-t-il sèchement. C'est Crabbe, ton nom, n'est-ce-pas ?

– Hein ? Heu, oui, oui… répondit Ron.

– Alors retournez dans votre dortoir, tous les deux, dit Percy d'un ton sévère. Ce n'est pas prudent de se promener dans des couloirs sombres, ces temps-ci.

– C'est pourtant ce que tu fais, remarqua Ron.

– Moi, c'est différent, répondit Percy en se rengorgeant, je suis préfet. Ce n'est pas *moi* qui risque de me faire attaquer.

Une voix retentit alors dans le dos de Harry et de Ron. Ils se retournèrent et virent Drago Malefoy s'avancer vers eux. Pour la première fois de sa vie, Harry fut content de le voir.

– Vous voilà enfin, dit Malefoy de sa voix traînante. Vous avez passé tout ce temps à vous goinfrer dans la Grande Salle ? Je vous ai cherchés partout, je voulais vous montrer quelque chose de très drôle.

Malefoy lança à Percy un regard glacial.

– Et toi, Weasley, qu'est-ce que tu fais là ?

Percy sembla outragé.

– Tu ferais bien de montrer un peu plus de respect envers un préfet ! s'indigna-t-il. Je n'aime pas du tout ton attitude !

Malefoy eut un ricanement et fit signe à Harry et à Ron de le suivre. Harry faillit dire quelque chose d'aimable à Percy pour s'excuser, mais il se rattrapa à temps.

– Ce Peter Weasley… commença Malefoy.

– Percy, corrigea Ron machinalement.

– Peu importe, dit Malefoy. J'ai remarqué qu'il rôdait beaucoup dans les couloirs, ces temps derniers. Et je sais bien ce qu'il mijote. Il est persuadé qu'il va réussir à attraper l'héritier de Serpentard à lui tout seul.

Il eut un petit rire méprisant. Harry et Ron échangèrent un regard intéressé.

Malefoy s'arrêta alors devant un mur nu et humide.

– Qu'est-ce que c'est, déjà, le nouveau mot de passe ? demanda-t-il à Harry.

– Heu…

– Ah, ça y est, je me souviens, dit Malefoy. *Sang-pur !*

Une porte de pierre dissimulée dans le mur s'ouvrit aussitôt et Malefoy la franchit, Harry et Ron sur ses talons.

La salle commune des Serpentard était une longue pièce souterraine aux murs et au plafond de pierre brute. Des lampes rondes, verdâtres, étaient suspendues à des chaînes et un feu brûlait dans une cheminée au manteau gravé de figures compliquées. Quelques élèves de Serpentard étaient assis près des flammes, dans des fauteuils ouvragés.

– Attendez-moi ici, dit Malefoy à Harry et à Ron en leur montrant deux fauteuils vides à l'écart des autres. Je vais vous chercher ça. Mon père vient de me l'envoyer.

Harry et Ron s'assirent en s'efforçant d'avoir l'air parfaitement décontracté.

Malefoy revint quelques instants plus tard. Il tenait à la main une coupure de journal qu'il colla sous le nez de Ron.

– Ça va vous faire rire, dit Malefoy.

Harry vit Ron écarquiller les yeux de stupéfaction. Il lut rapidement la coupure, se força à rire et la tendit à Harry.

C'était un article découpé dans *La Gazette du sorcier* :

ENQUÊTE AU MINISTÈRE DE LA MAGIE

Arthur Weasley, directeur du Service des Détournements de l'Artisanat moldu s'est vu infliger une amende de cinquante Gallions pour avoir ensorcelé une voiture moldue. Mr Lucius Malefoy, membre du conseil d'administration de l'école Poudlard, où la voiture ensorcelée a été accidentée il y a quelques mois, a demandé la démission de Mr Weasley. « Weasley a terni la réputation du ministère », a déclaré Mr Malefoy à notre reporter. « Il n'a aucune compétence pour rédiger des projets de lois et son ridicule Acte de Protection des Moldus devrait être immédiatement abandonné. »

Mr Weasley s'est refusé à tout commentaire. Son épouse a simplement déclaré à nos envoyés spéciaux qu'ils avaient « intérêt à décamper très vite » s'ils ne voulaient pas qu'elle lâche sur eux la goule de la famille.

– Alors ? dit Malefoy d'un air réjoui lorsque Harry lui rendit la coupure. C'est drôle, non ?

– Ha ! Ha ! fit Harry d'un air sombre.

– Arthur Weasley aime tellement les Moldus qu'il ferait mieux de casser en deux sa baguette magique et d'aller vivre avec eux, dit Malefoy d'un air méprisant. On ne dirait vraiment pas que les Weasley ont le sang pur, quand on voit ce qu'ils font.

Le visage de Ron – ou plutôt celui de Crabbe – était crispé par la fureur.

– Qu'est-ce qui t'arrive, Crabbe ? demanda sèchement Malefoy.

– Mal à l'estomac, grogna Ron.

– Alors, va à l'infirmerie et donne un coup de pied de ma part à ces Sang-de-Bourbe, ricana Malefoy. Ça m'étonne que *La Gazette du Sorcier* n'ait pas encore parlé de ces attaques, poursuivit-il d'un air songeur. Dumbledore doit faire tout ce qu'il peut pour étouffer l'affaire. Il va se faire renvoyer si ça continue. Mon père a toujours dit que la nomination de Dumbledore comme directeur est la pire chose qui soit jamais arrivée à cette école. Il adore les enfants de Moldus. Un directeur digne de ce nom n'aurait jamais admis ce rogaton de Crivey.

Malefoy fit semblant de prendre des photos avec un appareil imaginaire.

– Potter, je peux prendre ta photo, Potter ? dit-il en imitant Crivey avec un certain talent. Je peux avoir un autographe ? Je peux te lécher les chaussures, s'il te plaît, Potter ?

Malefoy regarda Harry et Ron d'un drôle d'air.

– Et alors, qu'est-ce qui vous arrive, tous les deux ?

Avec beaucoup de retard, Harry et Ron se forcèrent à rire, mais Malefoy parut satisfait : Crabbe et Goyle étaient toujours un peu lents à la détente.

– Saint Potter, l'ami des Sang-de-Bourbe, dit lentement Malefoy. Encore un qui ne se conduit pas comme un vrai sorcier, sinon, il ne se traînerait pas tout le temps avec cette parvenue d'Hermione Granger. Une vraie Sang-de-Bourbe, celle-là. Quand on pense qu'il y a des gens qui considèrent Potter comme l'héritier de Serpentard !

Harry et Ron retinrent leur souffle. Drago Malefoy était peut-être sur le point d'avouer que c'était lui.

– Si seulement je savais qui c'est ! s'exclama alors Malefoy avec mauvaise humeur. Je pourrais l'aider.

Ron resta bouche bée, ce qui donna au visage de Crabbe un air encore plus abruti que d'habitude. Heureusement, Malefoy ne remarqua rien de particulier.

– Tu dois bien avoir une petite idée de qui est derrière tout ça ? risqua Harry.

– Tu sais bien que non, Goyle, combien de fois faudra-t-il que je te le répète ? répliqua sèchement Malefoy. Et mon père ne veut *rien* me dire sur ce qui s'est passé la dernière fois que la Chambre des Secrets a été ouverte. Bien sûr, c'était il y a cinquante ans, donc avant qu'il soit élève ici, mais il connaît toute l'histoire. Seulement, il a peur que j'attire les soupçons si je sais trop de choses là-dessus. En tout cas, ce qui est sûr, c'est que la dernière fois que la Chambre a été ouverte, un Sang-de-Bourbe est mort. Alors il y aura sûrement un autre mort bientôt, simple question de temps... Et j'espère que ce sera Granger, ajouta-t-il d'un air réjoui.

Ron serra les énormes poings de Crabbe. Il était prêt à frapper Malefoy, mais Harry lui lança un regard pour l'inciter au calme.

– Est-ce que tu sais si la personne qui a ouvert la Chambre la dernière fois s'est fait prendre ? demanda Harry.

– Oh oui, je ne connais pas son nom, mais on l'a renvoyé de l'école, assura Malefoy. Il doit encore être à Azkaban.

– Azkaban ? répéta Harry sans comprendre.

– Voyons, Goyle, Azkaban, la prison des sorciers, répondit Malefoy d'un air incrédule. Tu as vraiment l'esprit lent, mon pauvre vieux. Si tu continues comme ça, tu finiras par marcher à reculons !

Malefoy se tortilla dans son fauteuil, l'air impatient.

– Mon père m'a dit de ne pas me faire remarquer et de laisser agir l'héritier de Serpentard. Il dit qu'il faut débarrasser l'école de la racaille des Sang-de-Bourbe, mais que je ne dois pas m'en mêler. Il a suffisamment de soucis comme ça, en ce moment. Vous êtes au courant que le ministère de la Magie a fait une perquisition au manoir, la semaine dernière ?

Harry s'efforça de donner au visage de Goyle une expression inquiète.

– Eh oui, dit Malefoy. Heureusement, ils n'ont quasiment rien trouvé. Mon père possède des choses très précieuses en matière de magie noire. Mais nous aussi, on a une chambre secrète, sous le parquet du grand salon...

– Ah ! dit Ron.

Malefoy lui jeta un coup d'œil. Harry également et Ron rougit. Même ses cheveux avaient rougi et son nez commençait à s'allonger : l'heure était presque écoulée. Ron était en train de redevenir lui-même et d'après le regard horrifié qu'il lui lança, il devait en être de même pour Harry.

Tous deux se levèrent d'un bond.

– Il faut que j'aille soigner mon estomac, grogna Ron.

Et sans ajouter le moindre mot, Harry et lui traversèrent au pas de course la salle commune des Serpentard, se jetèrent sur le mur magique et se précipitèrent dans le couloir en espérant contre toute vraisemblance que Malefoy n'avait rien remarqué. Harry sentait ses pieds glisser dans les chaussures devenues trop grandes de Goyle et dut relever le bas de sa robe dans laquelle il flottait à présent. Ils montèrent l'escalier quatre à quatre et arrivèrent dans le hall d'entrée où résonnaient des coups sourds provenant du placard dans lequel ils avaient enfermé Crabbe et Goyle. Ils abandonnèrent devant la porte du placard à balais leurs chaussures trop grandes et montèrent l'escalier de marbre pour rejoindre les toilettes de Mimi Geignarde.

– On n'a pas perdu notre temps, dit Ron, pantelant, en refermant derrière eux la porte des toilettes. On ne sait toujours pas qui a commis les agressions mais je vais écrire à Papa dès demain matin pour lui conseiller d'aller voir ce qui se passe sous le salon des Malefoy !

Harry se regarda dans le miroir craquelé : il avait retrouvé sa tête normale. Il remit ses lunettes et Ron alla frapper à la porte de la cabine d'Hermione.

– Hermione, sors de là, dit-il, on a plein de choses à te dire.

– Fichez le camp ! répondit Hermione d'une petite voix aiguë.

Harry et Ron échangèrent un regard surpris.

– Qu'est-ce qui se passe ? demanda Ron. Tu as dû retrouver ton aspect normal à l'heure qu'il est.

Mimi Geignarde apparut soudain, traversant la porte de la cabine. Harry ne lui avait jamais vu un air aussi réjoui.

– Attendez de voir ça, dit-elle. Une véritable *horreur* !

Ils entendirent cliqueter le verrou et virent Hermione sortir, secouée de sanglots, le visage caché derrière un pan de sa robe.

– Qu'est-ce qu'il y a ? demanda Ron, déconcerté. Tu as toujours le nez de Millicent, ou quoi ?

Hermione laissa retomber sa robe et Ron fit un pas en arrière, en manquant de tomber dans le lavabo.

Son visage était entièrement recouvert d'une fourrure noire. Ses yeux étaient devenus jaunes et deux longues oreilles pointues dépassaient de ses cheveux.

– Ce... ce n'était pas un cheveu de Millicent, c'était un poil de chat, gémit-elle. Et la potion est contre-indiquée pour les métamorphoses animales.

– Aïe, dit Ron.

– Tout le monde va se moquer de toi, tu vas voir, ça va être atroce, lança Mimi Geignarde d'un ton joyeux.

– Ce n'est pas grave, Hermione, dit aussitôt Harry. On va t'emmener à l'infirmerie. Madame Pomfresh ne pose jamais beaucoup de questions...

Il fallut longtemps pour convaincre Hermione de sortir des toilettes. Mimi Geignarde accompagna leur départ d'un grand rire moqueur.

– On va bien rigoler quand tout le monde s'apercevra que tu as une queue ! s'exclama-t-elle ravie.

13
UN JOURNAL TRÈS INTIME

Hermione resta plusieurs semaines à l'infirmerie. Lorsque les autres élèves revinrent de vacances, toutes sortes de rumeur coururent sur les raisons de sa disparition. Tout le monde pensait qu'elle avait été à son tour victime d'une agression. Les curieux se précipitaient à l'infirmerie en espérant apercevoir quelque chose, mais Madame Pomfresh avait entouré de rideaux le lit d'Hermione pour lui épargner la honte d'être vue avec un visage couvert de poils.

Harry et Ron venaient la voir tous les soirs. Lorsque les cours reprirent, ils lui apportèrent chaque jour les devoirs à faire.

– Moi, si j'avais des moustaches de chat, j'en profiterais pour arrêter de travailler pendant que je suis à l'infirmerie, dit Ron en déposant une pile de livres sur la table de chevet d'Hermione.

– Ne sois pas stupide, Ron, répliqua vivement Hermione, il faut bien que je reste au niveau.

Elle n'avait plus de poils sur la figure, à présent, et ses yeux reprenaient peu à peu leur habituelle couleur marron.

– Vous n'avez toujours rien de nouveau ? demanda-t-elle dans un murmure pour ne pas être entendue de Madame Pomfresh.

– Rien du tout, répondit Harry d'un air maussade.

– J'étais pourtant tellement sûr que c'était Malefoy, dit Ron pour la centième fois.

– Qu'est-ce que c'est que ça ? demanda Harry en montrant quelque chose de doré qui dépassait de sous l'oreiller d'Hermione.

– Oh, une simple carte pour me souhaiter un bon rétablissement, répondit précipitamment Hermione en essayant de la cacher.

Mais Ron fut plus rapide qu'elle. Il saisit la carte et la déplia d'un geste.

– *A Miss Granger*, lut-il à haute voix, *meilleurs vœux de rétablissement de la part de votre professeur attentif, Gilderoy Lockhart, Ordre de Merlin, troisième classe, Membre honoraire de la Ligue de Défense contre les Forces du Mal, cinq fois lauréat du prix du sourire le plus charmeur, décerné par les lectrices de* Sorcière-Hebdo.

Ron jeta à Hermione un regard dégoûté.

– Et tu dors avec ça sous ton oreiller ?

Mais Hermione fut sauvée par Madame Pomfresh qui lui apportait ses médicaments, lui évitant ainsi d'avoir à répondre.

– Lockhart est vraiment le type le plus baratineur qu'on puisse trouver, dit Ron à Harry tandis qu'ils retournaient à la tour de Gryffondor.

Rogue leur avait donné tellement de devoirs à faire que Harry ne pensait pas avoir le temps de les finir avant d'avoir atteint sa sixième année d'études. Ron était en train de dire qu'il aurait dû demander à Hermione combien de queues de rat on devait mettre dans une potion à Hérisser les Cheveux lorsque des exclamations de fureur retentirent à l'étage supérieur.

– Ça, c'est Rusard, murmura Harry.

Ils montèrent l'escalier quatre à quatre et se cachèrent derrière un angle de mur pour écouter.

– Tu crois que quelqu'un d'autre s'est fait attaquer ? demanda Ron d'une voix tendue.

Rusard paraissait fou de rage.

– ... *Encore plus de travail pour moi !* l'entendirent-ils hurler. *Il va falloir passer la soirée à tout nettoyer, comme si je n'avais pas assez à faire ! Ça suffit comme ça, maintenant ! Je vais voir Dumbledore !*

Ses pas s'éloignèrent et une porte claqua.

Harry et Ron passèrent la tête derrière l'angle du mur. De toute évidence, Rusard occupait son poste d'observation habituel : ils se trouvaient à nouveau à l'endroit où Miss Teigne avait été attaquée. Ils virent alors ce qui avait provoqué les hurlements du concierge. Une grande mare d'eau s'étendait sur la moitié du couloir et provenait apparemment des toilettes de Mimi Geignarde. Maintenant que Rusard avait fini de hurler, ils entendaient les gémissements de Mimi, à l'intérieur des toilettes.

– Qu'est-ce qu'elle a, encore, celle-là ? demanda Ron.

– Allons voir, dit Harry.

Ils traversèrent la mare d'eau en faisant attention de ne pas mouiller le bas de leurs robes de sorcier et pénétrèrent dans les toilettes.

Mimi Geignarde pleurait plus bruyamment que jamais. L'inondation avait éteint les chandelles et on ne voyait plus grand-chose. Les pleurs de Mimi semblaient provenir de sa cabine habituelle.

– Qu'est-ce qu'il y a, Mimi ? demanda Harry.

– Qui est là ? gargouilla Mimi d'une voix gémissante. Vous êtes encore venus me jeter quelque chose à la figure ?

Harry s'approcha de la cabine.

– Pourquoi est-ce qu'on te jetterait quelque chose ? dit-il.

– Ce n'est pas à moi qu'il faut demander ça, répliqua

Mimi qui émergea des toilettes en répandant une nouvelle flaque d'eau sur le carrelage. Je suis ici, tranquille, à m'occuper de mes affaires, et voilà que quelqu'un s'amuse à venir me lancer un livre à la figure.

– Ça ne peut pas te faire mal quand on te jette quelque chose, ça te traverse, c'est tout, fit remarquer Harry avec raison.

Mais ce n'était pas ce qu'il fallait dire.

– C'est ça, jetons des livres à Mimi ! hurla-t-elle d'une voix aiguë. De toute façon, elle ne sentira rien ! Dix points si le livre lui passe à travers le ventre ! Cinquante points s'il lui traverse la tête ! Ha ! Ha ! Ha ! On rit, on s'amuse ! Très drôle comme jeu ! Mais pas pour moi !

– Qui est-ce qui t'a jeté un livre ? demanda Harry.

– Je n'en sais rien, j'étais tranquillement assise dans le tuyau en pensant à la mort et le livre m'est tombé dessus. Il est là-bas.

Harry et Ron virent sous le lavabo un petit livre à la couverture noire et miteuse, tout aussi trempé que le reste des toilettes. Harry se pencha pour le ramasser, mais Ron l'en empêcha d'un geste.

– Qu'est-ce qui te prend ? s'étonna Harry.

– Tu es fou ? répondit Ron. Ça peut être dangereux.

– Dangereux ? dit Harry en éclatant de rire. Tu plaisantes ? Qu'est-ce que ça peut avoir de dangereux ?

– Tu ne peux pas savoir ce qu'on trouve, parfois. Papa m'a raconté qu'un jour, au ministère, il a confisqué un livre qui avait le pouvoir de rendre le lecteur aveugle. Et tu n'as jamais entendu parler des *Sonnets d'un Sorcier* ? Celui qui le lisait était condamné à parler en vers pour le reste de ses jours. Il y avait même un livre qu'on ne pouvait plus jamais s'arrêter de lire une fois qu'on avait mis le nez dedans ! On était condamné à tout faire d'une seule main sans jamais le quitter des yeux. Et aussi...

– D'accord, d'accord, dit Harry, j'ai compris.

Apparemment, le petit livre noir imbibé d'eau n'avait rien de particulier.

– Le mieux, c'est d'y jeter un coup d'œil, on verra bien ce qui arrivera, dit Harry en le ramassant.

Il vit tout de suite qu'il s'agissait d'un journal intime. D'après la date qu'on arrivait encore à lire sur la couverture, il était vieux de cinquante ans. Harry l'ouvrit avec avidité. La première page portait un nom tracé dans une encre qui avait un peu bavé : T. E. Jedusor.

– Attends, dit Ron, qui avait jeté un coup d'œil par-dessus l'épaule de Harry. Je connais ce nom... T. E. Jedusor a été récompensé pour services rendus à l'école il y a cinquante ans.

– Comment tu le sais ? demanda Harry, étonné.

– Parce que, pendant ma retenue, Rusard m'a fait astiquer cinquante fois l'écusson que Jedusor a reçu en récompense, répondit Ron d'un ton amer. Si tu avais passé une heure à frotter un nom gravé dans du métal, tu t'en souviendrais aussi.

Harry tourna avec précaution les pages mouillées du livre. Elles étaient entièrement vierges. Il n'y trouva pas la moindre ligne, pas même un rendez-vous ou une date d'anniversaire à se rappeler.

– Il n'a jamais rien écrit là-dedans, dit Harry, déçu.

– Je me demande pourquoi on a voulu s'en débarrasser en le jetant dans les toilettes, dit Ron, intrigué.

Harry jeta un coup d'œil au dos du livre et vit le nom d'un papetier de Vauxhall Road, à Londres.

– Ce type-là devait venir d'une famille de Moldus, dit Harry d'un air songeur. Pour avoir acheté ça dans Vauxhall Road...

– En tout cas, ça ne peut pas te servir à grand-chose.

Il baissa la voix :

– Cinquante points si tu le jettes à travers la tête de Mimi.

Mais Harry préféra mettre le petit livre noir dans sa poche.

Au début du mois de février, Hermione, débarrassée de sa fourrure, de ses moustaches et de sa queue de chat, quitta enfin l'infirmerie. Dès son retour à la tour de Gryffondor, Harry lui montra le carnet de T. E. Jedusor et lui raconta comment ils l'avaient trouvé.

– Peut-être qu'il a des pouvoirs cachés, dit Hermione enthousiaste en examinant le livre de plus près.

– Alors, ils doivent être très bien cachés ! dit Ron. C'est peut-être un journal tellement intime qu'il en est devenu timide ? Tu ferais mieux de t'en débarrasser, Harry.

– Ce qui m'intéresse, justement, c'est pourquoi quelqu'un a essayé de s'en débarrasser, répliqua Harry. Et j'aimerais bien savoir quel genre de service Jedusor a rendu à Poudlard pour recevoir une récompense.

– C'était peut-être un élève exceptionnel, ou alors il a sauvé un professeur d'un poulpe géant. Ou alors, c'est peut-être lui qui a assassiné Mimi Geignarde. C'était un grand service à rendre à la communauté.

Mais en observant le visage songeur d'Hermione, Harry comprit qu'elle pensait la même chose que lui.

– Qu'est-ce qu'il y a ? demanda Ron qui les regardait alternativement d'un air interrogateur.

– La Chambre des Secrets a été ouverte pour la première fois il y a cinquante ans, non ? répondit Harry. C'est Malefoy qui nous l'a révélé.

– Oui...

– Or, ce journal intime date d'il y a cinquante ans, ajouta Hermione d'une voix surexcitée.

– Et alors ?

– Réveille-toi un peu, Ron ! s'impatienta Hermione. On sait que celui qui a ouvert la Chambre des Secrets la première fois a été renvoyé de l'école *il y a cinquante ans.* On sait aussi que T. E. Jedusor a reçu une récompense pour services rendus à Poudlard *il y a cinquante ans.* Et si Jedusor avait obtenu cette récompense pour avoir *démasqué l'héritier de Serpentard*? Son journal intime permettrait sans doute de tout savoir : l'emplacement de la Chambre, comment l'ouvrir et quel genre de créature y est enfermé. L'auteur des agressions actuelles n'aurait pas du tout intérêt à ce qu'un tel journal traîne n'importe où.

– Magnifique raisonnement, dit Ron. Il a juste un petit défaut : c'est qu'il n'y a *rien* d'écrit dans ce journal.

Hermione sortit alors sa baguette magique de son sac.

– C'est peut-être de l'encre invisible, murmura-t-elle.

Elle tapota trois fois le livre noir avec sa baguette en prononçant la formule : *Aparecium !*

Rien ne se produisit. Hermione ne fut pas découragée pour autant. Elle fouilla dans son sac et en retira une espèce de grosse gomme rouge vif.

– C'est un Révélateur, expliqua-t-elle. Je l'ai acheté dans un magasin du Chemin de Traverse.

Elle frotta vigoureusement la date du premier janvier. mais cette fois encore, rien ne se produisit.

– Je te le dis, on ne trouvera jamais rien là-dedans, commenta Ron. Jedusor a dû recevoir en cadeau de Noël un carnet pour écrire son journal intime et il n'a pas eu envie de s'en servir, voilà tout.

Harry n'aurait su dire pourquoi il n'avait pas jeté le journal de Jedusor. Tout en sachant qu'il ne contenait rien, il ne cessait d'en tourner les pages d'un air distrait comme s'il lisait machinalement une histoire. Harry était sûr qu'il n'avait jamais entendu le nom de T. E. Jedusor et pourtant ce nom semblait signifier quelque chose pour lui, comme si Jedusor avait été un ami qu'il avait eu dans sa petite enfance et qu'il avait oublié depuis. C'était absurde, cependant. Il n'avait jamais eu d'amis avant d'arriver à Poudlard. Dudley avait toujours tout fait pour ça.

En tout cas, Harry était décidé à en savoir plus sur Jedusor et le lendemain matin, de très bonne heure, il se rendit dans la salle des trophées pour examiner l'écusson qui lui avait été offert en guise de récompense. Hermione trouvait l'idée excellente, mais Ron, beaucoup moins convaincu, ne cessait de répéter qu'il avait assez vu la salle des trophées pour le reste de sa vie.

L'écusson doré de Jedusor était rangé dans une armoire qui faisait le coin. Rien dans l'inscription qu'il portait n'indiquait pour quelle raison il lui avait été offert. Mais ils trouvèrent encore le nom de Jedusor sur une vieille médaille du Mérite magique et dans une liste d'anciens préfets-en-chef.

– Ça devait être un type dans le genre de Percy, dit Ron en fronçant le nez d'un air dégoûté. Préfet-en-chef... Et toujours le premier de sa classe, j'imagine...

– Je ne vois pas ce qu'il y a de mal à ça, répliqua Hermione, un peu vexée.

Le soleil recommençait à briller timidement sur Poudlard. Dans le château, l'humeur était moins morose. Il n'y avait pas eu de nouvelle agression depuis celle dont Justin et Nick Quasi-Sans-Tête avaient été victimes et le professeur Chourave annonça d'un ton réjoui que les racines de mandragore devenaient grincheuses et renfermées, ce qui signifiait qu'elles avaient grandi.

– Quand elles n'auront plus d'acné, on pourra les rempoter, dit-elle un jour à Rusard. Après, nous les couperons, nous les ferons macérer et Miss Teigne retrouvera très vite la santé.

Peut-être que l'héritier de Serpentard avait fini par prendre peur, pensa Harry. Avec toute l'école en état d'alerte, il devenait de plus en plus risqué d'ouvrir la Chambre des Secrets. Peut-être même que le monstre s'était résolu à hiberner une nouvelle fois pendant un demi-siècle...

Mais Ernie MacMillan, l'élève de Poufsouffle, ne partageait pas cette vision optimiste. Il était toujours convaincu que Harry était le coupable et qu'il s'était trahi le soir du club de duel. Peeves n'arrangeait rien : il avait pris l'habitude de surgir dans les couloirs en chantonnant : « Voilà Potter la vipère... » et il exécutait quelques figures de danse pour compléter le spectacle.

Gilderoy Lockhart était persuadé que c'était lui qui avait fait cesser les agressions. Il l'avait dit au professeur McGonagall pendant que les élèves attendaient en rang, devant la classe où devait avoir lieu le cours de métamorphose.

– Je pense qu'il ne se passera plus rien, Minerva, avait-il affirmé en se tapotant le bout du nez d'un air entendu. Cette fois, la Chambre des Secrets a été fermée pour un bon bout de temps. Le coupable a dû comprendre que je ne mettrais pas longtemps à le démasquer. Il valait mieux pour lui qu'il s'arrête tout de suite avant que je ne m'en mêle sérieusement. Ce qu'il faudrait maintenant, c'est trouver quelque chose qui remonte le moral des élèves. Qui leur fasse oublier les mauvais souvenirs du dernier trimestre ! Je n'en dis pas plus pour l'instant, mais j'ai ma petite idée...

Il s'était à nouveau tapoté le bout du nez avant de s'éloigner à grands pas.

Ce fut au petit déjeuner du quatorze février qu'on découvrit l'idée de Lockhart pour remonter le moral des élèves. Harry n'avait pas dormi beaucoup en raison d'une séance tardive d'entraînement de Quidditch, la veille. Lorsqu'il se précipita dans la Grande Salle, il était un peu en retard et, pendant un instant, il crut qu'il s'était trompé de porte.

Les murs étaient recouverts de grosses fleurs rose vif et des confetti en forme de cœur tombaient du plafond bleu pâle. Assis à la table de Gryffondor, Ron avait l'air écœuré tandis qu'Hermione pouffait de rire.

– Qu'est-ce qui se passe ? demanda Harry en s'asseyant à côté d'eux.

Trop consterné pour parler, Ron montra du doigt la table des professeurs. Lockhart, vêtu d'une robe aussi rose que les fleurs, fit un signe de la main pour demander le silence. Les autres professeurs assis à ses côtés gardaient un visage de marbre. De l'endroit où il était assis, Harry voyait un muscle se contracter sur la joue du professeur McGonagall. Rogue, lui, avait l'air d'avoir avalé un grand verre de Poussoss.

– Joyeuse Saint-Valentin ! s'écria Lockhart. Je voudrais commencer par remercier les quarante-six personnes qui m'ont envoyé une carte à cette occasion. Comme vous le voyez, j'ai pris la liberté de vous faire cette petite surprise, mais ce n'est pas fini !

Lockhart tapa dans ses mains et une douzaine de nains à l'air grincheux entrèrent alors dans la Grande Salle. Ils étaient affublés d'ailes dorées et tenaient chacun une petite harpe entre les mains.

– Voici les cupidons porteurs de messages, annonça Lockhart d'un ton réjoui. C'est eux qui seront chargés tout au long de cette journée de vous transmettre les messages de la Saint-Valentin ! Et ce n'est pas tout ! Je suis convaincu que mes collègues auront à cœur de contribuer à l'esprit de la fête ! Pourquoi ne pas demander au professeur Rogue de nous montrer comment préparer un philtre d'amour ! Et le professeur Flitwick en sait plus que n'importe quel sorcier sur les sortilèges de Séduction, le rusé renard !

Le professeur Flitwick enfouit son visage dans ses mains. Quant à Rogue, à en juger par son regard, quiconque lui aurait demandé de préparer un philtre d'amour se serait vu contraint d'avaler une fiole de poison par la force.

– Hermione, dis-moi que tu ne fais pas partie des quarante-six imbéciles qui lui ont envoyé une carte, dit Ron, lorsqu'ils quittèrent la Grande Salle pour se rendre à leur premier cours.

Hermione sembla soudain très absorbée par le contenu de son sac et oublia de répondre.

Tout au long de la journée, les nains sillonnèrent les couloirs et entrèrent dans les classes pour délivrer leurs messages, au grand agacement des professeurs. Vers la fin de l'après-midi, alors que les Gryffondor changeaient de salle pour aller au cours de Sortilèges, l'un des nains – le plus sinistre des douze – courut après Harry.

– C'est toi, Harry Potter ? cria-t-il en donnant des coups de coude pour écarter les autres élèves.

Rougissant de la tête aux pieds à l'idée de recevoir une carte de la Saint-Valentin devant une file d'élèves de première année dans laquelle se trouvait Ginny Weasley, Harry essaya de s'esquiver. Le nain parvint cependant à se faufiler parmi la foule et le rattrapa avant qu'il ait pu faire deux pas.

Harry essaya de s'esquiver, mais le nain parvint à le rattraper.

– J'ai un message musical à transmettre à Harry Potter en personne, dit le nain en brandissant sa harpe d'un air menaçant.

– Non, pas ici ! protesta Harry qui tentait de s'échapper.

– Reste tranquille ! grogna le nain.

Il attrapa le sac que Harry portait à l'épaule et tira dessus pour le ramener en arrière.

– Laissez-moi tranquille ! lança Harry en essayant de se dégager.

Avec un bruit de déchirure, le sac s'ouvrit en deux, déversant sur le sol livres, parchemins, plumes et baguette magique. Pour couronner le tout, une bouteille d'encre se brisa dans sa chute et répandit son contenu sur tout le reste.

Harry s'efforça de tout ramasser avant que le nain ne se mette à chanter.

– Qu'est-ce qui se passe, ici ? lança alors la voix traînante de Drago Malefoy.

Avec des gestes fébriles, Harry fourra ses affaires dans le sac déchiré, essayant désespérément de s'enfuir avant que Malefoy n'entende le message qui lui était destiné.

– Qu'est-ce que c'est que ce chahut ? s'écria la voix familière de Percy qui arrivait à son tour sur les lieux.

Paniqué, Harry voulut prendre ses jambes à son cou, mais le nain le saisit par les genoux et le plaqua au sol.

– Et maintenant, tu te tiens tranquille, dit le nain en s'asseyant sur les chevilles de Harry. Voilà ton message chanté :

Ses yeux sont verts comme un crapaud frais du matin
Ses cheveux noirs comme un corbeau, il est divin
C'est mon héros et c'est mon roi
Je voudrais tant qu'il soit à moi
Celui qui a combattu et vaincu
Le Seigneur des Ténèbres à mains nues.

Harry aurait volontiers donné tout l'or de Gringotts pour pouvoir disparaître à l'instant même. S'efforçant vaillamment de rire avec les autres, il se releva pendant que Percy faisait de son mieux pour disperser la foule des élèves, dont certains pleuraient de rire.

– Allez-vous-en, filez d'ici, ça fait cinq minutes que la

cloche a sonné, rentrez en classe, dit-il, chassant quelques-uns des plus jeunes élèves. Et toi aussi, Malefoy.

Soudain, Malefoy se pencha et ramassa quelque chose. Il montra sa trouvaille à Crabbe et Goyle et Harry se rendit compte alors qu'il s'agissait du journal de Jedusor.

– Rends-moi ça, dit Harry sans s'énerver.

– Je me demande ce que Potter a écrit là-dedans, dit Malefoy qui n'avait pas remarqué la date inscrite sur le carnet.

Un grand silence tomba. Ginny, terrifiée, regardait alternativement Harry et le petit livre noir.

– Rends-lui ça, Malefoy, dit Percy d'un ton sévère.

– Pas avant d'avoir regardé ce qu'il y a dedans, répliqua Malefoy.

– En tant que préfet... commença Percy.

Mais Harry avait perdu patience.

– *Expelliarmus !* s'exclama-t-il en sortant sa baguette magique.

Le journal s'envola aussitôt des mains de Malefoy et Ron le rattrapa avec un grand sourire.

– Harry ! s'écria Percy. Il est interdit de pratiquer la magie dans les couloirs. Je vais être obligé de faire un rapport !

Mais Harry était bien trop content d'avoir marqué un point contre Malefoy pour se soucier des conséquences. Malefoy avait l'air furieux et lorsque Ginny passa devant lui pour entrer en classe, il lui lança d'un ton méprisant :

– Je crois que Potter n'a pas beaucoup apprécié ton message de la Saint-Valentin !

Ginny se cacha le visage dans les mains et se précipita dans la salle de classe. Avec un grognement, Ron sortit à son tour sa baguette, mais Harry arrêta son geste : inutile de passer encore une heure à vomir des limaces.

Ce fut au début du cours suivant que Harry remarqua quelque chose d'étrange. Tous ses livres étaient tachés de l'encre rouge qui s'était répandue en tombant de son sac, sauf le journal de Jedusor : ses pages étaient tout aussi immaculées qu'auparavant alors que l'encre avait également coulé dessus. Il voulut montrer le phénomène à Ron, mais celui-ci avait à nouveau des ennuis avec sa baguette magique qui laissait échapper de grosses bulles violettes et il n'était pas d'humeur à se préoccuper d'autre chose.

Ce soir-là, Harry alla se coucher avant les autres pour examiner à nouveau le journal de Jedusor, et aussi parce qu'il ne supportait plus d'entendre Fred et George lui chanter sans cesse : « *Ses yeux sont verts comme un crapaud frais du matin.* »

Assis sur son lit à baldaquin, il prit une plume et un encrier et laissa tomber une goutte d'encre sur la première page du petit livre noir. Pendant un instant, la tache d'encre brilla sous ses yeux, puis elle disparut soudain, comme aspirée par le papier. D'un geste fébrile, Harry reprit alors sa plume et écrivit : « Je m'appelle Harry Potter. »

Tout comme la tache, les mots tracés sur le papier brillèrent un instant puis disparurent à leur tour.

Mais un instant plus tard, d'autres lettres se formèrent sur la page, comme si elles suintaient du papier, et la phrase suivante, écrite de la même encre, apparut sous les yeux de Harry :

Bonjour, Harry Potter. Je m'appelle Tom Jedusor. Comment as-tu trouvé mon journal ?

Ces mots disparurent également, mais Harry eut le temps d'écrire :

« Quelqu'un a essayé de le jeter dans les toilettes. »

Il attendit avec impatience la réponse qui ne tarda pas à apparaître :

Heureusement que j'ai consigné mes souvenirs avec quelque chose de plus durable que l'encre. Mais j'ai toujours su que certaines personnes feraient tout pour que ce journal ne soit jamais lu.

« Que voulez-vous dire ? » écrivit Harry d'une écriture tremblante d'excitation.

Je veux dire que ce journal contient le souvenir d'événements horribles qui se sont produits au collège Poudlard et qui sont toujours restés cachés.

« Je suis un élève du collège », écrivit aussitôt Harry. « Et des événements horribles sont en train de se produire également. Savez-vous quelque chose sur la Chambre des Secrets ? »

La réponse de Jedusor ne se fit pas attendre. Son écriture était devenue précipitée comme s'il voulait se dépêcher de dire tout ce qu'il savait :

Bien sûr que je sais quelque chose de la Chambre des Secrets ! A mon époque, on nous disait que c'était une légende, qu'elle n'existait pas. Mais c'était un mensonge. Quand j'étais en cinquième année, la Chambre a été ouverte, le monstre a attaqué plusieurs élèves et il a fini par en tuer un. J'ai réussi à prendre sur le fait celui qui avait ouvert la Chambre et il a été renvoyé. Mais le professeur Dippet, qui était directeur en ce temps-là, avait tellement honte de ce qui s'était passé qu'il m'a interdit de révéler la vérité. On a dit que la fille qui était morte avait été tuée dans un accident inexplicable. Ensuite, on m'a donné un bel écusson gravé à mon nom pour me récompenser en m'ordonnant de ne jamais rien dire. Mais je savais que le drame pouvait se répéter. Le monstre était toujours vivant et celui qui avait le pouvoir de le libérer n'était pas en prison.

Harry écrivit si vite qu'il faillit renverser sa bouteille d'encre.

« La même chose est en train de se produire. Il y a eu

trois agressions et personne ne semble savoir qui en est responsable. Quel était le coupable, la dernière fois ? »

Je peux te le montrer, si tu veux, répondit Jedusor. *Comme ça, tu verras par toi-même sans être obligé de me croire sur parole. Je peux t'emmener dans mon souvenir du soir où je l'ai surpris.*

Harry hésita, la plume en l'air. Que voulait dire Jedusor ? Comment était-il possible d'emmener quelqu'un dans un souvenir ? Il jeta un coup d'œil anxieux à la porte du dortoir. Lorsqu'il regarda à nouveau le journal, une nouvelle phrase était inscrite sur le papier :

Tu veux que je te montre ?

Harry hésita encore une fraction de seconde, puis il écrivit :

« O.K. »

Les pages du journal se mirent alors à tourner toutes seules, comme sous l'action d'une rafale de vent, et s'immobilisèrent à la date du treize juin. La petite case dans laquelle la date était inscrite se transforma en une sorte de minuscule écran de télévision. Les mains un peu tremblantes, Harry approcha le livre de son visage pour coller un œil contre cette petite fenêtre et soudain, il se sentit basculer en avant tandis que la fenêtre s'élargissait. Un instant plus tard, il plongeait tête la première à travers cette ouverture, emporté dans un tourbillon d'ombres et de couleurs.

Bientôt, il sentit à nouveau un sol dur sous ses pieds. Il se releva, tremblant de tout son corps, et entouré de formes floues qui retrouvèrent brusquement leur netteté, comme à travers un objectif qu'on aurait mis au point.

Il reconnut immédiatement l'endroit dans lequel il se trouvait. Cette pièce ronde aux murs recouverts de portraits somnolents, c'était le bureau de Dumbledore. Mais l'homme assis derrière la grande table n'était pas

Dumbledore. C'était un petit sorcier tout ridé, frêle et chauve avec encore quelques rares cheveux blancs et fins. Eclairé par une chandelle, il lisait une lettre. Jamais Harry n'avait vu cet homme.

– Je suis désolé, dit-il d'une voix mal assurée. Je ne voulais pas vous déranger…

Mais le sorcier ne lui accorda pas un regard. Il continuait à lire, les sourcils légèrement froncés. Harry s'approcha du bureau.

– Je… je crois qu'il vaut mieux que je m'en aille… balbutia-t-il.

Mais le sorcier continua de faire comme s'il n'était pas là. Il replia la lettre, se leva de son fauteuil, passa devant Harry sans le voir et alla ouvrir les rideaux de la fenêtre.

Dehors, le ciel était d'un rouge éclatant. Le soleil se couchait. Le sorcier retourna à son bureau, se rassit et se tourna les pouces, les yeux fixés sur la porte.

Harry regarda autour de lui et ne vit ni Fumseck le phénix, ni les étranges instruments qu'il avait entendus bourdonner dans le bureau de Dumbledore. Il se trouvait dans le Poudlard que Jedusor avait connu et le sorcier assis à la table était le directeur en exercice à l'époque. Harry, lui, était devenu une sorte de fantôme que les gens d'il y a cinquante ans ne pouvaient pas voir.

Quelqu'un frappa à la porte du bureau.

– Entrez, dit le vieux sorcier d'une voix faible.

Un garçon qui devait avoir environ seize ans poussa la porte et ôta son chapeau pointu. Un insigne de préfet brillait sur sa poitrine. Il était plus grand que Harry et avait lui aussi des cheveux d'un noir de jais.

– Ah, c'est vous, Jedusor, dit le directeur.

– Vous vouliez me voir, professeur Dippet ? demanda Jedusor.

Il semblait mal à l'aise.

– Asseyez-vous, dit le sorcier. Je viens de lire la lettre que vous m'avez envoyée.

– Ah.

Jedusor s'assit, les mains étroitement serrées l'une contre l'autre.

– Mon garçon, dit le sorcier d'un ton bienveillant, il m'est impossible de vous autoriser à rester à l'école pendant l'été. Vous ne voulez vraiment pas rentrer chez vous pour les vacances ?

– Non, répondit aussitôt Jedusor. Je préfère de beaucoup rester à Poudlard plutôt que de retourner dans ce... dans ce...

– Je crois que vous habitez dans un orphelinat de Moldus pendant les vacances, c'est bien ça ? dit le sorcier d'un air intéressé.

– Oui, Monsieur, répondit Jedusor en rougissant légèrement.

– Vous êtes né de parents moldus ?

– Moitié, moitié, répondit Jedusor. Père moldu, mère sorcière.

– Et vos parents sont tous les deux...

– Ma mère est morte peu après ma naissance, Monsieur. A l'orphelinat, on m'a dit qu'elle avait vécu juste assez longtemps pour me choisir mes prénoms : Tom qui était le prénom de mon père et Elvis qui était celui de mon grand-père.

Dippet hocha la tête d'un air compatissant.

– Normalement, on aurait pu s'arranger pour vous garder ici cet été, dit-il, mais dans les circonstances présentes...

– Vous voulez dire, toutes ces agressions ?

Harry sentit son cœur faire un bond dans sa poitrine et il s'approcha encore un peu de peur de manquer la moindre parole.

– C'est cela, en effet, reprit le directeur. Mon garçon,

vous devez comprendre qu'il serait déraisonnable de ma part de vous autoriser à rester au château à la fin du trimestre, compte tenu de la récente tragédie qui a eu lieu... La mort de cette malheureuse jeune fille. Vous serez beaucoup plus en sécurité dans votre orphelinat. Pour tout dire, le ministère de la Magie envisage même de fermer l'école. Nous n'avons malheureusement toujours pas réussi à savoir où se situait la... heu... source de ces désagréments...

Une lueur brilla soudain dans le regard de Jedusor.

– Et si le coupable se faisait prendre, Monsieur?... Tout serait terminé...

– Que voulez-vous dire ? demanda Dippet d'une petite voix aiguë en se redressant dans son fauteuil. Jedusor, sauriez-vous quelque chose concernant ces agressions ?

– Non, Monsieur, répondit aussitôt Jedusor.

Mais Harry comprit tout de suite que c'était le même genre de « non » qu'il avait lui-même répondu à Dumbledore.

Dippet se laissa retomber dans son fauteuil, l'air un peu déçu.

– Vous pouvez sortir, Tom, dit-il.

Jedusor se leva et quitta le bureau. Harry lui emboîta le pas.

Ils descendirent l'escalier en colimaçon et sortirent dans le couloir, à côté de la gargouille. Jedusor s'arrêta et Harry l'observa de près. Le front plissé, les lèvres serrées, Jedusor réfléchissait.

Enfin, comme s'il avait soudain pris une décision, il s'éloigna à grands pas, toujours suivi par Harry. Lorsqu'ils eurent atteint le hall d'entrée, un sorcier de haute taille à la longue barbe et aux cheveux châtain-roux appela Jedusor.

– Que faites-vous à vous promener si tard dans le château, Tom ?

Harry regarda le sorcier bouche bée. C'était Dumbledore avec cinquante ans de moins !

– Je suis allé voir le directeur, Monsieur, répondit Jedusor.

– Dépêchez-vous d'aller vous coucher, dit Dumbledore en jetant à Jedusor un de ses regards pénétrants que Harry connaissait bien. Mieux vaut ne pas traîner dans les couloirs, depuis que…

Il poussa un profond soupir, souhaita bonne nuit à Jedusor et s'éloigna. Jedusor attendit qu'il ait disparu, puis il se dirigea vers l'escalier qui descendait dans les cachots, Harry sur ses talons.

Contrairement à ce qu'il espérait, Jedusor ne le conduisit pas dans un passage secret, mais dans la salle où Rogue donnait ses cours de potions. Les torches n'étaient pas allumées et lorsque Jedusor referma la porte en la laissant très légèrement entrebâillée, Harry ne vit plus que sa silhouette immobile qui surveillait le couloir, l'œil collé contre l'ouverture.

Harry eut l'impression de passer au moins une heure à attendre ainsi sans que rien ne se produise. Il commençait à trouver le temps un peu trop long lorsque quelque chose bougea enfin de l'autre côté de la porte.

Quelqu'un avançait dans le couloir et passa devant la porte du cachot où ils se tenaient à l'affût. Jedusor, silencieux comme une ombre, écarta la porte, se glissa dans l'entrebâillement et suivit l'inconnu. Derrière lui, Harry marchait sur la pointe des pieds, oubliant que, de toute façon, personne ne pouvait l'entendre.

Pendant environ cinq minutes, ils suivirent les bruits de pas qui résonnaient un peu plus loin, puis, soudain, Jedusor s'immobilisa, l'oreille tendue. Harry entendit alors une porte grincer et quelqu'un parler dans un murmure rauque.

– Allez, viens, dit la voix, il faut te sortir de là. Allez, viens… dans la boîte…

La voix parut familière aux oreilles de Harry.

Tout à coup, Jedusor se précipita en avant. Harry le suivit et vit la silhouette sombre et massive d'un jeune homme accroupi devant une porte ouverte. Une grosse boîte était posée sur le sol.

– Bonsoir, Rubeus, lança vivement Jedusor.

Le jeune homme claqua la porte et se releva.

– Qu'est-ce que tu fiches ici, Tom ?

Jedusor s'approcha.

– C'est fini pour toi, dit-il. Je vais être obligé de te dénoncer, Rubeus. Ils veulent fermer l'école si les agressions continuent.

– Qu'est-ce que tu...

– Je ne crois pas que tu avais l'intention de tuer qui que ce soit. Mais les monstres ne sont pas faciles à domestiquer. J'imagine que tu as dû le laisser sortir pour se dégourdir un peu...

– Je n'ai jamais tué personne ! s'écria le jeune homme, le dos contre la porte.

Derrière le panneau, on entendait un drôle de bruissement accompagné d'une sorte de cliquetis.

– Allez, viens, Rubeus, dit Jedusor en s'approchant encore. Les parents de la fille qui s'est fait tuer vont arriver demain. Le moins qu'on puisse faire, c'est d'abattre la chose qui l'a tuée...

– Ce n'était pas lui ! rugit le jeune homme. Jamais il n'aurait fait ça ! Jamais !

– Ecarte-toi, ordonna Jedusor en sortant sa baguette magique.

Il fit jaillir une flamme aveuglante qui illumina le couloir et la porte s'ouvrit brusquement avec une telle force qu'elle projeta contre le mur la silhouette massive du jeune homme. Dans l'encadrement de la porte apparut alors quelque chose qui arracha à Harry un hurlement perçant que lui seul put entendre.

C'était un long corps bas, hérissé de poils, avec un enchevêtrement de pattes noires, des yeux innombrables qui brillaient dans l'obscurité et une paire de pinces aiguisées comme un rasoir. Jedusor leva à nouveau sa baguette, mais il ne fut pas assez rapide. La chose s'enfuit en le jetant à terre au passage, fila le long du couloir et disparut. Jedusor se releva et brandit une nouvelle fois sa baguette, mais le jeune homme lui sauta dessus, la lui arracha des mains et le projeta à terre en hurlant :

– NOOOOOOOOOON ! ! !

Tout se mit alors à tourner, l'obscurité devint totale, Harry se sentit tomber comme dans un gouffre et se retrouva allongé sur son lit les bras en croix, le journal de Jedusor ouvert sur son ventre.

Avant qu'il ait eu le temps de reprendre son souffle, la porte du dortoir s'ouvrit et Ron entra.

– Ah, tu es là, dit-il.

Harry se redressa, tremblant et couvert de sueur.

– Qu'est-ce qu'il y a ? s'inquiéta Ron.

– C'est Hagrid, répondit Harry. Hagrid a ouvert la Chambre des Secrets il y a cinquante ans.

14
Cornelius Fudge

Harry, Ron et Hermione savaient depuis toujours que Hagrid avait malheureusement un faible pour les créatures géantes et monstrueuses. Au cours de leur première année à Poudlard, il avait essayé d'élever un dragon dans sa cabane. Sans parler de l'énorme chien à trois têtes, baptisé « Touffu », qu'ils n'étaient pas près d'oublier ! Si, au temps où il était élève à Poudlard, Hagrid avait entendu parler d'un monstre caché dans le château, il n'y avait rien d'étonnant à ce qu'il ait tout fait pour le découvrir et l'apprivoiser. Sans doute scandalisé par la longue captivité de la créature, il avait dû estimer qu'elle méritait bien de dégourdir un peu ses nombreuses pattes. Harry imaginait très bien Hagrid à treize ans essayant de passer au monstre un collier et une laisse. Mais il était également certain que jamais Hagrid n'aurait cherché à tuer quelqu'un.

A présent, Harry regrettait presque d'avoir découvert le secret du journal de Jedusor. Inlassablement, Ron et Hermione lui firent répéter jusqu'à la nausée ce qu'il avait vu. Les conversations qui s'ensuivaient et qui tournaient en rond le rendaient tout aussi malade.

– Peut-être que ce n'était pas Hagrid le coupable ? suggéra Hermione. Peut-être que c'était un autre monstre qui attaquait les élèves ?

– Tu crois qu'il y a tellement de monstres dans ce château ? répliqua Ron d'un ton maussade.

– On a toujours su que Hagrid avait été renvoyé, dit Harry, consterné. Et les agressions ont dû cesser après l'expulsion de Hagrid. Sinon, Jedusor n'aurait pas obtenu sa récompense.

Ron essaya de voir les choses sous un angle différent.

– Ce Jedusor me fait penser à Percy, dit-il. Et d'abord, qui lui a demandé de dénoncer Hagrid ?

– Mais, Ron, le monstre avait *tué* quelqu'un, fit remarquer Hermione.

– Et Jedusor aurait été obligé de retourner dans un orphelinat de Moldus si Poudlard avait été fermé, dit Harry. Je comprends qu'il ait préféré rester ici...

Ron se mordit les lèvres.

– Tu as rencontré Hagrid dans l'Allée des Embrumes, n'est-ce pas, Harry ? risqua-t-il.

– Il cherchait un produit contre les limaces, répondit aussitôt Harry.

Il y eut un très long silence, puis, d'une voix hésitante, Hermione aborda la question cruciale :

– Vous croyez qu'on devrait aller voir Hagrid et lui parler de tout ça ?

– Ce serait joyeux, comme visite, répliqua Ron Bonjour Hagrid, est-ce que vous pourriez nous dire si vous avez lâché dans le château un monstre sanguinaire et poilu, ces temps derniers ?

Finalement, ils décidèrent de ne rien dire à Hagrid, sauf s'il y avait une nouvelle agression. Les jours passèrent sans que la voix désincarnée se manifeste à nouveau et ils avaient à présent l'espoir de ne jamais avoir à lui demander pourquoi il avait été renvoyé. Il y avait maintenant près de quatre mois que Justin et Nick Quasi-Sans-Tête avaient été pétrifiés et tout le monde ou presque semblait convaincu que l'agresseur, quel qu'il fût, avait définitivement renoncé à agir. Peeves s'était lassé de ses « Potter la vipère » et Ernie MacMillan lui-même s'était montré aimable avec Harry pendant le cours de botanique. Au mois de mars, les racines de mandragore organisèrent une fête bruyante et endiablée dans la serre n°3. Le professeur Chourave en fut enchantée.

– Dès qu'elles commenceront à sortir de leurs pots pour se rendre visite les unes aux autres, ce sera le signe qu'elles ont atteint la maturité, dit-elle à Harry. Nous pourrons alors ramener à la vie les malheureux qui ont été pétrifiés.

Lorsque Pâques arriva, les élèves de deuxième année eurent de quoi réfléchir pendant leurs vacances, car le moment était venu pour eux de choisir les matières qu'ils souhaitaient étudier en troisième année. Bien entendu, Hermione prenait le sujet très au sérieux.

– C'est déterminant pour notre avenir, dit-elle à Harry et à Ron en examinant la liste des options proposées.

– Moi, tout ce que je veux, c'est abandonner les cours de potions, dit Harry.

– Impossible, dit Ron d'un air sombre. On est obligé de garder les matières fondamentales, sinon, j'aurais laissé tomber la Défense contre les Forces du Mal.

– Mais c'est très important ! protesta Hermione, ulcérée.

– Pas de la façon dont l'enseigne Lockhart, dit Ron. La seule chose qu'il m'ait apprise, c'est qu'il ne faut pas libérer des lutins en cage

Neville Londubat avait reçu des lettres de tous les sorcières et sorciers de sa famille qui lui donnaient des conseils différents sur les matières qu'il devrait choisir. Désemparé et inquiet, il restait assis à lire la liste des options, la langue sortant de sa bouche, demandant l'avis de tout le monde. L'Arithmancie paraissait plus difficile que l'étude des anciennes Runes. Dean Thomas qui, comme Harry, avait été élevé par des Moldus finit par fermer les yeux en pointant sa baguette magique sur la liste et choisit les matières qu'elle avait désignées. Hermione ne demanda l'avis de personne et prit tout en même temps.

Harry eut un sourire en pensant à ce que diraient l'oncle Vernon et la tante Pétunia s'il essayait de parler avec eux de sa carrière dans la sorcellerie. Il n'était pas en manque de conseils, cependant : Percy Weasley ne demandait qu'à lui faire partager son expérience.

– Tout dépend de tes objectifs, Harry, dit-il. Il n'est jamais trop tôt pour penser à l'avenir, je te recommanderais donc de prendre la Divination. On dit que l'étude des Moldus n'est pas une option très intéressante mais, personnellement, je pense que les sorciers devraient avoir une bonne connaissance de ceux qui ne le sont pas, surtout s'ils pensent travailler en contact avec eux – regarde mon père, par exemple, il a sans arrêt affaire à des Moldus. Mon frère Charlie aime le grand air, il a donc choisi les Soins aux créatures magiques. Tu dois te déterminer en fonction de tes dons, Harry.

La seule chose pour laquelle Harry était vraiment doué, c'était le Quidditch. Il finit donc par prendre les mêmes options que Ron : comme ça, s'il avait des difficultés à suivre, il aurait au moins un ami pour l'aider !

Le prochain match de Quidditch devait opposer l'équipe de Gryffondor à celle de Poufsouffle. Des séances d'entraînement eurent lieu tous les soirs et, la veille du match, Harry estima que jamais les chances de Gryffondor de remporter la coupe n'avaient été meilleures.

Son humeur joyeuse fut de courte durée, cependant. En haut des marches qui menaient au dortoir, il tomba sur Neville Londubat qui semblait dans tous ses états.

– Harry, dit-il. Je ne sais pas qui a fait ça... J'ai trouvé...

Neville poussa la porte du dortoir en regardant Harry d'un air apeuré.

Harry vit aussitôt que sa valise avait été vidée et son contenu jeté en tous sens. Sa cape déchirée était étalée par terre. Draps et couvertures avaient été arrachés de son lit et les tiroirs de sa commode retournés sur le matelas.

Stupéfait, Harry s'approcha du lit, piétinant quelques pages de *Randonnées avec les trolls.*

Tandis que, avec l'aide de Neville, il remettait les couvertures sur son lit, Ron, Dean et Seamus arrivèrent en même temps. Dean poussa un juron d'une voix tonitruante.

– Qu'est-ce qui s'est passé, Harry ?

– Aucune idée, répondit celui-ci.

Ron examina les vêtements répandus alentour. Toutes les poches avaient été retournées.

– Celui qui a fait ça cherchait un objet précis, dit-il. Il y a quelque chose qui te manque ?

Harry rassembla ses affaires et les remit dans sa valise. Ce fut seulement lorsqu'il eut rangé le dernier livre de Lockhart qu'il sut ce qui avait disparu.

– Le journal de Jedusor n'est plus là, chuchota-t-il à l'oreille de Ron.

– Quoi ?

Harry fit un signe de tête en direction de la porte du dortoir et Ron le suivit au-dehors. Ils redescendirent en hâte dans la salle commune qui était à moitié vide et rejoignirent Hermione occupée à lire dans un coin.

Lorsqu'ils lui eurent raconté ce qui s'était passé, Hermione eut l'air atterré.

– C'est forcément un élève de Gryffondor qui l'a volé, dit-elle. Personne d'autre ne connaît le mot de passe...
– Exactement, approuva Harry.

Le lendemain, il faisait un soleil radieux et une petite brise rafraîchissait l'atmosphère.
– Un temps idéal pour un match de Quidditch ! s'exclama Dubois avec enthousiasme en attaquant son petit déjeuner.
Harry n'avait cessé d'observer les visages des élèves de Gryffondor rassemblés autour de la table en se demandant si c'était vraiment l'un d'eux qui avait volé le journal intime. Hermione l'avait incité à signaler le vol, mais Harry n'aimait pas trop cette idée. Il aurait fallu qu'il révèle toute l'histoire du journal de Jedusor et il ne souhaitait pas raviver le souvenir de l'expulsion de Hagrid.
Lorsqu'il quitta la Grande Salle en compagnie de Ron et d'Hermione pour aller chercher son équipement de Quidditch, un autre souci, plus grave encore, revint le tourmenter. A peine avait-il posé le pied sur la première marche de l'escalier qu'il entendit à nouveau la voix :
– *... Tuer, cette fois... déchirer... écorcher...*
Il poussa un cri qui fit sursauter Ron et Hermione.
– La voix ! s'exclama-t-il en regardant par-dessus son épaule. Je viens encore de l'entendre. Pas vous ?
Ron, les yeux écarquillés, fit « non » de la tête. Mais Hermione se frappa soudain le front du plat de la main.
– Harry ! dit-elle. Je crois que je viens de comprendre quelque chose ! Il faut que j'aille à la bibliothèque !
Et elle monta l'escalier quatre à quatre.
– Qu'est-ce qu'elle a compris ? demanda Harry qui regardait toujours autour de lui pour essayer de localiser la voix.
– Beaucoup plus de choses que moi, dit Ron en hochant la tête.

– Mais pourquoi faut-il qu'elle aille à la bibliothèque ?

– C'est toujours ce qu'elle fait, répondit Ron avec un haussement d'épaules. Dès qu'elle a un doute, elle fonce à la bibliothèque.

Indécis, Harry n'avait pas bougé, essayant d'entendre à nouveau la voix. Mais derrière lui, les autres élèves quittaient à leur tour la Grande Salle dans un grand bruit de conversations et sortaient dans le parc pour se rendre au stade de Quidditch.

– Tu ferais bien d'y aller, dit Ron. Il est presque onze heures, le match va bientôt commencer.

Harry se dépêcha d'aller chercher son Nimbus 2000 et rejoignit la foule nombreuse qui se pressait au-dehors. Mais la voix désincarnée continuait de le préoccuper, il n'arrivait pas à la chasser de son esprit. Sa seule pensée réconfortante, lorsqu'il se retrouva dans les vestiaires, c'était que les élèves ne subiraient aucune agression tant qu'ils seraient dans le stade.

Les deux équipes s'avancèrent sur la pelouse dans un tonnerre d'applaudissements. Madame Bibine lâcha les balles tandis que les joueurs de Poufsouffle, vêtus de robes jaune canari, écoutaient les conseils de dernière minute de leur capitaine.

Harry venait d'enfourcher son balai lorsque le professeur McGonagall traversa soudain le stade, moitié marchant, moitié courant. Elle avait à la main un énorme mégaphone violet.

Harry eut l'impression que son cœur tombait comme une pierre dans sa poitrine.

– Le match est annulé, annonça le professeur McGonagall dans le mégaphone.

Une explosion de cris et de huées monta aussitôt des gradins. Olivier Dubois, l'air atterré, se précipita vers le professeur McGonagall sans prendre la peine de descendre de son balai.

– Mais, professeur, s'écria-t-il, il faut absolument qu'on joue... La coupe... Gryffondor...

Le professeur McGonagall ne lui prêta aucune attention et continua de crier dans son mégaphone.

– Tous les élèves doivent immédiatement retourner dans leur salle commune où il leur sera donné de plus amples informations. Dépêchez-vous, s'il vous plaît !

Elle fit alors signe à Harry de la suivre.

– Potter, il vaut mieux que vous veniez avec moi, dit-elle.

En se demandant de quoi on pouvait bien le soupçonner cette fois, Harry vit Ron se détacher de la foule des élèves en colère et courir vers lui. A sa grande surprise, le professeur McGonagall l'autorisa à les accompagner au château.

– Il vaut mieux que vous veniez aussi, Weasley, dit-elle.

Les réactions étaient partagées parmi les élèves qui les entouraient : certains protestaient ouvertement contre l'annulation du match, d'autres avaient l'air inquiets. Harry et Ron suivirent le professeur McGonagall dans l'escalier de marbre, mais, cette fois, ce n'était pas dans un bureau qu'on les emmenait.

– Vous allez avoir un choc, avertit le professeur d'une voix étonnamment douce.

Elle avait pris la direction de l'infirmerie.

– Il y a eu une autre agression, dit-elle. Une double agression, encore une fois.

Harry sentit son estomac se contracter douloureusement. Le professeur McGonagall poussa la porte de l'infirmerie et les fit entrer.

Madame Pomfresh était penchée sur une élève de cinquième année. Elle avait de longs cheveux bouclés et Harry la reconnut aussitôt : c'était l'élève de Serdaigle à qui ils avaient demandé par erreur où se trouvait la salle commune des Serpentard. Et sur le lit à côté, il y avait...

– Hermione ! s'exclama Ron.

Elle était totalement immobile, et ses yeux vitreux étaient grands ouverts.

– On les a trouvées près de la bibliothèque, dit le professeur McGonagall.

Elle leur montra alors un petit miroir circulaire.

– Ce miroir était par terre, à côté d'elles. J'imagine que vous n'avez pas d'explication ?

Harry et Ron firent « non » de la tête, sans quitter Hermione des yeux.

– Je vais vous ramener à la tour de Gryffondor, dit le professeur McGonagall d'un ton grave. Il faut également que je parle aux autres élèves.

– A compter d'aujourd'hui, tous les élèves devront regagner leurs salles communes à six heures du soir. Passé cette heure, aucun élève ne devra plus quitter son dortoir. A la fin de chaque cours, un professeur vous accompagnera dans la classe suivante. Tous les entraînements et les matches de Quidditch sont reportés à une date ultérieure et il n'y aura plus aucune activité le soir.

Les élèves de Gryffondor, rassemblés dans la salle commune, écoutèrent en silence le professeur McGonagall. Elle roula le parchemin qu'elle venait de lire et reprit d'une voix étouffée :

– Je n'ai pas besoin d'ajouter que j'ai rarement été aussi bouleversée. Si le coupable n'est pas bientôt arrêté, il faudra s'attendre à une fermeture pure et simple de l'école. Je demande à tous ceux qui pourraient avoir des renseignements à fournir en rapport avec ces agressions de les communiquer sans délai.

Elle sortit avec une certaine maladresse par l'ouverture cachée derrière le portrait de la grosse dame et les commentaires des élèves commencèrent aussitôt.

– Deux Gryffondor pétrifiés, sans compter un fantôme, une élève de Serdaigle et un de Poufsouffle, récapitula Lee Jordan, l'ami des jumeaux Weasley. Aucun professeur ne semble avoir remarqué que tous les élèves de Serpentard sont sains et saufs. Toute cette histoire vient des Serpentard, c'est évident, non ? L'héritier de Serpentard, le monstre de Serpentard... Pourquoi est-ce qu'ils ne renvoient pas tous les Serpentard ? ajouta-t-il en provoquant des hochements de tête approbateurs et quelques applaudissements discrets.

Assis dans un fauteuil, derrière Lee, Percy ne semblait guère soucieux, pour une fois, d'exprimer son point de vue. Il avait l'air pâle et abattu.

– Percy est sonné, chuchota George à l'oreille de Harry. Cette fille de Serdaigle, Pénélope Deauclaire, elle était préfète, elle aussi. Et il ne pensait pas que le monstre oserait s'en prendre à un préfet.

Mais Harry n'écoutait qu'à moitié. Il n'arrivait pas à chasser de son esprit l'image d'Hermione, étendue sur son lit d'hôpital, raide comme une statue. En plus, si le coupable n'était pas bientôt découvert, il risquait fort d'être condamné à passer sa vie chez les Dursley. Tom Jedusor avait dénoncé Hagrid pour ne pas finir dans un orphelinat de Moldus si jamais l'école fermait et Harry comprenait très bien ce qu'il avait pu ressentir.

– Qu'est-ce qu'on va faire ? murmura Ron à l'oreille de Harry. Tu crois qu'ils soupçonnent Hagrid ?

– Il faut aller le voir et lui parler, décida Harry. Je n'arrive pas à croire que ce soit lui le coupable, cette fois, mais si c'est vraiment lui qui a libéré le monstre il y a cinquante ans, il doit savoir comment pénétrer dans la Chambre des Secrets, et c'est un début.

– Mais McGonagall a dit qu'on n'avait pas le droit de sortir de la tour en dehors des heures de classe.

– Je crois que le moment est venu d'utiliser à nouveau

la vieille cape de mon père, dit Harry en baissant encore la voix.

Harry n'avait hérité qu'une seule chose de son père . une cape d'invisibilité, longue et argentée. C'était le seul moyen de se faufiler hors de l'école pour aller voir Hagrid sans que personne s'en aperçoive. Ron et Harry allèrent se coucher à l'heure habituelle. Ils attendirent que Neville, Dean et Seamus se soient endormis, puis ils se rhabillèrent et s'enveloppèrent dans la cape d'invisibilité.

La traversée du château n'eut rien d'une partie de plaisir. Harry, qui était un vieil habitué des promenades nocturnes, n'avait jamais vu autant de monde à cette heure-là : professeurs, préfets et fantômes sillonnaient les couloirs en marchant deux par deux, à l'affût de tout signe suspect. Certes, la cape rendait Ron et Harry invisibles mais elle ne supprimait pas les bruits et ils faillirent se faire repérer lorsque Ron se cogna l'orteil à quelques mètres du poste d'observation qu'occupait Rogue. Par chance, Rogue éternua bruyamment au moment précis où Ron laissa échapper un juron.

Enfin, ils atteignirent avec soulagement le portail de chêne et se glissèrent au-dehors. La nuit était claire, le ciel rempli d'étoiles. Ils se hâtèrent en direction de la cabane de Hagrid dont ils voyaient les fenêtres éclairées et n'ôtèrent leur cape que lorsqu'ils furent arrivés devant la porte.

Lorsqu'ils frappèrent, la porte s'ouvrit presque aussitôt. Hagrid se tenait sur le seuil, une arbalète à la main, pointée sur eux. Crockdur, son molosse, aboyait bruyamment derrière lui.

– Oh, c'est vous, dit Hagrid qui baissa aussitôt son arme.

– Qu'est-ce que vous fabriquez avec ça ? demanda Harry en montrant l'arbalète.

– Oh, rien... rien du tout... marmonna Hagrid. Je m'attendais à... mais ça ne fait rien... Entrez... Asseyez-vous, je vais vous faire du thé...

Il semblait incapable de regarder ce qu'il faisait. Il faillit éteindre le feu en renversant la bouilloire et cassa la théière d'un geste malheureux de son énorme main.

– Ça va, Hagrid ? s'inquiéta Harry. Vous êtes au courant de ce qui est arrivé à Hermione ?

– Oui, oui, je sais, dit Hagrid d'une voix brisée.

Il ne cessait de jeter des regards vers la fenêtre et leur versa deux grandes tasses d'eau bouillante – il avait oublié d'ajouter le thé. Il tenait à la main une tranche de cake qu'il s'apprêtait à poser sur une assiette lorsqu'on frappa vigoureusement à la porte.

Hagrid laissa tomber le cake. Harry et Ron échangèrent un regard de panique et se recouvrirent aussitôt de la cape d'invisibilité avant d'aller se réfugier dans un coin de la cabane. Hagrid vérifia rapidement qu'ils étaient bien cachés, puis il saisit son arbalète et alla ouvrir la porte.

– Bonsoir, Hagrid.

C'était Dumbledore. Il entra, le visage grave, suivi par un homme d'aspect étrange, petit, corpulent, avec des cheveux gris en désordre et une expression anxieuse. L'homme portait des vêtements disparates qui formaient un curieux mélange : costume à rayures, cravate rouge, longue cape noire et bottes violettes à bouts pointus. Il tenait sous son bras un chapeau melon de couleur verte.

– C'est le patron de mon père ! chuchota Ron. Cornelius Fudge, le ministre de la Magie !

Harry lui donna un coup de coude pour le faire taire.

Hagrid était devenu pâle et son visage se couvrait de sueur. Il se laissa tomber sur une chaise et regarda alternativement Dumbledore et Cornelius Fudge.

– Sale affaire, Hagrid, dit Fudge en détachant les syllabes. Très sale affaire. Il fallait que j'intervienne. Quatre agressions contre des enfants de Moldus. Les choses sont allées suffisamment loin comme ça. Le ministère doit agir.

– Je n'ai jamais... dit Hagrid en regardant Dumbledore d'un air implorant. Vous savez bien, professeur, que je n'ai jamais...

– Cornelius, je voudrais qu'il soit bien clair que Hagrid a mon entière confiance, dit Dumbledore, les sourcils froncés.

– Ecoutez, Albus, répondit Fudge, mal à l'aise. Les antécédents de Hagrid ne jouent pas en sa faveur. Le ministère doit faire quelque chose. Les membres du conseil d'administration de l'école se sont consultés.

– Encore une fois, Cornelius, je vous répète qu'éloigner Hagrid ne changera strictement rien, reprit Dumbledore.

Ses yeux brillaient d'une lueur flamboyante que Harry ne lui avait encore jamais vue.

– Mettez-vous à ma place, dit Fudge en tripotant nerveusement son chapeau. Tout le monde a les yeux tournés vers moi. Il faut qu'on me voie agir. Si on s'aperçoit que Hagrid n'est pas coupable, il reviendra chez lui et on n'en parlera plus. Mais il faut que je l'emmène. Je ne ferais pas mon devoir si...

– M'emmener ? dit Hagrid qui s'était mis à trembler. M'emmener où ?

– Pour quelque temps, seulement, dit Fudge en évitant son regard. Ce n'est pas une punition, Hagrid, une simple précaution tout au plus. Si on trouve un autre coupable, vous serez libéré avec toutes nos excuses...

– Vous n'allez pas m'emmener à Azkaban ? rugit Hagrid.

Avant que Fudge ait eu le temps de répondre, quelqu'un frappa de nouveau à la porte.

Ce fut Dumbledore qui alla ouvrir. Harry laissa alors échapper une exclamation qui lui valut à son tour un coup de coude dans les côtes.

Lucius Malefoy venait de pénétrer dans la cabane. Enveloppé dans une longue cape noire, il arborait un sourire glacial et satisfait. Crockdur se mit à grogner.

– Vous êtes déjà là, Fudge, dit Mr Malefoy d'un air approbateur, très bien, très bien...

– Qu'est-ce que vous faites ici ? s'exclama Hagrid avec fureur. Sortez de ma maison !

– Mon cher Monsieur, soyez certain que je n'ai aucun plaisir à me trouver dans votre... heu... comment appelez-vous ça ? Une maison ? répliqua Malefoy en jetant autour de lui un regard dédaigneux. Je suis simplement passé à l'école où l'on m'a dit que le directeur se trouvait ici.

– Et que me vouliez-vous, exactement, Lucius ? demanda Dumbledore.

Son ton était poli, mais la lueur flamboyante brillait toujours dans ses yeux bleus.

– Je suis navré pour vous, Dumbledore, répondit Mr Malefoy d'un ton nonchalant en sortant de sa poche un rouleau de parchemin, mais le conseil d'administration de Poudlard estime qu'il est temps pour vous de passer la main. J'ai ici un ordre de suspension vous concernant. Vous y trouverez les douze signatures réglementaires. Nous avons estimé que vous n'étiez plus à la hauteur de la situation, j'en suis désolé. Combien d'agressions ont eu lieu jusqu'à présent ? Il y en a eu deux de plus cet après-midi, n'est-ce pas ? A ce rythme, il ne restera bientôt plus aucun enfant de Moldus à Poudlard et nous sommes tous conscients de l'*horrible* perte que cela représenterait pour l'école.

– Attendez, attendez, Lucius, dit Fudge, l'air affolé. Dumbledore suspendu ? Non, non, c'est la dernière des choses à faire...

– La nomination – ou la suspension – du directeur relève de la décision du conseil d'administration, Fudge, répliqua Mr Malefoy d'une voix douce. Et comme Dumbledore a été incapable de mettre un terme à ces agressions...

– Voyons, Lucius, si Dumbledore ne peut pas y mettre un terme, qui donc en sera capable ? dit Fudge.

On voyait des gouttes de transpiration apparaître sur sa lèvre supérieure.

– Nous verrons bien, déclara Mr Malefoy avec un sourire mauvais. Mais les douze membres du conseil ont voté...

Hagrid se leva d'un bond. Sa tête hirsute touchait presque le plafond.

– Et quels ont été vos arguments pour les convaincre ? rugit-il. Les menaces ? Le chantage ?

– Mon cher Hagrid, dit Mr Malefoy, votre caractère emporté vous attirera un jour de sérieux ennuis. Je vous conseille de ne pas crier comme ça lorsque vous aurez affaire aux gardiens d'Azkaban. Ils n'aimeraient pas ça du tout.

– Vous ne pouvez pas renvoyer Dumbledore ! hurla-t-il si fort que Crockdur alla se réfugier dans son panier en tremblant. S'il s'en va, les enfants de Moldus sont condamnés ! La prochaine fois, il y aura des morts !

– Calmez-vous, Hagrid, dit sèchement Dumbledore.

Il se tourna vers Lucius Malefoy.

– Si le conseil d'administration souhaite mon départ, Lucius, je m'en irai, bien entendu.

– Mais... balbutia Fudge.

– Non ! gronda Hagrid.

Le regard bleu de Dumbledore fixait les yeux gris et glacés de Lucius Malefoy.

– Cependant, reprit Dumbledore en parlant très lentement comme s'il tenait à ce qu'on ne perde pas un mot de ce qu'il allait dire, vous vous apercevrez que je n'aurai véritablement quitté l'école que lorsqu'il n'y aura plus personne pour me rester fidèle. Vous vous apercevrez aussi qu'à Poudlard, une aide sera toujours apportée à ceux qui la demandent.

Pendant un instant, Harry eut la quasi-certitude que les yeux de Dumbledore s'étaient tournés vers le coin de la cabane où il était caché avec Ron.

– Ce sont là des sentiments admirables, déclara Malefoy en s'inclinant. Nous regretterons tous votre... heu... façon très personnelle de diriger les choses, Albus, et j'espère simplement que votre successeur saura empêcher que... heu... *« la prochaine fois, il y ait des morts... »*.

Il s'avança vers la porte, l'ouvrit, et s'inclina en faisant signe à Dumbledore de sortir. Fudge, qui tripotait toujours son chapeau, attendit que Hagrid passe devant lui, mais Hagrid resta immobile. Il prit une profonde inspiration et dit en détachant bien ses mots :

– Si quelqu'un voulait découvrir *quelque chose*, il lui suffirait de suivre les *araignées*. Elles leur indiqueraient le bon chemin ! C'est tout ce que j'ai à dire !

Fudge le regarda d'un air stupéfait.

– Voilà, j'arrive, dit Hagrid en enfilant son manteau.

Mais au moment où il allait franchir la porte derrière Fudge, il marqua une pause et dit d'une voix forte :

– Il faudra que quelqu'un donne à manger à Crockdur pendant que je ne serai pas là.

La porte claqua et Ron enleva la cape d'invisibilité.

– On a vraiment des ennuis, maintenant, dit-il d'une voix rauque. Sans Dumbledore, ils feraient tout aussi bien de fermer l'école dès ce soir. S'il s'en va, il y aura une agression par jour.

Crockdur se mit alors à gémir en grattant à la porte.

15
ARAGOG

L'été annonçait son arrivée : le ciel et l'eau du lac avaient pris la même couleur bleu pervenche et des fleurs grosses comme des choux avaient éclos dans les serres. Mais depuis qu'on ne voyait plus Hagrid arpenter le parc, Crockdur sur ses talons, Harry trouvait que le décor avait beaucoup perdu de son charme. A l'intérieur du château, c'était encore pire.

Harry et Ron avaient essayé d'aller voir Hermione, mais les visiteurs étaient désormais interdits à l'infirmerie.

– Nous ne voulons plus prendre de risques, leur avait expliqué Madame Pomfresh. L'agresseur pourrait revenir achever nos malades.

Avec le départ de Dumbledore, la peur était à son comble et le soleil qui baignait de sa tiédeur les murs du château semblait incapable de réchauffer l'atmosphère. Les visages étaient inquiets, tendus et lorsqu'il arrivait qu'un rire retentisse dans un couloir, il paraissait si aigu, si peu naturel, qu'il s'étouffait très vite.

Harry se répétait sans cesse les paroles que Dumbledore avait prononcées avant de partir : *Je n'aurai véritablement quitté l'école que lorsqu'il n'y aura plus personne pour me rester fidèle... A Poudlard, une aide sera toujours apportée à ceux qui la demandent.*

Mais à quoi pouvaient-elles leur servir ? A qui devaient-ils demander de l'aide alors que tout le monde était aussi déboussolé et terrifié qu'eux ?

L'allusion de Hagrid aux araignées était beaucoup plus facile à comprendre. L'ennui, c'était qu'apparemment, il ne restait plus la moindre araignée dans le château. Partout où il allait, Harry s'efforçait d'en trouver, avec l'aide (plutôt réticente) de Ron. Bien entendu, l'interdiction faite aux élèves de se promener tout seuls les gênait dans leurs recherches. Ils devaient à présent se déplacer en groupe. La plupart de leurs condisciples paraissaient satisfaits d'être ainsi menés de classe en classe par leurs professeurs, comme un troupeau, mais Harry trouvait ce système exaspérant.

Il y avait pourtant quelqu'un que cette atmosphère de terreur et de suspicion semblait ravir : Drago Malefoy arpentait les couloirs d'un pas conquérant, comme s'il venait d'être nommé préfet-en-chef. Ce fut pendant le cours de potions qui eut lieu deux semaines après le départ de Dumbledore et de Hagrid que Harry comprit ce qui le réjouissait tellement. Ce jour-là, Harry, qui était assis derrière Malefoy, l'entendit parler à Crabbe et à Goyle d'un ton triomphant.

– J'ai toujours su que mon père arriverait à nous débarrasser de Dumbledore, dit-il sans se soucier de baisser la voix. Je vous ai dit qu'il a toujours pensé que Dumbledore était le pire directeur que l'école ait jamais eu. Peut-être qu'on va avoir un directeur digne de ce nom, maintenant, quelqu'un qui n'interdira pas qu'on ouvre la Chambre des Secrets. McGonagall ne va pas durer longtemps, elle assure l'intérim, c'est tout...

Rogue passa à côté de Harry sans faire de commentaire sur la chaise vide d'Hermione.

– Monsieur, dit Malefoy d'une voix forte. Pourquoi ne seriez-vous pas candidat au poste de directeur ?

– Allons, allons, Malefoy, répondit Rogue en laissant un sourire s'esquisser sur ses lèvres minces. Le professeur Dumbledore a été seulement suspendu par le conseil d'administration. Je ne doute pas qu'il sera bientôt de retour parmi nous.

– Si vous étiez candidat, vous auriez sûrement le vote de mon père, dit Malefoy avec un sourire entendu. Je vais dire à mon père que vous êtes le meilleur professeur de l'école, Monsieur.

Rogue sourit à son tour en se dirigeant vers une autre table. Il n'avait pas vu Seamus Finnigan qui faisait semblant de vomir dans son chaudron.

– Ça m'étonne que les Sang-de-Bourbe n'aient pas déjà fait leurs valises, reprit Malefoy. Je parie cinq Gallions que le prochain va mourir. Dommage que ça n'ait pas été Granger...

La cloche sonna au même moment. C'était une chance : en entendant les dernières paroles de Malefoy, Ron avait bondi de sa chaise, mais dans la mêlée des élèves qui se hâtaient de ramasser leurs affaires, sa tentative de se ruer sur Malefoy passa inaperçue.

– Lâchez-moi, grogna Ron à Harry et à Dean qui le retenaient chacun par un bras. Je m'en fiche, je n'ai pas besoin de ma baguette, cette fois-ci, je vais le tuer à mains nues...

– Allons, dépêchez-vous, aboya Rogue, il faut que je vous emmène au cours de botanique, maintenant.

Rogue les conduisit en rang par deux, Harry, Ron et Dean fermant la marche. Ron essayait toujours de se dégager. Ils ne purent le lâcher que lorsque Rogue les eut amenés hors du château et qu'ils traversèrent le potager en direction des serres.

Le cours de botanique ne fut pas très animé. Il manquait à présent deux élèves : Justin et Hermione.

Le professeur Chourave leur fit tailler des figuiers d'Abyssinie. Harry alla jeter une brassée de tiges desséchées sur le tas de compost et se trouva soudain face à face avec Ernie MacMillan. Ernie prit une profonde inspiration et déclara d'un ton solennel :

– Je voulais te dire que j'étais désolé de t'avoir soupçonné, Harry. Je sais bien que tu ne te serais jamais attaqué à Hermione Granger et je te prie de m'excuser pour tout ce que j'ai dit. Maintenant, nous sommes tous dans le même bateau et…

Il lui tendit une main potelée que Harry serra sans hésitation.

Ron, Harry, Ernie et son amie Hannah firent équipe pour tailler les plantes que leur avait confiées le professeur Chourave.

– Ce Drago Malefoy a l'air très content de ce qui se passe, dit Ernie en arrachant une brindille morte. Je me demande si ce n'est pas lui, l'héritier de Serpentard.

– Bien raisonné, ironisa Ron qui ne lui avait pas pardonné aussi facilement que Harry.

– Et toi, Harry, tu crois que c'est Malefoy ? demanda Ernie.

– Non, répondit Harry.

Ernie et Hannah le regardèrent avec des yeux ronds, surpris de son ton catégorique.

Un instant plus tard, Harry repéra soudain quelque chose qui lui fit faire un faux mouvement. Il faillit planter son sécateur dans la main de Ron.

– Aïe ! s'écria Ron.

Harry lui montra du doigt plusieurs araignées de grande taille qui se déplaçaient rapidement sur le sol de terre, un peu plus loin.

– Ah, oui, tiens… dit Ron en essayant sans succès de se réjouir de cette découverte. Mais on ne peut pas les suivre maintenant.

Ernie et Hannah les écoutaient, l'air intrigué. Harry, les yeux fixés sur les araignées, les regardait courir.

– On dirait qu'elles se dirigent vers la forêt interdite...

Ron eut de plus en plus de mal à paraître réjoui.

A la fin du cours, le professeur Rogue les conduisit dans la salle où devait avoir lieu le cours de Défense contre les Forces du Mal. Harry et Ron traînaient derrière pour pouvoir parler sans être entendus des autres.

– On va de nouveau se servir de la cape d'invisibilité, dit Harry. On pourrait emmener Crockdur avec nous. Il a l'habitude d'aller dans la forêt interdite avec Hagrid. Peut-être qu'il nous sera utile.

– D'accord, dit Ron en tournant sa baguette entre ses doigts d'un geste nerveux. Mais il paraît qu'il y a des... heu... des loups-garous dans la forêt, c'est ce qu'on dit, non ? ajouta-t-il alors qu'ils s'asseyaient à leurs places habituelles dans la salle de classe de Lockhart.

Harry préféra esquiver la question.

– Il y a aussi des créatures plus fréquentables dans la forêt. Les centaures, par exemple, ou les licornes.

Ron n'était jamais allé dans la forêt interdite. Harry y avait pénétré une seule fois en espérant ne jamais y retourner.

Lockhart entra dans la classe d'un pas bondissant et tout le monde le regarda avec des yeux ronds. Les autres professeurs avaient l'air plus sombre que jamais, mais Lockhart, lui, semblait enchanté.

– Allons, pourquoi ces mines sinistres ? s'écria-t-il en adressant à la classe un sourire rayonnant.

Les élèves échangèrent des regards exaspérés, mais personne ne répondit.

– Voyons, vous ne vous rendez pas compte, dit Lockhart en parlant lentement comme s'il s'adressait à des demeurés, que tout danger est désormais écarté ? Le coupable n'est plus là.

– Comment ça ? lança Dean Thomas d'une voix forte.

– Jeune homme, le ministre de la Magie n'aurait pas

emmené Hagrid s'il n'avait pas été sûr à cent pour cent que c'était lui le coupable, répondit Lockhart sur un ton d'évidence.

– Oh, si, il l'aurait emmené quand même, dit Ron encore plus fort que Dean.

– Je me flatte d'en savoir un petit peu plus que vous sur l'arrestation de Hagrid, Mr Weasley, répliqua Lockhart d'un ton satisfait.

Ron faillit dire qu'il n'en était pas convaincu, mais Harry l'interrompit en lui donnant un coup de pied sous la table.

– On n'était pas censés être sur place, murmura Harry.

Mais l'allégresse écœurante de Lockhart, sa façon de laisser croire qu'il avait toujours considéré Hagrid comme un personnage peu recommandable, et sa certitude que tout était désormais terminé mirent Harry tellement en colère qu'il faillit lui envoyer un de ses propres livres à la figure. Il se retint cependant et se contenta de faire passer à Ron un mot sur lequel il avait écrit : *Allons-y dès ce soir.*

Ron pâlit un peu en lisant le message, mais un regard à la chaise vide d'Hermione renforça sa détermination et il approuva d'un signe de tête.

La salle commune des Gryffondor était toujours bondée à cause de l'interdiction de sortir après six heures du soir. Et comme les sujets de conversation ne manquaient pas, il n'était pas rare que nombre d'élèves y restent jusqu'à minuit.

Dès la fin du dîner, Harry alla chercher sa cape d'invisibilité dans sa valise et resta assis dessus toute la soirée en attendant que la salle commune se vide. Il était plus de minuit quand Fred, George et Ginny, qui étaient restés les derniers, allèrent enfin se coucher.

Lorsque Harry et Ron eurent entendu les portes des

dortoirs se refermer, ils s'enveloppèrent dans la cape d'invisibilité et sortirent dans le couloir.

Après avoir soigneusement évité les professeurs qui continuaient de surveiller les couloirs, ils arrivèrent enfin devant la grande porte du hall d'entrée et se glissèrent sans bruit dans le parc éclairé par la lune.

– On va peut-être s'apercevoir que les araignées n'allaient pas du tout dans la forêt, même si elles en prenaient la direction... dit Ron avec une nuance d'espoir.

Ils atteignirent bientôt la cabane de Hagrid qui paraissait triste et misérable avec ses fenêtres éteintes. Lorsque Harry poussa la porte, Crockdur parut fou de joie et se mit à lancer des aboiements joyeux qui risquaient de réveiller tout le château. Pour le faire taire, Harry et Ron lui donnèrent des caramels qui collèrent les dents du molosse et l'empêchèrent d'aboyer.

Harry posa la cape d'invisibilité sur la table. Ils n'en auraient pas besoin dans l'obscurité de la forêt.

– Viens, Crockdur, dit Harry en le caressant, on va se promener.

Le chien bondit hors de la cabane et se précipita vers la lisière de la forêt où il leva la patte contre un énorme sycomore.

Harry sortit sa baguette magique et murmura :

– *Lumos !*

Aussitôt, une petite lumière apparut à l'extrémité de la baguette, diffusant une lueur suffisante pour repérer la présence d'araignées par terre.

– Bonne idée, dit Ron. J'aurais bien voulu en faire autant, mais dans l'état où est ma baguette... elle risque d'exploser.

Harry donna une petite tape sur l'épaule de Ron en montrant la pelouse. Deux araignées solitaires fuyaient la lumière de la baguette pour se réfugier sous les arbres.

– D'accord, soupira Ron, comme s'il se résignait au pire. Je suis prêt, allons-y.

Ils pénétrèrent alors dans la forêt, accompagnés de Crockdur qui gambadait autour d'eux. Eclairés par la baguette de Harry, ils suivirent une file d'araignées qui avançaient le long du chemin. Ils marchèrent ainsi pendant une vingtaine de minutes, sans échanger un mot, l'oreille tendue, à l'affût du moindre bruit insolite. Les arbres devenaient de plus en plus touffus et bientôt, ils ne virent même plus les étoiles au-dessus de leurs têtes. La lune avait disparu, ils ne pouvaient plus compter que sur la lueur de la baguette magique pour les éclairer. Soudain, ils virent les araignées changer de direction et quitter le sentier.

Harry s'immobilisa, essayant de voir où elles allaient, mais les alentours étaient plongés dans d'épaisses ténèbres que la baguette magique ne parvenait pas à dissiper. Jamais il ne s'était aventuré si loin dans la forêt et il se souvenait très bien de ce que Hagrid lui avait conseillé la dernière fois qu'il l'y avait accompagné : surtout ne pas s'écarter du sentier. Mais Hagrid était loin, à présent, sans doute dans une cellule de la prison d'Azkaban et il avait bien recommandé, avant de partir, de suivre les araignées.

Quelque chose d'humide toucha la main de Harry et il fit un saut en arrière, écrasant le pied de Ron, mais ce n'était que le museau de Crockdur.

– Qu'est-ce qu'on fait ? demanda Harry à Ron dont les yeux reflétaient la lueur de la baguette.

– Allons-y, maintenant qu'on est là, répondit Ron.

Et ils s'enfoncèrent dans les sous-bois, à la suite des araignées. Ils avançaient avec difficulté, à présent : des racines et des souches d'arbre à peine visibles dans l'obscurité se dressaient sous leurs pas. Harry sentait le souffle chaud de Crockdur sur sa main. Plus d'une fois, ils durent s'arrêter pour que Harry, accroupi, cherche les araignées à la lueur de sa baguette magique.

Ils marchèrent péniblement pendant au moins une demi-heure, les pans de leur robe s'accrochant sans cesse dans les buissons et les branches basses. Les arbres étaient toujours aussi touffus, mais le terrain descendait maintenant en pente douce.

Soudain, Crockdur lança un aboiement retentissant. Harry et Ron firent un bond.

– Qu'est-ce qu'il y a ? dit Ron à haute voix en scrutant les ténèbres.

– Quelque chose a bougé, là-bas, souffla Harry, quelque chose de très grand.... Ecoute...

Ils tendirent l'oreille. Un peu plus loin sur leur droite, la chose en question se frayait un chemin parmi les arbres en écrasant des branches basses.

– Oh, non, gémit Ron, oh, non, oh, non, oh...

– Silence, dit précipitamment Harry, il va t'entendre.

– M'entendre, *moi* ? dit Ron d'une voix plus aiguë qu'à l'ordinaire. C'est Crockdur qu'il a entendu.

Terrifiés, immobiles, ils attendirent. Il y eut un étrange grondement, puis à nouveau le silence.

– Qu'est-ce qu'il fait ? dit Harry.

– Il doit se préparer à attaquer, dit Ron.

Ils attendirent encore quelques instants, tremblant de tous leurs membres.

– Tu crois qu'il est parti ? murmura Harry.

– Sais pas...

Sur leur droite jaillit alors un rayon de lumière si puissant qu'il durent mettre les mains en visière pour se protéger les yeux. Crockdur poussa un jappement et tenta de s'enfuir mais il se prit les pattes dans un buisson d'épines et se mit à japper de plus en plus fort.

– Harry ! s'exclama Ron, d'une voix soudain claironnante qui exprimait son soulagement. Harry, c'est la voiture !

– *Quoi ?*

– Viens !

Trébuchant à chaque pas, Harry suivit Ron en direction de la lumière. Un instant plus tard, ils débouchèrent dans une clairière.

La voiture de Mr Weasley, vide et les phares allumés, leur apparut au milieu d'un cercle d'arbres dont l'épais feuillage formait comme un toit au-dessus d'elle Lorsque Ron, bouche bée, s'avança dans la clairière, la voiture roula lentement vers lui. On aurait dit un gros chien vert turquoise venu accueillir son maître.

– Elle est restée ici pendant tout ce temps ! dit Ron d'un air ravi en faisant le tour de la voiture. Regarde, à force de vivre dans la forêt, elle est retournée à l'état sauvage...

Les ailes de la voiture étaient rayées et couvertes de boue. Apparemment, elle s'était habituée à se promener toute seule dans la forêt. Crockdur ne semblait pas du tout à son aise : il restait tout contre Harry qui le sentait trembler. Harry, qui avait retrouvé une respiration normale, remit sa baguette magique dans sa poche.

– Et on croyait qu'elle allait nous attaquer ! s'exclama Ron, appuyé contre la voiture qu'il caressait comme un chien. Je me demandais où elle était passée !

Harry profita de la lumière des phares pour voir s'il y avait d'autres araignées, mais cette soudaine clarté les avait fait fuir.

– On a perdu la piste, dit-il. Viens, il faut la retrouver.

Mais Ron ne répondit pas. Il resta immobile, les yeux fixés sur quelque chose, derrière Harry. Son visage était devenu livide de terreur.

Harry n'eut même pas le temps de tourner la tête. Il y eut un cliquetis sonore et une longue chose hérissée de poils s'enroula soudain autour de sa taille puis le souleva de terre en le retournant la tête en bas. Pris de panique, il essaya de se débattre mais il entendit un autre cliquetis et vit les pieds de Ron quitter le sol à leur tour. Il eut encore le temps d'entendre les gémissements apeurés de Crockdur avant de se sentir emporté dans les profondeurs de la forêt.

Toujours la tête en bas, Harry vit que la créature qui s'était emparée de lui marchait sur six pattes immenses et poilues, sans compter les deux autres pattes dans lesquelles elle le tenait étroitement serré. Il aperçut également au-dessus de lui une paire de pinces noires et brillantes. Une autre créature semblable, celle qui portait Ron, marchait derrière. Crockdur, prisonnier d'un troisième monstre, gémissait un peu plus loin en se débattant vainement, mais Harry, lui, aurait été incapable de crier même s'il l'avait voulu ; il lui semblait qu'il avait laissé sa voix avec la voiture, dans la clairière.

Il n'avait aucune idée du temps qu'il avait passé entre les pattes de la créature qui avançait à travers la forêt plongée dans d'épaisses ténèbres. Au bout d'un long moment, cependant, l'obscurité se dissipa suffisamment pour distinguer un sol couvert de feuilles et grouillant d'araignées. En se tordant le cou, il réussit à voir qu'ils avaient atteint une sorte de vaste fosse dépourvue d'arbres. Les étoiles et la lune qui brillaient à nouveau éclairaient le spectacle le plus terrifiant qu'il lui ait jamais été donné de contempler.

Des araignées. Non pas de petites araignées semblables à celles qu'il avait vues sillonner le sol quelques instants auparavant, mais d'énormes monstres de la taille d'un camion, pourvus de quatre paires d'yeux et de huit pattes gigantesques, noires et couvertes de poils. L'effroyable créature qui le retenait prisonnier descendit la pente escarpée en direction d'un dôme en toile d'araignée qui occupait le centre de la fosse. Ses congénères se précipitèrent alors de tous côtés en agitant frénétiquement leurs pinces à la vue de la proie qu'elle transportait.

L'araignée géante lâcha enfin Harry qui tomba à quatre pattes. Ron et Crockdur atterrirent à ses côtés. Le molosse ne gémissait plus, il restait silencieux, recroquevillé et tremblant. Quant à Ron, son visage exprimait exactement ce que Harry ressentait : il avait la bouche grande ouverte dans une sorte de hurlement muet et les yeux lui sortaient de la tête.

Tout à coup, Harry s'aperçut que l'araignée qui venait de le relâcher était en train de dire quelque chose. Il avait du mal à l'entendre, car ses pinces cliquetaient bruyamment en même temps qu'elle parlait.

– Aragog ! cria le monstre. Aragog !

Une araignée de la taille d'un petit éléphant émergea alors très lentement du dôme. Les poils de son dos et de ses pattes grisonnaient et les huit yeux de sa grosse tête repoussante étaient tous d'un blanc laiteux. La créature était aveugle.

– Qu'y a-t-il ? demanda-t-elle en agitant rapidement ses pinces.

– Des humains, cliqueta l'araignée qui avait capturé Harry.

– C'est Hagrid ? demanda Aragog en s'approchant.

– Non, des étrangers.

– Alors, tuez-les, cliqueta Aragog d'un ton agacé. J'étais en train de dormir.

– Nous sommes des amis de Hagrid ! s'écria Harry.

Il avait l'impression que son cœur lui était remonté dans la gorge. Il entendit les pinces des araignées cliqueter tout autour de la fosse.

Aragog resta un instant silencieux.

– Hagrid ne nous a jamais envoyé d'hommes, dit lentement le monstre.

– Hagrid a des ennuis, dit Harry, la respiration haletante. C'est pour ça que nous sommes venus.

– Des ennuis ? dit la vieille araignée.

Harry perçut une certaine inquiétude sous le cliquetis de ses pinces.

– Mais pourquoi vous aurait-il envoyés ici ? reprit la créature.

Harry songea à se relever mais il y renonça ; il ne pensait pas que ses jambes étaient capables de le porter. Il resta donc par terre en s'efforçant de parler le plus calmement possible.

– A l'école, ils croient que Hagrid a lâché un... un... quelque chose dans le château, dit-il. Et ils l'ont emmené à la prison d'Azkaban.

Aragog agita ses pinces d'un air furieux. Tout autour de la fosse, les autres araignées l'imitèrent. Elles produisaient un bruit qui ressemblait à des applaudissements, sauf que d'habitude, les applaudissements ne rendaient pas Harry malade de terreur.

– Tout ça s'est passé il y a des années, dit Aragog avec mauvaise humeur. Des années et des années. Je m'en souviens très bien. C'est pour ça qu'ils l'ont renvoyé de l'école. Ils croyaient que c'était moi, le monstre qui habitait ce qu'ils appelaient la Chambre des Secrets. Ils pensaient que Hagrid avait ouvert la Chambre pour me libérer.

– Et vous... vous n'habitiez pas dans la Chambre des Secrets ? dit Harry qui sentait son front se couvrir d'une sueur froide.

– Moi ! s'exclama Aragog dans un cliquetis furieux. Je ne suis pas né au château. Je viens d'un pays lointain. Un voyageur m'a donné à Hagrid quand je n'étais encore qu'un œuf. Hagrid était très jeune à l'époque, mais il s'est occupé de moi, il m'a caché dans un placard de l'école, il m'a donné à manger. Hagrid est un homme généreux et c'est mon ami. Quand on a découvert mon existence et qu'on m'a accusé d'avoir tué une jeune fille, il m'a protégé. Et depuis ce temps-là, je vis ici, dans la forêt, où Hagrid vient parfois me rendre visite. Il m'a même trouvé une épouse, Mosag, et, comme tu peux le voir, ma famille s'est agrandie. Tout cela, je le dois à la bonté de Hagrid...

Harry rassembla ce qui lui restait de courage.

– Alors, vous... vous n'avez jamais attaqué personne ? risqua-t-il.

– Jamais ! grogna la vieille araignée. Mon instinct m'y poussait, mais par respect pour Hagrid, jamais je n'ai fait de mal à un humain. Le corps de la jeune fille qui avait été tuée a été découvert dans des toilettes. Et moi, je ne connaissais du château que le placard où j'ai grandi. Dans notre espèce, nous aimons le calme et l'obscurité...

– Mais... vous savez peut-être qui a tué cette fille ? demanda Harry. Parce qu'aujourd'hui, le monstre est de retour et il s'attaque à nouveau aux élèves.

Ses paroles furent noyées dans un grand cliquetis et un bruissement de pattes qui remuaient avec colère : les énormes silhouettes noires s'étaient mises à s'agiter autour de lui.

– La chose qui vit dans le château, dit Aragog, est une créature très ancienne que nous, les araignées, nous craignons par-dessus tout. Je me souviens comme si c'était hier d'avoir supplié Hagrid de me laisser partir quand j'ai senti que la bête se promenait dans les couloirs.

– Mais qu'est-ce que c'est ? dit précipitamment Harry.

A nouveau, il y eut un cliquetis et un bruissement de pattes : les araignées semblaient se rapprocher.

– Nous n'en parlons jamais ! répliqua Aragog d'un ton féroce. Jamais nous ne la nommons ! Même à Hagrid, je n'ai jamais révélé le nom de l'atroce créature, bien qu'il me l'ait souvent demandé.

Harry ne voulait pas insister. D'ailleurs, Aragog semblait fatigué de parler. Il recula lentement vers son dôme en toile d'araignée. Le cercle de ses congénères, en revanche, se resserra autour de Harry et de Ron.

– Dans ce cas, il ne nous reste plus qu'à partir, dit Harry avec l'énergie du désespoir en entendant des bruissements de pattes derrière lui.

– Partir ? dit lentement Aragog. Je ne crois pas...

– Mais... mais...

– Mes fils et mes filles ne font aucun mal à Hagrid car je le leur interdis. Mais si un peu de viande fraîche s'aventure jusqu'à nous, je ne peux les empêcher d'en profiter. Adieu, amis de Hagrid.

Harry fit volte-face. A quelques mètres de lui se dressait un véritable mur d'araignées dont les pinces cliquetaient avec avidité. Les yeux innombrables de leurs têtes noires et repoussantes brillaient d'une lueur gourmande...

Il fit un geste pour sortir sa baguette magique, mais il savait que c'était inutile, les araignées étaient trop nombreuses. Il se résolut alors à les affronter à mains nues, décidé à vendre chèrement sa peau. Mais au même moment, il entendit retentir un bruit sonore et prolongé tandis qu'une lumière intense illuminait la fosse comme un brusque incendie.

La voiture de Mr Weasley descendait la pente à toute vitesse, pleins phares et klaxon hurlant, bousculant sur son passage les araignées qui tombaient sur le dos, agitant vainement dans les airs leurs pattes interminables. Dans un crissement de pneus, la voiture s'arrêta net devant Harry et Ron et ses portières s'ouvrirent toutes seules.

– Attrape Crockdur ! hurla Harry en se ruant sur le siège avant.

Ron saisit le molosse sous son bras et le jeta à l'arrière de la voiture en s'installant lui-même derrière le volant.

Les portières se refermèrent aussitôt. Ron ne toucha pas à l'accélérateur, mais la voiture ne semblait pas avoir besoin de lui. Le moteur rugit et ils démarrèrent en trombe, renversant au passage d'autres araignées. L'Anglia monta la côte plein gaz, sortit de la fosse et s'enfonça dans la forêt. Indifférente aux branches qui cinglaient son pare-brise, elle se fraya habilement un passage parmi les arbres. De toute évidence, elle connaissait le chemin.

Harry lança à Ron un regard oblique. Sa bouche était toujours grande ouverte, mais ses yeux étaient rentrés dans leurs orbites.

– Ça va ? demanda Harry.

Incapable de prononcer un mot, Ron regardait droit devant lui.

La voiture continua de foncer dans les sous-bois, cassant au passage un rétroviseur extérieur. Sur la banquette arrière, Crockdur hurlait à la mort. Pendant dix minutes, ils traversèrent ainsi la forêt, secoués par les cahots, puis la végétation devint moins dense et Harry aperçut à nouveau le ciel.

La voiture s'arrêta si brusquement qu'ils faillirent se cogner contre le pare-brise. Ils avaient atteint la lisière de la forêt. Lorsque Harry ouvrit la portière, Crockdur se précipita au-dehors et courut vers la cabane de Hagrid, la queue entre les jambes. Harry sortit à son tour mais il fallut une minute entière à Ron pour retrouver un peu ses esprits. La nuque raide, les yeux fixes, il quitta enfin son siège. Harry donna une petite tape amicale à la voiture qui recula et disparut à nouveau dans la forêt.

Harry retourna prendre sa cape d'invisibilité dans la cabane de Hagrid. Crockdur, tout tremblant, s'était réfugié dans son panier, sous une couverture. Lorsque Harry ressortit, Ron était en train de vomir dans le potager.

– Suivre les araignées, dit Ron d'une voix faible en s'essuyant la bouche d'un revers de manche. Je ne le pardonnerai jamais à Hagrid. On a de la chance d'être encore vivants.

– Il devait penser qu'Aragog ne ferait pas de mal à ses amis, dit Harry.

– C'est ça, le problème de Hagrid ! répliqua Ron. Il croit toujours que les monstres ne sont pas aussi mauvais qu'on le dit et regarde où ça l'a mené ! Dans une cellule de la prison d'Azkaban ! A quoi ça servait de nous envoyer là-bas ? Qu'est-ce qu'on a appris ?

– Que Hagrid n'a jamais ouvert la Chambre des Secrets, répondit Harry en se cachant avec Ron sous la cape d'invisibilité. Il était innocent.

Ron haussa les épaules : de toute évidence, faire éclore en cachette un œuf d'araignée géante ne correspondait pas exactement à l'idée qu'il se faisait de l'innocence.

Tandis qu'ils approchaient du château, Harry secoua la cape pour s'assurer qu'elle cachait bien leurs pieds, puis il entrebâilla la porte qui s'ouvrit en grinçant. Ils se glissèrent avec précaution dans le hall d'entrée et gravirent les marches de l'escalier de marbre, retenant leur souffle lorsqu'ils passaient devant des couloirs où patrouillaient des sentinelles aux aguets. Enfin, ils arrivèrent dans la salle commune de Gryffondor où des braises se consumaient encore dans la cheminée. Ils ôtèrent alors la cape et montèrent dans le dortoir.

Ron se laissa tomber dans son lit sans prendre la peine de se déshabiller. Harry, lui, n'avait pas sommeil. Il s'assit au bord de son lit et repensa à tout ce qu'Aragog leur avait dit.

Le monstre qui se cachait dans le château semblait être une sorte de Voldemort animal : même les autres créatures n'osaient pas prononcer son nom. Mais

Harry et Ron ne savaient toujours pas qui il était, ni comment il s'y prenait pour pétrifier ses victimes. Hagrid lui-même n'avait jamais su ce que cachait la Chambre des Secrets.

Harry s'allongea sur son lit en regardant la lune qui brillait à travers la fenêtre de la tour.

Il n'avait plus aucune idée de ce qu'il convenait de faire à présent. Ils se trouvaient dans une impasse. Jedusor s'était trompé de coupable, l'héritier de Serpentard avait réussi à s'échapper et personne ne savait si c'était la même personne ou quelqu'un d'autre qui avait ouvert la Chambre des Secrets pour la deuxième fois.

Harry commençait enfin à somnoler lorsqu'il pensa soudain à quelque chose. Il restait peut-être un dernier espoir !

– Ron ! chuchota-t-il. Ron !

Ron se réveilla en laissant échapper un gémissement qui ressemblait aux jappements de Crockdur.

– Ron, cette fille qui est morte... Aragog a dit qu'elle avait été trouvée dans les toilettes. Imagine qu'elle n'en soit jamais sortie depuis ce temps-là ? Et qu'elle s'y trouve toujours ?

Ron se frotta les yeux. Dans un rayon de lune, Harry le vit froncer les sourcils. Et soudain, il sembla comprendre.

– Ne me dis pas que... balbutia-t-il. Tu penses à... *Mimi Geignarde* ?

16
La Chambre des Secrets

– Quand je pense à tout le temps qu'on a passé dans ces toilettes, à quelques mètres d'elle, dit Ron le lendemain matin, à la table du petit déjeuner. Il suffisait de lui demander… Et maintenant…

Ils avaient déjà eu du mal à partir à la recherche des araignées sans se faire remarquer. A présent, il leur paraissait quasiment impossible d'échapper suffisamment longtemps à la surveillance de leurs professeurs pour se glisser dans les toilettes des filles, à l'endroit même où avait eu lieu la première agression.

Mais pendant le cours de métamorphose, le professeur McGonagall leur annonça une nouvelle qui, pour la première fois depuis des semaines, chassa de leur esprit la Chambre des Secrets : les examens de fin d'année allaient commencer à la date du premier juin.

– Les *examens* ? s'exclama Seamus Finnigan. On va quand même avoir des *examens* ?

Il y eut une forte détonation derrière Harry lorsque Neville Londubat laissa échapper sa baguette magique qui fit disparaître l'un des pieds de sa table. Le professeur McGonagall le remit aussitôt en place d'un simple mouvement de sa propre baguette et se tourna vers Seamus en fronçant les sourcils.

– Si nous faisons tout notre possible pour que l'école reste ouverte, dit-elle d'un ton sévère, c'est pour que vous puissiez poursuivre vos études. Par conséquent, les examens se dérouleront comme d'habitude et je vous conseille de réviser très sérieusement.

Réviser très sérieusement ! Jamais il n'était venu à l'idée de Harry que les examens puissent avoir lieu dans les circonstances présentes. Des murmures de protestation s'élevèrent dans la classe et le professeur McGonagall fronça un peu plus les sourcils.

– Le professeur Dumbledore nous a donné pour consigne de faire fonctionner l'école le plus normalement possible, dit-elle. Ce qui signifie, est-il besoin de le préciser, que nous devons mesurer en fin d'année ce que vous avez retenu de vos cours.

Harry regarda les deux lapins qu'il était censé transformer en pantoufles. Qu'avait-il donc appris, cette année ? Rien qui puisse lui servir à passer un examen, en tout cas...

Ron avait l'air aussi consterné que si on venait de le condamner à vivre dans la forêt interdite pour le reste de ses jours.

– Tu me vois passer des examens avec ça ? dit-il à Harry en montrant sa baguette magique rafistolée qui laissait échapper un sifflement inquiétant.

Trois jours avant leur premier examen, le professeur McGonagall s'adressa à nouveau aux élèves à l'heure du petit déjeuner.

– J'ai de bonnes nouvelles à vous annoncer, dit-elle.

Des exclamations retentirent aussitôt dans la Grande Salle.

– Dumbledore revient ! lancèrent plusieurs élèves d'un ton joyeux.

– Vous avez attrapé l'héritier de Serpentard ! s'écria une élève de Serdaigle.

– Les matches de Quidditch reprennent ! rugit Dubois, surexcité.

Lorsque le tumulte se fut apaisé, le professeur McGonagall reprit la parole :

– Le professeur Chourave vient de m'informer que les mandragores sont enfin prêtes à être coupées. Ce soir, nous serons en mesure de ranimer les élèves qui ont été pétrifiés. L'un ou l'une d'entre eux pourra peut-être nous révéler qui les a attaqués et j'ai bon espoir que cette terrible année se termine avec la capture du coupable.

Il y eut alors une véritable explosion de joie. Harry jeta un coup d'œil à la table des Serpentard et ne fut pas surpris de voir que Drago Malefoy ne participait pas à l'allégresse générale. Il y avait longtemps, en revanche, que Ron n'avait pas paru aussi heureux.

– Maintenant, on n'a plus besoin de rien demander à Mimi, dit-il à Harry. Hermione pourra sans doute répondre à toutes les questions quand elle se réveillera. Elle va être folle quand elle saura qu'on a les examens dans trois jours. Elle n'aura pas eu le temps de réviser. Il vaudrait peut-être mieux la laisser dans l'état où elle est jusqu'à ce qu'ils soient terminés.

A cet instant, Ginny vint s'asseoir à côté de Ron. Elle avait l'air tendue, inquiète, et Harry remarqua qu'elle n'arrêtait pas de se tordre les mains.

– Qu'est-ce qui se passe ? demanda Ron.

Ginny ne répondit pas. Elle regardait à droite et à gauche d'un air apeuré qui rappelait quelqu'un à Harry, mais il n'aurait su dire qui.

– Allez, vas-y, raconte, dit Ron.

Harry se rappela soudain à qui Ginny le faisait penser. Elle se balançait légèrement sur sa chaise, d'avant en arrière, exactement comme Dobby lorsqu'il était sur le point de révéler quelque chose qu'il n'avait pas le droit de dire.

– Il faut que je te dise quelque chose, marmonna Ginny en évitant soigneusement de regarder Harry.
– Quoi ? demanda celui-ci.
Ginny semblait avoir du mal à trouver les mots qui convenaient.
– Quoi ? répéta Ron.
Ginny ouvrit la bouche, mais aucun son n'en sortit. Harry se pencha en avant et parla à voix basse pour que seuls Ginny et Ron puissent l'entendre.
– Ça concerne la Chambre des Secrets ? demanda-t-il. Tu as vu quelque chose ? Quelqu'un qui t'a paru suspect ?
Ginny prit une profonde inspiration, mais à ce moment précis, Percy Weasley apparut, le teint pâle, le visage fatigué.
– Si tu as fini de manger, je vais prendre ta place, Ginny, dit-il. Je meurs de faim. Je viens de faire une tournée d'inspection.
Ginny se leva d'un bond, comme si elle avait reçu une décharge électrique. Elle lança à Percy un bref regard d'effroi et s'enfuit aussitôt. Percy se laissa tomber sur la chaise libre et prit une tasse au milieu de la table.
– Percy ! dit Ron d'un ton furieux. Elle s'apprêtait à nous dire quelque chose d'important !
Percy, qui était en train de boire une gorgée de thé, avala de travers.
– Quel genre de chose ? demanda-t-il en toussant.
– Je lui ai demandé si elle n'avait rien vu d'anormal et elle a commencé à dire que...
– Oh, mais ça n'a rien à voir avec la Chambre des Secrets, coupa Percy.
– Comment le sais-tu ? s'étonna Ron.
– Oh, si tu tiens vraiment à le savoir, heu... voilà... L'autre jour, Ginny est tombée sur moi alors que j'étais... Enfin bon, peu importe, elle m'a vu en train de

faire quelque chose et, heu... je lui ai dit de n'en parler à personne. Je croyais qu'elle tiendrait parole, mais de toute façon, ce n'est vraiment rien du tout...

Harry n'avait jamais vu Percy aussi mal à l'aise.

– Qu'est-ce que tu étais en train de faire ? demanda Ron avec un sourire. Vas-y, dis-nous, je te promets qu'on ne se moquera pas de toi.

Percy, lui, n'avait pas la moindre envie de sourire.

– Passe-moi les petits pains, Harry, dit-il. Je meurs de faim.

Harry savait que tout le mystère serait peut-être résolu dès le lendemain sans leur aide, mais si l'occasion se présentait de parler à Mimi, il ne voulait pas la laisser échapper. Pour sa plus grande joie, cette occasion lui fut donnée au milieu de la matinée, alors que Gilderoy Lockhart les accompagnait au cours d'histoire de la magie.

Lockhart, qui leur avait si souvent assuré que tout danger était écarté, ce que les faits avaient démenti, était à présent convaincu qu'il n'était plus besoin d'escorter les élèves entre les cours. Ses cheveux n'étaient pas aussi soignés qu'à l'ordinaire : apparemment, il était resté debout la plus grande partie de la nuit à patrouiller au quatrième étage.

– Souvenez-vous de ce que je vous dis, déclara-t-il, quand ils se réveilleront, les premiers mots que prononceront ces malheureux seront : « C'était Hagrid. » Très franchement, je m'étonne que le professeur McGonagall estime encore nécessaire de prendre toutes ces mesures de sécurité.

– Je suis d'accord avec vous, Monsieur, dit Harry.

Ron fut tellement surpris qu'il laissa tomber ses livres par terre.

– Merci, Harry, dit Lockhart d'un ton aimable. Nous

autres, professeurs, avons suffisamment à faire sans être obligés en plus de vous accompagner dans les couloirs et de surveiller le château toute la nuit.

– Ça, c'est vrai, dit Ron. Vous feriez mieux de nous laisser continuer tout seuls, Monsieur, nous n'avons plus qu'un couloir à parcourir.

– Vous avez raison, Weasley, c'est ce que je vais faire, dit Lockhart. Il vaut mieux que j'aille préparer mon prochain cours.

Et il s'en alla.

– Préparer son cours, ricana Ron. Se recoiffer, plutôt.

Ils laissèrent les autres élèves de Gryffondor passer devant eux, puis ils se précipitèrent dans un couloir latéral et se hâtèrent en direction des toilettes de Mimi Geignarde.

– Potter ! Weasley ! Qu'est-ce que vous faites là ?

Harry et Ron se figèrent sur place. C'était le professeur McGonagall, les lèvres plus minces que jamais.

– Nous étions... nous allions... balbutia Ron. Nous allions voir...

– Hermione, acheva Harry.

Le professeur McGonagall se tourna vers lui en même temps que Ron.

– Il y a un temps fou qu'on ne l'a pas vue, professeur, reprit Harry, et nous pensions lui faire une petite visite à l'infirmerie pour lui dire que les mandragores étaient prêtes et que... qu'elle ne devait pas s'inquiéter...

Le professeur McGonagall ne l'avait pas quitté du regard et pendant un instant, Harry pensa qu'elle allait exploser, mais elle lui répondit d'une voix étrangement rauque :

– Bien sûr, je comprends...

Stupéfait, Harry vit alors une larme briller dans ses yeux.

– Je comprends ce qu'ont dû souffrir les amis de ceux

qui ont été... Je le comprends très bien. Bien sûr, Potter, vous pouvez aller voir Miss Granger. Je vais informer le professeur Binns que vous n'assisterez pas à son cours. Dites à Madame Pomfresh que je vous ai donné mon autorisation.

Harry et Ron s'éloignèrent en ayant peine à croire qu'ils aient pu échapper à une retenue. Lorsqu'ils eurent tourné à l'angle du couloir, ils entendirent le professeur McGonagall se moucher.

– Ça, c'est vraiment la meilleure excuse que tu aies jamais trouvée, dit Ron d'un ton admiratif.

A présent, ils étaient obligés de se rendre à l'infirmerie et de dire à Madame Pomfresh que le professeur McGonagall leur avait donné la permission de voir Hermione.

Madame Pomfresh les laissa entrer à contrecœur.

– Ça ne sert à rien de parler à quelqu'un qui a été pétrifié, fit-elle remarquer.

Lorsqu'ils se furent assis devant le lit d'Hermione, Harry et Ron se rendirent compte qu'elle avait raison. De toute évidence, Hermione n'était pas en état de s'apercevoir qu'elle avait de la visite. Ils auraient pu tout aussi bien s'adresser à l'armoire avec le même résultat.

– Je me demande si elle a vu son agresseur, dit Ron en contemplant avec tristesse le visage figé d'Hermione. S'il a attaqué ses victimes par-derrière, personne ne pourra dire de qui il s'agit...

Harry, lui, ne regardait pas le visage d'Hermione. Il s'intéressait plutôt à ce qu'elle tenait dans la main droite. En se penchant, il vit un morceau de papier froissé entre ses doigts crispés.

Après s'être assuré que Madame Pomfresh ne se trouvait pas à proximité, il montra le papier à Ron.

– Essaye de le prendre, murmura celui-ci en déplaçant sa chaise pour cacher Harry.

La tâche ne fut pas aisée. Le poing d'Hermione était tellement serré qu'il semblait impossible de lui arracher le papier sans le déchirer. Il dut tirer, tourner, tordre la feuille de papier pendant cinq bonnes minutes avant de parvenir enfin à la dégager.

C'était une page arrachée à un vieux livre de la bibliothèque. Harry se hâta de la défroisser et la lut en même temps que Ron :

De tous les monstres et créatures qui hantent nos contrées, il n'en est guère de plus étrange ni de plus mortel que le Basilic, connu également sous le nom de Roi des Serpents. Ce reptile, qui peut atteindre une taille gigantesque et vivre plusieurs centaines d'années, naît d'un œuf de poulet couvé par un crapaud. Pour tuer ses victimes, la créature recourt à une méthode des plus singulières : outre ses crochets venimeux, le Basilic possède en effet des yeux meurtriers qui condamnent à une mort immédiate quiconque croise son regard. Il répand également la terreur parmi les araignées dont il est sans nul doute le plus mortel ennemi. Le monstre, quant à lui, redoute plus que tout le chant du coq qui lui est fatal si d'aventure il lui parvient aux oreilles.

Sous le texte, un mot était écrit de la main d'Hermione : *tuyaux.*

Harry eut l'impression qu'un rayon de lumière venait d'illuminer son cerveau.

– Ça y est, murmura-t-il, voilà l'explication. Le monstre enfermé dans la Chambre est un Basilic, un serpent géant ! Cette voix mystérieuse, c'est pour ça que j'étais le seul à l'entendre... Elle s'exprimait en Fourchelang...

Harry regarda les lits autour de lui.

– Le Basilic tue par son simple regard. Mais personne

n'est mort, parce que personne ne l'a regardé droit dans les yeux. Colin l'a vu à travers un appareil photo. Le regard du Basilic a brûlé la pellicule, mais Colin n'est pas mort : il a été seulement pétrifié. Justin, lui, a dû voir le Basilic à travers Nick Quasi-Sans-Tête ! Nick a pris le regard de plein fouet, mais il ne pouvait pas mourir *une deuxième fois...* Et quand on a trouvé Hermione et la préfète de Serdaigle, il y avait un miroir à côté d'elles. Hermione devait savoir que le monstre était un Basilic. Je te parie qu'elle a conseillé à la première personne qu'elle a rencontrée de regarder avec un miroir si la voie était libre avant de tourner un angle de mur ! Alors, cette fille a sorti son miroir et...

Ron le regardait bouche bée.

– Et Miss Teigne ? murmura-t-il.

Harry réfléchit, en se rappelant la scène le soir d'Halloween.

– L'eau... dit-il. L'inondation qui venait des toilettes de Mimi Geignarde. Miss Teigne n'a dû voir que le reflet de la créature...

Harry relut la page. Tous les éléments concordaient.

– *Le monstre, quant à lui, redoute plus que tout le chant du coq qui lui est fatal*, lut Harry à voix haute. Et les coqs de Hagrid ont été tués ! L'héritier de Serpentard n'en voulait surtout pas à proximité du château une fois la Chambre ouverte ! *Il répand la terreur parmi les araignées !* Tout se tient !

– Mais comment le Basilic a pu se déplacer sans qu'on le voie ? demanda Ron. Un serpent aussi énorme... Quelqu'un l'aurait vu...

Harry montra le mot qu'Hermione avait écrit au bas de la page.

– Les tuyaux, dit-il. Il se déplaçait dans la plomberie. Quand j'entendais sa voix, elle venait de l'intérieur des murs...

Ron saisit soudain le bras de Harry.
– L'entrée de la Chambre des Secrets... dit-il d'une voix rauque. Et si c'était dans les toilettes ? Si c'était dans...
– *... les toilettes de Mimi Geignarde !* acheva Harry.
Ils restèrent un instant silencieux, les yeux écarquillés : ils avaient peine à croire ce qu'ils venaient de découvrir.
– Ça signifie que je ne suis pas le seul à parler Fourchelang dans l'école, dit alors Harry. L'héritier de Serpentard le parle aussi. C'est comme ça qu'il arrive à se faire obéir du Basilic.
– Qu'est-ce qu'on fait ? demanda Ron, le regard brillant. On va voir McGonagall ?
– Allons dans la salle des profs, dit Harry en se levant de sa chaise. Elle sera là dans dix minutes, c'est presque la fin de l'heure.
Ils se hâtèrent de quitter l'infirmerie et se rendirent directement à la salle des professeurs encore déserte à cette heure-ci. C'était une vaste pièce lambrissée, remplie de chaises en bois sombre. Harry et Ron, trop énervés pour s'asseoir, marchaient de long en large en attendant que la cloche sonne. Mais en guise de cloche, ce fut la voix amplifiée du professeur McGonagall qui résonna à leurs oreilles.
– *Tous les élèves doivent immédiatement regagner leurs dortoirs. Les professeurs sont attendus dans leur salle. Dépêchez-vous, s'il vous plaît.*
Harry se tourna vers Ron.
– Une nouvelle attaque ? Maintenant ?
– Qu'est-ce qu'on fait ? demanda Ron, effaré. On retourne au dortoir ?
– Non, répondit Harry en jetant un coup d'œil autour de lui.
Sur leur gauche, il y avait une sorte de grande penderie remplie de capes de professeurs.

– Cachons-nous là, dit Harry. On va écouter ce qui s'est passé. Ensuite on leur racontera ce qu'on a découvert.

Ils se glissèrent aussitôt parmi les capes qui sentaient le moisi. Au-dessus de leur tête résonnaient dans un grondement les bruits de pas des centaines d'élèves qui regagnaient leurs dortoirs. Un instant plus tard, la porte de la salle s'ouvrit à la volée et les professeurs entrèrent dans la salle. Certains avaient l'air décontenancé, d'autres semblaient terrifiés. Enfin, le professeur McGonagall entra à son tour.

– Le pire est arrivé, annonça-t-elle dans le silence. Une élève a été capturée par le monstre et emmenée dans la Chambre.

Le professeur Flitwick, un minuscule sorcier qui enseignait les sortilèges, laissa échapper un petit cri aigu. Le professeur Chourave plaqua les mains contre son visage.

– Comment pouvez-vous en être sûre ? demanda Rogue, la main crispée sur le dossier d'une chaise.

– L'héritier de Serpentard a laissé un autre message, répondit le professeur McGonagall, le teint livide. Juste au-dessous du premier message, il a écrit : *Son squelette reposera à jamais dans la Chambre.*

Le professeur Flitwick éclata en sanglots.

– Qui est la victime ? demanda Madame Bibine qui s'était laissée tomber sur une chaise.

– Ginny Weasley, répondit le professeur McGonagall.

Harry sentit Ron glisser silencieusement sur le plancher de la penderie à côté de lui.

– Nous allons devoir renvoyer tous les élèves chez eux dès demain, poursuivit le professeur McGonagall. C'est la fin du collège Poudlard. Dumbledore a toujours dit...

La porte de la salle s'ouvrit une nouvelle fois à la volée. Pendant un instant, Harry eut l'espoir insensé que Dumbledore était revenu, mais ce fut Lockhart qui entra, son éternel sourire aux lèvres.

– Désolé, je m'étais endormi. J'ai manqué quelque chose ?

Il ne remarqua même pas le sentiment proche de la haine qu'exprimait le visage des autres professeurs. Rogue s'avança vers lui.

– Voilà l'homme qu'il nous faut, dit-il. L'homme idéal. Le monstre a capturé une jeune fille, Lockhart. Il l'a emmenée dans la Chambre des Secrets. Il est temps que vous agissiez.

Lockhart avait pâli.

– C'est vrai, Gilderoy, approuva le professeur Chourave. Ne disiez-vous pas encore hier soir que vous saviez depuis toujours où se trouvait l'entrée de la Chambre des Secrets ?

– Je... enfin... je... balbutia Lockhart.

– Vous nous avez également dit que vous saviez parfaitement ce qu'elle contenait, ajouta le professeur Flitwick de sa petite voix flûtée.

– V... vraiment ? Je ne me rappelle pas...

– Je me souviens de vous avoir entendu dire que vous regrettiez de ne pas avoir eu l'occasion de vous trouver face au monstre avant que Hagrid soit arrêté, déclara Rogue. Vous avez affirmé que toute cette affaire avait été très mal menée et qu'on aurait dû vous donner carte blanche depuis le début.

Lockhart regarda ses collègues qui le fixaient avec un visage de marbre.

– Non, vraiment... je n'ai... Vous m'avez sans doute mal compris...

– Nous comptons donc sur vous, Gilderoy, dit le professeur McGonagall. Il vous faudra agir dès ce soir. Nous ferons en sorte que personne ne vienne vous déranger. Comme ça, vous pourrez neutraliser le monstre à vous tout seul. Vous avez enfin carte blanche.

Lockhart lançait des regards désespérés, mais personne ne vint à son secours. Il paraissait beaucoup moins séduisant, à présent. Ses lèvres tremblaient et sans son habituel sourire, on remarquait son menton fuyant et son visage étriqué.

– T... très bien... dit-il, je... je vais dans mon bureau... me... me préparer...

Et il quitta la salle.

– Bien, dit le professeur McGonagall, l'air dédaigneux, au moins, nous ne l'aurons plus dans nos pieds. Maintenant, il faut informer les élèves de ce qui s'est produit. Vous leur direz que le Poudlard Express les ramènera chez eux dès demain matin. Et assurez-vous que tous les élèves ont bien regagné leurs dortoirs.

Un par un, les professeurs sortirent alors de la pièce.

Ce fut probablement la pire journée que Harry ait jamais connue. Il était assis avec Ron, Fred et George dans un coin de la salle commune de Gryffondor. Personne ne disait un mot. Percy n'était pas là. Il avait envoyé un hibou à Mr et Mrs Weasley puis il était monté s'enfermer dans son dortoir.

Jamais un après-midi n'avait paru si long, et jamais il n'y avait eu tant de monde dans la tour de Gryffondor. Au crépuscule, incapables de rester assis là plus longtemps, Fred et George allèrent se coucher.

– Elle savait quelque chose, Harry, dit Ron qui ouvrait la bouche pour la première fois depuis qu'ils s'étaient cachés dans la salle des professeurs. C'est pour ça qu'elle a été capturée. Ce qu'elle voulait nous dire n'avait rien à voir avec les imbécillités de Percy. Elle avait découvert quelque chose sur la Chambre des Secrets. C'est la seule raison possible...

Ron se frotta les yeux.

– Elle vient d'une famille de sorciers au sang pur... ajouta-t-il.

Harry voyait le soleil rouge sang disparaître à l'horizon. Jamais il ne s'était senti aussi mal. Si au moins ils avaient pu faire quelque chose. N'importe quoi.

– Harry, dit Ron, est-ce que tu crois qu'il y a une chance qu'elle ne soit pas...

Harry ne sut quoi répondre. Il ne voyait pas comment Ginny aurait pu être encore vivante.

– Tu sais quoi ? dit Ron. Je crois qu'on devrait aller voir Lockhart et lui raconter ce qu'on sait. Il va essayer d'entrer dans la Chambre. On peut lui dire où elle se trouve, à notre avis, et lui révéler qu'elle abrite un Basilic.

Harry approuva : cela valait mieux que de rester là à ne rien faire. Les autres élèves assis autour d'eux étaient tellement abattus et désolés pour les Weasley que personne n'essaya de les arrêter lorsqu'ils sortirent de la salle commune.

La nuit tombait quand ils arrivèrent devant le bureau de Lockhart. A l'intérieur, ils entendaient des pas précipités, des coups sourds, et d'autres bruits divers qui témoignaient d'une intense activité.

Lorsque Harry frappa, il y eut un brusque silence. Puis la porte s'entrouvrit légèrement et ils virent apparaître un œil de Lockhart.

– Ah, heu... Mr Potter... Mr Weasley... dit-il en ouvrant un peu plus la porte. Je suis très occupé pour le moment. Si vous pouviez faire vite...

– Professeur, nous avons des renseignements à vous donner, dit Harry. Nous croyons qu'ils pourraient peut-être vous aider.

Lockhart, dont ils ne voyaient que la moitié du visage à travers l'entrebâillement de la porte, paraissait particulièrement mal à l'aise.

– Heu... ce n'est pas vraiment... enfin, bon... d'accord...

Il ouvrit la porte et les laissa entrer.

Son bureau avait été presque entièrement vidé. Deux grosses malles étaient ouvertes sur le sol. Dans l'une d'elles, des robes de sorcier couleur jade, lilas ou bleu nuit avaient été hâtivement entassées. L'autre malle était remplie de livres jetés pêle-mêle. Les photographies accrochées au mur étaient à présent rangées dans des boîtes posées sur une table.

– Vous allez quelque part ? demanda Harry.

– Heu... oui, c'est ça... répondit Lockhart en arrachant une affiche de lui accrochée derrière la porte. Un appel urgent... Impossible de faire autrement... Il faut que je m'en aille...

– Et qu'est-ce qui va se passer pour ma sœur ? dit vivement Ron.

– Une bien triste histoire, répondit Lockhart, le regard fuyant. Vous ne pouvez pas savoir à quel point je suis bouleversé par...

– Vous êtes le professeur de Défense contre les Forces du Mal ! coupa Harry. Vous ne pouvez pas partir maintenant ! Pas avec les horreurs qui se produisent en ce moment !

– Je... je dois dire que... quand j'ai accepté ce poste... marmonna Lockhart en empilant des chaussettes par-dessus ses robes, rien ne laissait entendre que...

– Vous voulez dire que vous prenez la *fuite* ? s'écria Harry d'un ton incrédule. Après tout ce que vous avez écrit dans vos livres ?

– Il ne faut pas toujours ce fier à ce qui est écrit dans les livres, dit Lockhart d'une petite voix.

– Mais c'est vous qui les avez écrits ! s'indigna Harry.

– Mon garçon, dit Lockhart en fronçant les sourcils, fais donc preuve d'un peu de bon sens. Mes livres ne se seraient pas vendus moitié aussi bien si les gens n'avaient pas cru que c'était moi qui avais fait tout cela.

Personne n'aurait envie de lire l'histoire d'un vieux sorcier arménien laid comme un pou, même s'il a sauvé tout un village d'une attaque de loups-garous. Il ferait peur si on montrait sa photo sur la couverture d'un livre. En plus, il ne savait pas s'habiller. Et la sorcière qui a fait fuir le Spectre de la mort avait un bec-de-lièvre. Il faut être réaliste, voyons...

– Alors, vous vous êtes attribué les exploits des autres ? dit Harry, stupéfait.

– Harry, Harry, dit Lockhart en hochant la tête d'un air agacé, ce n'est pas du tout aussi simple que ça. J'ai fait un très gros travail. Il a fallu que je retrouve tous ces gens, que je leur demande de raconter très précisément ce qu'ils avaient fait. Ensuite, je leur jetais un sortilège d'Amnésie pour qu'ils oublient qu'ils l'avaient fait. S'il y a une chose dont je puis être fier, c'est bien de mes sortilèges d'Amnésie, je les réussis à merveille. Non, vois-tu, Harry, tout cela représente beaucoup de travail. Il ne suffit pas de dédicacer des livres et des photos. Quand on veut devenir célèbre, il faut se préparer à accomplir un long et difficile travail.

Il ferma ses malles et les verrouilla.

– Voyons, dit-il, je crois que tout est prêt. Ah oui, il me reste encore une chose à faire.

Il sortit sa baguette magique et se tourna vers eux.

– Désolé, jeunes gens, mais il va falloir que je vous jette à vous aussi un sortilège d'Amnésie. Je ne peux pas me permettre de vous laisser colporter mes petits secrets dans toute l'école. Sinon, je ne vendrais plus un seul livre...

Harry sortit sa propre baguette magique juste à temps et s'écria :

– *Expelliarmus !*

Lockhart fut aussitôt projeté en arrière, il tomba par-dessus une de ses malles et sa baguette magique lui échappa des mains. Ron la rattrapa et la jeta par la fenêtre ouverte.

– Vous n'auriez pas dû laisser le professeur Rogue nous apprendre cette formule, dit Harry avec colère.

Lockhart leva les yeux vers lui. Il avait l'air de plus en plus étriqué. Harry le menaçait toujours de sa baguette magique.

– Qu'est-ce que vous voulez que je fasse ? dit Lockhart d'une voix faible. Je ne sais pas où se trouve la Chambre des Secrets. Je ne peux rien faire.

– Vous avez de la chance, répliqua Harry en obligeant Lockhart à se relever. Nous croyons savoir où elle est et ce qui se cache à l'intérieur. Alors, allons-y.

Ils firent sortir Lockhart de son bureau et le conduisirent jusqu'aux toilettes de Mimi Geignarde, à côté du mur où brillaient toujours les sinistres messages.

Ils firent entrer Lockhart le premier. Harry était content de voir qu'il tremblait de peur.

Mimi Geignarde était assise sur le réservoir de la chasse d'eau, dans la cabine du fond.

– Ah, c'est toi, dit-elle en voyant Harry. Qu'est-ce que tu veux, cette fois ?

– Te demander comment tu es morte, répondit Harry.

Mimi sembla alors changer du tout au tout, comme si elle était très flattée qu'on lui pose la question.

– Oh, c'était abominable, dit-elle avec délectation. C'est arrivé ici même. Je suis morte dans cette cabine, je m'en souviens très bien. J'étais venue me cacher ici parce qu'Olive Hornby s'était moquée de mes lunettes. La porte était fermée à clé et j'étais en train de pleurer quand j'ai entendu quelqu'un entrer. Quelqu'un qui parlait une drôle de langue. Mais c'est surtout la voix qui m'a frappée, parce que c'était un *garçon* qui parlait. Alors, j'ai ouvert la porte pour lui dire de filer et d'aller dans les toilettes des garçons et c'est à ce moment là –

Mimi se gonfla d'importance, le visage rayonnant – que je suis morte.

– Comment ? demanda Harry.

– Aucune idée, répondit Mimi dans un murmure. Je me souviens seulement d'avoir vu deux grands yeux jaunes. Tout mon corps s'est engourdi et je me suis sentie partir dans les airs...

Elle posa sur Harry un regard rêveur.

– Et puis je suis revenue. J'étais décidée à hanter Olive Hornby. Elle a vraiment regretté de s'être moquée de mes lunettes.

– A quel endroit exactement as-tu vu ces yeux ? demanda Harry.

– Quelque part par là, dit Mimi en pointant le doigt vers le lavabo qui se trouvait en face de sa cabine.

Harry et Ron se précipitèrent. Lockhart se tenait à l'écart, le visage figé de terreur.

Le lavabo n'avait rien d'extraordinaire. Ils l'examinèrent centimètre par centimètre, y compris les tuyaux qui se trouvaient au-dessous. Harry vit alors le dessin d'un minuscule serpent gravé sur l'un des robinets d'arrivée d'eau.

– Ce robinet n'a jamais marché, dit Mimi lorsqu'il essaya de le tourner.

– Harry, dit Ron, essaye de dire quelque chose en Fourchelang.

Harry se concentra. Les seules fois où il avait réussi à parler cette langue, c'était face à un vrai serpent. Il fixa des yeux le petit dessin en s'efforçant de croire qu'il était réel.

– Ouvre-toi, dit-il.

Il se tourna vers Ron qui hocha la tête.

– Non, tu as parlé normalement, dit-il.

Harry regarda à nouveau le serpent en pensant de toutes ses forces qu'il était bien vivant. Quand il remuait la tête de droite à gauche, il avait l'impression que le serpent bougeait à la lueur des chandelles.

– Ouvre-toi, dit-il.

Cette fois, ce fut un étrange sifflement qui sortit de sa bouche et aussitôt, le robinet se mit à briller d'une lueur blanche en tournant sur lui-même. Un instant plus tard, le lavabo bascula et disparut, laissant apparaître l'entrée d'un gros tuyau suffisamment large pour permettre à un homme de s'y glisser. Harry observa un instant le tuyau et prit sa décision :

– J'y vais, dit-il.

Maintenant qu'ils avaient découvert l'entrée de la Chambre, s'il restait la moindre petite chance de retrouver Ginny vivante, il n'était plus question de reculer.

– Moi aussi, dit Ron.

Il y eut un instant de silence.

– Eh bien, je crois que vous n'avez plus besoin de moi, dit Lockhart avec un rictus qui n'était plus que l'ombre de son habituel sourire. Je vais...

Il fit un pas vers la porte, mais Ron et Harry pointèrent sur lui leur baguette magique.

– Passez donc le premier, grogna Ron.

Le visage livide, privé de sa baguette magique. Lockhart s'approcha de l'ouverture béante du tuyau.

– Ça ne servira à rien, voyons... dit-il d'une voix faible.

Harry le poussa dans le dos avec sa baguette et Lockhart finit par glisser les jambes dans le tuyau.

– Je ne crois vraiment pas que... commença-t-il.

Mais Ron le poussa et il disparut dans l'ouverture. Harry le suivit aussitôt. Il se glissa à son tour dans le tuyau et se laissa tomber.

Il avait l'impression de dévaler un toboggan sans fin, obscur et visqueux. Au passage, il aperçut d'autres tuyaux qui partaient dans toutes les directions mais aucun n'était aussi large. Harry était secoué en tous sens par les sinuosités du tuyau qui le précipitait dans des profondeurs insoupçonnées, bien loin au-dessous des cachots. Derrière lui, il entendait Ron glisser avec des bruits sourds chaque fois qu'il passait dans un coude.

Puis soudain, le tuyau redevint horizontal et Harry fut projeté sur le sol humide d'un tunnel aux parois de pierre, juste assez haut pour s'y tenir debout. Un peu plus loin, Lockhart se relevait, aussi pâle qu'un fantôme et couvert de boue. Harry s'écarta pour laisser passer Ron qui jaillit à son tour du tuyau et retomba à quatre pattes.

– On doit être à des kilomètres au-dessous du château, dit Harry d'une voix qui se répercutait en écho dans le tunnel obscur.

– Sous le lac, sans doute, dit Ron en voyant les parois couvertes de vase.

– *Lumos !* murmura Harry et sa baguette magique s'alluma à nouveau. Venez, dit-il à Ron et à Lockhart.

Ils s'enfoncèrent alors dans le tunnel, pataugeant bruyamment dans les flaques d'eau qui recouvraient le sol.

Le tunnel était si noir qu'ils ne pouvaient pas voir très loin. A la lueur de la baguette magique, l'ombre de leurs silhouettes paraissait monstrueuse.

– N'oubliez pas, dit Harry, si jamais vous entendez quelque chose bouger, fermez immédiatement les yeux.

Mais le tunnel paraissait aussi calme qu'un tombeau. Le premier bruit bizarre qu'ils entendirent fut un craquement sonore lorsque Ron marcha sur quelque chose qui se révéla être un crâne de rat. Harry éclaira le sol de sa baguette et ils virent qu'il était jonché d'os de petits animaux. En essayant de ne pas penser à l'état dans lequel ils risquaient de retrouver Ginny, Harry reprit son chemin devant les deux autres et suivit un coude que formait le tunnel.

– Il y a quelque chose, là-bas, dit Ron d'une voix rauque en saisissant l'épaule de Harry.

Tous trois s'immobilisèrent. Harry distingua les contours d'une chose énorme et courbe qui s'étendait de l'autre côté du tunnel. La chose ne bougeait pas.

– Il est peut-être endormi, murmura-t-il dans un souffle en se tournant vers les deux autres.

Lockhart avait plaqué les mains sur ses yeux. Harry regarda à nouveau la chose. Son cœur battait si fort qu'il lui faisait mal.

Très lentement, les paupières à peine entrouvertes, Harry s'avança, en levant sa baguette. La lueur qui brillait à son extrémité éclaira la gigantesque peau vert vif d'un serpent qui avait mué. La peau vide était enroulée sur elle même en travers du tunnel. La créature à laquelle elle avait appartenu devait mesurer au moins six mètres.

– Incroyable, dit Ron d'une voix faible.

Il y eut soudain un bruit de chute derrière eux : les jambes de Gilderoy Lockhart s'étaient dérobées sous lui.

– Levez-vous, dit Ron sèchement en pointant sa baguette d'un air menaçant.

Lockhart se releva, puis il se jeta sur Ron en le projetant à terre.

Harry se précipita, mais il était trop tard. Lockhart, haletant, s'était redressé, brandissant la baguette de Ron. Il avait retrouvé son sourire satisfait.

– L'aventure se termine ici, les amis, s'exclama-t-il. Je vais prendre un morceau de cette peau et le rapporter à l'école. Je leur dirai qu'il était trop tard pour sauver la fille et que vous avez *tragiquement* perdu l'esprit à la vue de son corps mutilé. Vous pouvez dire adieu à vos souvenirs !

Il leva au-dessus de sa tête la baguette rafistolée de Ron et hurla :

– *Oubliettes !*

La baguette explosa alors avec la force d'une petite bombe. Harry se protégea le visage de ses bras et s'enfuit à toutes jambes, glissant sur la peau de serpent, pour échapper aux énormes morceaux de roc qui se détachaient du plafond et s'écrasaient sur le sol dans un bruit de tonnerre. Bientôt, il se retrouva seul face à un mur d'éboulis.

– Ron ! hurla-t-il. Tu n'es pas blessé ? Ron !

– Je suis là ! répondit la voix étouffée de Ron, derrière l'amas de rocs. Moi, ça va, mais l'autre idiot en a pris un coup.

Il y eut un bruit sourd suivi d'une exclamation de douleur, comme si Ron venait de donner un coup de pied dans les tibias de Lockhart.

– Ça va, il est toujours vivant, dit Ron. Et maintenant, qu'est-ce qu'on fait ? ajouta-t-il d'un ton désespéré. Je n'arriverai jamais à passer de l'autre côté. Ça nous prendrait un temps fou de creuser un trou dans ces rochers...

Harry leva les yeux vers le plafond du tunnel. De grosses lézardes y étaient apparues. Il n'avait jamais essayé de briser d'aussi gros rochers à l'aide de sa baguette magique et ce n'était pas le moment idéal pour faire l'expérience : le tunnel risquait de s'effondrer sur toute sa longueur.

Ils étaient en train de perdre du temps. Il y avait maintenant plusieurs heures que Ginny était prisonnière de la Chambre des Secrets et Harry savait qu'il ne restait plus qu'une seule chose à faire.

– Attends-moi là avec Lockhart, dit-il à Ron. Je continue. Si je ne suis pas revenu dans une heure...

Il y eut un instant de silence poignant.

– Je vais essayer de déplacer un peu ces rochers pour que tu puisses passer tout à l'heure, répondit Ron d'une voix qu'il s'efforçait de rendre la plus ferme possible. Et, heu... Harry...

– A tout à l'heure, coupa Harry qui faisait de son mieux pour cacher le tremblement de sa propre voix.

Il repartit tout seul, contournant la peau du serpent géant. Le bruit que faisait Ron en tentant de creuser un trou dans les rochers éboulés l'accompagna un moment puis s'évanouit à mesure qu'il avançait. Le tunnel ne cessait de tourner. Harry sentait ses nerfs à vif. Il avait envie de voir la fin du tunnel mais il redoutait en même temps ce qu'il risquait d'y découvrir. Enfin, après une dernière courbe, Harry se retrouva devant un mur sur lequel étaient gravés deux serpents entrelacés. De grosses émeraudes étincelantes étaient serties à la place des yeux.

Harry s'approcha, la gorge sèche. Il n'eut aucun mal à imaginer que ces serpents-là étaient bien réels : leurs yeux brillaient avec une telle vivacité qu'ils paraissaient vivants.

Harry devina ce qu'il avait à faire. Il s'éclaircit la gorge et la lueur des yeux d'émeraudes sembla frémir.

– Ouvrez, dit-il dans un sifflement rauque.

Les deux serpents se séparèrent aussitôt : les deux pans de mur sur lesquels ils étaient gravés venaient de s'écarter en silence. Quelques instants plus tard, ils avaient entièrement disparu, laissant la voie libre.

Harry, tremblant de tous ses membres, franchit alors l'ouverture.

17
L'HÉRITIER DE SERPENTARD

Il se trouvait à l'entrée d'une longue salle faiblement éclairée. D'immenses piliers de pierre, autour desquels s'enroulaient des serpents sculptés, soutenaient un plafond noyé dans l'obscurité et projetaient leurs ombres noires dans une atmosphère étrange et verdâtre.

Le cœur battant, Harry s'immobilisa, l'oreille tendue dans le silence glacé. Le Basilic était-il tapi dans l'ombre d'un pilier ? Et où se trouvait Ginny ?

Il sortit sa baguette magique et s'avança parmi les colonnes, chacun de ses pas répercuté en écho par les murailles obscures. Il gardait les paupières à peine entrouvertes, prêt à les fermer à la moindre alerte. A plusieurs reprises, il crut voir bouger l'un des serpents de pierre dont les orbites creuses semblaient suivre ses mouvements.

Lorsqu'il fut arrivé au niveau des deux derniers piliers, il se retrouva face à une statue, adossée au mur du fond, et qui faisait toute la hauteur de la Chambre.

Harry dut tendre le cou pour apercevoir la tête de la statue : elle représentait un sorcier simiesque avec une longue barbe mince qui tombait presque jusqu'au bas de sa robe où deux énormes pieds grisâtres reposaient sur le sol lisse.

Entre les pieds, une petite silhouette vêtue d'une robe noire était allongée face contre terre. Une silhouette aux cheveux d'un rouge flamboyant.

– Ginny ! murmura Harry.

Il se précipita et s'agenouilla auprès d'elle.

– Ginny ! Ne sois pas morte ! Je t'en supplie, ne sois pas morte !

Il jeta sa baguette magique sur le sol, attrapa Ginny par les épaules et la retourna sur le dos. Son visage était blanc et froid comme le marbre, mais ses yeux n'étaient pas ouverts, ce qui signifiait qu'elle n'avait pas été pétrifiée. Peut-être était-elle…

– Ginny, je t'en supplie, réveille-toi, murmura Harry d'une voix désespérée.

Il secouait Ginny, mais sa tête ballottait de droite et de gauche, sans le moindre signe de vie.

– Inutile, elle ne se réveillera pas, dit alors une voix douce.

Harry sursauta et se retourna, toujours à genoux.

Un jeune homme de grande taille, les cheveux noirs, l'observait, adossé contre un pilier. Ses contours étaient étrangement flous comme si Harry l'avait regardé à travers une fenêtre aux vitres givrées. Mais il était parfaitement reconnaissable.

– Tom… *Tom Jedusor* ?

Jedusor approuva d'un signe de tête sans quitter Harry des yeux.

– Qu'est-ce que vous voulez dire par « Elle ne se réveillera pas ? » demanda Harry, désespéré. Elle n'est pas… Elle n'est pas…

– Elle est toujours vivante, répondit Jedusor, mais c'est tout juste.

Harry l'observa. Tom Jedusor avait été élève de Poudlard cinquante ans auparavant et pourtant, il était là, devant lui, baigné d'une lueur brumeuse qui brillait autour de lui, avec le même visage qu'il avait à seize ans.

– Vous êtes un fantôme ? demanda Harry d'une voix hésitante.

– Disons plutôt un souvenir, répondit Jedusor d'une voix paisible. Conservé pendant cinquante ans dans un journal intime.

Il pointa l'index vers les orteils géants de la statue. Le petit livre noir que Harry avait trouvé dans les toilettes de Mimi Geignarde était ouvert sur le sol. Pendant un instant, Harry se demanda comment il était arrivé là, mais il avait d'autres soucis plus urgents.

– Il faut m'aider, Tom, dit Harry en soulevant à nouveau la tête de Ginny. Nous devons sortir d'ici le plus vite possible. Il y a un Basilic dans cette Chambre. Je ne sais pas où il se trouve, mais il peut surgir à tout moment. S'il vous plaît, aidez-moi.

Mais Jedusor ne fit pas un geste. Harry, le visage ruisselant de sueur, parvint à hisser Ginny. Il se pencha pour ramasser sa baguette magique.

Elle avait disparu.

– Vous n'avez pas vu ma...

Jedusor le regardait en faisant tourner la baguette entre ses longs doigts.

– Merci, dit Harry en tendant la main.

Jedusor étira les lèvres en un sourire. Les yeux toujours fixés sur Harry, il continuait de faire tourner la baguette d'un geste nonchalant.

– Ecoutez, dit précipitamment Harry, les jambes fléchies sous le poids de Ginny. Il faut partir le plus vite possible ! Si le Basilic arrive...

– Il n'arrivera pas tant qu'on ne l'aura pas appelé, dit Jedusor avec le plus grand calme.

Harry reposa Ginny sur le sol, incapable de supporter son poids plus longtemps.

– Qu'est-ce que vous voulez dire ? demanda-t-il. Donnez-moi plutôt ma baguette, je vais peut-être en avoir besoin.

Le sourire de Jedusor s'élargit.

– Non, non, tu n'en auras pas besoin, dit-il.

Harry le regarda avec des yeux ronds.

– Qu'est-ce que ça veut dire ?

– J'ai longtemps attendu ce moment, Harry Potter, dit Jedusor. Le moment de te voir, de te parler.

– Ecoutez, dit Harry en perdant patience, je crois que vous ne comprenez pas très bien la situation. Nous sommes dans la *Chambre des Secrets.* On parlera plus tard, quand nous serons sortis d'ici.

– Non, on va parler maintenant, répliqua Jedusor en continuant d'afficher un large sourire.

Il glissa la baguette magique de Harry dans sa poche. Harry l'observa attentivement.

– Qu'est-ce qui est arrivé à Ginny ? demanda-t-il lentement.

– Voilà une intéressante question, répondit Jedusor d'un ton aimable. C'est une longue histoire. La raison pour laquelle Ginny se trouve dans cet état, c'est qu'elle a ouvert son cœur et révélé tous ses secrets à quelqu'un qu'elle ne connaissait pas et qu'elle ne pouvait même pas voir.

– De quoi parlez-vous ?

– Du journal intime, dit Jedusor. Mon journal. La petite Ginny y a écrit ses confidences pendant des mois et des mois, en me racontant ses petites préoccupations dérisoires, ses frères qui se moquaient d'elle, son arrivée à Poudlard avec des vêtements et des livres d'occasion, et aussi – une lueur s'alluma dans les yeux de Jedusor – la grande question : le beau, le bon, le grand, le célèbre Harry Potter allait-il un jour l'aimer ?

Pendant tout ce temps, Jedusor n'avait pas quitté

Harry du regard. Il y avait presque de l'avidité dans ses yeux.

– C'est terriblement ennuyeux d'avoir à entendre toutes les petites idioties d'une fillette de onze ans, poursuivit-il. Mais j'ai fait preuve de patience. Je lui ai répondu, j'ai compati à ses malheurs, j'ai été gentil, très gentil. Ginny m'adorait. *Personne ne m'a jamais comprise comme toi, Tom,* m'écrivait-elle. *Je suis si heureuse de pouvoir me confier à ce journal... C'est comme si j'avais toujours un ami dans ma poche...*

Jedusor éclata de rire, un rire aigu et froid qui ne lui allait pas et qui donna la chair de poule à Harry.

– Je dois reconnaître que j'ai toujours eu le don de séduire les gens dont j'avais besoin. Alors Ginny m'a ouvert son âme et il se trouve que son âme représentait exactement ce qu'il me fallait. Ses peurs les plus profondes, ses secrets les plus obscurs me donnaient de la force, de plus en plus de force. J'ai senti grandir en moi un pouvoir infiniment plus grand que celui de la petite Ginny. Un pouvoir suffisant pour commencer à confier à Miss Weasley mes propres secrets, pour déverser un peu de mon âme dans la *sienne...*

– Qu'est-ce que ça signifie ? demanda Harry, la gorge sèche.

– Tu n'as donc pas encore deviné, Harry Potter ? dit Jedusor d'une voix douce. C'est Ginny Weasley qui a ouvert elle-même la Chambre des Secrets. C'est elle qui a tordu le cou des coqs, elle encore qui a tracé les terribles messages sur le mur. C'est elle enfin qui a lancé le monstre de Serpentard sur quatre Sang-de-Bourbe et sur la chatte d'un Cracmol.

– Non... murmura Harry.

– Mais si... dit Jedusor sans se départir de son calme. Oh, bien sûr, au début, elle ne savait pas ce qu'elle faisait. C'était très amusant. Si tu avais vu ce qu'elle écrivait dans le journal... C'était de plus en plus intéressant... *Cher Tom,* récita-t-il, les yeux fixés sur le visage horrifié de Harry, *je crois que je suis en train de perdre la mémoire. Il y a des plumes de coq sur ma robe et je ne sais pas du tout d'où elles viennent. Cher Tom, je n'arrive pas à me souvenir de ce que j'ai fait le soir d'Halloween, mais un chat s'est fait attaquer et j'ai de la peinture sur moi. Cher Tom, Percy n'arrête pas de me dire que je suis toute pâle et qu'il ne me reconnaît plus. Je crois bien qu'il me soupçonne... Il y a eu une autre agression aujourd'hui et je ne sais pas du tout où j'étais. Tom, qu'est-ce que je vais faire ? Je me demande si je ne suis pas en train de devenir folle... Tom, j'ai l'impression que c'est moi qui attaque tout le monde !*

Harry serrait les poings, les ongles enfoncés dans ses paumes.

– Il a fallu longtemps pour que la stupide petite Ginny cesse de faire confiance à son journal, poursuivit Jedusor. Mais elle a fini par avoir des soupçons et elle a essayé de s'en débarrasser. C'est à ce moment-là que tu es intervenu, Harry. Tu as trouvé le journal et rien n'aurait pu me faire plus plaisir. N'importe qui d'autre aurait pu tomber dessus, mais c'est toi qui l'as trouvé, la personne que j'avais le plus envie de connaître...

– Et pourquoi vouliez-vous me connaître ? demanda Harry.

Il se sentait trembler de fureur et il avait du mal à parler d'une voix égale.

– Ginny m'a parlé de toi, Harry, répondit Jedusor. Elle ne m'a rien caché de ta *passionnante* histoire.

Son regard, de plus en plus avide, s'attarda sur la cicatrice de Harry.

– Je voulais en apprendre davantage sur toi, te parler, te rencontrer si c'était possible. Alors, pour gagner ta confiance, j'ai décidé de te montrer la célèbre capture de ce grand benêt de Hagrid.

– Hagrid est mon ami, dit Harry qui ne pouvait, cette fois, empêcher la colère de faire trembler sa voix. Et vous lui avez tendu un piège, c'est ça ? Je croyais qu'il s'agissait d'une simple erreur, mais...

Jedusor éclata à nouveau de son rire aigu.

– C'était ma parole contre la sienne, mon cher Harry. Je te laisse le soin d'imaginer la réaction du directeur, le vieil Armando Dippet. D'un côté, Tom Jedusor, pauvre mais brillant, orphelin mais si *courageux*, préfet et élève modèle. De l'autre, ce gros balourd de Hagrid, qui ne perd jamais une occasion de s'attirer des ennuis en élevant des bébés loups-garous sous son lit ou en allant se battre avec des trolls dans la forêt interdite. Mais je dois dire que j'ai été surpris moi-même de voir mon plan marcher aussi facilement. Je pensais qu'il y aurait bien *quelqu'un* pour s'apercevoir que Hagrid ne pouvait pas être l'héritier de Serpentard. Il m'avait fallu cinq années entières pour réunir toutes les informations possibles sur la Chambre des Secrets et découvrir le passage secret qui permettait d'y accéder. Comme si Hagrid avait l'intelligence et le pouvoir d'y parvenir ! Seul Dumbledore, le professeur de métamorphose, paraissait croire que Hagrid était innocent. C'est lui qui a réussi à convaincre Dippet de garder Hagrid et d'en faire le garde-chasse de l'école. Je crois que Dumbledore avait deviné quelque chose. Il ne semblait pas avoir autant de sympathie pour moi que les autres professeurs...

– Dumbledore a compris à qui il avait affaire ! dit Harry, sans desserrer les dents.

– Après le renvoi de Hagrid, il m'a soumis à une surveillance quelque peu agaçante, dit Jedusor d'un ton désinvolte. Je savais qu'il ne serait pas raisonnable d'ouvrir à nouveau la Chambre pendant que j'étais à l'école. Mais je n'avais pas l'intention de perdre le bénéfice de mes longues années de recherche. J'ai donc décidé de laisser derrière moi un journal intime qui conserverait dans ses pages l'être que j'étais à seize ans, pour qu'un jour, avec un peu de chance, je puisse amener quelqu'un d'autre sur mes traces et achever ainsi la noble tâche de Salazar Serpentard.

– Vous n'avez rien achevé du tout, répliqua Harry d'un air triomphant. Personne n'est mort, cette fois-ci, même pas la chatte. Dans quelques heures le philtre de mandragore sera prêt et tous ceux qui ont été pétrifiés reviendront à la vie.

– Je ne t'ai pas encore dit, reprit Jedusor d'une voix tranquille, que tuer des Sang-de-Bourbe ne m'intéresse plus. Depuis plusieurs mois, maintenant, ma nouvelle cible, c'est... *toi.*

Harry le regarda avec des yeux ronds.

– Imagine ma fureur quand je me suis rendu compte que tu n'avais plus mon journal et que c'était Ginny qui l'avait repris. Elle l'avait vu dans tes mains et s'était mise à paniquer : si jamais le journal te répétait tout ce qu'elle lui avait confié ? Pire encore, s'il te révélait qui avait tordu le cou des coqs ? Alors, cette petite idiote a attendu que le dortoir soit vide et elle est venue te le voler. Mais je savais ce qu'il me restait à faire. Je me doutais bien que tu étais sur la trace de l'héritier de Serpentard. D'après tout ce que Ginny m'avait dit sur toi, je savais que tu serais prêt à tout pour résoudre le mystère, surtout si une de tes meilleures amies se faisait agresser à son tour. Et Ginny m'avait dit que toute l'école était en émoi depuis qu'on savait que tu parlais Fourchelang... Alors, j'ai fait écrire à Ginny son propre message d'adieu sur le mur et je l'ai amenée ici en t'attendant. Elle s'est débattue, elle a crié, elle est devenue insupportable, mais il ne reste plus beaucoup d'énergie vitale en elle : elle en a trop mis dans le journal, c'est-à-dire en moi. Suffisamment en tout cas pour me permettre de me détacher de ses pages et de reprendre une existence autonome. Depuis que nous sommes arrivés ici, elle et moi, je t'ai attendu. Je savais que tu viendrais et j'ai beaucoup de questions à te poser, Harry Potter.

– Quoi, par exemple ? lança Harry, les poings serrés.

– Par exemple, dit Jedusor avec un sourire engageant, comment se fait-il qu'un bébé sans talent magique particulier ait pu vaincre le plus grand sorcier de tous les temps ? Comment as-tu réussi à t'en tirer avec une simple cicatrice, alors que les pouvoirs de Voldemort ont été détruits ?

Il y avait à présent une étrange lueur rougeâtre dans ses yeux avides.

– Qu'est-ce que ça peut vous faire ? dit lentement Harry. Voldemort a vécu après vous.

– Voldemort, dit Jedusor d'une voix douce, est à la fois mon passé, mon présent et mon avenir, Harry Potter...

Il sortit de sa poche la baguette magique de Harry et écrivit dans l'air en lettres scintillantes :

TOM ELVIS JEDUSOR

Puis il fit un mouvement avec la baguette et les lettres de son nom s'assemblèrent dans un ordre différent. A présent, on pouvait lire :

JE SUIS VOLDEMORT

– Tu vois ? murmura-t-il. C'est un nom que j'utilisais déjà à Poudlard, pour mes amis les plus proches. Tu crois donc que j'allais accepter le « jeu du sort » qui m'avait donné ce nom immonde de « Jedusor », légué par mon Moldu de père ? Moi, l'héritier par ma mère du sang de Salazar Serpentard qui coule dans mes veines ? Moi, conserver le nom abject d'un misérable Moldu qui m'a abandonné avant même ma naissance, le jour où il a découvert que sa femme était une sorcière ? Non, Harry, je me suis forgé un nouveau nom, et je savais que le temps viendrait où les autres sorciers auraient peur de prononcer ce nom-là, lorsque je serais devenu le plus grand sorcier du monde !

Harry avait l'impression que son cerveau était comme engourdi. Ahuri, il contemplait Jedusor, l'orphelin qui était devenu l'assassin de ses parents et de beaucoup d'autres... Au bout d'un long moment, il se força enfin à parler.

– C'est raté, dit-il d'une voix basse, remplie de haine.

– Qu'est-ce qui est raté ? dit sèchement Jedusor.

– Vous n'êtes pas le plus grand sorcier du monde, dit Harry, la respiration précipitée. Désolé de vous décevoir, mais le plus grand sorcier du monde, c'est Albus Dumbledore. Tout le monde est d'accord là-dessus. Même au temps de votre puissance, vous n'avez jamais osé vous attaquer à Poudlard. Dumbledore a tout de suite compris qui vous étiez lorsqu'il vous avait comme élève et il vous fait toujours peur, quel que soit le lieu où vous vous cachez.

Jedusor avait perdu son sourire. Son visage avait quelque chose de repoussant, à présent.

– Dumbledore a été chassé de ce château par mon simple souvenir ! dit-il d'une voix sifflante.

– Il n'est pas aussi loin que vous le pensez ! répliqua Harry.

En parlant ainsi, il avait simplement cherché à faire peur à Jedusor. Il aurait souhaité que ce qu'il avait dit soit vrai, mais il n'y croyait pas.

Jedusor ouvrit la bouche, puis il se figea soudain. Une musique venait de retentir. Il regarda autour de lui : la Chambre était déserte. La musique s'intensifia. C'était une mélodie étrange, effrayante, qui provoquait des frissons le long de l'échine. Les cheveux de Harry se dressèrent sur sa tête et il lui sembla que son cœur avait doublé de volume. Bientôt, la musique atteignit une telle intensité que Harry la sentait vibrer dans sa poitrine. Des flammes surgirent alors au sommet du pilier le plus proche.

Un oiseau écarlate, de la taille d'un cygne, venait d'apparaître et lançait son chant étrange sous la voûte de la Chambre. Les plumes de sa queue, aussi longues que celles d'un paon, brillaient d'une lueur dorée. Dans ses serres couleur d'or, il tenait une boule de chiffon.

Un instant plus tard, l'oiseau vola droit vers Harry, laissa tomber la boule de chiffon à ses pieds et se posa lourdement sur son épaule. Il avait un long bec pointu et doré, et de petits yeux étincelants.

L'oiseau s'arrêta alors de chanter et regarda fixement Jedusor. Harry sentait sa chaleur contre sa joue.

– C'est un phénix, dit Jedusor en fixant à son tour l'oiseau dans les yeux.

– Fumseck ? murmura Harry.

Il sentit les serres de l'oiseau presser doucement son épaule.

– Et ça... dit Jedusor qui regardait à présent la boule de chiffon aux pieds de Harry, ça, c'est le vieux Choixpeau magique.

C'était vrai. Usé, rapiécé, crasseux, le chapeau était étalé sur le sol.

Jedusor éclata de rire une nouvelle fois. Son rire était si sonore que l'écho le renvoyait dans toute la Chambre, comme si dix personnes avaient ri en même temps.

– Et c'est ça que Dumbledore t'envoie pour te défendre ! Un oiseau chanteur et un vieux chapeau ! Voilà qui devrait te donner du courage, Harry Potter ! Tu dois te sentir rassuré, à présent !

Harry ne répondit pas. Il ne voyait peut-être pas à quoi Fumseck et le chapeau pouvaient bien lui servir, mais il ne se sentait plus seul et il attendit avec un courage grandissant que Jedusor ait fini de rire.

– Revenons à nos affaires, dit enfin Jedusor avec son

large sourire. Nous nous sommes rencontrés deux fois dans *ton* passé et dans *mon* avenir. Et ces deux fois-là, je n'ai pas réussi à te tuer. Comment as-tu fait pour survivre ? Dis-le-moi. Plus tu parleras, ajouta-t-il d'une voix douce, plus longtemps tu resteras vivant.

Harry réfléchit à toute allure, évaluant ses chances de survie. Jedusor avait sa baguette. Harry, lui, avait Fumseck et le Choixpeau magique qui ne lui seraient guère utiles en cas de duel. La situation n'était pas brillante. Mais plus Jedusor restait là devant lui, plus la vie s'échappait de Ginny. Depuis tout à l'heure, la silhouette de Jedusor était devenue moins floue, plus solide. Si Harry devait se battre contre Jedusor, il valait mieux que ce soit le plus vite possible.

– Personne ne sait pourquoi vous avez perdu vos pouvoirs quand vous m'avez attaqué, dit Harry d'un ton abrupt. Je ne le sais pas moi-même. Mais je sais pourquoi vous n'avez pas pu me tuer. C'est parce que ma mère a donné sa vie pour me sauver. Ma mère qui était fille de Moldu, ajouta-t-il en tremblant d'une rage contenue. Elle vous a empêché de me tuer. Et j'ai vu ce que vous étiez vraiment. Je vous ai vu l'année dernière. Vous n'êtes plus qu'un débris, une épave. C'est à peine si vous êtes encore vivant. Voilà où votre pouvoir vous a mené. Vous êtes obligé de vous cacher. Vous êtes repoussant, vous êtes abject !

Le visage de Jedusor se tordit en une grimace. Puis il se força à sourire, d'un horrible sourire.

– Soit. Ta mère est morte pour te sauver. Une puissante manière de conjurer le sort. Mais maintenant, je vois bien que tu n'as rien de si extraordinaire, après tout. Je me demandais, vois-tu... Car il y a une étrange ressemblance entre nous, Harry Potter. Même toi, tu as dû le remarquer. Nous avons tous les deux du sang moldu, nous sommes tous deux orphelins, élevés par des

Moldus. Et probablement les deux seuls élèves de Poudlard qui aient jamais parlé Fourchelang depuis le temps du grand Serpentard lui-même. Même physiquement, nous nous ressemblons... Mais finalement, ce qui t'a sauvé face à moi, c'est la chance, rien d'autre. Voilà tout ce que je voulais savoir.

Harry, tendu, attendait que Jedusor brandisse la baguette magique. Mais son rictus s'élargit encore.

– Maintenant, Harry, je vais te donner une petite leçon, dit-il. Nous allons mesurer les pouvoirs de Lord Voldemort, héritier de Salazar Serpentard à ceux du célèbre Harry Potter, muni des meilleures armes que Dumbledore ait pu lui envoyer.

Il lança un regard amusé à Fumseck et au Choixpeau magique, puis il s'éloigna. Harry, qui sentait la peur se répandre dans ses membres engourdis, vit Jedusor s'arrêter entre les hauts piliers et lever la tête vers le visage en pierre de Serpentard, à demi noyé dans l'obscurité. Jedusor ouvrit grand la bouche et se mit à siffler, mais Harry comprit ce qu'il disait.

– Parle-moi, Serpentard, le plus grand des quatre de Poudlard.

Harry regarda la statue, Fumseck toujours accroché à son épaule.

Le visage géant de Serpentard s'était mis à bouger. Frappé d'horreur, Harry vit la bouche de pierre s'ouvrir de plus en plus grand, en formant un immense trou noir.

Quelque chose remua alors à l'intérieur de la bouche béante, quelque chose qui sortait en rampant de ses profondeurs.

Harry recula jusqu'au mur. Il ferma les yeux et sentit Fumseck caresser sa joue de son aile en prenant son envol. Harry aurait voulu crier « Ne me laisse pas seul ! » mais de toute façon, quelle chance pouvait bien avoir un phénix face au Roi des Serpents ?

Une lourde masse tomba sur le sol en le faisant trembler. Harry savait ce qui se passait, il le sentait, il voyait presque le serpent géant tombé de la bouche de Serpentard. Il entendit la voix sifflante de Jedusor qui disait : *Tue-le.*

Le Basilic avançait vers Harry, il entendait son corps pesant ramper sur le sol poussiéreux. Les paupières toujours fermées, Harry courut à l'aveuglette en suivant le mur, les mains tendues devant lui. Jedusor éclata de rire.

Harry trébucha. Il tomba brutalement sur le sol de pierre et sentit le goût du sang. Le serpent n'était qu'à quelques mètres de lui, il l'entendait approcher.

Il y eut alors un sifflement sonore au-dessus de sa tête, comme si le serpent s'était mis à cracher, puis quelque chose de lourd le frappa en le projetant brutalement contre le mur. Il s'attendait à sentir les crochets du reptile s'enfoncer dans son corps, mais il entendit d'autres sifflements furieux et des mouvements frénétiques entre les piliers.

Harry ne put s'en empêcher : il entrouvrit les paupières, juste assez pour apercevoir ce qui se passait.

L'énorme serpent d'un vert éclatant, au corps aussi épais qu'un tronc de chêne, s'était dressé haut dans les airs et sa grosse tête en pointe oscillait entre les deux colonnes comme un ivrogne à la démarche titubante. Tremblant de tous ses membres, Harry, prêt à refermer les paupières, vit ce qui avait détourné l'attention du serpent.

Fumseck voletait autour de la tête du Basilic qui essayait de l'attraper, claquant ses mâchoires hérissées de longs crochets, fins et tranchants comme des sabres.

Le phénix plongea soudain. Son long bec d'or disparut et une cascade de sang noir se déversa sur le sol. La queue du serpent s'agita furieusement, manquant Harry de peu, et avant que celui-ci ait eu le temps de fermer les yeux, la creature se retourna vers lui. Harry regarda sa tête et vit que ses énormes yeux jaunes et globuleux avaient été crevés par le bec pointu du phénix. Le sang continuait de ruisseler sur le sol, tandis qu'un long sifflement de douleur s'échappait de la gueule du serpent.

– *Non !* hurla Jedusor. *Laisse l'oiseau ! Laisse l'oiseau ! Le garçon est derrière toi ! Sens son odeur ! Tue-le !*

Le serpent aveugle vacilla, désorienté mais toujours mortel. Fumseck, qui continuait de décrire des cercles autour de lui, lançait son chant angoissant, en donnant par moments des coups de bec sur la tête du serpent dont les yeux morts laissaient échapper des flots de sang noir.

– Aidez-moi ! Aidez-moi ! murmura Harry avec force, quelqu'un, n'importe qui !

La queue du serpent fendit l'air comme un fouet et Harry se baissa pour l'éviter. Il sentit alors quelque chose se plaquer contre son visage, quelque chose qui avait la douceur d'une étoffe.

Dans son mouvement, la queue du Basilic lui avait jeté le Choixpeau magique à la tête. Harry attrapa le chapeau. Il n'avait rien d'autre, c'était sa dernière chance. Il l'enfonça aussitôt sur sa tête et se jeta à plat ventre contre le sol pour éviter à nouveau la queue du serpent.

– Aide-moi... Aide-moi... pensa Harry de toutes ses forces. S'il te plaît, aide-moi !

Aucune voix ne lui répondit, mais le chapeau se contracta, comme serré par une main invisible.

Un objet lourd et dur tomba alors sur la tête de Harry en l'assommant à moitié. Etourdi, il arracha le chapeau de sa tête et sentit quelque chose de long et de dur sous ses doigts.

Une épée d'argent étincelante était apparue à l'intérieur du Choixpeau magique, la poignée incrustée de rubis de la taille d'un œuf.

– Tue le garçon ! Laisse l'oiseau ! Le garçon est derrière toi ! Sens-le, sens son odeur !

Harry s'était relevé, prêt à combattre. Le Basilic fit un mouvement brutal pour se retourner, son corps s'enroula sur lui même en heurtant les colonnes et sa tête s'abattit sur Harry. Celui-ci vit les énormes orbites de ses yeux morts et sanglants, et sa gueule qui s'ouvrait, immense, hérissée de crochets luisants, aussi effilés que son épée, des crochets mortels, prêts à le transpercer...

Le serpent plongea à l'aveuglette. Harry réussit à l'éviter et la tête du reptile heurta le mur. A nouveau, il plongea et sa langue fourchue cingla Harry comme un fouet. Il prit alors son épée à deux mains et la brandit au-dessus de sa tête.

Le Basilic attaqua à nouveau, et cette fois, il visa juste. De toutes ses forces, Harry enfonça l'épée jusqu'à la garde dans la gueule du monstre et lui transperça le palais.

Harry sentit alors un flot de sang tiède ruisseler sur sa manche et une douleur fulgurante lui traversa le bras, juste au-dessus du coude. Un des longs crochets venimeux était enfoncé profondément dans sa chair et se cassa net lorsque le serpent vacilla et tomba sur le côté, le corps agité de convulsions.

Harry glissa le long du mur. Il empoigna le crochet qui répandait le venin dans son sang et l'arracha de son bras. Mais il savait qu'il était trop tard. Une douleur brûlante se diffusait lentement dans son corps. Il laissa tomber le crochet brisé du serpent et regarda son propre sang imprégner l'étoffe de sa robe. Sa vision se brouilla, la Chambre des Secrets se fondait en un tourbillon de couleurs ternes.

Une tache écarlate passa devant le regard de Harry et il entendit un bruissement d'ailes à côté de lui.

– Fumseck, dit Harry d'une voix pâteuse. Tu as été magnifique.

Il sentit que l'oiseau posait sa tête à l'endroit où le crochet du serpent lui avait transpercé le bras.

Il entendit des bruits de pas et vit une ombre apparaître devant lui.

– Tu es mort, Harry Potter, dit la voix de Jedusor au-dessus de sa tête. Mort. Même l'oiseau de Dumbledore l'a compris. Tu vois ce qu'il fait, Potter ? Il pleure.

Harry cligna des yeux et distingua dans un brouillard la tête de Fumseck. Des larmes épaisses, grosses comme des perles, coulaient sur ses plumes luisantes.

– Je vais m'asseoir et te regarder mourir, Harry Potter. Prends ton temps, je ne suis pas pressé.

Harry se sentait somnoler. Tout tournait autour de lui.

– Ainsi finit le célèbre Harry Potter, dit la voix lointaine de Jedusor. Seul dans la Chambre des Secrets, oublié par ses amis, et enfin terrassé par le Seigneur des Ténèbres qu'il avait si sottement défié. Bientôt, tu auras rejoint ta chère mère au Sang-de-Bourbe, Harry... Elle t'aura permis de vivre douze ans... Mais Lord Voldemort a fini par te vaincre, comme il se devait.

Si c'était cela, mourir, ce n'était pas trop désagréable, après tout. Même la douleur le quittait à présent...

Mais était-il vraiment en train de mourir ? Au lieu de disparaître peu à peu, la Chambre semblait réapparaître dans son champ de vision. Harry remua un peu la tête et vit Fumseck, toujours posé sur son bras. Ses larmes de perle avaient formé une tache qui brillait autour de la blessure... Il se rendit compte alors qu'il n'y avait plus de blessure.

– Va-t'en, l'oiseau ! s'écria soudain la voix de Jedusor. Va-t'en, laisse-le. J'ai dit va-t'en !

Harry releva la tête. Jedusor pointait la baguette magique vers Fumseck. Il y eut une détonation semblable à un coup de feu et l'oiseau reprit son vol dans un tourbillon rouge et or.

– Les larmes de phénix, murmura Jedusor en regardant le bras de Harry. Un puissant remède contre les blessures... Je l'avais complètement oublié...

Il regarda Harry dans les yeux.

– Mais ça ne fait rien, reprit-il. En fait, je préfère qu'il en soit ainsi. Rien que toi et moi, Potter... Toi et moi...

Jedusor brandit la baguette magique.

Dans un bruissement d'ailes, Fumseck tournoya alors au-dessus de Harry et laissa tomber sur ses genoux... *le journal intime.*

Pendant une fraction de seconde, Harry et Jedusor, la baguette toujours levée, regardèrent le petit livre noir. Puis, sans réfléchir, sans hésiter, comme s'il avait toujours eu cette idée en tête, Harry empoigna le crochet du serpent et le plongea au cœur du livre.

Il y eut un long hurlement perçant, un hurlement terrifiant. Un flot d'encre jaillit du livre à gros bouillons et ruissela sur les mains de Harry. Jedusor à présent se tordait sur le sol, agitant vainement les bras, criant de toutes ses dernières forces. Et soudain...

Il avait disparu. La baguette magique de Harry tomba sur le sol, puis ce fut le silence. On n'entendait plus que le bruit faible et régulier de l'encre qui continuait de couler goutte à goutte du journal intime. Le venin du Basilic avait fait un trou dans le petit livre noir, brûlant les pages de part en part.

Tremblant de tout son corps, Harry se releva. La tête lui tournait comme s'il avait parcouru des dizaines de kilomètres par la poudre de cheminette. Avec des gestes lents, il ramassa la baguette magique et le Choixpeau, puis il tira de toutes ses forces la poignée de l'épée pour arracher la lame de la gueule du serpent.

Il entendit alors un faible gémissement au fond de la Chambre. Ginny remuait. Harry se précipita. Elle s'était redressée, assise par terre, et regardait d'un air stupéfait l'énorme masse du Basilic mort. Ses yeux se tournèrent ensuite vers Harry et sa robe trempée de sang, puis se fixèrent sur le journal intime qu'il tenait à la main. Elle fut secouée d'un sanglot et des larmes ruisselèrent sur ses joues.

– Harry... Oh, Harry, j'ai essayé de te dire, l'au... l'autre jour... mais je... je ne *pouvais* pas parler devant Percy. C'était moi, Harry... mais je jure... que je ne voulais pas faire ça... C'est Jedusor qui m'a obligée à... Il m'a imposé son pouvoir et... Comment as-tu fait pour tuer cette... cette chose ? Où est Jedusor ? La dernière chose dont je me souvienne, c'est quand il est sorti de... de son journal...

– Tout est fini, maintenant, dit Harry en lui montrant le gros trou que le crochet du serpent avait percé au milieu du petit livre noir. Jedusor n'existe plus... Ils sont morts tous les deux, lui et le Basilic. Viens, Ginny, sortons d'ici.

– Je vais être renvoyée, se lamenta Ginny tandis que Harry l'aidait à se relever. J'avais tellement attendu le jour où je pourrais enfin entrer à Poudlard... Et maintenant, je vais être obligée de partir... Mes parents vont être furieux...

Fumseck les attendait en tournoyant à l'entrée de la Chambre des Secrets. Harry entraîna Ginny dans l'obscurité sinistre, ils enjambèrent le cadavre du Basilic et retournèrent dans le tunnel, leurs pas résonnant en écho contre les parois de pierre. Harry entendit le mur se refermer derrière eux dans un long sifflement.

Ils avancèrent rapidement dans le tunnel et entendirent enfin une sorte de raclement lointain.

– Ron ! cria Harry en accélérant le pas. Ginny va bien ! Elle est avec moi !

Ron poussa une exclamation de joie et ils aperçurent bientôt son visage surexcité, à travers le gros trou qu'il avait réussi à creuser dans l'éboulis de rocs.

– Ginny !

Ron tendit les bras pour l'aider à passer par l'ouverture.

– Vivante ! Je n'osais plus y croire ! s'exclama-t-il. Qu'est-ce qui s'est passé ?

Il voulut la serrer dans ses bras, mais Ginny le repoussa, secouée de sanglots.

– Tout va bien, Ginny, dit Ron avec un grand sourire. C'est fini maintenant. D'où il vient, cet oiseau ?

Fumseck était passé par le trou à la suite de Ginny.

– C'est celui de Dumbledore, dit Harry en franchissant l'éboulis à son tour.

– Et comment ça se fait que tu aies une épée ?

– Je t'expliquerai quand nous serons sortis d'ici.

– Mais...

– Plus tard, coupa Harry.

Il pensait qu'il valait mieux attendre un peu pour dire à Ron qui avait ouvert la Chambre des Secrets et ne pas en parler devant Ginny, en tout cas.

– Où est Lockhart ? demanda Harry.

– Là-bas, dit Ron avec un sourire. Il ne va pas fort. Viens voir.

Guidés par Fumseck, dont les grandes ailes écarlates diffusaient une lueur dorée dans l'obscurité, ils retournèrent à l'entrée du tuyau. Gilderoy Lockhart était assis par terre et fredonnait une chanson d'un air absent.

– Il a perdu la mémoire, dit Ron. Le sortilège d'Amnésie a marché à l'envers. C'est à lui que ma baguette magique a jeté le sort. Il ne sait plus du tout qui il est, ni où il est, ni qui nous sommes. Je lui ai dit de nous attendre ici. Il n'est plus capable de se débrouiller tout seul.

Lockhart les regarda avec bonne humeur.

– Bonjour, dit-il. Drôle d'endroit, n'est-ce pas ? C'est ici que vous habitez ?

– Non, répondit Ron en jetant à Harry un regard interrogateur.

Harry se pencha pour examiner le tuyau.

– Tu as réfléchi au moyen de remonter là-dedans ? demanda-t-il à Ron.

Ron fit « non » de la tête, mais Fumseck le phénix passa devant Harry et voleta devant lui. Ses petits yeux brillaient dans l'obscurité du tuyau. Il agitait ses longues ailes aux plumes d'or, comme pour l'inviter à le suivre. Harry le regarda d'un air hésitant.

– On dirait qu'il veut que tu t'accroches à lui, dit Ron, l'air perplexe. Mais tu es beaucoup trop lourd pour un oiseau.

– Fumseck n'est pas un oiseau ordinaire, dit Harry. Nous allons nous tenir les uns aux autres. Ginny, prends la main de Ron. Professeur Lockhart...

– Il parle de vous, dit sèchement Ron à Lockhart. Vous prendrez l'autre main de Ginny.

Harry glissa l'épée et le Choixpeau magique dans sa ceinture, Ron saisit un pan de la robe de Harry et celui-ci s'accrocha à la queue de Fumseck dont les plumes dégageaient une étrange chaleur.

Harry eut alors l'impression que son corps devenait extraordinairement léger et un instant plus tard, ils s'envolaient tous dans le tuyau avec un sifflement semblable à celui du vent. Harry entendait Lockhart qui s'exclamait : « Etonnant ! Vraiment étonnant ! On dirait de la magie ! » Les cheveux ébouriffés par l'air frais du tuyau, Harry trouvait cette envolée plutôt agréable, mais elle fut de courte durée. Bientôt, tous quatre se retrouvèrent sur le carrelage humide des toilettes de Mimi Geignarde et le lavabo qui dissimulait le passage secret se remit en place.

Mimi les regarda avec des yeux ronds.

– Tu es vivant ? dit-elle à Harry d'un ton stupéfait.

– On dirait que tu es déçue, répondit sombrement Harry en essuyant ses lunettes maculées de sang et de boue.

– Bah... je me disais que si tu étais mort, j'aurais été contente de partager mes toilettes avec toi, avoua Mimi, le teint soudain argenté, ce qui était sa manière à elle de rougir.

– Beûrk, dit Ron lorsqu'ils eurent regagné le couloir désert. Harry, je crois bien que Mimi a un faible pour toi ! Tu as une rivale, Ginny !

Mais Ginny n'était pas d'humeur à plaisanter : des larmes continuaient de couler sur ses joues.

– Où on va, maintenant ? demanda Ron en jetant un regard inquiet à sa sœur.

Harry montra du doigt le phénix, entouré d'un halo de lumière doré, qui volait le long du couloir. Ils le suivirent à grands pas et quelques minutes plus tard, ils se retrouvèrent devant le bureau du professeur McGonagall.

Harry frappa et poussa la porte.

18
La récompense de Dobby

Il y eut un long moment de silence, tandis que Harry, Ron, Ginny et Lockhart se tenaient immobiles à l'entrée du bureau, couverts de boue, de saleté et – dans le cas de Harry – de sang. Puis il y eut un grand cri.

– Ginny !

C'était Mrs Weasley qui, jusqu'à présent, était restée assise devant la cheminée à pleurer toutes les larmes de son corps. Elle se leva d'un bond, suivie de près par Mr Weasley, et tous deux se précipitèrent sur leur fille.

Mais Harry tourna son regard ailleurs. Le professeur Dumbledore se tenait près de la cheminée, le visage rayonnant, à côté du professeur McGonagall qui respirait profondément, les mains croisées sur sa poitrine. Fumseck fondit sur le professeur Dumbledore et vint se poser sur son épaule pendant que Mrs Weasley se jetait sur Ron et Harry pour les serrer dans ses bras.

– Vous lui avez sauvé la vie ! Vous lui avez sauvé la vie ! Comment avez-vous fait ?

– C'est ce que nous aimerions tous savoir, dit le professeur McGonagall d'une voix faible.

Mrs Weasley libéra Harry de son étreinte. Il hésita un instant, puis s'approcha du bureau et y posa le

Choixpeau magique, l'épée incrustée de rubis et ce qui restait du journal intime de Jedusor.

Il raconta alors toute l'histoire. Suspendu à ses lèvres, tout le monde l'écouta parler pendant près d'un quart d'heure. Il révéla comment il avait entendu la voix désincarnée, comment Hermione avait découvert qu'il s'agissait d'un Basilic qui se déplaçait dans les tuyaux, comment Ron et lui avaient suivi les araignées dans la forêt, comment Aragog avait fini par leur dire où était morte la dernière victime du Basilic, comment il avait deviné que cette victime devait être Mimi Geignarde et que l'entrée de la Chambre des Secrets se trouvait peut-être dans ses toilettes...

– Très bien, dit le professeur McGonagall lorsqu'il s'interrompit. Vous avez donc découvert l'entrée de la Chambre, en violant au passage à peu près tous les articles du règlement de l'école, mais comment diable avez-vous fait pour sortir de là vivants, Potter ?

Harry, la voix rauque d'avoir tant parlé, leur raconta alors l'arrivée de Fumseck, puis la façon dont le Choixpeau magique lui avait donné l'épée. Mais il hésita soudain dans la poursuite de son récit. Jusqu'à présent, il avait évité de parler du journal intime de Jedusor, et de Ginny. Celle-ci se tenait debout à côté de Mrs Weasley, la tête sur son épaule, et des larmes continuaient de couler sur ses joues. Et s'ils la renvoyaient ? pensa Harry, saisi d'une brusque panique. Le journal intime avait perdu son pouvoir... Comment pourraient-ils prouver que c'était Jedusor qui l'avait manipulée malgré elle ?

Instinctivement, Harry regarda Dumbledore. Celui-ci esquissa un sourire. Les flammes qui dansaient dans la cheminée se reflétaient dans ses lunettes en demi-lune.

– Ce qui est le plus intéressant à mes yeux, dit-il d'une voix douce, c'est de savoir comment Lord Voldemort a réussi à envoûter Ginny alors que, d'après les informations qu'on m'a données, il se cache à l'heure actuelle dans les forêts d'Albanie.

Harry sentit une merveilleuse impression de soulagement se répandre dans tout son corps.

– Q...quoi ? bredouilla Mr Weasley d'une voix blanche. Qui-Vous-Savez ? Envoûter... Ginny ? Mais Ginny n'est pas... Ginny n'a pas...

– Tout est arrivé à cause de ce journal intime, dit précipitamment Harry en montrant à Dumbledore le petit livre noir. Il appartenait à Jedusor quand il avait seize ans.

Dumbledore prit le journal des mains de Harry et contempla longuement ses pages humides et brûlées.

– Remarquable, murmura-t-il. C'était sans doute l'élève le plus brillant qu'on ait jamais vu à Poudlard.

Il se tourna vers les Weasley qui semblaient abasourdis.

– Rares sont ceux qui savent que Lord Voldemort s'est autrefois appelé Tom Jedusor. J'ai été moi-même son professeur à Poudlard, il y a cinquante ans. Il a disparu après avoir quitté le collège... Il a voyagé loin, traversé de nombreux pays... Puis il s'est plongé si profondément dans la magie noire, il a tant fréquenté les pires sorciers, et s'est livré à des expériences si maléfiques que lorsqu'il est réapparu sous les traits de Lord Voldemort, il était devenu impossible de le reconnaître. Qui donc aurait songé à établir un lien entre Voldemort et ce garçon si intelligent, si séduisant qui avait été préfet-en-chef de Poudlard ?

– Mais Ginny, dit Mrs Weasley, qu'est-ce que notre Ginny pouvait bien avoir à faire avec... *lui* ?

– C'est son journal, sanglota Ginny. Je... J'écrivais dedans et il me répondait...

– Ginny ! s'exclama Mr Weasley stupéfait. Je ne t'ai

donc jamais rien appris ? Qu'est-ce que je t'ai toujours dit ? De ne jamais te fier à quelque chose capable d'agir et de penser tout seul *si tu ne vois pas où se trouve son cerveau.* Pourquoi ne nous as-tu pas montré ce journal, à moi ou à ta mère ? Un objet aussi bizarre ne pouvait être qu'inspiré par la magie noire !

– Je... je ne savais pas... sanglota Ginny. Je l'ai trouvé dans un des livres que m'a donnés Maman. Je croyais que quelqu'un l'avait oublié là...

– Miss Weasley devrait aller immédiatement à l'infirmerie, l'interrompit Dumbledore d'une voix ferme. Cette épreuve a été terrible pour elle. Il n'y aura aucune sanction. Des sorciers plus âgés et plus avisés qu'elle ont été aveuglés par Lord Voldemort.

Il s'avança vers la porte et l'ouvrit.

– Du repos, voilà ce qu'il lui faut, et peut-être une grande tasse de chocolat. Je trouve qu'il n'y a rien de tel pour remonter le moral, dit-il en adressant un clin d'œil à Ginny. Madame Pomfresh n'est pas encore couchée. Elle est en train d'administrer le philtre de mandragore. Je crois que les victimes du Basilic vont bientôt se réveiller.

– Alors, Hermione va bien ! s'exclama Ron.

– Il n'y aura pas de séquelles, assura Dumbledore.

Mrs Weasley emmena Ginny, suivie de son mari qui paraissait toujours aussi ébranlé.

– Ma chère Minerva, dit Dumbledore d'un air songeur en s'adressant au professeur McGonagall, je crois que tout cela mérite un bon festin. Puis-je vous demander d'aller prévenir les cuisines ?

– D'accord, répondit vivement le professeur McGonagall en allant vers la porte. Je vous laisse vous occuper de Potter et de Weasley, n'est-ce pas ?

– Oui, oui, dit Dumbledore.

Lorsqu'elle fut sortie du bureau, Harry et Ron regardèrent Dumbledore d'un air incertain. Que voulait dire exactement le professeur McGonagall en parlant de « s'occuper » d'eux ? Ils n'allaient quand même pas être punis ?

– Il me semble vous avoir avertis tous les deux que je serais obligé de vous renvoyer si je vous surprenais à enfreindre le règlement de l'école une nouvelle fois ? dit Dumbledore.

Ron ouvrit la bouche, horrifié.

– Ce qui prouve que les meilleurs d'entre nous peuvent être amenés à se contredire, poursuivit Dumbledore en souriant. Vous allez recevoir tous les deux une Récompense spéciale pour Services rendus à l'Ecole et je crois bien que... voyons... oui, je vais donner deux cents points pour chacun à Gryffondor.

Le visage de Ron prit une teinte rose vif et il referma la bouche.

– Mais j'ai l'impression que l'un d'entre nous reste bien silencieux sur le rôle qu'il a joué dans cette dangereuse aventure, ajouta Dumbledore. Pourquoi êtes-vous si modeste, Gilderoy ?

Harry sursauta. Il avait complètement oublié Lockhart. Il se retourna et le vit debout dans un coin de la pièce, un vague sourire aux lèvres. Lorsque Dumbledore s'adressa à lui, il regarda par-dessus son épaule en croyant qu'il parlait à quelqu'un d'autre.

– Professeur Dumbledore, dit Ron, il y a eu un petit accident dans la Chambre des Secrets. Le professeur Lockhart...

– Je suis professeur ? s'étonna Lockhart. J'imagine que je devais être très mauvais, non ?

– Il a essayé de jeter un sortilège d'Amnésie et la baguette s'est retournée contre lui, expliqua Ron.

– Pas de chance, dit Dumbledore en hochant la tête, vous vous êtes assis sur votre propre épée, Gilderoy !

– Une épée ? dit Lockhart d'une voix éteinte. Je n'ai pas d'épée. Mais ce garçon en a une, ajouta-t-il en montrant Harry. Il vous la prêtera sûrement.

– Pourriez-vous emmener le professeur Lockhart à l'infirmerie ? demanda Dumbledore à Ron. J'ai encore quelques mots à dire à Harry...

Lockhart sortit du bureau d'un pas lent. Ron le suivit et referma la porte en jetant un regard intrigué à Dumbledore et à Harry. Dumbledore s'approcha d'un des fauteuils devant la cheminée.

– Assieds-toi, Harry, dit-il.

Harry obéit. Il se sentait étrangement inquiet.

– Pour commencer, je voudrais te remercier, dit Dumbledore, le regard brillant. Tu m'as été vraiment fidèle, dans la Chambre des Secrets. Seule une parfaite loyauté de ta part pouvait amener Fumseck à venir à ton secours.

Il caressa le phénix qui s'était posé sur son genou. Harry eut un sourire timide.

– Et donc, tu as rencontré Tom Jedusor, dit Dumbledore d'un air songeur. J'imagine qu'il s'est beaucoup intéressé à toi...

Soudain, quelque chose qui tracassait Harry franchit enfin ses lèvres, presque malgré lui.

– Professeur Dumbledore, dit-il, Jedusor m'a dit que j'étais comme lui. Que nous étions étrangement semblables...

– Vraiment ? répondit Dumbledore en regardant Harry d'un air songeur sous ses épais sourcils argentés. Et toi, qu'en penses-tu ?

– Je ne crois pas du tout que je sois comme lui ! s'exclama Harry beaucoup plus fort qu'il ne l'aurait voulu. Je... Je suis à Gryffondor, je suis...

Mais il s'interrompit. Un vague doute remontait à la surface.

– Professeur, reprit-il, le Choixpeau magique m'a dit que... que j'aurais été très bien à Serpentard. Pendant un moment, tout le monde a cru que c'était moi, l'héritier de Serpentard... parce que je parle le Fourchelang...

– Si tu parles Fourchelang, Harry, dit Dumbledore d'une voix paisible, c'est parce que Lord Voldemort, qui est le dernier descendant de Salazar Serpentard, le parlait également. A moins que je ne me trompe, il t'a transmis certains de ses pouvoirs le soir où il t'a fait cette cicatrice. Bien sûr, ce n'était pas du tout son intention...

– Voldemort m'a transmis un peu de lui-même ? dit Harry, atterré.

– C'est bien ce qu'il semble.

– Alors, je devrais être à Serpentard, s'exclama Harry en regardant Dumbledore d'un air désespéré. Le Choixpeau magique a vu qu'il y avait en moi des pouvoirs qui appartenaient à Serpentard et il m'a...

– Envoyé à Gryffondor, acheva Dumbledore. Ecoute-moi, Harry. Il se trouve que tu possèdes beaucoup de qualités que Serpentard appréciait chez ses élèves. La faculté de parler le Fourchelang, l'ingéniosité, la détermination... un certain dédain pour les règlements... Et pourtant, le Choixpeau magique t'a envoyé à Gryffondor. Tu sais pourquoi ? Réfléchis.

– Il m'a envoyé à Gryffondor parce que j'ai demandé à ne pas aller chez les Serpentard, répondit Harry d'une voix défaite.

– Exactement, dit Dumbledore avec un grand sourire. Ce qui te rend très *différent* de Tom Jedusor. Ce sont nos choix, Harry, qui montrent ce que nous sommes vraiment, beaucoup plus que nos aptitudes.

Harry, assommé, restait immobile dans son fauteuil.

– Si tu veux la preuve que tu appartiens vraiment à

Gryffondor, Harry, je te suggère d'examiner ceci d'un peu plus près.

Dumbledore tendit la main vers le bureau et prit l'épée tachée de sang qu'il donna à Harry. Celui-ci la fit tourner entre ses mains. Les rubis incrustés dans la poignée étincelaient à la lueur des flammes qui brûlaient dans la cheminée. C'est alors qu'il vit quelque chose gravé juste au-dessous de la garde.

Godric Gryffondor

– Seul un véritable Gryffondor pouvait trouver cette épée dans le Choixpeau magique, Harry, dit simplement Dumbledore.

Pendant un long moment, tous deux restèrent silencieux. Puis Dumbledore ouvrit l'un des tiroirs du bureau et y prit une plume et une bouteille d'encre.

– Tu as besoin de manger et de dormir, Harry. Je te suggère de descendre prendre part au festin pendant que j'écris à la prison d'Azkaban. Il est temps de récupérer notre garde-chasse. Je dois aussi rédiger une petite annonce pour *La Gazette du Sorcier*. Il nous faudra un nouveau professeur de Défense contre les Forces du Mal. Décidément, ils ne durent jamais bien longtemps...

Harry se leva et s'approcha de la porte. Il venait de poser la main sur la poignée lorsque la porte s'ouvrit si violemment qu'il fut projeté contre le mur.

Lucius Malefoy se tenait là, le visage marqué par la fureur. Recroquevillé à ses pieds, le corps enveloppé de bandages, il y avait *Dobby*.

– Bonsoir, Lucius, dit Dumbledore d'un ton aimable.

Mr Malefoy faillit renverser Harry en entrant dans la pièce. Dobby le suivit à petits pas précipités, le visage ravagé par une terreur abjecte.

– Alors ! lança Lucius Malefoy en fixant sur Dumbledore un regard glacial. Vous êtes à nouveau là !

Le conseil d'administration vous a suspendu, mais vous estimez que vous avez le droit de revenir à Poudlard !

– Voyez-vous, Lucius, répondit Dumbledore avec un sourire serein, les onze autres membres du conseil d'administration m'ont écrit aujourd'hui. J'ai eu l'impression d'être pris dans une véritable tempête de hiboux. Ils avaient entendu dire que la fille d'Arthur Weasley était morte et ils voulaient que je revienne immédiatement. Ils semblaient croire qu'après tout, j'étais l'homme qu'il fallait pour occuper ce poste. Ils m'ont également raconté des histoires très étranges. Plusieurs d'entre eux affirment que vous avez menacé de jeter la malédiction sur leur famille s'ils refusaient d'approuver ma suspension.

Mr Malefoy devint plus pâle encore que d'habitude mais son regard continuait de lancer des éclairs de fureur.

– Et alors ? Vous avez réussi à mettre un terme à ces agressions ? ricana-t-il. Vous avez capturé le coupable ?

– En effet, dit Dumbledore avec un sourire.

– Eh bien ? Qui est-ce ?

– Le même que la dernière fois, Lucius. Mais cette fois, Lord Voldemort a agi par l'intermédiaire de quelqu'un d'autre. Au moyen de ce journal intime.

Il montra le petit livre noir percé d'un grand trou en observant attentivement la réaction de Mr Malefoy. Harry, lui, regardait Dobby.

L'elfe avait un étrange comportement. Ses grands yeux fixés sur Harry, il ne cessait de pointer le doigt sur le journal, puis sur Mr Malefoy et se donnait ensuite de grands coups de poing sur la tête.

– Je vois... dit lentement Mr Malefoy à Dumbledore.

– C'était un plan judicieux, dit Dumbledore d'une voix égale sans quitter Mr Malefoy des yeux. Car si Harry, ici présent – Mr Malefoy lança à Harry un bref regard perçant – et son ami Ron n'avaient pas découvert ce journal intime, Ginny Weasley serait sans doute apparue comme la seule coupable. Personne n'aurait jamais pu prouver qu'elle avait agi contre sa propre volonté...

Mr Malefoy resta silencieux, le visage soudain figé comme un masque.

– Et imaginez, poursuivit Dumbledore, ce qui se serait produit dans ce cas... Les Weasley sont une de nos plus éminentes familles de sorciers. Imaginez les conséquences que cette affaire aurait pu avoir sur Arthur Weasley et son Acte de Protection des Moldus si on avait découvert que sa propre fille agressait et tuait des enfants de Moldus. Heureusement que ce journal a été trouvé à temps et que les souvenirs qu'il contenait ont été effacés. Qui sait ce qu'il serait advenu dans le cas contraire ?

Mr Malefoy se força à parler.

– Heureusement, en effet, dit-il avec raideur.

Derrière son dos, Dobby continuait de pointer le doigt sur le journal, puis sur Lucius Malefoy avant de se donner à nouveau des coups de poing sur la tête.

Et soudain, Harry comprit. Il fit un signe de tête à Dobby et celui-ci recula dans un coin en se tordant les oreilles pour se punir de ce qu'il venait de faire.

– Vous ne savez pas comment Ginny est entrée en possession de ce journal intime, Mr Malefoy ? demanda Harry.

Lucius Malefoy se tourna vers lui.

– Pourquoi devrais-je savoir comment cette petite idiote s'y est prise pour dénicher ce journal ? dit-il.

– Parce que c'est vous qui le lui avez donné, répliqua Harry. Ça s'est passé chez Fleury et Bott. Vous avez pris son vieux livre sur les métamorphoses et vous y avez glissé le journal, c'est bien cela ?

Il vit Mr Malefoy serrer les poings.

– Il faudrait le prouver, siffla-t-il.

– Oh, personne n'y arrivera, dit Dumbledore en adressant un sourire à Harry. C'est impossible, maintenant que Jedusor a été effacé du journal. Mais d'un autre côté, Lucius, je vous conseille de ne plus distribuer les vieilles fournitures scolaires de Lord Voldemort. Car si certaines d'entre elles tombaient à nouveau entre des mains innocentes, je pense qu'Arthur Weasley ferait tout pour prouver qu'elles vous appartenaient...

Lucius Malefoy resta un instant immobile et Harry vit nettement sa main se contracter, comme si l'envie le démangeait de sortir sa baguette magique. Mais finalement, il se tourna vers son elfe de maison.

– On s'en va, Dobby !

Il ouvrit brutalement la porte du bureau et fit sortir son elfe à coups de pied. Ils entendirent les cris de douleur de Dobby tandis que Lucius Malefoy s'éloignait dans le couloir. Harry réfléchit un moment, puis il eut soudain l'idée qu'il cherchait.

– Professeur Dumbledore, dit-il précipitamment, est-ce que je peux aller rendre le journal intime à Mr Malefoy, s'il vous plaît ?

– Bien sûr, Harry. Mais dépêche-toi, n'oublie pas qu'il y a un festin qui t'attend.

Harry prit le petit livre noir et sortit en trombe du bureau. Il entendait les cris de Dobby qui s'éloignaient derrière l'angle du couloir. Il enleva alors une de ses chaussures, ôta sa chaussette sale et boueuse et y fourra le journal intime. Puis il courut le long du couloir.

Il les rattrapa alors qu'ils s'apprêtaient à descendre l'escalier.

– Mr Malefoy, dit-il, la voix haletante. J'ai quelque chose pour vous.

Et il mit dans la main de Lucius Malefoy la chaussette crasseuse qui contenait le journal.

– Qu'est-ce que...

Mr Malefoy arracha le journal de la chaussette qu'il jeta par terre. Puis il lança à Harry un regard furieux.

– Un de ces jours, Harry Potter, tu connaîtras le même sort lamentable que tes parents, dit-il à voix basse, ces imbéciles se mêlaient de tout ce qui ne les regardait pas, eux aussi.

Et il tourna les talons pour s'en aller.

– Viens, Dobby. J'ai dit *viens !*

Mais Dobby ne bougea pas. Il tenait à la main la chaussette répugnante de Harry et la contemplait comme s'il s'agissait d'un trésor inestimable.

– Le maître a donné à Dobby une chaussette, dit l'elfe, émerveillé. Le maître l'a donnée à Dobby.

– Quoi ? Qu'est-ce que tu racontes ? lança Malefoy.

– Dobby a reçu une chaussette, dit l'elfe avec une expression d'incrédulité. Le maître l'a jetée et Dobby l'a attrapée. Alors, Dobby est *libre.*

Lucius Malefoy se figea sur place, les yeux fixés sur l'elfe. Puis il se rua sur Harry.

– Tu m'as fait perdre mon serviteur ! rugit-il.

– Vous ne ferez pas de mal à Harry Potter ! s'écria Dobby.

Il y eut une détonation assourdissante. Mr Malefoy fut projeté en arrière, tomba dans l'escalier et se retrouva étalé par terre au bas des marches. Le visage livide, il se releva en sortant sa baguette magique, mais Dobby tendit un long doigt menaçant.

– Allez-vous-en, maintenant, dit-il d'un ton féroce, le doigt pointé sur Mr Malefoy. Vous ne toucherez pas à Harry Potter. Partez !

Lucius Malefoy n'avait pas le choix. Il leur lança un dernier regard assassin, puis s'enveloppa dans sa cape et s'éloigna à grands pas.

– Harry Potter a libéré Dobby ! s'écria l'elfe d'une petite voix aiguë.

Un rayon de lune se reflétait dans ses yeux globuleux.

– Harry Potter a libéré Dobby ! répéta-t-il.

– C'était le moins que je puisse faire, répondit Harry avec un sourire. Promets-moi simplement de ne plus jamais essayer de me sauver la vie.

Le visage repoussant de l'elfe se fendit soudain en un large sourire qui découvrit une bouche édentée.

– J'ai encore une question à te poser, Dobby, dit Harry, tandis que l'elfe enfilait la chaussette avec des gestes fébriles. Tu m'as dit que toute cette histoire n'avait rien à voir avec Celui-Dont-On-Ne-Doit-Pas-Prononcer-Le-Nom, tu te souviens ? Alors...

– C'était un indice, Monsieur, répondit Dobby, comme s'il s'agissait d'une évidence. Dobby vous a donné un indice. On pouvait librement prononcer le nom du Seigneur des Ténèbres avant que ce nom change. Vous comprenez ?

– C'est vrai, dit Harry d'une voix faible. Bon, il faut que je m'en aille, maintenant. Il y a un festin en bas et mon amie Hermione doit être réveillée à l'heure qu'il est...

Dobby entoura la taille de Harry de ses bras et le serra contre lui.

– Harry Potter est encore plus grand que ne le croyait Dobby ! sanglota-t-il. Adieu, Harry Potter !

Et dans une dernière détonation, Dobby disparut.

Harry avait déjà participé à plusieurs festins, à Poudlard, mais jamais il n'en avait connu de semblable. Tout le monde était en pyjama et les réjouissances durèrent toute la nuit. Harry n'aurait su dire quel avait été le meilleur moment : Hermione courant vers lui et criant : « Tu l'as vaincu ! Tu l'as vaincu ! » ou Justin se levant de la table de Poufsouffle pour venir lui serrer la main et s'excuser longuement de l'avoir soupçonné, ou Hagrid apparaissant à trois heures et demie du matin et donnant à Harry et à Ron une tape dans le dos qui les fit plonger dans leur assiette, ou les quatre cents points qu'ils avaient fait gagner à Gryffondor, ce qui leur assurait, pour la deuxième année consécutive, la victoire dans la coupe des Quatre Maisons, ou le professeur McGonagall se levant pour leur dire que tous les examens avaient été annulés en guise de cadeau de fin d'année, ou encore Dumbledore annonçant que le professeur Lockhart ne pourrait pas reprendre ses cours l'année suivante, pour cause d'amnésie à soigner. Cette dernière nouvelle fut également saluée par de nombreuses acclamations à la table des professeurs.

– Dommage, dit Ron en reprenant un beignet, je commençais à le trouver sympathique.

La fin du trimestre se déroula sous un soleil resplendissant. Poudlard avait retrouvé sa vie normale, avec toutefois quelques petits changements : le cours de Défense contre les Forces du Mal avait été supprimé (« on a suffisamment fait de travaux pratiques », avait dit Ron à Hermione qui faisait grise mine) et Lucius Malefoy avait été renvoyé du conseil d'administration. Drago ne se pavanait plus dans le château avec des allures de propriétaire. Il semblait au contraire sombre et amer. Ginny, en revanche, avait retrouvé toute sa joie de vivre.

Bientôt, il fut temps de reprendre le Poudlard Express qui devait ramener les élèves chez eux pour les vacances d'été. Harry, Ron, Hermione, Fred, George et Ginny occupaient un compartiment à eux tout seuls. Les distractions ne leur manquèrent pas pendant le voyage. Ils firent exploser les derniers pétards du Dr Flibuste et s'entraînèrent à se désarmer à coups de baguette magique, un exercice pour lequel Harry se montrait particulièrement doué.

Ils avaient presque atteint la gare de King's Cross lorsque Harry se rappela quelque chose.

– Ginny, dit-il, c'était quoi cette histoire de Percy que tu as surpris en train de faire quelque chose ? Il ne voulait surtout pas que tu en parles à qui que ce soit...

– Ah, oui, c'est vrai, répondit Ginny en riant. Eh bien... Percy a une petite amie.

– Quoi ? s'exclama Fred en laissant tomber une pile de livres sur la tête de George.

– C'est cette fille qui est préfète de Serdaigle, Pénélope Deauclaire, dit Ginny. C'est à elle qu'il passait son temps à écrire l'été dernier. Ils se donnaient des rendez-vous secrets dans l'école. Un jour, je les ai surpris en train de s'embrasser dans une classe vide. Il a été tellement bouleversé quand elle a été... agressée. Vous n'allez pas vous moquer de lui, hein ? ajouta-t-elle d'un ton inquiet.

– Jamais de la vie, assura Fred qui semblait aussi heureux que si on venait de lui annoncer que la date de son anniversaire avait été avancée.

– Certainement pas, dit George en ricanant.

Le Poudlard Express ralentit, puis s'arrêta.

Harry prit un parchemin et une plume et se tourna vers Ron et Hermione.

– Ça s'appelle un numéro de téléphone, dit-il à Ron en écrivant des chiffres sur deux morceaux de parchemin, un pour Ron, l'autre pour Hermione. L'été dernier, j'ai expliqué à ton père comment marche un téléphone, il saura s'en servir. Appelez-moi chez les Dursley, d'accord ? Je ne supporterai pas de passer encore deux mois avec Dudley pour seule compagnie...

– Ta tante et ton oncle vont être fiers de toi quand ils sauront ce que tu as fait, non ? dit Hermione tandis qu'ils descendaient du train et suivaient la foule des élèves en direction de la barrière magique.

– Fiers ? s'exclama Harry. Tu es folle ? Ils vont être furieux, au contraire : j'ai eu plein d'occasions de mourir et au lieu d'en profiter, je me suis débrouillé pour survivre...

Tous ensemble, ils franchirent alors la barrière magique qui s'ouvrait sur le monde des Moldus.

TABLE DES MATIÈRES

J. K. ROWLING

L'AUTEUR

J. K. Rowling est née à Chipping Sodbury, près de Bristol en Angleterre, en 1965. Elle a suivi des études à l'université d'Exeter et à Paris. Elle est diplômée en langue et littérature françaises. Elle a d'abord travaillé à Londres au sein de l'association Amnesty International et a enseigné le français.

C'est en 1990 que l'idée de Harry Potter et de son école de magiciens a commencé à germer dans son esprit alors qu'elle attendait un train qui avait du retard. Ce n'est pourtant que trois ans plus tard qu'elle a commencé à écrire les aventures de l'apprenti sorcier. Entre-temps, Joanne était partie enseigner au Portugal. Puis elle a épousé un journaliste portugais et a eu une petite fille, Jessica. Après son divorce, quelques mois plus tard, elle s'est installée à Édimbourg. Elle vivait alors dans une situation précaire. Pendant six mois, elle s'est consacrée à l'écriture de son livre. La suite ressemble à un conte de fées. Le premier agent auquel elle avait envoyé son manuscrit le retint aussitôt pour publication. Le livre fut ensuite vendu aux enchères aux États-Unis pour la plus grosse avance jamais versée à un auteur pour la jeunesse !

Le premier volume de Harry Potter a rencontré dès sa parution un succès phénoménal, tant en Grande-Bretagne qu'à l'étranger. Il a été traduit en trente langues et vingt millions d'exemplaires ont été vendus dans le monde entier en l'espace de dix-huit mois. « Harry » a remporté les prix les plus prestigieux, dans tous les pays où il a été publié. Il est en tête des ventes adultes et enfants confondus en Grande-Bretagne et aux États-Unis. Les volumes suivants ne cessent quant à eux de confirmer le succès du premier.

Sept livres au total sont prévus, au cours desquels

J. K. Rowling fera grandir, évoluer et mûrir Harry : chacun représente une année de plus à l'école des sorciers.

J. K. Rowling vit toujours à Édimbourg avec sa petite fille, se tenant aussi éloignée que possible des médias et du succès étourdissant de ses livres, afin de se consacrer à l'écriture des aventures de son petit sorcier.

Conception de mise en page : Françoise Pham

Loi n°49-956 du 16 juillet 1949
sur les publications destinées à la jeunesse
ISBN 2-07-052455-8
Numéro d'édition : 05842
1er dépôt légal dans la même collection : mars 1999
Dépôt légal : septembre 2001
Imprimé sur les presses de Imprimerie Interglobe Beauce